DUMONT

Bei einer Razzia in Stockholm wird zwischen Waffen und Drogen ein wertvolles Gemälde gefunden. Stammt es tatsächlich von dem russischen Künstler Ivan Botkin? Kunstdozentin Nea Hallgren wird von der Polizei gebeten, das Gemälde auf seine Echtheit zu überprüfen. Doch sie hat ganz andere Probleme: Ihr Mann Johan hat hohe Spielschulden, und seine Geldgeber schrecken nicht davor zurück, Gewalt anzuwenden, um einzutreiben, was ihnen zusteht. Nea will ihre Familie unter allen Umständen beschützen – und dafür braucht sie Geld. Ihre talentierteste Studentin Nadezhda, die wie Nea gut mit dem Werk Botkins vertraut ist, zeigt ihr einen Weg aus der scheinbar ausweglosen Lage. Doch dafür müsste sie so ziemlich alle moralischen Grundsätze über Bord werfen ...

Karoline Hippe, aufgewachsen an der Ostseeküste, studierte u. a. Skandinavistik und Anglistik in Leipzig und Berlin. Sie übersetzt aus dem Norwegischen, Dänischen, Schwedischen und Englischen, u. a. zuletzt Heidi Sævareid, Lotta Elstad und Anne Mette Hancock.

Nevala & Karlsson

DÄMMERUNG. FALSCH.

Ein Stockholm-Krimi

Aus dem Schwedischen
von Karoline Hippe

DUMONT

Die Welt will betrogen sein,
also betrügen wir sie.

Petronius

This is what you'll get
When you mess with us.

Radiohead

Ein schwacher Geruch von kaltem Zigarettenrauch wabert Nadezhda entgegen, als sie die Tür ihrer Zweizimmerwohnung aufschließt. Nicht so stark, als hätte hier jemand geraucht, eher wie der muffige Gestank, der an den Klamotten eines Rauchers hängen bleibt.

Sie kommt nicht dazu, diesen Gedanken fertig zu denken.

Als sie nach dem Lichtschalter tastet, packt sie eine kalte Hand grob am Arm. Mit einer derartigen Wucht wird sie in den Wohnungsflur hineingezerrt, dass sie gegen die Badezimmertür knallt. Sie stürzt und bleibt auf der Schwelle zum Wohnzimmer liegen. Ihr blondes Haar fällt ihr wie eine Gardine vors Gesicht. Mit einem lauten Krachen fliegt die Haustür ins Schloss, und Nadezhda, in der Dunkelheit völlig desorientiert, spürt die fremde Hand, die sie vom Boden hochzieht, als wäre sie eine Jacke, die vom Kleiderhaken gefallen ist.

Der Griff um ihren Arm wird härter, bis die fremde Hand sie plötzlich loslässt. Sie ist überrascht, dass sie überhaupt Halt findet, dass ihre Beine sie tragen. An ihrem ganzen Körper ist der Schweiß ausgebrochen, ein metallischer Geschmack klebt auf ihrer Zunge. Adrenalin. Schwerer Atem.

Im Wohnzimmer wird eine Lampe eingeschaltet.

In ihrem Schein sitzt ein Mann, in einen grauen Anzug und ein weißes Hemd gekleidet. Keine Krawatte. Sein Mantel hängt ordentlich zusammengelegt über der Armlehne des Sofas, darüber ein grauer Schal. Seine Lippen umspielt ein heimtückisches Lächeln. Um die Augen zeichnen sich einige dünne Linien ab, sonst hat er kaum Falten, obwohl er auf die Sechzig zugeht. Nadezhda vermutet seit Langem, dass Olof Wallner sich Botox spritzen lässt.

»Du gehst nie ans Telefon, wenn ich dich anrufe«, sagt er und erhebt sich.

Nadezhda macht einen Schritt ins Wohnzimmer hinein, angewidert vom aufdringlichen Zigarettenatem ihres Angreifers.

»Mach dir keinen Kopf wegen Kenneth«, fährt Wallner fort. »Er ist netter, als er aussieht. Der beste Chauffeur, den ich je hatte.«

Er lacht. Nadezhda schaut zu dem Mann hinter sich. Ein Typ, der vor dreißig Jahren vielleicht mal ein mäßig erfolgreicher Boxer gewesen ist, starrt sie völlig ausdruckslos an. Seine Nase ist schief, die Haut gelblich, die Augen müde. Nadezhda dreht sich wieder zu Olof Wallner um.

»Du hast doch bekommen, was du wolltest«, sagt sie. »Ich habe meinen Teil des Auftrags erfüllt.«

Es stört sie, dass sie gezwungen ist, zu ihm aufzusehen. Dass er so über ihr thront, verschafft ihm mit Sicherheit ein noch größeres Gefühl von Macht.

»Ich bin mit deiner Arbeit sehr zufrieden«, sagt er. »Und ich habe mich ebenfalls an meinen Teil der Abmachung gehalten, oder etwa nicht?«

Nadezhda antwortet nicht.

»Das Geld hast du bekommen, wie vereinbart?«

Sie nickt.

»Na, dann sind doch alle glücklich.«

Wallner geht einen Schritt auf sie zu, legt eine Hand auf ihre Schulter. Sie presst die Kiefer aufeinander.

»Der Kunde schätzt deine Arbeit auch sehr. Er ist nicht der Typ, der mit Lob um sich wirft, aber anscheinend haben wir seine Erwartungen übertroffen. Er hat sogar einen Experten einbestellt, der das Gemälde untersucht hat. Keine Auffälligkeiten.«

Er lächelt, wartet ab, ob sie etwas erwidert. Doch den Gefallen tut sie ihm nicht.

»Aber wir haben ein Problem«, fährt er fort. »Bedauerlicherweise wurde die Lieferung einer Bande lokaler Kleinkrimineller anvertraut und ... Lange Rede, kurzer Sinn: Das Gemälde ist vermutlich bei der Polizei gelandet.«

Er räuspert sich.

»Niemand wird die Spuren zu mir zurückverfolgen können«, fährt er fort. »Oder zu dir. Es gibt also keinen Grund, das Land zu verlassen.«

Wieder lächelt er, wieder wartet er auf eine Reaktion, die ausbleibt.

»Das eröffnet uns also eher neue Möglichkeiten. Der Kunde möchte ein Gemälde, das das verlorene ersetzt.«

»Kein Interesse.«

»Er zahlt das Doppelte, jetzt, wo er weiß, dass deine Arbeit etwas taugt. Das Doppelte.«

Sie schüttelt den Kopf.

»Ich brauche kein Geld mehr.«

Wallner bricht in schallendes Lachen aus.

»Wirklich nicht? Vielleicht solltest du darüber noch einmal nachdenken. Wir reden hier über einen Haufen Kohle. Ich werde alles besorgen, was du benötigst, so wie beim letzten Mal. Ich habe sogar schon eine passende Leinwand aufgetrieben.«

»Ich werde es nicht tun. Ich bin raus.«

Wallner betrachtet sie stumm.

»Du bist zu mir gekommen, hast mich um Hilfe gebeten«, sagt er schließlich. »Und ich habe dir eine Chance gegeben, habe dir eine Tür geöffnet. Du könntest gut von dieser Arbeit leben. Wärst nicht mehr auf dein Stipendium angewiesen. Und was verdienst du überhaupt in diesem Scheißcafé? Tische abwischen und Kaffee servieren? Bei deinem Talent?«

»Ich habe meinen Teil der Abmachung eingehalten«, erwidert Nadezhda.

»Ich war für dich da, als du Hilfe brauchtest, und jetzt bitte ich dich um eine Gegenleistung«, sagt Wallner. »Und es ist ja nicht so, als würdest du nicht davon profitieren. Erzähl mir nicht, dass sich Babuschka daheim in der Ukraine nicht über ein paar Scheine extra freuen würde.«

Nadezhda schüttelt den Kopf.

»Nein.«

Wallner seufzt, den Blick an die Decke gerichtet. Sie kann ihm ansehen, dass er sich Mühe gibt, nicht die Beherrschung zu verlieren.

»Okay. Dann will ich dir mal was zeigen«, sagt er schließlich und zieht sein Handy aus der Hosentasche.

Er tippt ein paarmal auf das Display, dann hält er es ihr hin.

Ein Haus, das sie seit zehn Jahren nicht gesehen hat. Der Pflaumenbaum, er steht immer noch im Garten und verdeckt das Küchenfenster. Sie ist so oft auf ihn geklettert, dass sie sich an jeden einzelnen Ast erinnern kann. Sowohl das Haus als auch der Baum sind kleiner als in ihrer Erinnerung. Die kahlen Äste strecken sich dem bewölkten Himmel entgegen. Die weiße Farbe blättert von der Fassade ab.

»Swipe ruhig weiter«, sagt er. »Es gibt noch mehr Fotos.«

Nadezhda macht keine Anstalten, auch nur einen Finger zu rühren.

»Swipe«, wiederholt Wallner.

Sie hebt die rechte Hand und wischt mit dem Finger über das Display.

Ein Bild von ihrer Großmutter, die gerade durch das rostige Gartentor tritt. Aufgenommen aus einiger Entfernung.

»Swipe.«

Ein Junge in einem Rollstuhl. Er sieht aus, als käme er aus einem anderen Jahrhundert. Die Frau, die ihn schiebt, kämpft sich über den unebenen Schotter.

Nadezhda spuckt ihm ins Gesicht.

Der Rotz landet an Olof Wallners rechter Wange, das Telefon fällt zu Boden, aber er bewahrt die Fassung. Er tritt einen Schritt zurück, zieht ein Stofftuch aus der Tasche seines Jacketts und wischt die Spucke weg. Sein Blick ist stechender als der Schmerz an ihrem Arm, dort, wo der angebliche Chauffeur eben noch zugepackt hat. Sie wagt es nicht, sich zu rühren. Hält den Atem an. Wallner knüllt das Taschentuch zusammen, steckt es zurück in sein Jackett.

»Du bist alt genug, um zu wissen, dass alles, was du tust, Konsequenzen nach sich zieht«, sagt er mit seelenruhiger Stimme. »Konsequenzen für dich. Für mich. Für die Menschen, die du liebst.«

Sie antwortet nicht.

»Diese Leute akzeptieren kein Nein.«

Sein Blick durchbohrt sie noch ein paar lange Sekunden, er hätte genauso gut eine Hand um ihren Hals legen können. Dann geht er lässig in die Hocke und hebt das Telefon auf. Betrachtet es. Steht langsam wieder auf.

»Ich glaube, du hast kapiert, was zu tun ist. Nicht wahr, Nadezhda?«

EINS

24. Februar

»Okay. Was stimmt hier nicht?«

Nea Hallgren deutet auf die Fotografie einer Skulptur, die neben ihr an die Wand projiziert ist. Stumm mustern die Studierenden das Bild der nackten marmorweißen Statue, mit gerunzelten Augenbrauen und ernsten Mienen, als würde die Antwort auf Neas Frage ihre gesamte Zukunft entscheiden.

»Na kommt schon, was seht ihr?«, fragt Nea. Die Gesichter im Hörsaal sind vom Licht des Projektors in schwaches bläuliches Licht getaucht. »Nur keine Scheu. Natürlich handelt es sich hierbei um ein Meisterwerk, aber seht ihr auch, dass hier irgendetwas nicht ganz stimmt?«

Ein leises Murmeln. Die Studierenden sehen zur Skulptur, sehen einander an, sehen zu Nea. Bei Erstsemestern ist das immer so. Die meisten von ihnen haben Angst, ins tiefe Wasser zu fallen, klammern sich am Beckenrand fest. Bloß den Mund halten, statt einen Kommentar abzugeben, den andere dämlich finden könnten. Bloß nichts Falsches sagen.

Nea lächelt ihnen zu.

»Okay«, sagt sie schließlich. »Ihr kommt nicht drauf. Ich gebe euch einen Tipp.« Sie beginnt, ihre Bluse aufzuknöpfen. Im Hörsaal wird es sofort totenstill. Die Studierenden sitzen wie versteinert da, scheinen sogar das Atmen vergessen zu haben. Einige starren auf ihre Notizbücher, andere wissen offensichtlich nicht, wohin mit sich, tun aber so, als würde ihnen die Situation nichts ausmachen. Vor allem die männlichen Studierenden, die in der Minderheit sind, rutschen nervös auf ihren Stühlen herum. Nea lächelt sie entwaffnend an.

»Was sollen das da zum Beispiel für Schneebälle sein?«, fragt sie mit halb offener Bluse und zeigt auf den Busen der Skulptur. Als Antwort schlägt ihr nervöses Kichern entgegen.

»Die müssen wohl aus Neuschnee sein, so prall, wie die sind«, sagt sie und öffnet auch die letzten Knöpfe. Die Studierenden lachen erneut, diesmal etwas weniger verhalten. Nea streift sich die Bluse ab, faltet sie ordentlich zusammen und legt sie neben sich auf einen Stuhl, dann öffnet sie den obersten Knopf ihrer Jeans.

»Wie viele von euch haben im wahren Leben schon einmal solche Brüste gesehen wie bei dieser Skulptur? Ich weiß, ich bin nicht repräsentativ, ich habe schon zwei Kinder auf die Welt gebracht, aber trotzdem.«

Leises Murmeln aus den hinteren Bankreihen. Vorsichtiges Lachen.

»Aber warum?«, fragt Nea und zieht sich die Jeans aus. »Warum sieht diese Skulptur so aus?« Sie legt die Jeans über die Rückenlehne ihres Stuhls und wendet sich ihren Studierenden zu.

Stuhlbeine scharren über den Boden, jemand räuspert sich.

»Sind das typisch weibliche Formen, die ihr hier seht?«, fragt Nea und zeigt auf das vergrößerte Foto.

Sie nimmt die Pose der Skulptur ein.

»Ihr könnt euch entspannen«, sagt sie. »Den Rest meiner Klamotten werde ich anbehalten. Wer mehr sehen will, kann ins Internet gehen. Oder besser noch: einen Kurs im Aktzeichnen besuchen.«

Erleichtertes Auflachen.

»Nun kommt schon, was stimmt mit dieser Frau nicht?«

»Die Skulptur wurde nach einem männlichen Modell geschaffen«, antwortet eine der Studentinnen aus der vordersten Reihe.

»Exakt! Sehr gut. Der Körper, abgesehen von diesen merkwürdigen Brüsten, hat eher männliche als weibliche Formen«, sagt Nea und nimmt wieder ihre normale Haltung ein. »Aber warum hat man sich nicht um ein weibliches Modell bemüht?«

»Vielleicht war es damals nicht okay, als Frau Modell zu stehen?«, schlägt ein Student vor.

»Du meinst also, der Bildhauer hat sich mit dem Nächstbesten zufriedengegeben?«, hakt Nea nach. »Möglicherweise.«

Sie macht eine kurze Pause, tut so, als würde sie nachdenken.

»Allerdings«, fährt sie schließlich fort, »war hier kein Stümper am Werk, diese Skulptur ist wirklich eine exzellente Arbeit. Unglaublich schön. Ich würde behaupten, der Künstler wusste genau, was er tat. Dass seine Arbeit so aussieht, kommt nicht von ungefähr: Jede einzelne Linie, jede Form ist äußerst bewusst gewählt. Sogar die Form der Schneebälle.«

Nea zupft ihren BH zurecht, lächelt den Studierenden zu.

»Schönheitsideale«, sagt sie. »Als diese Skulptur hier entstand, war ein sehr bestimmtes Schönheitsideal vorherrschend in der Gesellschaft.«

»Der männliche Körper?«, fragt die Studentin aus der ersten Reihe.

»Genau. Der männliche Körper wurde als Perfektion angesehen! Wenn also der weibliche Körper abgebildet werden sollte, ging man nicht von ihm aus, sondern vom Ideal. Und dann konnte man, nach Belieben, etwas hinzufügen beziehungsweise zurechtstutzen. Der Bildhauer dieser Skulptur war also keinesfalls ungelernt oder nicht dazu in der Lage, einen weiblichen Körper darzustellen. Er wollte etwas Schönes nach den gängigen Idealen erschaffen.«

»Eigentlich ganz ähnlich, wie wir heute über Körper denken, es geht um Ideale, nicht um die Realität.«

»Ganz genau!«, stimmt Nea zu. »Das Streben nach dem idealen Körperbild ist nicht neu, nicht spezifisch für unsere Zeit. Dieses Phänomen hat es schon immer gegeben, es hat sich jedoch mit den Epochen immer wieder verändert.«

Sie tritt einen Schritt näher an die Studierenden heran.

»Vergleicht diese Linien und den Hüftbereich hier mit den Formen der Skulptur, und ihr werdet sehen, wie abwegig diese Darstellung tatsächlich ist«, erklärt sie und zeigt auf ihren eigenen Körper, nimmt wieder die Pose der Statue ein. »Wir sind so an das Ideal gewöhnt, dass wir keinen Gedanken daran verschwenden, bis wir wirklich hinschauen, nicht wahr?«

Ein Tuscheln breitet sich unter den Studierenden aus, während sie den Körper auf der Leinwand mit Neas Körper vergleichen.

»Krass«, bemerkt eine Studentin in der letzten Reihe. »Als ich die Skulptur vor zwei Minuten zum ersten Mal gesehen habe, ist mir das nicht aufgefallen.«

»Und das ist gar nicht mal so verwunderlich«, sagt Nea. Sie bemüht sich, ganz still zu stehen und den Kopf nicht zu bewegen. »So funktioniert unser Gehirn. Es radiert Fehler aus, sozusagen. Füllt Lücken. Außerdem habt ihr gelernt, dass eine antike Skulptur genau so auszusehen hat.«

»Aber trotzdem.«

»Wir sind hier, weil wir das Sehen trainieren wollen. Damit wir nicht einfach irgendwas reproduzieren, ohne selbst nachzudenken. Das ist das Wichtigste, was ich euch beibringen kann. Und ich weiß ehrlich gesagt nicht so recht, ob ich in den zweieinhalb Jahren, die ihr hier auf der Kunstakademie verbringen werdet, sonst noch etwas beizusteuern habe.«

»Diese Vorlesung hier werden wir auf jeden Fall nicht so schnell vergessen«, erklingt eine laute Stimme aus den letzten Reihen, gefolgt von Gelächter.

»Vielen Dank«, sagt Nea. »Mehr will ich gar nicht. Lasst uns also Schluss machen.«

Die Studierenden murmeln zustimmend.

Nea nimmt wieder ihre normale Haltung ein. »Findet ihr es nicht auch ein bisschen kühl hier?«

Sie streckt den Arm nach ihren Klamotten aus.

»Das wars für heute, ihr Lieben. Die Show ist vorbei. Kein Wort zur Direktorin.«

Sie lächelt und zwinkert den Studierenden zu, die nach und nach den Hörsaal verlassen. Sobald sie allein im Raum ist, schaltet sie den Projektor aus, fährt den Computer herunter und knöpft sich die Bluse zu. Sie schlüpft in ihre Schuhe und sammelt die Notizzettel ein, die sie auf dem Tisch ausgebreitet, aber während der Vorlesung nicht einmal angeschaut hat. Kurz schaut sie auf ihr Handy, sie ist ein bisschen spät dran, es ist ein langer Weg bis nach Kungsholmen.

Vor dem Hörsaal begegnet sie Teija, die seitwärts den Korridor entlangwackelt und die Beine dabei abwechselnd hinter- und voreinander überkreuzt. Den einen Arm hält sie von sich gestreckt, mit dem anderen Arm drückt sie sich einen Stapel Papier gegen die Brust. Sie sieht buchstäblich aus wie eine verrückte Professorin.

»Das ist eine Übung aus meiner Physio«, erklärt Teija auf Neas fragenden Blick hin.

»Geht es wieder besser mit der Hüfte?«

»Ein bisschen«, sagt Teija, doch ihre Miene lässt vermuten, dass eher das Gegenteil der Fall ist. Sie macht eine Bewegung, dass ihre Hüfte nur so knirscht. »Ich hab gehört, dass du die Zusatzvorlesungen in Kunstgeschichte übernommen hast, vor denen sich alle drücken. Mal wieder.«

»Irgendwer muss den Job ja machen.«

»Dein Problem ist, dass du zu nett bist«, sagt Teija. »Ab und zu können die anderen sich auch mal zum Teufel scheren.«

»Mein Problem ist, dass ich dieses Gejammer um die Vorlesung nicht mehr hören kann, da übernehme ich lieber selbst.«

»Du meintest doch aber, dass du schon genug zu tun hast.«

Nea zuckt mit den Schultern.

»Alle haben genug zu tun«, erwidert sie und deutet mit einem Kopfnicken auf den Papierstapel in Teijas Arm. »Hausarbeiten?«, fragt sie, um das Thema zu wechseln.

Teija schielt auf den Blätterstapel hinab.

»Jaja. *Vergänglichkeit* steht auf dem Stundenplan. Alles verkommt und vergeht. Und doch ist das Leben wunderbar.«

Sie zieht eine Arbeit aus dem Stapel heraus und hält sie Nea hin.

»Hier hat ein Student die Vanitas-Stillleben der niederländischen Künstler des 17. Jahrhunderts mit Bildern aus dem Darknet verglichen. Ziemlich makaber, aber kreativ.«

Nea sieht sie fragend an.

»Darknet?«

»Ich kannte es auch nicht, bevor Miko mir davon erzählt hat. Es ist wie eine Art alternatives Internet, zu dem man nicht so einfach Zugang bekommt. Für Menschen mit zweifelhaften Absichten.«

»Ach so?«

»Waffen, Drogen, Sex – dort kann man alles bestellen. Sogar einen Auftragsmord. Und dort werden eben auch Fotos von ganz speziellen Stillleben gepostet. Stillleben von toten Menschen.«

Skeptisch beäugt Nea die Kollegin.

»Weiß die Polizei davon?«

Teija lacht.

»Natürlich tut sie das, aber die haben Schwierigkeiten, Zugriff zum Darknet zu bekommen. Das ist ja der Sinn der Sache. Lunch?«

»Heute nicht. Ich bin auf dem Weg zur Polizei.«

Teija reißt die Augen auf.

»Bist du schon wieder zu schnell gefahren?«

»Schon wieder? Ich bin *ein Mal* zu schnell gefahren, und das ist sieben Jahre her.«

»Worum gehts denn dann? Erregung öffentlichen Ärgernisses?«

Teija deutet mit einem Kopfnicken auf Neas Bluse. Sie schaut an sich hinab und stellt fest, dass sie sich komplett schief zugeknöpft hat.

»Sie wollen, dass ich mir ein Gemälde ansehe«, sagt Nea und stellt den Jutebeutel mit ihrem Laptop und den Aufzeichnungen ab. Sie knöpft sich die Bluse auf und knöpft sie wieder richtig zu. »Eine mögliche Fälschung. Also ziemlich wahrscheinlich eine Fälschung. So ähnlich haben sie es formuliert. Sie wollten am Telefon nicht so recht mit der Sprache rausrücken.«

»Oha«, sagt Teija. »Endlich passiert mal was. Du musst mir morgen beim Essen davon erzählen.«

»Versprochen.«

Mit seitlich überkreuzenden Schritten eiert Teija den Korridor hinab. Grinsend sieht Nea ihr nach.

Eine knappe Stunde später steigt Nea am Rathaus aus der U-Bahn und steuert zielgerichtet das Polizeipräsidium an. Mit der linken Hand hält sie sich den Mantel zu, mit der rechten streicht sie sich eine dunkle Haarsträhne aus dem Gesicht, die sich aus ihrem unordentlich zusammengezwirbelten Dutt gelöst hat. Sie geht leicht vornübergebeugt, den Blick auf den Bürgersteig gerichtet, wie immer, wenn sie es eilig hat. Der dunkelblaue Mantel flattert im Wind, ihre dünne Bluse darunter kann der Februarkälte kaum standhalten.

Vor dem Eingang des Präsidiums stellt sie fest, dass sie vier Minuten zu spät ist. Keine Zeit, auf die Toilette zu gehen und in den Spiegel zu schauen. Sie holt tief Luft. Dann zieht sie die Tür auf und geht zum Empfang. Dort sitzt eine Frau in ihrem Alter, irgendwo zwischen vierzig und fünfzig, hinter einer großen Glasscheibe, wie eingesperrt. Bevor sie den Empfangsschalter erreicht hat, nähert sich ihr ein Mann mit entschlossenen Schritten.

»Andrea?«

Sie dreht sich zu ihm um und nickt.

»Vielen Dank, dass Sie sich die Zeit genommen haben. Roger Forsén.«

»Nea. Alle nennen mich Nea, bis auf meine Kinder.«

Sie schüttelt seine ausgestreckte Hand.

»Und wie werden Sie von denen genannt?«

»Mama.«

Roger Forsén lacht. Er trägt ein weißes T-Shirt, eine enge schwarze Jeans und ein tailliertes schwarzes Jackett; er sieht eher aus wie ein Galerist als der leicht alkoholisierte, psychisch labile Bulle, den sie erwartet hatte. Gewiss – Neas Erfahrung, was die Kriminalpolizei betrifft, beschränkt sich lediglich auf einige Fernsehserien, die sie nicht einmal besonders mag. Johan besteht darauf, sie gemeinsam anzusehen. Roger Forsén richtet seine Brille mit dem schwarzen Plastikgestell. Hinter den Gläsern leuchten seine freundlichen hellblauen Augen.

»Ich bin natürlich gleich neugierig geworden«, sagt Nea. »Man wird ja nicht jeden Tag von der Polizei einbestellt. Hätte ich vielleicht einen Anwalt mitbringen sollen?«

Roger lächelt, diesen Witz hat er bestimmt schon hundertmal gehört. Nea schätzt ihn auf knapp sechzig, sein Haar ist grau, doch hier und dort sind noch einige dunkle Strähnen zu sehen.

»Tut mir leid, dass ich am Telefon nicht mehr sagen konnte, aber es ist eine heikle Angelegenheit.«

»Sie hatten ein Gemälde erwähnt.«

Er schlägt die Hände zusammen.

»Gehen wir doch in mein Büro, dann werde ich es Ihnen zeigen.«

Er führt sie durch die hellen klinisch-institutionellen Korridore des Polizeipräsidiums. An den Wänden hängen pastellfarbene Textildrucke, in einer Ecke steht ein Automat mit Erfrischungsgetränken und Süßigkeiten, daneben eine große Palme. Roger führt sie in die Tiefen des Präsidiums, durch unzählige Türen, die er mit seiner Zugangskarte öffnet. Nichts deutet darauf hin, dass hier täglich Raubmorde, Kokainhandel, organisierte Kriminalität und hartgesottene Ganoven im Fokus stehen. Irgendwann erreichen sie eine Treppe, gehen hinunter ins untere Stockwerk und landen in einem kurzen Flur mit schmutzig grauen Wänden und Leuchtstoffröhren an der Decke. Dieser Gang scheint bei der letzten Renovierung vergessen worden zu sein. Nea bleibt mitten auf der Stufe stehen, als sie die Bilder sieht.

»Wow«, entfährt es ihr.

Roger lacht.

An einer der Wände hängt Munchs *Mädchen auf der Brücke,* neben Werken von Picasso, Tàpies und Renoir. Weiter hinten im Korridor entdeckt sie ein großes Ölgemälde, ein Zorn.

»Beeindruckend, nicht wahr? Dieses hier zum Beispiel«, sagt Roger und zeigt auf den Picasso. »Ziemlich gute Arbeit, oder?«

Sie tritt näher an das Gemälde heran, beugt sich vor.

»Ist das eine Fälschung?«

In dem Moment, in dem die Worte aus ihrem Mund kommen, begreift sie, wie dumm diese Frage ist. Wenn es sich um einen echten Picasso handelte, würde er wohl kaum hier in diesem Flur hängen, im Keller des Polizeipräsidiums.

»Echt, wenn man den Experten des Museu Picasso in Barcelona Glauben schenkt«, sagt Roger. »Aber eine naturwissenschaftliche Analyse der Farben hat dann doch gezeigt, dass wir es hier mit ei ner Fälschung zu tun haben.«

»Wer hat sie angefertigt?«

Roger schüttelt den Kopf.

»Keine Ahnung, leider. Wer auch immer es ist, er ist unglaublich begabt.«

Nea nickt.

»Oder sie«, erwidert sie.

»Oder sie«, räumt Roger ein. »Aber Kunstfälscherinnen sind extrem selten. Mir ist noch nie eine begegnet, in den fünfzehn Jahren, die ich diesen Job hier schon mache.«

»Ihr habt sie vielleicht nur nicht bemerkt. Die gesamte Kunstgeschichte ist voll von unsichtbaren Frauen.«

»Möglich«, sagt er lächelnd. »Hier ist mein Büro.«

Nea betritt einen Raum, der wie ein Musterbüro aus den Neunzigern aussieht. Helle Holzmöbel, Sitze aus kornblumenblauem Stoff. Aber an der Wand hinter dem Schreibtisch hängt ein Lichtenstein und über dem abgenutzten Sofa, das gerade noch so ins Zimmer passt, ein Gauguin.

Nea muss lachen.

»Das ist ja großartig«, sagt sie. »Ich hatte ja keine Ahnung, dass so ein Ort in den Katakomben von Kungsholmen existiert. Das ist ja schon beinahe surreal.«

»Irgendwann werde ich Ihnen unsere Asservatenkammer zeigen. Dort befindet sich eine der beeindruckendsten Kunstsammlungen Schwedens. Ungefähr hundert Meisterwerke.«

»Sie sollten eine Ausstellung machen«, sagt sie und wendet den Blick von Rogers Gauguin ab. »Mit wie vielen Kollegen arbeiten Sie zusammen?«

»Hier, in dieser Abteilung? Sie haben die gesamte Mannschaft vor sich stehen. Also theoretisch«, ergänzt Roger und richtet seine Brille, »gehören die Sachfahndung im nächsten Stock und ich zum selben Dezernat, aber ich bin der Einzige, der das Vergnügen hat, mit Kunstfälschungen zu arbeiten.«

Nea nickt.

»Manchmal frage ich mich, ob man mich hier unten im Keller vergessen hat. Ich stehe nicht gerade im Mittelpunkt des Geschehens, obwohl ich es mit millionenschweren Verbrechen zu tun habe«, sagt er mit einem schiefen Lächeln. »Aber ich möchte auch nicht zu viel Aufhebens machen. Sonst kommen die da oben noch auf die Idee, mich für die Aufklärung von Mopeddiebstählen oder die Fahndung nach herumstreunenden Demenzkranken anzufordern.«

Er hängt sein Jackett über die Lehne des Schreibtischstuhls.

»Setzen Sie sich doch«, sagt er. »Kaffee? Ich habe einen Moccamaster hier unten. Einen echten.«

Er muss wegen seines eigenen Witzes grinsen.

»Gern. Schwarz, danke.«

Als er zurück ins Büro kommt, stellt er eine Tasse von der Tate Modern vor Nea auf das Sofatischchen.

»Thomas André vom Stockholmer Auktionswerk hat Sie mir empfohlen«, erklärt er und lässt sich ihr gegenüber auf einem der Sessel nieder.

»Ach ja? Ich kenne ihn eigentlich nur vom Namen.«

»Er meinte, Sie seien Schwedens führende Expertin für Ivan Botkin.«

»Ich glaube, das sagt mehr über das Interesse an Botkin aus als über meine Kompetenz«, erwidert Nea. »Aber ja, ich habe mich mit seiner Malerei befasst. Einige Artikel über ihn veröffentlicht.«

Roger nickt.

»Ich muss gestehen, dass er mir völlig unbekannt war, bis ich diesen Fall auf den Schreibtisch bekommen habe«, sagt er. »Jemand hat ihn mir als den europäischen Edward Hopper beschrieben.«

»Dieser Vergleich wird öfter gemacht. Ich finde, das ist eine ziemlich oberflächliche Betrachtung von Botkins Werk. Aber wenn man sich die Gemälde aus der Nachkriegszeit anschaut, nachdem er aus seinem Exil in den USA nach Europa zurückgekehrt war, lassen sich natürlich einige Gemeinsamkeiten feststellen.«

»Und es sind wohl eben diese Gemälde, die das neue Interesse für den Künstler geweckt haben, nehme ich an?«

»Genau, es war seine intensivste Schaffensphase. Botkin ist der Allgemeinheit schon seit geraumer Zeit ein Begriff. Doch in den letzten Jahren ist das Interesse an seiner Arbeit gestiegen und damit auch sein Ansehen. Völlig verdient, wenn Sie mich fragen. In Europa und vor allem in Russland ist er auf dem besten Wege, einer der Großen zu werden, und das vierzig Jahre nach seinem Tod.«

Nea nippt an dem heißen Kaffee. Wie immer bewirkt Koffein bei ihr, dass sie sich besser konzentrieren kann. Sie fragt sich, wohin diese Unterhaltung führen wird.

»Und das spiegelt sich im Wert seiner Arbeiten wider, oder?«, fragt Roger.

Er hat einen Schreibblock hervorgeholt und sieht sie aufmerksam an.

»Einige seiner bedeutendsten Werke wurden für etwas über eine Million versteigert. Immer noch ziemlich bescheiden – verglichen mit Ihrem Munch da draußen.«

»Ja, in dem Falle reden wir von ungefähr dreißig Millionen. Dollar. Wenn er denn echt wäre. Ich will Ihnen etwas zeigen«, sagt er und erhebt sich aus dem Sessel.

Aus einem großen Eckschrank aus Birkenholz holt er ein in braunes Papier gewickeltes Gemälde, das er vorsichtig auspackt.

Abgebildet ist eine Stadtszenerie, darin ein einsamer Mann in einem Café. Der Mann hat sich auf seinem Stuhl zurückgelehnt, vor ihm steht eine Tasse Espresso. Er scheint zu beobachten, wie die Stadt um ihn herum erwacht. Gegenüber vom Café parkt ein Taxi an der Straße, und an der Kleidung des Mannes – schwarze Hose und weißes Hemd mit Emblem auf der Brusttasche – kann man erkennen, dass er der Fahrer dieses Wagens ist. Vielleicht hat er die ganze Nacht gearbeitet. Vielleicht hat seine Schicht vor Kurzem begonnen. Er ist in einer Art Zwischenraum verewigt worden, in einem Moment, in dem er vollkommen für sich ist, bei sich. Die Akzentuierung des

Lichts ist charakteristisch für den Künstler. Die energischen Sonnenstrahlen des frühen Morgens brechen durch die Wolken und geben den Ton an. Den Rand des Gemäldes ziert die Signatur *I Botkin*.

Schweigend betrachtet Nea das Gemälde. Roger beobachtet sie gespannt.

»Ich nehme an, dass es nicht echt ist«, sagt sie schließlich.

»Ich weiß es nicht. Diejenigen, mit denen ich bisher gesprochen habe, wollten es nicht gänzlich ausschließen.«

Nea nickt und bittet ihn dann, das Gemälde umzudrehen, damit sie die Rückseite untersuchen kann. Sie ist auf der Suche nach Botkins Markenzeichen: Den Titel seiner Arbeit notierte er stets mit einem dünnen Bleistift auf der Rückseite der Leinwand. Und siehe da – in der oberen rechten Ecke steht etwas in leicht schräger Handschrift geschrieben.

»Aube. Faux«, liest Nea.

Grinsend erwidert Roger ihren verwunderten Blick.

»Dämmerung. Falsch.« Nea lacht. »Ein typischer Botkin-Titel, wenn Sie mich fragen.«

»Ja, das habe ich schon gehört.«

»Wenn das eine Fälschung ist, dann ist die Wahl des Titels ... frech.«

»Ein Fälscher mit Humor«, sagt Roger.

Er dreht das Gemälde wieder um, Nea studiert den Taxifahrer.

»Sie scheinen davon auszugehen, dass es sich um eine Fälschung handelt«, sagt sie.

»Das ist ein reines Bauchgefühl. Die Umstände, unter denen das Gemälde gefunden wurde, lassen es vermuten«, erklärt er, »weshalb wir es uns überhaupt erst genauer angeschaut haben. Aber natürlich will ich hören, was Sie als Botkin-Expertin denken.«

Nea nimmt ihre Kaffeetasse vom Tisch. Sie beugt sich vor und betrachtet das Gemälde aus nächster Nähe.

»Es könnte genauso gut ein echter Botkin sein«, sagt sie nach einer Weile. »Die Technik stimmt, die Farben, das Motiv. Das Gefühl. Das ist ein wirklich tolles Bild. Aber ich müsste es genauer untersuchen, bevor ich eine verlässliche Aussage zu der Echtheit des Gemäldes machen kann.«

»Kennen Sie das Motiv?«

Nea schüttelt den Kopf.

»Nicht direkt, aber das Sujet und die Gesamtidee entsprechen seiner Malerei aus den frühen Fünfzigerjahren. Auch der Titel scheint mir authentisch. Zu dieser Zeit hatte Botkin ein System bei der Titelgebung seiner Werke: zwei Wörter, das erste davon eine Art Zeitangabe.«

»Fällt Ihnen auf die Schnelle noch etwas auf?«

»Nein ... tut mir leid«, sagt Nea und schüttelt den Kopf. »Ich bin ehrlich gesagt etwas überrumpelt von diesem Gemälde. Es ist wirklich stark. Sie erwähnten die Umstände, unter denen das Bild gefunden wurde?«

»Ja, genau«, sagt Roger und legt das Gemälde auf den Schreibtisch. »Es wurde vor ein paar Wochen in einem Lager in der Kongens kurva gefunden, gut verpackt in Luftpolsterfolie. Im Lagerraum stießen die Kollegen außerdem auf ein kleines Waffenarsenal und diverse Hinweise, die auf Drogenhandel schließen lassen. Plus eine beträchtliche Menge an anabolen Steroiden.«

»Ui.«

Roger lächelt matt.

»Der Mieter des Lagers, ein Zweiundzwanzigjähriger, war kurz zuvor in Hagsätra tot in seinem Auto aufgefunden worden, zwei Kopfschüsse. Die Mordkommission hat den Fall übernommen, aber das Gemälde wurde zu mir gebracht.«

Nea nickt, unsicher, wie sie darauf reagieren soll.

»Es ist recht ungewöhnlich, dass die Kollegen in solchen Kontexten auf Kunst stoßen, daher sticht dieser Fall ein bisschen heraus«, fährt Roger fort und streicht mit der Hand über das Gemälde.

Nachdenklich betrachtet Nea die Straßenszenerie.

»Die Kollegen interessieren sich ehrlich gesagt vor allem für die Waffen und die Drogen«, sagt Roger. »Und natürlich dafür, den Mord aufzuklären. Das Gemälde schert sie herzlich wenig. Ich werde sehen, was ich alles ans Tageslicht befördern kann, aber ich bin für jede Hilfe dankbar. Melden Sie sich gern, falls Ihnen noch etwas einfällt.«

Nea holt ihr Handy hervor.

»Ist es okay, wenn ich ein Foto von dem Gemälde mache?«, fragt sie. »Dann kann ich es mir später noch mal genauer ansehen und mit den bekannten Werken von Botkin vergleichen.«

Roger kratzt sich am Kopf.

»Ja, das sollte schon klargehen. Posten Sie es nur bitte nicht bei Instagram. Das würde denen bei NOA sauer aufstoßen.«

Er grinst und nimmt einen Schluck von seinem Kaffee.

»Ich kann Ihnen übrigens auch ein Foto in hoher Auflösung schicken«, fügt er hinzu.

»Gern! Und auch von der Rückseite der Leinwand, wenn sich das machen lässt«, sagt Nea.

»Selbstverständlich. Ich weiß es sehr zu schätzen, dass Sie sich die Zeit nehmen.«

Auf dem Weg aus dem Büro bleibt sie vor der Munch-Fälschung im Flur stehen. Sie geht näher heran, beugt sich vor, studiert die Details, tritt dann einen halben Schritt zurück und lässt das Bild als Ganzes auf sich wirken. Roger beobachtet sie.

»Wow«, sagt sie erneut und lächelt.

»Johan?«

Keine Antwort. Die Wohnung ist dunkel, offenbar ist niemand zu Hause. Nea versteht selbst nicht recht, warum sie seinen Namen ruft. Sein Mantel hängt nicht an der Garderobe, die Doc Martens stehen nicht im Schuhregal.

»Ist Papa gar nicht da?«, fragt Nick, während er sich hinter ihr seine Stiefel auszieht, die gleichen wie Johans, nur vier Größen kleiner.

»Und ich hatte gehofft, wir könnten uns an den gedeckten Tisch setzen«, sagt Nea und hängt ihre und auch Nicks Jacke auf, die bereits auf dem Fußboden gelandet war.

»Was gibts zu essen?«

Auf dem Küchentisch stehen immer noch die Sachen vom Frühstück, auf der Anrichte ist alles voller Krümel.

»Tja, Nick, was willst du uns denn kochen?«

Nick streicht sich den Pony aus der Stirn und zieht eine Grimasse.

»Ich schau fern«, sagt er und verschwindet im Wohnzimmer.

Der Kühlschrank gibt nicht viel her, zumindest nichts, was zu einem Abendessen für zwei Erwachsene und zwei Teenager verarbeitet werden könnte. Falls Johan denn überhaupt vorhat, zum Essen nach Hause zu kommen.

Nea schließt den Kühlschrank, im selben Moment hört sie, wie die Wohnungstür aufgeht.

»Was guckst du denn so sauer?«, fragt Ella, als sie zur Küche hereinkommt.

»Entschuldige. Ich dachte, es wäre Papa.«

Ella runzelt die Stirn.

»Dann kann ich ja wieder gehen«, sagt sie.

»Ach, komm schon her, meine kleine Drama-Queen«, erwidert Nea und zieht Ella an sich.

Sie ist groß geworden, inzwischen fast genauso groß wie Nea.

»Wie wars?«, fragt Nea und saugt den Duft ihrer Tochter ein – Haarspray und das Parfüm von Victoria's Secret, das sie zu besonderen Anlässen aufträgt. Der Duft passt gar nicht zu Ella. Findet zumindest Nea.

»Wie immer«, sagt Ella und löst sich aus der Umarmung. »Kann ich Freitag bei Kajsa übernachten?«

»Schmeißt ihr eine Party, oder was?«

Ella läuft rot an.

»Nein! Wir wollen nur chillen. Einen Film gucken oder so.«

»Darüber können wir später noch sprechen. Ich muss mich jetzt erst mal ums Abendbrot kümmern.«

Nea geht zurück in die Küche.

»Was hältst du von Instantnudeln?«

»Äh ... nee danke. Wo ist Papa?«

»Sag du's mir.«

»Was, habt ihr euch gezofft?«

Nea dreht sich um.

»Nein, warum sollten wir?«

Ella zuckt mit den Schultern, weicht Neas Blick aus.

»Ich bin in meinem Zimmer.«

Erneut öffnet Nea den Kühlschrank, als würde ihr eine zündende Idee kommen, wenn sie nur lange und intensiv genug auf den spärlichen Inhalt starrt. Sie hat absolut keine Lust, jetzt noch einkaufen zu gehen, und die Kinder braucht sie gar nicht erst zu fragen. Nick liegt mit Sicherheit vor dem Fernseher, alle viere von sich gestreckt, und starrt ausdruckslos auf den Bildschirm, und aus Ellas Zimmer ist ein sanftes Klavierklimpern zu hören. Johan hat sein musikalisches Talent an die Kinder vererbt, und er ist auch geduldig genug gewesen, sie mit Tonleitern und Akkorden, Fingersätzen und dem Prinzip von Rhythmus vertraut zu machen.

In einer der Schubladen findet sie eine Packung Spaghetti – versteckt hinter einer Ansammlung von Mehltüten, von denen sie nicht weiß, wie lange sie da schon stehen – und zwei Gläser passierte Tomaten, die mit ein paar Gewürzen vielleicht in eine passable Tomatensauce verwandelt werden könnten.

Johan taucht auf, als sie mit dem Essen fertig sind. Nea hat Teller, Besteck und Gläser demonstrativ an seinem Platz stehen lassen. Ein Rest Tomatensauce und ein paar kalte klebrige Nudeln sind noch übrig. Johan sieht ernst aus, als er mit dem Gitarrenkoffer in der Hand die Wohnung betritt. Er umarmt Nick und Ella, die sofort ihre Köpfe in den Flur stecken, als sie die Tür hören, und ringt sich zu einem Lächeln durch. Nea bekommt einen Kuss, dann zieht er sich den Wintermantel aus.

»Echt ekliges Wetter heute«, sagt er, als die Kinder sich in ihre Zimmer zurückgezogen haben und er mit Nea allein in der Küche sitzt. Seine Wangen und Ohren sind flammend rot.

»Du solltest dir mal eine Mütze aufsetzen«, sagt Nea und bereut es sofort. Sie kommt sich vor wie seine nörgelnde Mutter.

»Es gibt Essen«, fügt sie rasch hinzu. »Oder zumindest noch ein paar Nudeln. Ich dachte, du wolltest einkaufen gehen.«

»Hatten wir das besprochen?«

Johan sieht ernsthaft verblüfft aus. Nea nickt.

»Aber ich hatte doch heute ein Casting.«

»Was für ein Casting?«

»Für diese Fernsehshow. Sie sind auf der Suche nach einer Studioband. Darüber hatten wir doch gesprochen?«

Nea schüttelt den Kopf.

»Ich kann mich nur noch daran erinnern, dass wir gestern Abend ausgemacht hatten, dass du einkaufen gehst und heute fürs Abendbrot zuständig bist.«

Johan fährt sich mit der Hand durch das zerzauste Haar und sieht sie mit diesem jungenhaften betretenden Blick an, sichtlich durcheinander.

»Shit, Nea, es tut mir leid. Ich war mir so sicher, dass ich dir davon erzählt hatte.«

»Ja, ja. Wie liefs denn?«

Er zuckt mit den Schultern.

»Du weißt ja, wie viele Leute sich um so eine Chance prügeln. Ich kann gleich noch mal einkaufen gehen.«

»Nee, schon gut. Ich gehe. Ich wollte eh noch ins Fitnessstudio, dann kann ich auf dem Nachhauseweg noch beim Supermarkt vorbei.«

»Okay.«

Sie sehen sich an.

»Was denn?«, fragt Nea.

»Nein, nichts.«

»Sag schon, was du denkst.«

Johan schüttelt den Kopf.

»Meine Güte, entspann dich. Es ist nichts.«

»Es ist also kein Problem, dass ich jetzt noch zum Sport gehe? Du bleibst mit den Kindern zu Hause? Du willst heute Abend nicht mehr raus?«

»Nea, ich ...«

Er verstummt. Sie schüttelt resigniert den Kopf. Sie stehen sich eine Weile schweigend gegenüber, ohne sich wirklich anzusehen.

Eine Klaviermelodie findet ihren Weg aus Ellas Zimmer. Hinter Nicks Tür hört man ihn telefonieren. Johan starrt auf den Boden.

»Ich mach mich mal auf den Weg«, sagt Nea.

Fünf Minuten später tritt sie mit ihrer Sporttasche über der Schulter durch das Tor auf die Straße. Die Temperatur ist unter null gesunken. Der Asphalt glitzert im Licht der Straßenlaternen. Sie schiebt ihre Hände tief in die Jackentaschen. Die Handschuhe liegen zu Hause auf der Hutablage.

Das Schrillen der Türklingel lässt Nadezhda auf dem Sofa zusammenfahren. Sie steht auf und schaltet auf dem Weg zum Flur die Stehlampe in der Ecke an. Draußen ist es dunkel geworden.

»Ich habe eine Lieferung für Nadezhda Volkova«, sagt der junge Mann im Treppenhaus. Sie öffnet die Tür einen Spaltbreit, die Sicherheitskette noch immer vorgelegt. Er spricht ihren Namen unsicher aus, als wäre es eine Frage.

Nadezhda löst die Kette. Der Mann lächelt sie an.

»Wo soll ich es hinstellen?«, fragt er.

Sie tritt einen Schritt zur Seite, bittet ihn, die Sendung in den Flur zu stellen. Ein Duft von Sandelholz, Zitrusfrüchten und Schnupftabak strömt ihr entgegen, als er sich mit dem Umzugskarton an ihr vorbeischiebt, aus dem ein rahmenloses Gemälde hervorschaut. Sie fragt sich, was für ein Parfüm das ist. Er trägt die schwarz-rote Uniform des Kurierdienstes, eine Cap auf dem Kopf.

»Alles klar. Dann brauche ich nur noch eine Unterschrift.«

Rasch malt sie ihre Initialen mit einem Plastikstift auf das handyähnliche Gerät.

»Dann wünsche ich noch einen schönen Abend«, sagt der Bote.

»Ebenfalls«, sagt Nadezhda und schließt die Tür. Sie hängt die Sicherheitskette vor und schließt zweimal ab.

Der Karton ist überraschend leicht. Sie trägt ihn in die Wohnung und stellt ihn auf den Couchtisch. Der Inhalt klappert. Sie hebt das Gemälde hoch, eine Leinwand, etwa fünfzig mal siebzig Zentimeter. Das Motiv ist trist – eine unbeholfen gemalte Ackerlandschaft, im Hintergrund Berge, Wolken, denen es an Finesse mangelt. Die Signatur ist nicht zu entziffern. Es spielt keine Rolle, dieses Bild wird sich bald in nichts auflösen, sie wird die Farbe Schicht für Schicht abtragen und die Leinwand vorsichtig reinigen. Was zählt, ist die Qualität des Stoffes und wie er auf der Rückseite aussieht. Sie dreht das Bild um. In die Jahre gekommen, aber nicht abgenutzt. Keine Markierungen, Etiketten oder Stempel, nur eine dünne Bleistiftunterschrift.

Nadezhda legt das Bild zur Seite und inspiziert rasch den restlichen Inhalt des Kartons. Sie reiht die Sachen auf dem Couchtisch nebeneinander auf: Farbtuben, Pinsel, Lösungsmittel. Worum sie gebeten hatte – das Gleiche wie beim letzten Mal, mit ein paar Extras.

Auf dem Boden des Kartons liegt ein dünner weißer Umschlag. Sie öffnet ihn. Drei Fotos fallen heraus. Abzüge der Bilder von Olof Wallners Telefon. Eine kleine Erinnerung daran, was auf dem Spiel steht.

Nadezhda wirft die Fotos auf den Couchtisch. Sie sinkt ins Sofa, schließt die Augen und sitzt ein paar Minuten da, lauscht ihrem eigenen Puls, der in ihren Ohren pocht, und versucht, die Kontrolle über ihre Gedanken zurückzugewinnen. Die Gedanken sind ihre Feinde. Sie muss ruhig und konzentriert sein, um malen zu können, kann es sich nicht leisten, an etwas anderes zu denken als an die Farbe, den Pinsel, die Leinwand.

Sie schlägt die Augen auf und erhebt sich hastig vom Sofa. Auf der abgewetzten Kommode, die sie von der Stadtmission nach Hause geschleppt und stahlgrau gestrichen hat, steht ein weiteres Foto. Darauf ist ihre Mutter abgelichtet, eines der letzten Bilder, das Nadezhda von ihr gemacht hat. Das letzte, auf dem sie wie die starke Frau aussieht, an die Nadezhda sich erinnern möchte. Sie betrachtet das vertraute Gesicht, dann zieht sie ein Skizzenbuch und eine Monografie über Ivan Botkin und sein Werk, herausgegeben vom Museum of Modern Art, aus der obersten Schublade.

Nea geht auf den Sandsack los, als hätte er gerade eines ihrer Kinder bedroht. Drei Geraden mit der Rechten, eine schnelle Linke, dann greift sie den Sack mit beiden Händen und versenkt ihr Knie in ihm. Ein schneller Schritt zurück, zum Schluss ein harter Tritt mit dem rechten Bein. Sie hält inne, atmet aus. Zieht ihre Haare im Pferdeschwanz zurecht. Nimmt einen Schluck aus ihrer Wasserflasche. Der Sandsack schwingt sachte an seiner rasselnden Kette hin und her. Gleich wird sie sich wieder auf ihn stürzen.

Heute ist es voll im Studio, die Luft vibriert vor konzentrierter Aktivität. Ein Knallen in Sandsäcke und Pads, ein Stöhnen und Schnauben und Schwitzen und Plumpsen auf den Matten. Nur wenige Worte werden gewechselt, kommuniziert wird mit Grunzen, Kopfnicken und kleinen Gesten. Die meisten, die hier trainieren, sind jüngere Männer, aber Nea ist längst nicht die einzige Frau, und sie ist auch nicht die älteste.

Sie schließt die Augen und lauscht den Geräuschen. Hier in diesem abgenutzten Kellerraum fühlt sie sich seltsam sicher, im Schweißdunst unter den Leuchtstoffröhren. Inmitten der kontrollierten Gewalt. Dieser Ort ist das krasse Gegenteil zu den hellen Ateliers, in denen sie sonst so viel Zeit verbringt.

Sie beginnt mit einem neuen Set. Die ersten Schläge sind wie immer zaghaft und locker. Rasch findet sie ihren Rhythmus, das Gefühl und die Kraft. Und schließlich geht sie ganz darin auf. Ihr Körper bewegt sich wie von selbst, und die Gedanken lassen von ihr ab. Stress, Frustration und Wut rinnen aus ihr heraus. Das Gehirn macht einen Neustart.

Sie schlägt zu, bis ihre Kraft erschöpft ist, und weiter, bis sie kaum noch die Arme heben kann. Dann macht sie einen Schritt zurück und tritt in den Sack – einmal, zweimal, dreimal. Schweißüberströmt beobachtet sie die Pendelbewegungen des schweren Sandsacks, während sie langsam erst die Handschuhe, dann die Beinschützer abstreift. Ihr Körper zittert vor Erschöpfung, aber ihr Kopf ist klar.

Sie sieht Johan vor sich, als sie ihm verkündet hat, dass sie zum Sport gehen wird. Der rasch zur Seite huschende Blick, als hätte er plötzlich direkt neben ihr etwas gesehen. Er hatte geplant, noch mal wegzugehen, das war offensichtlich, auch wenn er nicht gegen ihr Vorhaben protestierte. Sie kennt ihn so gut, sieht ihm sofort an, wenn ihn etwas beschäftigt, wenn seine Gedanken ganz woanders sind und sie keinen Zugang zu ihnen hat.

Wahrscheinlich ist es die Zukunftsangst, die ihm zu schaffen macht. Das Leben als freiberuflicher Musiker ist eine ständige Achterbahnfahrt, und was Johan in seinen Dreißigern als Freiheit bezeichnete, ist für ihn als Fünfundvierzigjährigen eher ein endloser Kampf ohne größere Perspektive. Er würde es nie direkt sagen, aber sie weiß, wie sehr es ihn stört, dass er weniger verdient als sie und er auf ihr festes Einkommen angewiesen ist. Gleichzeitig zöge er eine Festanstellung, würde ihm eine angeboten, nicht einmal in Erwägung. Er hat in einer Band gespielt, als Nea ihn kennenlernte, sie standen kurz vor ihrem Durchbruch. Als die Band nach einigen krampfhaften Jahren, in denen ihr dieser Durchbruch dann doch nicht vergönnt war, schließlich implodierte, ließ Johan sich nicht davon abbringen, eine Zukunft als Berufsmusiker anzustreben, im Gegensatz zu seinen ehemaligen Bandkollegen, die heute alle regulären Jobs nachgehen.

Er wollte ein Leben zu seinen eigenen Bedingungen führen. Das war einer der Gründe, warum sie sich in ihn verliebt hatte. Sein Unwille, sich den Gepflogenheiten zu fügen, sein Glaube daran, dass ein anderes Leben möglich war. Und irgendwie liebt sie ihn noch immer für diese Ideale und für seinen Wunsch, auch sie irgendwann davon zu überzeugen.

Nea lehnt sich mit dem Rücken an die Wand, lässt sich auf den Boden sinken und wartet auf das Nachschwitzen.

Mit einem dumpfen Aufprall lässt sie die Sporttasche und die Einkaufstüten im Flur auf den Fußboden plumpsen. Durch die Türen der Kinderzimmer dringt kein Licht, kein Ton ist zu hören.

Sie streift ihre Schuhe ab und bleibt auf dem Fußabtreter stehen, reibt sich die Hände und versucht, die Blutzirkulation anzuregen, wartet, dass Johan sich bemerkbar macht, dass er in den Flur kommt und sie zur Begrüßung umarmt. Sich vielleicht entschuldigt.

Schließlich streckt sie die Hand aus, tastet nach dem Schalter neben der Haustür und schaltet das Deckenlicht ein. Die Dielen knarren, als sie die wenigen Schritte zur Wohnzimmertür geht. Johan liegt ausgestreckt auf dem Sofa, mit Kopfhörern auf den Ohren, starrt an die Decke, versunken in seine eigene Welt. Sie beobachtet ihn von der Schwelle aus und wartet darauf, dass er sich ihrer Anwesenheit bewusst wird. Als er sie endlich bemerkt, steht er nicht auf, er hebt nur den Kopfhörer von einem Ohr, schenkt ihr ein vorsichtiges Lächeln. Das schwache Dudeln eines nicht identifizierbaren Liedes durchdringt die Stille.

»Warst du bis eben im Fitnessstudio?«

»Ich hab heute mal eine längere Session gemacht.«

»Okay«, sagt er und setzt die Kopfhörer wieder auf. Das Dudeln verstummt, und Johan richtet seinen Blick wieder an die Decke.

»Ich geh duschen«, sagt Nea.

Als sie aufgewärmt und mit roter Haut, eingehüllt in Johans Bademantel, ins Wohnzimmer zurückkommt, liegt er noch genauso da wie zuvor. Vielleicht hört er sogar das gleiche Lied. Normalerweise konzentriert er sich auf alle Instrumente einzeln, eines nach dem anderen, bis er versteht, wie der Song aufgebaut ist, wie die Instrumente miteinander harmonieren. Seine Begeisterung ist oft grenzenlos, wenn er etwas in den Songs entdeckt, und in den ersten Jahren ihrer Beziehung wollte er diese Freude immer mit Nea teilen. So oft hat er sie vom Kochen abgehalten, damit sie sich eine besonders intelligente Bassline oder einen ungewöhnlichen Beat anhörte. Und sie hat versucht, genau hinzuhören und sich mitreißen zu lassen, versucht, sich auf jede erdenkliche Weise, sich mit ihrem ganzen Wesen auf verschiedene Basslines einzulassen und zu verstehen, wie gut sie waren, aber sie konnte nicht empfinden, was Johan empfand. Es hat ihn jedes Mal enttäuscht, auch wenn er es sich nie anmerken ließ.

Sie weiß selbst, dass ihr etwas fehlt. Eine Musikalität, eine Art Intelligenz, wenn man so will. Sie spürt dieses Defizit täglich in ihrer Beziehung, und seit die Kinder da sind, ist es zu einer Trennlinie zwischen ihr und dem Rest der Familie geworden. Für Johan, Nick und Ella ist Musik ein Teil ihres Wesens. Sie wandeln auf dieser Erde mit der Musik unter den Füßen, in der Lunge, im Kopf. Johan hat ihre Begabung erkannt und sie auf einfache und natürliche Weise gefördert. »Zuhören« war sein pädagogisches Mantra. Und das Anhören von Teilen und Ganzem hat dazu geführt, dass die Kinder sich selbst an verschiedenen Instrumenten ausprobieren wollten. Und wenn ihnen etwas gelungen war, wollten sie mehr lernen. Und als sie genug gelernt hatten, wollten sie ihre eigenen Songs schreiben – wie es Ella jetzt mit ihrer Band tut.

Nea geht auf das Sofa zu, setzt sich neben Johan und streichelt ihm sanft über die Brust. Er lächelt und nimmt seine Kopfhörer ab.

»Du riechst gut«, sagt er.

»Was hörst du?«, fragt sie.

»Marvin Gaye. Wusstest du, dass sein Vater ihn erschossen hat, einen Tag vor seinem fünfundvierzigsten Geburtstag? Erschossen vom eigenen Vater.«

»Warum?«, fragt Nea, während sie Johan weiter über die Brust streichelt.

»Ich weiß nicht. Irgendein dummer Streit. Marvin ist bei einem Konflikt seiner Eltern dazwischengegangen, und dann hat sein Vater die Pistole geholt und ihn erschossen. Die Waffe hatte Marvin ihm zu Weihnachten geschenkt.«

»Tragische Ironie«, sagt Nea.

»Mm.«

Johan schüttelt den Kopf, als denke er an ein unangenehmes Ereignis zurück. Sie streichelt ihm über Nase und Wangen. Beugt sich nach vorne und küsst ihn auf den Mund.

Er ist immer noch in seiner Erinnerung versunken, kommt jedoch zu sich, als sie leise lacht.

»Was?«, fragt er und sieht sie verwirrt an.

»Nichts. Es war nur ... Ach, vergiss es.«

»Was denn?«

Nea lächelt.

»Du sahst gerade so schön aus.«

»Ach ja?«

Johan schließt die Augen und lässt sich von Nea liebkosen. Als sie ihm über den Stoff der Boxershorts streicht und sich seinen Genitalien nähert, packt er sie am Handgelenk und führt ihre Hand weg, ohne die Augen zu öffnen.

»Was ist denn?«, fragt sie leise.

»Nichts. Ich hab nur keine Lust.«

»Du willst nicht?«

»Ich glaub, ich mach mir noch ein Brot, willst du auch eins?«, fragt Johan und setzt sich auf.

Nea schüttelt den Kopf, lächelt angestrengt und bleibt auf der Sofakante sitzen. Sie sieht ihm zu, wie er sich die Jeans hochzieht, sich durchs Haar fährt und in die Küche geht.

1. März

Nea justiert die Schreibtischlampe und beugt sich tiefer über das Buch, das aufgeschlagen vor ihr liegt. Es tut gut, sich nach einer weiteren Fakultätssitzung mit etwas Konkretem zu beschäftigen. Im Laufe der Jahre hat sie eine immer geringere Toleranz gegenüber den Abläufen dort entwickelt. Früher hat sie noch geglaubt, diese Wichtigtuerei sei ein Zeichen von Unsicherheit, diese Selbstbeweihräucherung und dieses Eigenlob würden mit der Zeit schon nachlassen. Doch mittlerweile sind sie zu einem festen, wenn auch nicht offiziell festgeschriebenen Tagesordnungspunkt geworden. Auch beim Umgang mit dem leidigen Thema der maroden finanziellen Situation der Akademie könnte sie kotzen. Bei den Besprechungen geht es nie um die wirklich wesentlichen Dinge: die Kunst und die Studierenden.

Sie vergleicht das im Buch abgebildete Gemälde mit dem Foto, das Roger Forsén ihr geschickt hat und das auf dem Bildschirm zu ihrer Linken aufleuchtet. Es zeigt ein ähnliches Motiv, ein einsamer Mann in einem Café. Er beobachtet eine Szene zwischen einer jungen Frau und einem Mann, die sich zu streiten scheinen. Beide Bilder prägt die gleiche Trostlosigkeit und Einsamkeit, der Cafébesucher erinnert an den Taxifahrer, der inmitten anderer Menschen sitzt und dennoch unbeteiligt wirkt. Anhand des ihr zur Verfügung stehenden Materials kann Nea keine zuverlässige Einschätzung bezüglich der Echtheit des Gemäldes treffen, aber motivisch liegt es auf der Linie dieser Schaffensphase. Sie beugt sich vor, betrachtet jeweils die Häuser im Hintergrund beider Bilder genauer und versucht zu erkennen, ob es in der Architektur irgendwelche Abweichungen voneinander gibt. Sobald sie in den letzten Tagen auch nur einen Moment Zeit fand, hat sie das Foto vom Gemälde aufgerufen, sich auf ein neues Detail konzentriert, in der Hoffnung, etwas zu entdecken, das ihrem Blick bisher entgangen war, etwas, das ihr – und der Polizei – eine Antwort liefern könnte. Bisher hat sie noch nichts gefunden.

Das Telefon klingelt. Sie steht auf und holt es aus der Tasche ihres Mantels, der an der Tür hängt. Sie erwartet eine Nachricht von Roger Forsén, stattdessen leuchtet eine Nummer mit der Vorwahl von Kristianstad auf ihrem Display auf.

»Hej, Andrea. Mariett vom Demenzzentrum Charlottenborg hier. Störe ich gerade?«

Nea schließt die Augen. Sieht das gelbe Klinkergebäude aus den Siebzigern vor sich.

»Ist etwas passiert?«, fragt sie.

»Nur ein kleiner Vorfall mit Ingegerd. Nichts Ernstes, aber ich wollte Sie dennoch informieren.«

»Okay. Hatte sie wieder einen ihrer Ausfälle?«

»Ja, heute nach dem Frühstück, als eine unserer Pflegerinnen den Speisesaal geputzt hat. Ingegerd hat an einem der Tische gesessen und in einer Wochenzeitung geblättert. Als Anja, die Pflegerin, mit dem Wischmopp an ihr vorbeigekommen ist, hat sie sich plötzlich sehr aufgeregt. Hat ihr vorgeworfen, ihr den Job geklaut zu haben. Sie hat Anja angeschrien, es sei ihre Schuld, dass sie selbst jetzt arbeitslos sei.«

Nea seufzt.

»Verstehe.«

»Anja ist sehr professionell und hat versucht, zu deeskalieren, aber Ingegerd war so in Rage, dass sie irgendwann versucht hat, den Mopp mit Gewalt an sich zu reißen. Zwei andere Mitarbeiterinnen mussten eingreifen, um sie zu beruhigen.«

»Das tut mir wirklich sehr leid!«

»Nein, nein. Ihre Mutter ist dement, solche Situationen gehören leider zum Krankheitsbild. Ich wollte nur, dass Sie Bescheid wissen.«

»Wie geht es ihr jetzt? Und wie geht es Anja?«

»Ihre Mutter liegt in ihrem Zimmer und ruht sich aus, es geht ihr gut. Und auch die Pflegerin ist wohlauf.«

»Sie wissen, dass meine Mutter früher als Zimmermädchen gearbeitet hat?«

»Ja, das weiß ich.«

»Es kommt mir so vor, als würde es ihr mit jedem Tag schlechter gehen.«

»Sie hat gute und weniger gute Tage. Aber leider ist es bei Demenz nun mal so, dass sich der Zustand mit der Zeit nur verschlechtern kann.«

»Ja«, sagt Nea und fragt sich unwillkürlich, ob ein kurzer Prozess nicht besser wäre als ein derart langwieriger, wenn es sowieso auf dasselbe Ende hinausläuft. »Danke, dass Sie sich die Zeit genommen haben, mich anzurufen.«

Sie legt das Handy auf den Schreibtisch und starrt das Foto von Roger Forséns Botkin auf ihrem Computerbildschirm an. Dann kneift sie die Augen zusammen und massiert ihren Nasenrücken.

Das Handy auf dem Schreibtisch gibt ein leichtes Brummen von sich, und auf dem Display erscheint eine Nachricht. Sie ist von Roger Forsén. *Bin jetzt da.* Er hat auf einem Treffen bestanden, obwohl sie ihm noch nicht viel zu bieten hat. Aber er scheint sehr gespannt darauf zu sein, ihre Einschätzung zu hören, so unvollendet sie auch sein mag.

Sie nimmt ihr Handy und geht hinaus, um ihn in der Eingangshalle der Akademie zu empfangen. Als sie die Treppe hinunterkommt, steht er schon dort und knöpft sich seinen kamelfarbenen Mantel auf. Er lässt seinen Blick durch das Foyer schweifen. Es ist offensichtlich, dass er zum ersten Mal hier am Institut ist. Sie grüßt einige der Studierenden, die auf dem Weg zu den verschiedenen Werkstätten durch die Korridore strömen. Einige tragen blaue Arbeitsoveralls und Schnürstiefel und könnten auch als ein Haufen Bauarbeiter mit extravaganten Frisuren durchgehen.

»Darf ich Sie einmal durch das Haus führen, bevor wir in mein Büro gehen? Vielleicht wollen Sie mal einen Blick in die Ateliers werfen?«, fragt Nea und schüttelt seine ausgestreckte Hand. Sie ist kalt, aber der Händedruck ist genauso fest wie bei ihrer ersten Begegnung.

»Gern ein andermal«, erwidert er. »Ich habe leider direkt im Anschluss eine weitere Verabredung.«

Nea lächelt.

»Mein Büro ist dort oben«, sagt sie und deutet mit einem Kopfnicken die Treppen hinauf.

Während sie durch den Korridor zu ihrem Büro gehen, fällt Nea auf, wie Roger die Umgebung scannt. Vermutlich eine Art Berufskrankheit, wie auch der durchdringende Blick, mit dem er sie mustert, wenn sie sich unterhalten. Er scheint genauso an der Art und Weise, wie sie etwas erzählt, interessiert zu sein, wie an dem Inhalt dessen, was sie sagt. Es ist ungewöhnlich, aber überhaupt nicht unangenehm. Nea kann sich vorstellen, dass er einen ziemlich starken Eindruck auf Frauen macht. Er ist ein Zuhörer, eine ungewöhnliche Eigenschaft bei Männern seines Alters.

»Hereinspaziert, setzen Sie sich doch«, sagt sie und hält ihm die Tür zu ihrem Büro auf. Mit einer schwungvollen Geste zeigt sie auf den Sessel, auf dem normalerweise die Studierenden in Tränen ausbrechen, wenn sie ihre Prüfungen nicht bestanden haben. Roger sieht sich um und setzt sich dann.

»Tut mir leid, dass wir hier keinen echten Moccamaster haben, aber ich kann Ihnen einen normalen Filterkaffee anbieten, wenn Sie mögen?«

Er winkt ab.

»Passt schon, danke. Ich habe heute schon zu viel Kaffee getrunken.«

Nea setzt sich auf die andere Seite des Schreibtischs und lächelt.

»Ja, okay. Nun denn. Ich habe ein bisschen recherchiert und Ihren Fund mit Botkins Gemälden aus den Fünfzigerjahren verglichen ... Allerdings muss ich sagen, dass es mir schwerfällt, ein Urteil über die Echtheit dieses Bildes zu fällen.«

Roger nickt aufmunternd.

»Man muss so unglaublich viele Aspekte berücksichtigen, um ein Werk wirklich beurteilen zu können«, fährt Nea fort, »von der Maltechnik über Pinselführung und Konturen bis zu Licht und Schatten, Farbwahl, Motiv ... ja alles.«

»Ich verstehe, dass es dauert, ein sicheres Urteil zu fällen. Mich interessiert vor allem, was Ihre Intuition sagt«, erwidert Roger.

Nea dreht sich leicht auf ihrem Bürostuhl hin und her.

»Ich denke, es könnte sehr gut ein echter Botkin sein. Es gibt keine offensichtlichen Anomalien an dem Gemälde, keine Unstimmigkeiten. Es scheint zwar nicht katalogisiert zu sein, aber es existiert ja auch gar kein vollständiges Werkverzeichnis von Botkins Arbeiten.«

Roger scheint diese Antwort zufriedenzustellen, obwohl Nea nicht den Eindruck hat, etwas besonders Erhellendes gesagt zu haben.

»Aber Sie können auch nicht ausschließen, dass es eine Fälschung ist?«

»Also ... Es gibt keine Angaben zur Provenienz, anhand derer die Echtheit bestätigt werden kann ... Und sollte es sich doch um eine Fälschung handeln, dann wurde hier ganze Arbeit geleistet. Erstklassige Malerei.«

Roger nickt.

»Es wäre großartig, der Person gegenüberzusitzen, die hier den Pinsel gehalten hat«, sagt er.

»Sie gehen also davon aus, dass es nicht Botkin selbst war?«

»Ich habe alle Ausstellungskataloge durchsucht«, sagt Roger. »Es existiert kein Gemälde, das diesem hier gleicht. Es wurde nicht gestohlen gemeldet. Warum nicht? Vielleicht weil es nicht echt ist.«

Nachdenklich starrt Nea ins Leere.

»Wenn das Gemälde gefälscht ist, haben wir es mit einem sehr talentierten Fälscher zu tun«, fährt er fort. »Vielleicht lebt er sogar hier in Stockholm. Was glauben Sie: Wie viele Menschen gibt es mit einem derartigen Talent?«

Er erhebt sich aus dem Sessel.

»Jedenfalls, vielen Dank, dass Sie sich die Zeit genommen haben. Das hat mir wirklich geholfen ...«

Er wird von einem Klopfen an der Tür unterbrochen.

»Ich habe jetzt eigentlich Sprechstunde«, sagt Nea mit einem entschuldigenden Lächeln. Sie steht auf und öffnet die Tür. »Komm rein, Nadezhda. Wir sind hier gerade fertig.«

Nadezhda betritt den Raum und wirft Roger Forsén einen flüchtigen Blick zu.

»Das ist Nadezhda Volkova, eine der begabtesten Studentinnen, die ich je unterrichten durfte«, sagt Nea und legt ihre Hand auf Nadezhdas Schulter. »Den Namen sollten Sie sich merken.«

Nadezhda senkt den Blick, wie immer peinlich berührt von Lob und Anerkennung.

»Freut mich«, sagt Roger.

»Ebenso«, murmelt Nadezhda.

»Melden Sie sich, wenn Sie sich noch weiter über das Gemälde austauschen wollen«, sagt Nea an Roger gewandt.

»Darauf werde ich garantiert zurückkommen. Und Sie sagen mir Bescheid, wenn Ihnen noch irgendetwas einfällt. Zum Beispiel, wer den Pinsel gehalten haben könnte.«

»Wenn es nicht doch Botkin selbst war«, erwidert Nea mit einem Schmunzeln. »Soll ich Sie hinausbegleiten?«

»Nicht nötig, ich finde den Weg«, sagt Roger und lächelt beiden zum Abschied zu.

Nea und Nadezhda sehen ihm nach, bis die Tür hinter ihm ins Schloss fällt.

Roger Forsén stößt die Eingangstür auf und tritt hinaus in den rauen Winternachmittag. Er klappt den Kragen seines Mantels hoch und bläst warme Luft in die Hände. Ein schwaches Bimmeln erklingt, es dauert ein paar Sekunden, bis ihm bewusst wird, dass es sein eigenes Telefon ist. Nicht das Arbeitshandy in seiner Jackentasche, sondern das andere, das immer in der Innentasche steckt und nur selten klingelt. Er knöpft seinen Mantel auf und holt das klingelnde Handy hervor. Kein Name auf dem Display, nur eine Nummer – im Telefonbuch hat er keine Kontakte eingetragen –, aber er weiß genau, wer da anruft. Aus reinem Reflex schaut er über seine Schulter, bevor er antwortet.

»Ja, hallo«, sagt er und geht auf das U-Bahn-Schild zu.

»Wer war das?«

Nadezhda sieht der leicht vornübergebeugten Gestalt nach, die über den Campus Richtung U-Bahn geht. Auch Neas Blick folgt Roger Forsén. Sein Mantel flattert hinter ihm, von Weitem sieht er älter aus als der Mann mit den neugierigen blauen Augen, dem sie gerade die Hand geschüttelt hat.

»Er ist von der Polizei«, antwortet Nea und dreht sich zu Nadezhda um. »Netter Kerl.«

»Polizei? Was wollte er denn?«

»Er ermittelt in einem Fall von Kunstfälschung und hat sich in den Kopf gesetzt, ich könnte ihm dabei irgendwie behilflich sein.«

»Du? Warum denn?«

»Sie haben einen vermeintlichen Botkin gefunden.«

Nadezhda mustert Nea.

»Nun ja, Künstler, denen es nicht gelingt, Interesse für ihre eigenen Werke zu wecken, nutzen eben manchmal die Gelegenheit, sich die Werke namhafter Künstler zu eigen zu machen. Leicht verdientes Geld für diejenigen, die ausreichend talentiert sind und keine Moral haben.«

Nea tritt an ihren Computer, gibt das Passwort ein, und sofort erscheint das Foto von dem Gemälde in Roger Forséns Keller auf dem Bildschirm.

»Schau mal. Ob es nun eine Fälschung ist oder nicht – wovon ich nicht ganz überzeugt bin –, es ist ein wirklich großartiges Gemälde.«

Nadezhda tritt näher und sieht ihrer Dozentin über die Schulter. Sie nickt.

»Aber wir sind ja hier, um über deine Kunst zu sprechen, Nadezhda.«

Nea bietet ihr den Sessel an, den Roger Forsén soeben verlassen hat. Nadezhda setzt sich, zieht den achtlos zusammengebundenen Pferdeschwanz straff.

»Wie läuft es mit deiner Examensarbeit?«

Nadezhda zieht eine schwer zu deutende Grimasse, senkt den Blick auf ihre Knie.

»Kommst du nicht voran? Das ist absolut kein Drama«, sagt Nea. »So geht es fast allen im Schaffensprozess.«

Nadezhda schüttelt den Kopf. »Ich ...«, beginnt sie, kommt jedoch ins Stocken.

Dann schaut sie plötzlich auf und erwidert lächelnd Neas Blick.

»Was denn?«, fragt Nea.

»Ich habe das Stipendium bekommen.«

Es dauert einen Moment, bis sich Nea der Zusammenhang erschließt. Doch dann fährt sie aus ihrem Stuhl auf und ist in wenigen Schritten auf der anderen Seite des Schreibtischs.

»Der Kunstfonds! Du hast das Ausbildungsstipendium vom Kunstfonds!«, ruft sie und nimmt Nadezhda in den Arm. »Verdammt, ich habs gewusst, Nadezhda. Sie konnten es dir nicht *nicht* geben!«

»Es gibt so viele Leute mit Talent«, erwidert Nadezhda, als sie sich aus Neas Umarmung löst.

Nea schüttelt den Kopf, wischt sich eine Träne aus dem Augenwinkel, bevor sie ihr über die Wange kullern kann.

»Aber du stichst hervor. Ich bin unfassbar stolz.«

Nadezhda sieht verlegen aus.

»Das habe ich nur dir zu verdanken«, sagt sie.

»Voll und ganz dein eigenes Verdienst«, entgegnet Nea.

Jetzt ist es Nadezhda, die mit Nachdruck den Kopf schüttelt.

»Nein, ohne dich wäre es nie dazu gekommen. Ich ... ich wäre nicht einmal hier, wenn du dich nicht für mich eingesetzt hättest.«

»Wie? Denkst du an dein erstes Semester?«

»Ich wollte ganz aufhören. Wirklich alles aufgeben«, sagt Nadezhda. Ihre Augen glänzen. »Ich war so kurz davor.«

Sie zeigt einen kleinen Abstand mit Daumen und Zeigefinger.

»Alle machen solche Phasen durch.«

»Aber ich hatte wirklich einen richtigen Breakdown.«

»So was passiert«, sagt Nea.

»Ich weiß nicht ... aber ich bin dir jedenfalls sehr dankbar. Das wollte ich dir unbedingt noch sagen.«

»Ich bin so froh, dass du damals nicht aufgegeben hast. Das waren eindeutig die falschen Gründe, um hinzuschmeißen.«

Nachdenklich schüttelt Nadezhda den Kopf.

»Ich habe es wirklich so gemeint, was ich gerade zu Roger Forsén gesagt habe«, fügt Nea hinzu, als Nadezhda nichts weiter entgegnet. »Du wirst deinen Platz in der Kunstwelt einnehmen, Nadezhda. Du musst nur deine Examensarbeit fertigstellen.«

»Das ist es ja ...«

»Mach dir keine Sorgen. Mach dich lieber an die Arbeit.«

»Aber nur, weil du mir keine andere Wahl lässt«, sagt Nadezhda und wischt sich mit dem Handrücken die Tränen von den Wangen. Sie steht auf.

Nea schaut auf die Uhr.

»Wir haben noch Zeit.«

Nadezhda lässt sich erneut in den Sessel sinken und sieht Nea fragend an.

»Sonst alles in Ordnung?«, fragt Nea.

»Was soll denn sein?«

»Ich frage nur.«

Sie tauschen einen langen Blick aus.

»Ich weiß, dass du Small Talk schrecklich findest«, sagt Nea schließlich. »Na los, geh schon, mach dich ans Werk.«

Nadezhda steht wieder auf, zupft die Bluse zurecht, die beim Hinsetzen hochgerutscht ist. Sie sieht jünger aus als dreiundzwanzig, eigentlich nicht viel älter als Ella. Aber im Laufe der letzten beiden Jahre hat Nea erkannt, dass Nadezhda tougher ist, als sie aussieht, tougher, als sie selbst zu glauben scheint oder zeigen möchte.

»Ich komme später runter ins Atelier«, sagt Nea und steht ebenfalls auf. »Dann sehen wir uns vielleicht dort?«

»Bestimmt«, sagt Nadezhda. »Wenn ich bis dahin nicht aufgegeben habe.«

»Du bist nicht der Typ, der aufgibt, das hast du bereits bewiesen«, sagt Nea, bevor sie die Tür hinter ihr schließt.

Als der Abend anbricht, kehrt Nadezhda nach Hause zurück. Sie lässt die Jalousien herunter und steckt den Stecker des Baustrahlers, den sie mitten im Wohnzimmer platziert hat, in die Steckdose. Das helle Licht verwandelt den Raum in eine Bühne. Sie bindet sich ihre Haare zu einem Dutt zusammen und öffnet eine Playlist auf ihrem

Computer. St. Vincents *Los Ageless* schallt explosionsartig aus den Boxen, schnell dreht sie die Lautstärke herunter.

Sie betrachtet ihre mit Powerstrips an die Wand gehefteten Skizzen, vergleicht sie mit dem Entwurf, den sie mit dünnen Bleistiftstrichen auf die leere Leinwand der Staffelei gezeichnet hat. Die laienhafte Landschaftsmalerei ist sie mithilfe von Lösungsmitteln losgeworden. Die Leinwand ist auf einen alten Keilrahmen aufgespannt. Der Name des Künstlers und die Datierung sind noch in schwachen Bleistiftlinien zu erkennen, *Lennart Ahrnbom, 1951*. Vorsichtig lässt Nadezhda diese Informationen mit einem gewöhnlichen Radiergummi verschwinden, ohne Spuren im Holz zu hinterlassen. Wie wichtig es ist, eine Leinwand aus der entsprechenden Zeit auszuwählen, hat sie in einer der unzähligen Nächte gelernt, in denen sie in den Tiefen des Internets recherchiert hat, was man über Kunstfälschung wissen muss. Alles Weitere hat sie in dem Buch *The Art Forger's Handbook* des großen Fälschers Eric Hebborn nachgelesen, einem glücklichen Fund in einem Online-Antiquariat.

Nadezhda setzt sich aufs Sofa und begutachtet die sorgfältig ausgewählten Farbtuben. Sie liegen aufgereiht auf dem Couchtisch neben einer alten Blechdose voller Pinsel. Diese Farben gab es schon zu Botkins Zeiten. Nadezhda nimmt ihre Holzpalette, drückt einen kleinen Klecks Kobaltblau, eine größere Menge Titanweiß und einen winzigen Klecks Eisenoxidschwarz aus den jeweiligen Tuben und verrührt sie mit einem Spatel zu einem matten graublauen Farbton. Sie vergleicht die Farbe mit einem Stück Himmel aus der Botkin-Monografie, die neben ihrer Palette liegt, drückt behutsam noch etwas mehr Weiß aus der Tube und vermischt es mit den anderen Farben. Als sie mit dem Ergebnis zufrieden ist, nimmt sie einen der Pinsel und beginnt, eine dünne Schicht auf die Leinwand aufzutragen. Nach Vollendung des verheißungsvoll düsteren Himmels reinigt sie den Spatel mit Küchenpapier und vermischt ein Goldocker mit einem kleinen Klecks Umbra gebrannt und Zinkweiß für die verputzte Fassade im Hintergrund des Bildes.

Sie arbeitet mehrere Stunden unter höchster Konzentration, ohne zu merken, wie es draußen vor ihrem Fenster immer dunkler wird. Die Zeit scheint in ihrer Wohnung stillzustehen, der Baustrahler und die Musik tragen zu dieser Illusion bei. Als die Komposition schließlich fertig ist und eine sehr dünne erste Farbschicht die gesamte Leinwand bedeckt, nimmt sie das Bild von der Staffelei und geht hinunter in die Waschküche, die sie für den Abend gebucht hat. Sie legt die Leinwand waagerecht über die Stäbe im Trockenschrank und stellt den Thermostat auf die niedrigste Stufe. Die Farbe trocknet in dieser ersten Runde schnell. Die nächste Trocknungsphase dauert länger, so entsteht ein flächendeckendes Craquelé in den Farbschichten, das dem Gemälde ein älteres Aussehen verleiht. Sie bucht einen neuen Slot für den Waschkeller, einen doppelten, und geht zurück in ihre Wohnung.

Sie räumt die Tuben weg und reinigt die Pinsel sorgfältig. Kurz darauf liegt sie ausgestreckt auf dem Sofa und starrt an die Decke. Der Polizist in Neas Büro. Ahnt er irgendetwas, oder war es nur Zufall? Er kann das Gemälde gar nicht mit ihr in Verbindung bringen. Absolut unmöglich. Und Nea schien sie auch nicht zu verdächtigen. Nadezhda steht auf und dreht die Musik wieder auf, um die Gedanken in ihrem Kopf zu übertönen.

Alles, was sie tun muss, ist, ruhig zu bleiben und dafür zu sorgen, dass Wallner dieses Gemälde bekommt. Dann wird alles vorbei sein.

8. März

Der graue Lack blättert bereits von der schweren Metalltür ab. Sie sieht eher aus, als würde sie zu einem Bunker gehören, nicht zu einem Gebäude voller Künstlerateliers. Nea schaut an der Rückseite des großen Backsteinbaus empor, einst Teil der Porzellanmanufaktur Gustavsberg – ein letztes Überbleibsel einer Zeit, in der die Industrie hier noch florierte. Ringsum erheben sich neu gebaute Apartmenthäuser in schillernden Farben. Wie Nea weiß, bemüht man sich dort, das Erbe von Stig Lindberg, dem wichtigsten Designer der Porzellanmanufaktur, in Ehren zu halten. Sein signifikantes Blättermuster Berså schmückt die Treppenhäuser vom Erdgeschoss bis unters Dach.

»Hier muss man sich auf jeden Fall keine Sorgen machen, dass eingebrochen wird«, murmelt Nea und klopft an die stabile Tür.

Sie wird von einer Frau begrüßt, die sich als Sofia vorstellt und dabei lächelnd ihren Schal zurechtrückt. Sie betreten einen Raum, den man bestenfalls als Wareneingang oder Ladedock beschreiben könnte. Hier ist wahrscheinlich seit Lindbergs Zeiten nicht mehr renoviert worden. Der Betonboden und die Wände zeugen von jahrzehntelanger Abnutzung. Die Luft ist kühl und feucht, es riecht nach Metall und ein wenig verbrannt – vermutlich von einem der noch laufenden Brennöfen im Gebäude. Am anderen Ende des Raums führen weitere große Metalltüren in das Innere des Gebäudes hinein, doch Sofia geleitet Nea stattdessen zu einer Treppe auf der linken Seite. Oben angekommen, schließt Sofia die einzige Tür auf diesem Stockwerk mit ihrem großen klirrenden Schlüsselbund auf.

»Die Instandhaltung wurde etwas vernachlässigt, was sich aber auch in der relativ niedrigen Miete widerspiegelt«, erklärt sie, als sie den Raum betreten. »Aber es ist eines der größten Ateliers im Haus. Große Fenster, wie Sie sehen können, viel Platz. Strom, Heizung und Wasser sind im Mietpreis enthalten. Allerdings ist der Raum hier etwas abgelegen, etwas abseits von den anderen Ateliers.«

Nea nickt. Sie hat den Raum in Gedanken bereits eingerichtet, mit einer Staffelei und einem Werktisch. Ein altes Sofa, vielleicht einen Teppich für den Fußboden. Eine Musikanlage. Ein paar grüne Pflanzen.

»Was genau machen Sie?«, erkundigt sich Sofia.

»Ölmalerei«, sagt Nea und wird aus ihrem Tagtraum herausgerissen. »Beziehungsweise, ich unterrichte an der Kunstakademie«, sagt sie und lacht. »Aber ich will selbst auch wieder mit dem Malen anfangen. Das ist zumindest der Plan. Die Kinder sind inzwischen gar nicht mehr so klein, habe ich festgestellt.«

Sofia lächelt.

»Irgendwann ist man an dem Punkt, nicht wahr?«

Nea nickt und betrachtet die großen Fenster.

»In der Tat.«

»Da wird es Zeit, sich den eigenen Träumen zu widmen. Ich habe es selbst gemerkt, als ich vor ein paar Jahren krank wurde. Da hatte ich meine eigenen Bedürfnisse bereits mehrere Jahre hintangestellt. Das ist lebensgefährlich.«

Sie stehen vor einer zerkratzten Edelstahlspüle. Über ihr hängt ein Schrank, von den Türen ist etwa die Hälfte der pastellgrünen Farbe bereits abgeplatzt.

»Die Küchenzeile ist schlecht ausgestattet. Aber Sie können hier problemlos eine Mikrowelle oder eine Herdplatte hinstellen, wenn Sie möchten. In den Gemeinschaftsräumen eine Etage tiefer gibt es eine richtige Küche. Hinter dieser Tür dort ist die Toilette.«

Sie zeigt auf eine verspiegelte Tür an der Giebelseite.

»Haben Sie selbst auch an der Kunstakademie studiert, oder unterrichten Sie dort nur?«

Nea erwägt, noch einen Blick in das kleine Badezimmer zu werfen, lässt es dann aber. Das Atelier ist perfekt. Im Kopf hat sie bereits den Vertrag unterzeichnet.

»Ich habe auch dort studiert. Aber dann ist etwas dazwischengekommen – oder wie sagt man? –, bevor ich meinem eigenen Schaffen ernsthaft nachgehen konnte.«

»Aber jetzt ist Ihre Zeit gekommen«, erwidert Sofia. »Tut mir leid, dass der Raum so heruntergekommen ist.«

Das ist keine Übertreibung. Der Betonboden ist an mehreren Stellen fleckig und rissig. Die Wände waren einst weiß, jetzt sind sie gelblich. Die Farbe ist hier und da abgeplatzt, vor allem in den Ecken und an der Decke. Eine Wand sieht aus, als wäre der Vormieter Jackson Pollock gewesen. Alle Oberflächen sind mit einer dicken Staubschicht bedeckt, dabei ist das letzte Mietverhältnis nicht Jahre her, sondern nur wenige Tage. Auf den Fensterbrettern liegen tote Fliegen.

»Ich finde es großartig. Wann kann ich das Atelier übernehmen?«

»Tja, die Räumlichkeiten sind leer, wie Sie sehen«, sagt Sofia. »Sobald der Papierkram erledigt ist …«

»Wo kann ich unterschreiben?«

Nick stapft mit seinen Doc Martens im Schneematsch auf und ab, als Nea aus dem U-Bahnhof Björns Trädgård eilt. In Gedanken ist sie immer noch im Atelier. Dass sich diese Gelegenheit ergeben, oder eher noch, dass sie sie ergriffen hat, ist eine Art Luxus, an den sie selbst schon gar nicht mehr geglaubt hat. Zugegeben, dieser Luxus ist mit Kosten verbunden, aber mit der Zeit wird es sich schon auszahlen. Wenn sie jemals wieder ernsthaft malen will, braucht sie ein eigenes Atelier, einen Ort ganz für sich allein.

Nick hat die Hände tief in den Taschen vergraben, seine Wangen sind rot, er schaut verdrießlich drein. Äußerst lustlos erwidert er Neas Umarmung, es könnte sie ja jemand sehen.

»Tut mir leid, dass ich zu spät bin, ich hatte noch einen Termin, der etwas länger gedauert hat«, sagt sie, doch er reagiert nicht auf ihre Entschuldigung. »Wo ist deine Mütze, Schatz?«

»In der Wäsche.«

Sie gehen die Götgatan entlang Richtung Süden. Nea wirft ihm einen vielsagenden Blick zu.

»Was? Meine Frisur!«, sagt Nick.

»Deine Frisur? Ich mache mir Sorgen, dass wir dir bald die Ohren amputieren müssen.«

»Du trägst auch keine Mütze«, kontert Nick.

Sie lässt das Thema. Immerhin hat er feste Stiefel an den Füßen und eine warme Jacke.

»Können wir heute was vom Thai-Restaurant holen?«, fragt Nick.

»Papa hat bestimmt schon was gekocht.«

»Dann morgen?«

»Mal schauen.«

»Das sagst du immer.«

»Was?«

»*Mal schauen*. Aber eigentlich heißt das *Nein*.«

»Stimmt ja gar nicht.«

»Doch. Wenn du *mal schauen* sagst, weiß ich schon, dass du eigentlich *Nein* meinst.«

Sie überqueren die Folkungagatan und schlittern im Schneematsch über den schlecht geräumten Gehweg. Nea flucht leise, als eine unsichtbare Eisschicht ihr beinahe den Boden unter den Füßen wegreißt.

»Übrigens brauch ich ein neues Handy«, sagt Nick.

Er versucht, es beiläufig klingen zu lassen, aber Nea kann hören, dass er sich auf dieses Gespräch vorbereitet hat.

»Vielleicht habe ich das auch nur geträumt, aber hatten wir diese Diskussion nicht vor Kurzem erst?«

»Guck doch mal!«

Nick bleibt abrupt stehen und zwingt Nea, ebenfalls anzuhalten. Er zieht seine dünnen Fingerhandschuhe aus und holt sein Telefon aus der Tasche seiner Jeans.

»Guck!«

Die Risse im Glas breiten sich wie ein Spinnennetz über den Bildschirm aus.

»Wann ist das denn passiert?«

Nick zuckt mit den Schultern.

»Gestern, glaub ich.«

»Du musst besser auf deine Dinge achtgeben. Wir können nicht andauernd alles neu kaufen.«

»Was heißt denn andauernd? Dieses Telefon ist doch schon scheißalt!«

»Du hast es zu Weihnachten bekommen!«

»Vorletztes Jahr, ja. Und niemand sonst hat so ein Scheißtelefon.«

»Ich habe keine Lust, das hier mitten auf der Straße zu diskutieren. Komm.«

Sie setzt sich wieder in Bewegung. Im nächsten Moment hat Nick sie eingeholt.

»Aber, Mama, jetzt mal im Ernst.«

»Wir können es uns nicht leisten, dir einfach so ein neues Handy zu kaufen.«

»Aber ...«

»Wir können das Display reparieren lassen.«

»Aber niemand hat mehr so ein altes Modell. Ich ...«

Nick wird abrupt unterbrochen, als sie das Treppenhaus betreten und fast von einem schwarz gekleideten Mann umgestoßen werden, der die Treppe heruntergeeilt kommt und auf die Straße hinaushastet.

»Was war das denn für ein Arschloch?«, entfährt es Nick, als die Tür hinter ihm ins Schloss fällt.

»Nick, bitte.«

»Na was denn? Hast du das nicht gesehen? Der hätte uns fast umgerannt.«

»Doch, hab ich«, erwidert Nea. »Idiot«, fügt sie hinzu und lächelt Nick an.

Sie nehmen wie gewohnt die Treppe, der antike Fahrstuhl ist langsam und unzuverlässig. Keiner von beiden spricht, beide sind etwas angefressen. Nea würde gern irgendetwas Aufmunterndes sagen, aber ihre Gedanken tappen in einem luftleeren Raum.

Sie erreichen den dritten Stock. Nea verharrt mitten in ihrer Bewegung, mit einem Fuß noch auf dem Treppenabsatz. Die Tür zu ihrer Wohnung steht sperrangelweit offen.

»Mama, warum ...?«

»Ich habe keine Ahnung, Nick«, unterbricht sie ihn, wohl ein wenig schroff, aber das Herz schlägt ihr bis zum Hals, und ein starkes Unbehagen macht sich in ihr breit.

»Bleib hier stehen, ich werde mal nachsehen«, sagt sie und tritt über die Türschwelle.

In der Wohnung ist es dunkel, kein Geräusch ist zu hören. Aus der Küche fällt ein schummriges Licht in den Flur, aber sonst gibt es kein Lebenszeichen. Nichts im Flur weist auf einen Einbruch hin.

»Hallo? Johan?«

Sie geht zwei Schritte in den Flur hinein, knipst die Deckenlampe an und wirft einen Blick in die Küche. Da ist niemand. Der Backofen ist an, auf dem Herd steht ein Topf. Nea schaut in Nicks Zimmer, aber auch das ist leer. Dann glaubt sie, Geräusche aus dem Wohnzimmer zu hören. Irgendjemand bewegt sich.

»Hallo?«, ruft sie erneut. »Ich habe die Polizei angerufen, sie sind unterwegs!«

Stille.

»Nea?«

Es dauert ein paar Sekunden, bis sie realisiert, dass es Johans Stimme ist.

Sie stürmt ins Wohnzimmer, und in dem Moment, in dem sie über die Schwelle tritt, wird die Lampe neben dem Sofa angeschaltet. Ein unbarmherziges Licht fällt auf ihren Mann. Halb sitzt er, halb liegt er auf dem Sofa. Sein Gesicht ist blutverschmiert, sein Hemd voller Blutflecken. Das weiße Sofa ist nicht mehr weiß.

»Es ist nicht so schlimm, wie es aussieht«, sagt Johan, aber nach dem Zittern in seiner Stimme zu urteilen, ist es genauso schlimm, wie es aussieht.

Nea steht wie angewurzelt da und starrt ihn an, nicht in der Lage, sich zu bewegen, nicht in der Lage zu atmen. Der Schock sitzt wie ein steinharter Klumpen in ihrer Brust. Dann erklingt Nicks Stimme hinter ihr.

»Papa?«

»Es ist nur halb so wild. Ich war nur in einen kleinen Unfall verwickelt.«

»Nick, geh in dein Zimmer.«

Ihre Stimme ist kurz davor, sich zu überschlagen, doch sie klingt strenger, als sie es von sich kennt.

»Aber ...«

Sie packt Nick am Arm und schiebt ihn in sein Zimmer. Er protestiert nicht.

»Was ist passiert?«, fragt er.

»Warte hier, mach dir keine Sorgen«, erwidert Nea.

Mit zitternden Händen schließt und verriegelt sie die Wohnungstür, schaltet alle Lichter an, geht ins Badezimmer und zerreißt ein Handtuch, holt tief Luft und kehrt zu Johan zurück.

Er sitzt immer noch auf dem Sofa, aber jetzt mit geradem Rücken, nicht mehr in sich zusammengesunken. Sein Kopf ist nach hinten geneigt, er hält eine Hand über sein linkes Auge. Blut quillt zwischen seinen Fingern hervor, sickert über seine Wangen.

»Alles gut«, sagt er. »Es ist nur die Augenbraue.«

Mit zitternder Hand drückt Nea das Handtuch gegen Johans aufgeplatzte Augenbraue und bringt ihn dazu, selbst dagegenzuhalten. Das Handtuch ist schon nach wenigen Minuten von Blut durchtränkt, aber immerhin stoppt es das Rinnsal an Johans Wange. Nea tritt einen Schritt zurück und starrt auf ihre blutbefleckten Hände. Sie ballt sie zu Fäusten, um das Zittern zu unterdrücken. Das Blut klebt ihre Finger zusammen.

»Scheiße, Johan, was ist hier passiert?«

Als Nea und Johan aus der Notaufnahme zurückkehren – wo sich ein desinteressierter Assistenzarzt Johans wirre Erklärung über ein missglücktes Hockeytraining anhören musste, ehe er seine Augenbraue mit ein paar schnellen Stichen mühelos zusammenflickte –, sitzen Nick und Ella mit ihren Teebechern am Küchentisch. Den Geschwistern scheinen alle Gesprächsthemen ausgegangen zu sein, oder aber sie sind sofort verstummt, als sie den Schlüssel im Schloss gehört haben.

»Shit, Papa«, ruft Ella, als Johan die Küche betritt. Die Stiche an seiner Augenbraue sind mit einem kleinen Pflaster versehen. »Aber so schlimm sieht es ja gar nicht aus. Nick klang vorhin so, als wär dein Schädel gespalten.«

Johan verharrt in seiner Bewegung.

»Es sah übler aus, als es war«, sagt er. Seine Stimme klingt nicht so entspannt, wie er es gern hätte. »Ist gar nicht weiter wild.«

»Nicht weiter wild?«, ruft Ella. »Habt ihr euch mal das Sofa angesehen? Es sieht aus, als hätte jemand ein Schwein in unserem Wohnzimmer geschlachtet.«

»Ella!«, sagt Nea.

»Na ist doch wahr!«

»Es fließt nun mal viel Blut, wenn man sich die Augenbraue aufschlägt. Aber es ist nichts Ernstes.«

»Musste es genäht werden? Wie viele Stiche?«, fragt Nick.

»Vier«, antwortet Johan.

»Wie blöd kann man sich anstellen, Papa?«, sagt Nick.

Johan zieht einen Stuhl unterm Tisch hervor und setzt sich. Nea bleibt am Küchenschrank stehen, sie wischt mit dem säuerlich riechenden gelben Spültuch ein paar Toastbrotkrümel und Tomatenreste von der Anrichte.

»Du hast dich also gestoßen, als du die Scharniere an der Schlafzimmertür schmieren wolltest?«, fragt Ella feixend.

Johan zieht eine entschuldigende Grimasse.

»Ich bin nicht stolz drauf, aber ... ja. Diese Tür hat ja schon seit einer Ewigkeit gequietscht.«

»Wie kann so was denn überhaupt passieren? Dafür solltest du einen Preis gewinnen.«

»Mm, na weißt du ... ich bin abgerutscht und ...«

Nea verdreht die Augen, genervt von Johans Ausrede, aber sie hat den dreien den Rücken zugekehrt, sodass es niemand mitbekommt. Sie spült den ekligen Lappen aus und hängt ihn über den Wasserhahn. Dann überlegt sie es sich anders und wirft ihn stattdessen in den Müll. Sie knallt die Schranktür unter der Spüle eine Spur zu laut zu. Die anderen drehen sich zu ihr um.

»Ich bring das mit dem Sofa in Ordnung«, sagt sie und verlässt die Küche, hört aber noch, wie Johan die Geschichte von den quietschenden Scharnieren weiter ausschmückt. Nick und Ella lachen sich kaputt, Nick scheint den Typ vergessen zu haben, der sie beinahe über den Haufen gerannt hätte, als sie durch die Haustür kamen. Ist vielleicht auch besser so.

Nea kramt ein großes Laken aus dem Schrank hervor und geht ins Wohnzimmer. Ella hat recht, es sieht aus, als hätte hier jemand ein Schwein geschlachtet. Wahrscheinlich ist das Sofa nicht mehr zu retten. Das Blut ist inzwischen fest getrocknet und hat sich dunkel verfärbt, die Flecken sind nun eher braun als rot. Hier sieht es aus wie an einem Tatort. Es ist ein Tatort, wird Nea bewusst. Und sie vernichtet alle Beweise.

Sie faltet das Laken auseinander, schüttelt es auf und breitet es über dem Sofa aus. Streicht es glatt, schlägt die Kanten um, drapiert ein paar Kissen auf dem Sofa, und schon gibt es keine sichtbaren Spuren mehr von dem, was hier vorgefallen ist. Nea tritt einen Schritt zurück und betrachtet das Ergebnis. Ihre Leselampe, die normalerweise neben dem Sofa steht, liegt der Länge nach auf dem Parkett. Sie stellt sie auf, richtet den Lampenschirm, schaltet sie ein, um zu sehen, ob sie noch funktioniert. Im Schein der Lampe sind die Blutflecken auf dem Teppich deutlich zu erkennen. Sofort schaltet Nea sie wieder aus. Morgen, denkt sie.

Nachdem sie den Kindern Gute Nacht gesagt hat, steigt Nea in die Dusche. Das heiße Wasser löst die Spannungen in ihrem Körper. Nach und nach gewöhnt sie sich an die Hitze, dreht den Wasserhahn immer weiter auf, bis sie schließlich die Maximaltemperatur erreicht hat und der Dampf das Badezimmer erfüllt. Ihre Haut ist ganz rot, als sie wenig später aus der Dusche tritt. Sie trocknet sich sorgfältig ab, wischt mit dem Handtuch über den Badezimmerspiegel. Ihr Blick ist müde, die Fältchen in den Augenwinkeln scheinen seit heute Morgen tiefer geworden zu sein. Sie schlüpft in ihren Bademantel und stopft die Schmutzwäsche in den Wäschekorb. Als sie in den Flur hinausgeht, zieht sich ihre Haut an der kalten Luft zusammen.

Sie trifft Johan in der Küche an. Er sitzt immer noch am Küchentisch, schält eine Apfelsine, schaut aus dem Fenster, starrt in die Dunkelheit da draußen. Als er sich ihrer Anwesenheit bewusst wird, dreht er sich zu ihr um. Das gut gelaunte Gesicht, das er für Ella und Nick aufgesetzt hat, ist verschwunden, er grinst schief und schiebt sich eine Orangenscheibe in den Mund. Er spuckt einen Kern in seine Hand und legt ihn vor sich auf das Tischset.

»Also?«, fragt sie.

Seitdem sie ihn blutüberströmt vorgefunden hat, sind sie nicht allein gewesen. Sie hat sich die Geschichte vom Hockeytraining in der Notaufnahme angehört. Hat nichts gesagt, als er den Kindern die Ausrede mit der Schlafzimmertür aufgetischt hat. Es ist offensichtlich, dass er nicht über das Geschehene sprechen möchte. Er will keine ihrer Fragen beantworten, geschweige denn ihre Gesellschaft. Er will einfach nur allein in der Küche hocken, schief grinsen, sich selbst bemitleiden und rein gar keine Rechenschaft ablegen müssen.

»Wer war der Typ, der mir und Nick auf der Treppe entgegengekommen ist?«

Johan zögert.

»Ich weiß nicht«, sagt er schließlich.

»Du hast also keine Ahnung, warum das passiert ist?«, hakt sie nach und spürt sofort, wie ihr Puls steigt. »Es handelt sich also um einen völlig grundlosen Angriff. Und deshalb willst du mich auch davon abhalten, die Polizei zu rufen? Glaubst du, ich bin blöd, Johan?«

Er schüttelt den Kopf. Verzieht vor Schmerz das Gesicht.

»Deine Kinder kommen nach Hause und finden dich halb totgeschlagen auf dem Sofa.«

»So schlimm ist es nicht.«

»Hast du dir das Sofa mal angeguckt? Hast du dich mal im Spiegel angeschaut?«

Er schweigt.

»Was wäre passiert, wenn ich zu Hause gewesen wäre, als dieser Typ aufgetaucht ist? Oder wenn Nick oder Emma hier gewesen wären?«

»Liebling, ich ...«

»Das ist kein Scheißspaß mehr, Johan! Was zur Hölle?«

»Denk bitte an die Kinder, Liebling.«

»*Ich* soll an die Kinder denken?«

Sie zieht sich den Bademantel zurecht, verschränkt die Arme vor der Brust und holt tief Luft.

»Jetzt hör auf mit dem Bullshit, Johan. Erzähl mir, was hier los ist, verdammte Scheiße!«

Er starrt auf den Tisch. Schiebt die halb aufgegessene Apfelsine von sich weg.

»Ich schulde einigen Leuten Geld«, sagt er nach einer Weile, ohne aufzusehen.

Sie nickt, schluckt. Es dauert einige Sekunden, bis sie sich überwinden kann, die Worte auszusprechen.

»Also hast du wieder angefangen zu spielen?«

»Liebling, ich ...«

»Wie viel?«

Jetzt schaut er auf. Sie sieht die Angst in seinen Augen und fragt sich, wovor er sich mehr fürchtet: vor den Konsequenzen, die ihn erwarten, wenn er seine Schulden nicht zahlt, oder vor ihrer Reaktion.

»Wie viel, Johan?«

»Eins Komma drei.«

»Was?«

Johan schweigt.

»Eins Komma drei Millionen?«, fragt Nea.

Er nickt, wendet den Blick erneut ab.

»Wie ...? So viel Geld haben wir nicht!«

Was für eine unnötige Aussage. Sie wissen beide, dass sie nicht über so viel Geld verfügen. Sie besitzen nichts, was sie verkaufen könnten, keine Wohnung, keinen Schmuck, und nicht mal der alte Skoda ist etwas wert. Es gibt keine nennenswerten Ersparnisse, dafür hat Johans Spielsucht schon vor einigen Jahren gesorgt. Aber sie dachte, die Sucht sei Geschichte. Sie hat ihm tatsächlich vertraut.

»Ich weiß gar nicht, ob ich es überhaupt so genau wissen will, aber wem schuldest du das Geld?«

Er räuspert sich.

»Einem Spielklub in Vasastan.«

»Einem Spielklub?«

Nea stützt sich mit der Hand auf der Anrichte ab. Ihre Beine zittern.

»Ja. Kein lizenziertes Gewerbe, wie du dir vielleicht denken kannst.«

Sein Blick ist fest auf die Tischplatte geheftet, sie sieht ihn an.

»Du hast also Schulden bei der Mafia«, höhnt sie.

»Nicht bei der Mafia.«

»Ach nein? Bitte entschuldige, wenn ich mich mit der Fachterminologie nicht so richtig auskenne, aber es ist wohl kein gemeinnütziger Verein, der einen Spielklub in Vasastan betreibt und bei dir zu Hause vorbeikommt, um dich zusammenzuschlagen?«

Jetzt schaut er zu ihr auf, kann ihrem Blick aber nicht standhalten.

»Was passiert, wenn du nicht bezahlst?«

Er antwortet nicht, aber das muss er auch gar nicht. Sie kann sich sehr gut vorstellen, was passiert, wenn er nicht zahlt. Das nächste Mal ist vielleicht sie an der Reihe, oder die Kinder. Wird sie eines Tages einen Anruf von der Schule bekommen, weil Nick nicht zum Unterricht erschienen ist? Wird sie nach Hause kommen und Ella in derselben Verfassung vorfinden, wie sie Johan heute vorgefunden hat? Oder schlimmer? Vor ihrem inneren Auge jagt ein Horrorszenario das nächste. Ihr Puls rast, und sie versucht zu schlucken, um den Blutgeschmack im Mund loszuwerden.

»Wie ...?«

Sie holt tief Luft, ringt um Fassung.

»Bis wann hast du Zeit?«

»Sie haben mir zwei Wochen gegeben«, murmelt Johan.

Weint er? Sie kann nicht recht erkennen, ob er weint. Das letzte Mal, als ihn seine Spielsucht einholte, hatte er geweint, vor fast sechs Jahren, als sie eines Tages nach der Arbeit nach Hause kam und auf dem Fußabtreter einen Inkassobrief fand – den ersten von vielen, die in den folgenden Monaten hereinflattern sollten. Johan hatte ihr gemeinsames Sparkonto geleert, um Online-Poker zu spielen. Sie hatte nichts bemerkt, und als das Geld weg war, nahm er einen Kredit auf, um damit das Geld zurückzugewinnen. Natürlich gewann er nicht eine einzige Krone zurück, also schalteten die Gläubiger das Inkassobüro ein. Er hatte Tränen vergossen, als sie ihn konfrontierte. Das Online-Pokern war anfangs nur ein Zeitvertreib gewesen, und dann, als es eine Weile an Jobs mangelte, zog es ihn immer weiter hinein. Aber das würde nie wieder passieren, das hatte er ihr versprochen. Und sie hatte ihm geglaubt, und sie hatten die Schulden gemeinsam zurückbezahlt, denen einige schwierige Jahre folgten. Ihre Ehe hing an einem seidenen Faden, aber Nea liebte ihn, und Stück für Stück fasste sie wieder Vertrauen. Im Laufe der letzten Jahre hatte sie kein einziges Mal Grund zu der Annahme gehabt, dass sich das, was sie durchgemacht hatten, wiederholen würde. Jetzt wird ihr klar, wie naiv sie war, und sie verflucht sich selbst. Wieder hat sie zugelassen, dass es so weit kommen konnte. Und diesmal ist alles noch schlimmer. Schuldeneintreiber in ihrem Haus, die auf andere losgingen. Wie hatte Johan es nur geschehen lassen können, dass solche Menschen in ihr Leben eindrangen?

»Ich …«, beginnt sie, bringt aber kein weiteres Wort mehr hervor, mit einem Ruck dreht sie sich um und erbricht in die Spüle. Seit dem Mittagessen hat sie nichts mehr gegessen, bald spuckt sie nur noch ätzende Galle in langen Fäden ins Waschbecken.

Ihr Magen beruhigt sich, und sie dreht den Wasserhahn auf. Immer noch über die Spüle gebeugt, ringt sie um Fassung, als sie Johans Hand auf ihrem Rücken spürt.

»Ich gehe ins Bett«, sagt sie und schüttelt ihn ab.

Sie dreht den Wasserhahn nicht zu und lässt Johan allein in der Küche zurück. Soll er doch Ordnung schaffen.

9. März

Nea reißt sich die Bettdecke vom Leib. Ihr Körper ist von einem Schweißfilm überzogen, er perlt auf der Stirn und zwischen den Brüsten. Sie atmet schwer, heftig. Fragmente eines Traums schweben davon, sie kriegt sie nicht mehr zu fassen.

Sie tastet nach Johan, seine Seite des Bettes ist leer, aber noch warm.

Sie lauscht. In der Wohnung herrscht Stille. Ihr Handy ist nicht auf dem Nachttisch, wo es normalerweise liegt.

Obwohl ihr warm ist, zieht sie sich den Bademantel über und öffnet vorsichtig die Schlafzimmertür, die immer noch quietscht. Sie tritt in den Flur hinaus. Die Wohnung ist vollkommen dunkel und wirkt verlassen.

Ella hat eine halb volle Tasse Tee auf ihrem Schreibtisch stehen lassen, eine Jeans liegt auf einem Klamottenhaufen am Fußende des Bettes. Nick hat seine Bettdecke auf den Boden geschmissen. Nea wirft sie zurück aufs Bett. Über der Gitarre, die in der Ecke lehnt, hängt ein schwarzes T-Shirt, unklar, ob er es mit Absicht dort hingehängt hat oder es einfach dort gelandet ist.

Auch in der Küche ist niemand. Der Tisch ist abgewischt, aber in der Spüle stehen eine Kaffeetasse und zwei Teller.

Sie prüft, ob die Haustür verschlossen ist. Sie wünschte, sie hätten eine Sicherheitskette. Wo kauft man so was? Gibt es in der Bondegata nicht einen Schlosser?

Sie geht zurück ins Wohnzimmer. Der Anblick des Sofas versetzt ihr einen Stich in die Magengrube. Weiß drapiert. Das Laken ist zu dünn, an einer Stelle an der Rückenlehne sieht man das Blut durchschimmern. Ein kleiner Fleck, aber nicht zu übersehen.

»Nea.«

Johans Stimme lässt sie zusammenzucken. Er sitzt im Sessel in der hintersten Ecke des Wohnzimmers. Sie war so auf das Sofa konzentriert, dass sie ihn nicht bemerkt hat. Als sich ihre Blicke treffen, sieht er schnell wieder weg und schaut aus dem Fenster.

»Johan.«

Langsam wendet er seinen Blick wieder in ihre Richtung, aber sie schafft es nicht, ihn einzufangen. Sein halbes Gesicht ist geschwollen, und ein größeres Pflaster klebt über seiner Braue. Seine Augen sind voller Trauer.

Sie öffnet den Mund, um etwas zu sagen, aber weiß nicht, wo sie anfangen soll.

Johan sieht wieder aus dem Fenster.

Dort lässt sie ihn sitzen und verlässt den Raum.

Sie findet ihr Telefon auf dem Fensterbrett der Küche. Es ist fast neun Uhr, aber sie muss erst nach dem Mittagessen an der Akademie sein.

Sie setzt sich an den Küchentisch und starrt an die Wand. Dort hängt ein gerahmtes Kohleporträt von Ella. Nea hat es gezeichnet, als ihre Tochter fünf Jahre alt war. Neben dem Porträt hängt ein Foto von Johan, das sie vor fast zwanzig Jahren geschossen hat. Auch von Nick war mal ein Foto an der Wand, aber er hat es einfach wieder abgenommen und ihr verboten, es je wieder aufzuhängen. Sie nimmt die Bilder gar nicht wahr, sondern starrt auf die kahle Wand zwischen ihnen.

Es gibt ein Konto, von dem Johan nichts weiß. Sie hat es vor ein paar Jahren angelegt und kleine Summen darauf eingezahlt. Schon die ganze Zeit plagt sie deshalb ein schlechtes Gewissen.

Sie loggt sich auf ihrem Handy in die Banking-App ein. 5500 Kronen auf dem Gehaltskonto. 26 350 auf dem geheimen Sparkonto.

Das ist alles, was sie besitzt. Alles, was sie besitzen.

Ihr gemeinsames Sparkonto ist natürlich leer. Wie konnte sie übersehen haben, dass ihre Ersparnisse verschwunden sind? Abermals.

Weil sie sich dazu entschieden hat, an Veränderung zu glauben. Glaube und Wille sind starke Kräfte. Man sieht nur, was man sehen will.

Mit einer sanften Bewegung schiebt Nea die Tür zur Teeküche auf und schleicht sich so leise wie möglich zu der kleinen Küchenzeile. Sie wirft einen flüchtigen Blick zu ihren Kolleginnen, die in der Sofaecke am anderen Ende des Raums ihre Köpfe zusammengesteckt haben und in eine lebhafte Diskussion vertieft sind. Niemand schaut in ihre Richtung. Der Kaffee ist nicht fertig durchgelaufen. Nea holt einen weinroten Becher aus dem Schrank, steht mit dem Rücken zu ihren Kolleginnen und wartet angespannt darauf, dass die letzten Tropfen in die Kanne träufeln.

Ihr bleibt noch etwas mehr als eine Stunde bis zu ihrer Vorlesung – ein Rückblick auf die Fluxus- und Pop-Art-Künstler der Sechzigerjahre. Normalerweise ist das eine ihrer Lieblingsvorlesungen. Viele der Studierenden wollen die Ideen hinter dieser Bewegung begreifen, von der Kunst Robert Rauschenbergs und Jasper Johns' bis hin zu den grenzüberschreitenden Aktionen und Happenings, die die Szene in dieser Zeit geprägt haben. Sie scheinen sich mit dem Wunsch der Künstler identifizieren zu können, sich von der traditionellen Malerei zu lösen, und wenn Nea dann darauf hinweist, dass viele dieser Künstler im Grunde klassisch ausgebildet waren, ist immer ein enttäuschtes Seufzen aus den Reihen zu hören.

Sie müsste ihre Notizen durchgehen, aber in ihrem Kopf ist gerade absolut kein Platz. Das Bild des blutbefleckten Sofas taucht ständigvor ihrem inneren Auge auf und wirbelt all ihre zusammenhängenden Gedanken durcheinander.

Die Kaffeemaschine gibt ein Seufzen von sich, und ein paar letzte schwarze Tropfen fallen in die Kanne. Nea gießt sich Kaffee in die Tasse und eilt aus der Teeküche, erleichtert, dass niemand versucht hat, mit ihr ins Gespräch zu kommen.

Mit eiligen Schritten und gesenktem Blick hat sie es fast bis in ihr Büro geschafft, als Teija mit einem Stapel Kopien im Arm den kurzen Korridor betritt.

Nea reißt sich zusammen, setzt ein Lächeln auf und hofft, dass man ihr nichts ansehen kann. Im selben Moment bereut sie, dass sie sich nicht krankgemeldet hat. Dieses Pflichtbewusstsein, ein weiteres Vermächtnis ihrer Eltern. Ihr Vater hatte sich während seines langen Arbeitslebens kaum einen Tag krankschreiben lassen, ob er nun von Grippebeulen übersät war oder das Besäufnis vom Vortag seinen ganzen Körper außer Gefecht gesetzt hatte. Er riss sich zusammen und ging zur Arbeit. Denn so gehörte es sich.

»Was ist denn mit dir los? Ist was passiert?«

Teija kann sie mit ihrem aufgesetzten Lächeln offenbar nicht täuschen.

»Was? Nichts Besonderes.«

»Du siehst aus wie ein Gespenst!«

Mit einem Kopfnicken grüßt Nea einen Studenten, der hinter Teija den Korridor entlangkommt.

»Hab nicht so gut geschlafen. Stress wahrscheinlich. Oder die Hormone.«

Teija sieht sie mit ernsten Augen an.

»Dafür bist du zu jung. Ich empfehle dir dringend, dich mehr zu beschweren. Du halst dir zu viel auf.«

»Ich werde drüber nachdenken.«

»Und sei bloß nicht immer so nett.«

Teija verschwindet mit ihren Kopien, während Nea ihre Schlüsselkarte ans Schloss hält und ihr Büro betritt. Dann fällt die Tür zu.

Auf Neas Schreibtisch liegen die Notizen, die sie sich am Vortag dort zurechtgelegt hat, gut vorbereitet wie immer. Heute fühlt es sich so an, als hätte eine andere Person sie dort hingelegt. Die Nea von gestern wusste noch nicht, dass ihr ganzes Leben in sich zusammenzustürzen würde, sich in ein Nichts auflösen. Sie schiebt die Unterlagen beiseite.

Die Bank. Sie weiß, dass es vermutlich nicht klappen wird, aber sie muss es zumindest versuchen. Als sie auf die Website klickt, wird dennoch eine gewisse Hoffnung in ihr geweckt. »Kredite für all deine Bedürfnisse«, liest sie. »Erfülle deine Träume!« Sie träumt von einem Leben, in dem sie sich keine Gedanken darüber machen muss, was die Besitzer eines illegalen Glücksspielklubs in Vasastan ihrem Mann oder ihr selbst antun könnten. Ihren Kindern. Noch vor vierundzwanzig Stunden haben ihre Träume ganz anders ausgesehen.

Sie ruft die Seite für Kreditanträge auf und beginnt, alle Informationen zu Einnahmen und Ausgaben sowie den Zweck des Kredits einzugeben. Als sie fertig ist, schiebt sie den Laptop weg, beugt sich über den Schreibtisch und legt ihre Wange auf die kühle Laminatplatte – wie Nick es immer tut, wenn er von seinen Hausaufgaben die Nase voll hat.

Es klopft. Nea zuckt zusammen. Ist sie eingeschlafen? Sie weiß es nicht. Sie eilt zur Tür, und als sie öffnet, steht dort eine junge Frau und sieht sie mit fragendem Blick an – Maria, eine der Erstsemesterinnen.

»Entschuldigung, aber haben wir jetzt nicht Vorlesung? Alle warten unten im Hörsaal und ... ja. Ich wollte nur fragen, ob es vielleicht ein Missverständnis mit dem Stundenplan gab.«

Nea braucht einen Moment, bis ihr auffällt, wie besorgt Maria sie anschaut. Sie ringt sich ein Lächeln ab.

»Natürlich! Das tut mir so leid. Ich war hier total in eine Sache vertieft und ... ehrlich gesagt, hab ich die Zeit ganz verschwitzt.«

Sie versucht, munter zu klingen, aber sie kann selbst hören, wie aufgesetzt es klingt.

»Ich sammele nur schnell meine Sachen zusammen und bin dann in zwei Minuten da.«

Maria lächelt und nickt.

»Scheiße«, flucht Nea, als die Tür hinter ihr zufällt. »Reiß dich zusammen.«

11. März

»Bruno Liljefors«, stellt Roger Forsén fest und schiebt sich die Brille zurück auf die Nase.

Gustav nickt. Er nimmt sein Handy wieder an sich, drückt auf den Home-Button, und das Bild verschwindet vom Display. Dann steckt er es in seine Tasche.

»Was denkst du?«, fragt er Roger.

Die beiden Männer sehen durch die großen Fenster des Kulturhuset hinunter auf den Sergels Torg.

»Machbar, aber nicht optimal.«

»Das ist ein tolles Gemälde.«

»Liljefors ist für meinen Geschmack zu unbekannt«, erwidert Roger. »Das macht die Sache nicht einfacher.«

Gustav nickt.

»Fünfzigtausend?«

»Irgendwas in dem Bereich«, sagt Roger.

»Du findest schon einen Weg.«

Roger trinkt von seinem Cappuccino, Gustav gießt sich den letzten Schluck Limo aus seiner Flasche in das Glas mit Zitronenscheibe.

»Gibt es Neues zum Russen?«, fragt er.

»Nein.«

»Nicht die geringste Spur?«

»Nichts Konkretes.«

»Aber?«

»Nichts aber«, sagt Roger und nippt an seinem Kaffee.

»Ich bin einfach neugierig, wer dahintersteckt. Könnte nützlich sein. Immerhin geht es um große Summen.«

Roger nickt. Er schaut rasch auf seine Armbanduhr und klettert von dem hohen Barhocker.

»Wir sehen uns nächste Woche«, sagt er, nimmt seinen Mantel und geht Richtung Rolltreppe davon.

»Setzen Sie sich, setzen Sie sich.«

Nea zieht einen der beiden Besucherstühle unter dem Schreibtisch hervor, die Gummifüße quietschen auf dem Boden. Sie setzt sich. Der Mann auf der anderen Seite des Tisches lächelt sie mit seinen gebleichten Zähnen an. Munterer Ausdruck, zurückgegeltes Haar, dunkelblond. Fünfundzwanzig Jahre? Auf keinen Fall älter als dreißig. Linus, laut dem Namensschild neben der Tür. Er trägt ein enges Hemd – die Brustmuskeln zeichnen sich unter dem teuren Baumwollstoff ab –, die obersten Knöpfe stehen offen, keine Krawatte. Das Jackett hängt über der Rückenlehne seines Bürostuhls. Ein schnelles Klackern auf der Tastatur, ein kurzer Blick auf den Bildschirm. Er nickt zweimal, wie zu sich selbst. Dann: »Ja, Frau Hallgren. Es geht um einen Kredit, nicht wahr?«

Nea nickt. Dann sammelt sie sich.

»Genau«, sagt sie und ringt sich zu einem Lächeln durch. »Ich habe den Online-Antrag wie gewünscht ausgefüllt.«

Wieder nickt Linus. Fummelt immer wieder an einem Ring an seinem Ringfinger herum. Ein Ehering?

Ist er nicht ein bisschen zu jung dafür? Ehe. Job bei der Bank. Er hält ihre Zukunft in seinen Händen.

»Das ist hervorragend«, sagt er. »Das erleichtert den Prozess enorm. Wozu genau wollen Sie die gewünschte Kreditsumme verwenden?«

»Verschiedenes. Wir bräuchten mal wieder ein neues Auto, dafür werden wir einen großen Teil des Geldes nutzen. Dann wollen wir in meine Arbeit investieren, Equipment, Ausstattung für mein Atelier, unter anderem. Ich male ... Eine Nebenbeschäftigung, eigentlich bin ich Dozentin.«

Linus wirft einen Blick auf seinen Bildschirm. Blinzelt leicht.

»Kunstakademie?«

»Genau.«

»Spannend«, sagt er, und es ist ihm nicht anzusehen, ob er es wirklich so meint. Einerseits scheint er aufrichtig zu sein. Gleichzeitig wirkt sein Gesicht – seine glatte Haut, seine scharfen Konturen – ein wenig wie eine Maske. Aber der Eindruck trügt sicherlich. Das ist die Nervosität.

»Eins Komma drei Millionen sollen es sein?«

Nea nickt.

»Ja, dann schauen wir mal.«

Jetzt wirkt er schon etwas verkniffener. Starrt konzentriert auf seinen Bildschirm. Tippt etwas ein. Liest. Tippt wieder.

»Wollen wir mal sehen«, sagt er und fummelt an seinem Ring. »Mietverhältnis. Feste Anstellung. Zwei Kinder. Verheiratet.« Er nickt, als gefiele ihm das, was er auf seinem Bildschirm sieht. »Ihr Gatte«, sagt er dann, »welche Tätigkeit übt er aus?«

»Er ist Musiker.«

»Eine richtige Künstlerfamilie«, sagt Linus und lächelt. »Stimmt das Einkommen, das Sie hier für ihn angegeben haben?«

»Ja, das ist richtig. Er ist Freiberufler, es geht also immer etwas auf und ab, je nachdem, wie viele Aufträge er hat.«

»Ja, so ist das«, sagt Linus, aber sie hat den Eindruck, als sei ihm dieses Konzept völlig fremd. Er lebt wahrscheinlich in einer Eigentumswohnung hier im Stadtzentrum mit seiner ebenso jungen und schlanken Frau. Zieht dann wahrscheinlich zurück in den idyllischen Vorort, in dem er aufgewachsen ist, wenn das erste Kind unterwegs ist. Oder nach Lidingö.

»Keine weiteren laufenden Kredite«, stellt er fest.

Sie schüttelt den Kopf.

»Nur noch einige Raten von meinem Studienkredit.«

»*Das* ist doch super«, sagt Linus und betont *das* etwas zu stark. »Haben Sie noch Ersparnisse, abgesehen von dem Sparkonto, das Sie hier bei uns haben? Vielleicht einen Fonds oder Aktien oder etwas dergleichen?«

»Leider nein«, sagt Nea.

Er wirft einen prüfenden Blick auf seinen Bildschirm. Tippt wieder irgendetwas ein.

»Das ist es, was mir Sorgen macht«, sagt er einen Augenblick später. »Es gibt keine Sicherheiten für den Kredit. Keine direkten Vermögenswerte.«

Er lehnt sich in seinem Stuhl zurück und betrachtet sie.

»Nein.«

Warum verdammt sollte sie sich Geld leihen wollen, wenn sie schon welches hätte?

»Deswegen brauche ich ja auch einen Kredit«, sagt sie, unsicher, ob das so klug ist. Oder ob es ohnehin völlig unwichtig ist, was sie sagt.

»Für solche Fälle haben wir unseren Kalkulator«, erklärt er. »Sie wissen schon, er berechnet alle möglichen Faktoren mit ein und wägt sie gegeneinander ab. In Ihrem Fall sieht es leider nicht so gut aus.«

Sie nickt, versucht, ihr Lächeln zu wahren. Bloß nicht verzweifelt aussehen. Auf dem Rücken bricht ihr der Schweiß aus. Ihre Kopfhaut brennt.

»Ich habe verschiedene Szenarien durchgespielt«, fährt er fort. »Sie haben ja ein stabiles Einkommen, eine feste Anstellung und so weiter. Aber der Computer berechnet die Finanzlage der gesamten Familie, Unkosten, Einkommen, und er berücksichtigt, dass Spielräume für Zinserhöhungen vorhanden sind. Der Zinssatz wird nicht immer so niedrig bleiben«, sagt er, Letzteres mit beinahe väterlichem Ton.

»Natürlich«, stimmt sie ihm zu.

Er nickt, zufrieden, dass sie sich einig sind.

»Um Ihnen diesen Kredit zu bewilligen, ausgehend von den Voraussetzungen, die Sie in Ihrem Antrag angegeben haben, brauchen wir eine Form der Absicherung. Und die fehlt im Moment.«

»Ich begleiche immer meine Schulden. Noch nie in meinem Leben habe ich eine Rechnung zu spät bezahlt.«

Er lächelt. Nachsichtig.

»Selbstverständlich, selbstverständlich«, sagt er. »Weder ich noch die Bank misstraut Ihnen. Es ist nur so, dass wir uns an die Vorgaben halten müssen und ... ja, in Ihrem Fall werden die erforderlichen Kriterien leider nicht erfüllt.«

»Weil mein Mann ein zu geringes Einkommen hat?«

»In Kombination mit seiner Selbstständigkeit ist das ein Punkt, ja. Und es liegen eben keine Sicherheiten vor. Es wäre etwas ganz anderes, wenn Sie beispielsweise eine Immobilie besäßen.«

Sie nickt. Er fummelt an seinem Ehering herum.

»Eine Alternative wäre es, wenn Sie jemanden hätten, der für Sie bürgen würde. Dann würde unsere Kalkulation sicher etwas anders aussehen.«

Sie nickt wieder nur. Stumm. Dumm.

»Das wäre sicher eine Überlegung wert«, sagt er lächelnd. »Wir wollen Ihnen wirklich gern helfen.«

»Ich werde darüber nachdenken«, sagt sie.

Er nickt, sieht zufrieden aus.

Die Stuhlbeine scharren über den Boden, als sie aufsteht. Er begleitet sie hinaus in die Lobby. Sein Handschlag ist trocken und fest, sein Lächeln unverändert strahlend weiß.

»Viel Glück«, wünscht er.

Nadezhda hat das Gemälde so eingewickelt, dass es wie ein Geburtstagsgeschenk aussieht, mit blau geblümtem Papier und goldfarbener Schnur. Sie schlüpft in ihre Daunenjacke, wickelt sich den Schal um den Hals und verweilt einen Moment vor dem Spiegel. Dann nimmt sie das Paket unter den Arm und verlässt die Wohnung. Mit der U-Bahn fährt sie bis Rådmansgatan.

Zu Fuß nähert sie sich dem Park hinter der Stadtbibliothek. Sie sieht ihn schon aus der Ferne. Olof Wallner. Ungeduldig scrollt er auf seinem Handy herum, genauso unfähig zu warten wie alle anderen. Jede Sekunde muss gefüllt sein, mit irgendeinem Scheiß, Hauptsache, er steht nicht untätig rum. Sie spürt, wie ihr Herz mit jedem Schritt immer schneller pocht. Über seinem linken Arm hängt eine weiße Papiertüte mit hellgrauen Stoffschnüren von *Interior Design*.

Nimm deine ekligen Finger von diesem verdammten Handy, denkt Nadezhda, im selben Moment hebt er den Kopf, als hätten ihre Gedanken ihm einen Stromschlag versetzt. Er lächelt.

Nadezhda beschleunigt ihren Schritt auf den letzten Metern, zu nervös, um die Show mitzumachen. Sie überreicht ihm das Gemälde.

»Herzlichen Glückwunsch zum Geburtstag«, sagt sie knapp. »Ich hoffe, es gefällt dir.«

»Das wird es mit Sicherheit«, erwidert er und nimmt das Paket behutsam entgegen. »Gehen wir ein Stück?«

Langsam flanieren sie durch den Park Richtung Handelshochschule.

»Jetzt können sich unsere Wege ja trennen«, sagt Nadezhda nach einer Weile.

Wallner lacht.

»Wie geht es deiner Familie?«, fragt er.

Nadezhda antwortet nicht. In ihren Taschen ballt sie die Hände zu Fäusten.

»Du hast ja immerhin ein bisschen was verdient mit deiner Arbeit«, sagt Wallner und beobachtet mit einem unschuldigen Lächeln das Treiben auf dem Sveavägen. Als wären sie auf einem Sonntagsspaziergang.

»Das ist nicht meine Arbeit.«

»Man tut, was man kann, um über die Runden zu kommen, nicht wahr?«, sagt Wallner und geht einen Schritt zur Seite, um zu verhindern, dass ein junges Mädchen, das von einem Jack Russell Terrier quer durch den Park gezogen wird, mit ihm zusammenstößt.

»Es geht dich nichts an, wie ich über die Runden komme.«

Wallner lacht laut auf. »Und trotzdem bist du zu mir gekommen, als du Geld für Pashas Operation brauchtest.«

»Manchmal bleibt einem keine Wahl«, entgegnet Nadezhda.

»Man hat immer eine Wahl.«

»Glaub doch, was du willst«, sagt sie und deutet mit einem Kopfnicken Richtung U-Bahn-Station. »Da ist meine Haltestelle.«

»Na dann«, sagt Wallner und überreicht ihr die Papiertüte. »Ich danke für die Zusammenarbeit. Es war mir ein Vergnügen.«

Nadezhda hängt sich die Tüte über den Arm und geht mit ruhigen Schritten Richtung U-Bahn. Nach einigen Metern ruft Wallner: »Warte, *milaja*!«

Nadezhda bleibt wie angewurzelt stehen und dreht sich zu ihm um. Wallner eilt auf sie zu.

»Du hast bekommen, worauf wir uns geeinigt haben, aber natürlich werden meine Kontakte deine Arbeit genauestens unter die Lupe nehmen. Falls irgendwelche Fragen auftauchen sollten, hörst du von mir. Aber ich vertraue darauf, dass du gute Arbeit geleistet hast. Mein Name steht hier auf dem Spiel.«

Plötzlich sieht er nicht mehr so selbstsicher aus, ein dunkler Schatten von Besorgnis flackert in seinen blauen Augen auf. Nadezhdas Blick durchbohrt ihn.

»Sei unbesorgt. Niemand wird etwas zu beanstanden haben.«

Wallner nickt.

»Aber wenn du mich noch einmal *milaja* nennst, wird kein Chirurg der Welt dein Gesicht wieder herrichten können.«

Ohne seine Reaktion abzuwarten, dreht Nadezhda sich auf dem Absatz um und steuert auf die U-Bahn zu. Ihre Schritte sind so ruhig wie zuvor, aber ihr Herz rast. Erst nachdem die U-Bahn die Altstadt hinter sich gelassen hat, merkt sie, wie schweißnass sie ist, also knöpft sie ihre Jacke auf. Die Frau auf dem gegenüberliegenden Sitz wirft ihr einen mitfühlenden Blick zu.

Nadezhda steigt in Slussen aus, sieht, dass ihre Bahn bereits wartet, überquert rasch den Bahnsteig, verpasst sie aber um ein paar Sekunden. Sie spürt noch den Windzug der Türen, die sich vor ihrer Nase schließen. »Fuck!« Sie setzt sich stattdessen mit der Papiertüte am Arm auf eine Bank. Dann beschließt sie, dass es sinnlos ist, nach Hause in die leere Wohnung zu gehen. Ihr Körper ist voller Energie und Adrenalin, das immer durch ihre Adern pumpt, wenn sie Wallner trifft. Es ist besser, zur Akademie zu fahren und die Energie in die Kunst zu stecken. Das ist sowieso immer die beste Lösung.

Nea starrt in der U-Bahn ausdruckslos vor sich hin. Ihr Mund ist trocken, der kalte Schweiß juckt am Rücken. Strahlend weißes Lächeln auf der Reklametafel einer Zahnarztpraxis, weitere glückliche Gesichter auf der Werbung für Kreditunternehmen. *Bis zu 200 000 Kronen ohne Sicherheiten.* Nea wendet den Blick ab. Von all diesen lächelnden Menschen wird ihr übel. »Bis zu 200 000 Kronen« reicht vorne und hinten nicht.

Sie hatte nie wirklich an die Bank als Lösung geglaubt, aber jetzt merkt sie, dass sie doch ein kleines Fünkchen Hoffnung hatte. Letztendlich war das ihr einziger Ausweg. Sie verspürt ein drückendes Gefühl in der Brust. Ein Gefühl, dass ihr das Leben aus den Händen gleitet. Dass alles, was ihr etwas bedeutet, verloren geht, dass vieles schon längst verloren ist.

Sie sollte gehen. Die Kinder nehmen und abhauen, Johan die Scheiße allein ausbaden lassen. Soll er doch die Konsequenzen tragen. Aber sie kann Johan nicht einfach im Stich lassen. Trotz der Wut, die in ihr brennt. Trotz des Verrats, des monumentalen Verrats. Sie liebt ihn, egal, wie absurd das gerade klingen mag, auch in ihren eigenen Ohren.

Sie verpasst, in Slussen auszusteigen, wo sie umsteigen müsste. Erst als die Türen zuschlagen und die Bahn mit einem Ruck vom Bahnsteig wegrollt, merkt sie es. Auch an der nächsten Station steigt sie nicht aus. Sie bleibt sitzen, bis die U-Bahn fünf Haltestellen später am Campus einrollt. Sie steigt aus, geht die Treppen hinauf und steuert auf die Akademie zu, den Blick auf den Boden gerichtet.

Das Deckenlicht geht automatisch an, als Nea ihr Büro betritt. Sie hasst den Bewegungssensor, hat mehrfach versucht, den Hausmeister zu überreden, ihn abzuschalten. Doch das sei leider nicht möglich. Niemand soll versehentlich über Nacht die Beleuchtung eingeschaltet lassen. Nea wirft ihren Mantel über den Besuchersessel und sinkt auf ihren eigenen Stuhl. Die Hydraulik seufzt und quietscht leicht. Sie streckt die Hand aus, um den Computer einzuschalten, überlegt es sich jedoch sofort anders und lehnt sich stattdessen in ihrem Stuhl zurück. Schließt die Augen.

Sie wird von einem Geräusch geweckt, gedämpftes Vibrieren aus der Jackentasche auf der anderen Seite des Schreibtischs. Es ist dunkel, und sie braucht ein paar Sekunden, um sich zu orientieren und zu begreifen, was sie aus dem Schlaf gerissen hat. Als sie das Brummen ihrem Handy zuordnen kann, springt sie auf. In derselben Sekunde geht die Deckenbeleuchtung wieder an. Sie wühlt zunächst in der falschen Jackentasche, bis sie ihr Telefon schließlich in der Hand hält.

»Ja, hallo?«

»Bist du bei der Arbeit eingepennt, oder was?«, fragt Ella. »Ich hab mehrmals angerufen.«

»Nein ... ich hatte nur mein Handy auf lautlos. Ich habs nicht gehört. Alles okay?«

»Bist du auf dem Weg nach Hause?«

»Noch nicht ganz. Ich muss heute Abend länger machen ... Ich hab so viel zu ... «

»Okay.«

»Ist Papa nicht zu Hause? Wie spät ist es überhaupt?«

»Gegen sieben«, sagt Ella. »Papa ist krank.«

»Krank?«

»Ja, sagt er jedenfalls. Er hat sich hingelegt.«

»Okay. Habt ihr was gegessen?«

»Was glaubst du, weshalb ich anrufe?«

»Kann Papa euch nichts machen?«

»Aber ich will ihn nicht stören.«

Nea schließt die Augen.

»Ist Nick zu Hause?«

»Ja klar.«

»Du, Ella, ich kann hier noch nicht weg. Kannst du nicht was Schnelles für dich und Nick kochen?«

»Aber was denn? Haben wir überhaupt was zu Hause?«

»Wir haben Spaghetti, und irgendwo ist sicher noch ein Glas Pesto, oder?«

»Ja.«

»Kriegst du das hin?«

»Ja, ja. Aber kommst du dann auch bald nach Hause?«

»Ich muss hier noch ein paar Dinge erledigen«, antwortet Nea und lässt sich wieder in ihren Stuhl sinken.

»Okay.«

»Aber ganz so spät wird es nicht werden, Liebes.«

»Mmm. Tschüss.«

»Du, Ella ...«, wirft Nea noch ein, aber Ella hat bereits aufgelegt. »Gehts dir gut?«, fragt Nea leise in die Stille hinein.

Sie legt ihr Telefon auf den Schreibtisch und starrt an die Decke, geblendet von der Leuchtstoffröhre. Dann schließt sie die Augen. Die Wahrheit ist, dass sie den Gedanken nicht ertragen kann, nach Hause zu gehen. Ein schweigender und handlungsunfähiger Johan im Schlafzimmer. Das blutige Sofa. Die Flecken auf dem Teppich, die sie nicht entfernt hat. Die Kinder, die noch keine Ahnung haben, welche Katastrophe ihnen bevorsteht. Noch nicht.

Nea nimmt ihr Telefon und prüft, ob sie die Schlüsselkarte in der Tasche hat, bevor sie die Tür zum Büro hinter sich zufallen lässt. Der Korridor ist still und verlassen. Sie nimmt die Treppe hinunter zu den Ateliers. Eine einsame Reinigungskraft, ein glatzköpfiger Mann mittleren Alters mit großen Kopfhörern auf den Ohren, fegt den Boden in der Mensa. Er nickt ihr zu. Andere Menschen sind nirgends zu sehen.

Ein gedämpftes Surren von Maschinen dringt in den Korridor, als sie an der geschlossenen Tür zur Metallwerkstatt vorbeigeht. In den Malateliers hingegen ist es still, alle Lichter sind erloschen. Es überrascht sie, denn es gibt sonst immer ein paar Studierende, die länger bleiben, entweder um zu arbeiten oder um mit Kommilitonen in der mit Farbe bekleckster Sofaecke zu quatschen. Einige Studierende haben das Sofa irgendwann mal vom Trödel geholt und dorthin geschleppt, jetzt steht es unter dem großen Fenster im Gemeinschaftsraum. Nea schaltet das Deckenlicht ein – hier vertraut man darauf, dass die Leute das Licht eigenständig ein- und ausschalten können –, knipst es dann aber gleich wieder aus. Durch die Fenster dringt genug elektrisches Licht von der abendlich erleuchteten Stadt herein, um sich frei im Raum bewegen zu können. Sie lässt sich auf das Sofa fallen, streicht mit der Hand über den Plüschstoff, weich und verschlissen, außer an den Stellen, an denen er mit Farbe bekleckert ist. Die Farbflecken sind rau unter den Fingerspitzen.

Die Tränen kommen überraschend. Zuerst laufen sie lautlos, aber bald hört sie ihr eigenes Schluchzen. Als würde da jemand anderes auf dem Sofa sitzen und vor Verzweiflung weinen. Sie registriert es, kann aber nicht mehr aufzuhören. Ihr ganzer Körper bebt, sie verliert plötzlich jegliche Kontrolle über ihre Muskeln, legt sich auf die Seite, dreht dem Zimmer den Rücken zu, lässt die Tränen auf das fleckige Sofa tropfen. Ganz verkrampft liegt sie da, kann sich nicht bewegen. Dann tauchen die Bilder in ihrem Kopf auf. Johans verschandeltes Gesicht. Die Kinder. Wie der Mann, der ihnen im Treppenhaus entgegengekommen war, sich an ihnen vergreift. Blut, das über Möbel spritzt und auf den Boden und ...

Eine Hand auf ihrer Schulter lässt sie zusammenzucken.

»Nea?«

Mit Kräften, von denen sie glaubte, sie hätten sie längst verlassen, fährt sie hoch und setzt sich auf. Nadezhdas überraschtes Gesicht taucht vor ihr auf, in ihren Augen eine Mischung aus Verblüffung und Angst. Einige Sekunden lang sehen sie sich schweigend an.

»Ist was passiert?«

Nea schüttelt den Kopf. Sie versucht, sich mit dem Blusenärmel über die Wangen zu wischen, aber es ist sinnlos. Die Wimperntusche klebt unter den Augen, und die Tränen laufen unaufhörlich.

Nadezhda steht mit bestürzter Miene vor ihr.

»Ich dachte ... ich dachte, du wärst Emma oder ... oder so«, sagt sie, als wäre es das Normalste von der Welt, dass jemand auf diesem Sofa liegt und heult, nur nicht unbedingt eine der Dozentinnen.

Nea lacht auf, es klingt wie ein Schniefen, aber immerhin haben die Tränen nachgelassen.

»Entschuldige«, sagt sie.

Nadezhda setzt sich zu ihr aufs Sofa.

»Irgendwas ist passiert«, sagt sie.

Nea schüttelt den Kopf.

»Nicht mal Emma bricht ohne Grund so zusammen«, sagt Nadezhda. »Es muss nicht unbedingt etwas Großes sein oder überhaupt real, aber irgendetwas triggert sie immer.«

»Klingt so, als bräuchte Emma professionelle Hilfe«, sagt Nea.

»Sie, ich und der Rest der Welt.«

Nea versucht aufzustehen, doch ihre Beine geben sofort nach. Sie sinkt wieder im Sofa zusammen, legt den Kopf in den Nacken und starrt an die Decke.

»Emma nimmt alle Hilfe in Anspruch, die sie kriegen kann«, fährt Nadezhda fort. »Psychoanalyse, Verhaltenstherapie, Tabletten. Ich glaube sogar, dass sie zu einem Medium geht.«

Nea starrt weiter an die Decke.

»Nicht, dass es irgendwas bringt«, fügt Nadezhda hinzu.

Auch sie lehnt sich jetzt im Sofa zurück. Sieht nicht zu ihrer Dozentin und Mentorin, sondern starrt ebenfalls zu demselben unbestimmten Punkt da oben. Der Ventilator surrt, abgesehen davon ist es still.

»War deine Generation auch so ... labil?«, fragt Nadezhda nach einer Weile.

»Ich weiß nicht. Vielleicht«, antwortet Nea.

»In der Ukraine war das anders. Ich kann mich nicht daran erinnern, jemals miterlebt oder davon gehört zu haben, dass jemand einen Nervenzusammenbruch hatte. Obwohl viele sicherlich Grund dazu gehabt hätten.«

Nea schweigt.

»Emma ist in Täby aufgewachsen«, fährt Nadezhda fort. »Vielleicht ist das Leben dort unerträglicher, auf gewisse Art.«

»Man weiß so wenig über andere Menschen«, sagt Nea. »Alle tragen die Bürde ihrer eigenen Tragödie. Sogar die Menschen aus Täby.«

»Als ich mit zwölf nach Schweden gekommen bin, nach Lidingö … war dort alles so viel besser als in der Ukraine. Und gleichzeitig so viel schwerer. Es …«

Nadezhda hält inne.

»Was?«, fragt Nea und dreht sich zu ihr.

Nadezhda schüttelt den Kopf, dann treffen sich ihre Blicke.

»Warum hast du geweint?«

»Ich habe …«, beginnt Nea, gerät ins Stocken.

Vorsichtig legt Nadezhda ihre Hand auf Neas Bein.

»Ich habe einfach alles verloren.«

Nadezhda schließt ab und legt die Sicherheitskette vor, dann schaltet sie das Flurlicht ein und drückt die Türklinke noch einmal herunter, nur um sich zu vergewissern. Das macht sie schon ganz automatisch, ein Bewegungsablauf, der sich in ihr Gehirn eingebrannt hat. Wenn ihr das bewusst wird, hasst sie sich selbst für die Angst, die sich in ihr Leben eingeschlichen hat. Wie feige sie doch ist.

Sie stößt mit dem großen Zeh gegen den Baustrahler, der mitten im Wohnzimmer steht. »Scheiße«, flucht sie, stellt ihn aber nicht zur Seite. Stattdessen tritt sie ans Fenster und schaut zwischen zwei Lamellen der Jalousie hindurch nach draußen. Ein älterer Mann zieht sein linkes Bein nach, als würde es doppelt so viel wiegen wie sein rechtes. Hinkend überquert er den Parkplatz zwischen den Autos hindurch. Nadezhdas sieht ihm nach, bis er hinter den Häusern verschwindet. Sie lässt die Lamellen ihrer Jalousien wieder zufallen.

Auf Couchtisch und Sofa liegen Skizzen und Notizen verstreut, an die Wand hat sie drei eigene Malereien gehängt, die Grundlage für ihre Abschlussausstellung. Thema ihrer Arbeit ist ihre Kindheit in der

Ukraine. Im Herbst war es auf Großmutters Hof immer feucht, und ihre Schuhe hielten der Nässe nie stand. Sie war ständig erkältet, ständig verschnoddert. Aber dieses Gefühl, von draußen hereinzukommen, die nassen Schuhe und Socken auszuziehen und Großmutter in der Küche herumwirtschaften zu sehen, wie sie Brote knetete und dann im Holzofen buk, wie sich der Duft im ganzen Häuschen ausbreitete, all das will sie einfangen.

Sie sammelt die Skizzen ein und platziert sie, ohne einen Blick drauf zu werfen, in einem ordentlichen Stapel auf dem afghanischen Teppich. Dann streckt sie sich der Länge nach auf dem Sofa aus. Vor ihrem inneren Auge erscheint Neas Gesicht, die Spuren der Tränen auf ihren Wangen, die verschmierte Mascara um die Augen.

Sie hört Bewegungen aus der Wohnung über sich. Nadezhda lauscht nach Geräuschen im Treppenhaus. Ebenfalls eine neue Angewohnheit. Sie schließt die Augen. Es hört sich an, als würde der Nachbar von oben Möbel verrücken.

Sie erinnert sich an den Abend vor zwei Jahren, als Nea sie in einem ähnlichen Zustand in der Akademie vorfand, sie hatte geweint, dachte, sie würde hier nicht hingehören. Es war das Ende des ersten Semesters. Irgendwann hatte sie sich Nea anvertraut, ihr von diesem Gefühl erzählt, dass alles zu viel sei, dass sie mit dem Druck nicht umgehen könne. Dass es allerdings um das Leben an sich ging, um die Sinnlosigkeit, die Leere, die sie empfand, und die Sehnsucht nach Mutter und Großmutter, konnte sie nicht in Worte fassen. Auch nicht, dass sie in diese Akademie überhaupt nicht hineinpasste und deshalb zu dem Schluss gekommen war, das Studium abzubrechen. Aber Nea hatte trotzdem verstanden. Ihre tröstende Hand lag warm an Nadezhdas Wange und wischte ihre Tränen weg.

»Du kannst nie wissen, wie das Leben spielt«, hatte sie gesagt, und Nadezhda hatte die Stimme ihrer Mutter in Neas wiedererkannt. »Alles ändert sich ständig. So, wie es dir jetzt geht, wird es nicht ewig bleiben. Also gib nicht auf, auch wenn sich im Moment alles aussichtslos anfühlt. Du wirst es bereuen, jetzt aufzuhören, Nadezhda. Ich kann das einfach nicht zulassen.«

Nadezhda war mit dem Kopf in Neas Schoß zusammengebrochen. Nea hatte mit ihrer warmen Hand durch Nadezhdas Haar gestrichen.

»Ich bin hier«, hatte sie nach einem Moment des Schweigens gesagt. »Immer. Was auch immer dir auf der Seele brennt, komm zu mir. Alles wird gut.«

Diese Worte hatte sie schon so oft von anderen gehört, aber Nadezhda wusste, aus Neas Mund waren sie wahr.

Hastig steht sie auf, eilt hinaus in den Flur und nimmt die Papiertüte, die sie neben den Schuhen auf dem Flurteppich stehen gelassen hat. Sie setzt sich zurück aufs Sofa, fischt ein in grünes Seidenpapier eingewickeltes Zierkissen heraus und packt es vorsichtig aus, damit sie das Papier wiederverwenden kann. Sie zieht den Reißverschluss an einer Seite des Kissenbezugs auf und schüttelt die Dollarscheine über dem Sofa aus. Dann zählt sie. Nachdem sie sich vergewissert hat, dass der Betrag stimmt, teilt sie das Geld in sechs Bündel auf und reiht sie auf dem Couchtisch aneinander.

Prostitutionsgeld. So denkt sie über die Bündel vor sich. Aber es ist ja auch keine Kunst, anderen zu helfen, wenn man selbst keinen Preis dafür bezahlen, wenn man selbst nicht irgendein Opfer bringen muss. Wie Wallners gebotoxtes Gesicht in regelmäßigen Abständen ertragen zu müssen.

Sie nimmt die beiden Bücher, die sie für jeweils zwanzig Kronen auf dem Trödel gekauft hat, alte Enzyklopädien, die niemand mehr haben will. Sie sind bereits präpariert. Mit Stahllineal und Papiermesser hat sie Schlitze in die Buchrücken geschnitten. Sie hat sorgfältig abgemessen, damit der Platz in jedem Buch groß genug für drei Bündel Geldscheine ist. Sie schiebt das Geld in die Fächer, klappt die Bücher zu und verstaut sie in der Schublade ihrer Kommode, auf der das Foto ihrer Mutter steht.

Nadezhda holt ihr Handy aus der Jeanstasche und scrollt sich durch ihre Kontakte bis zur Nummer ihrer Großmutter. Es ist viel Zeit vergangen. Nicht etwa weil sie nicht jeden Tag an ihre Großmutter und Pasha denkt, sondern weil sie sich irgendwie immer weiter von ihnen entfernt, fühlt, dass sie sich einander immer weniger zu sagen haben. Ihre Leben sind so unendlich verschieden, und sie findet nicht mehr die Worte, um eine sinnvolle Unterhaltung mit ihnen zu führen. Ihre Muttersprache verblasst zusehends.

»Großmutter, ich bin es, Nadezhda«, sagt sie, als die Leitung mit einem Knistern zum Leben erwacht und die vertraute Stimme am anderen Ende zu hören ist. Blechern und so weit weg.

»Doch, es geht mir gut. Alles gut«, sagt Nadezhda.

Sie schließt die Augen und lauscht dem leicht angestrengten Atmen ihrer Großmutter. Wahrscheinlich war sie gerade mit Brotbacken beschäftigt, als das Telefon klingelte, oder aber mit ihrem täglichen Putzgang.

»Gut zu hören, dass das Geld bei euch angekommen ist«, sagt Nadezhda. »Hat Pasha schon seinen neuen ...«, sie sucht nach dem richtigen Wort, »Rollstuhl?«

Die Stimme am anderen Ende klingt jetzt ganz freudig erregt, das Geld habe sowohl für den Rollstuhl als auch für die Krankenhausrechnung gereicht. Außerdem seien sie in die Stadt gefahren und hätten sich heiße Fleischpiroggen gegönnt. Nadezhda lächelt, stellt sich vor, wie Großmutter und Pasha den unerwarteten Geldsegen genossen haben. Dann kommt die besorgte Nachfrage.

»Doch, doch, ich habe auch noch Geld für mich«, beschwichtigt Nadezhda sie.

Die alte Dame gibt sich nicht so schnell mit dieser Antwort zufrieden.

»Ja, ich bin sicher, Großmutter. Ich habe noch einen Zweitjob angenommen.«

Nadezhda schluckt und schaut hinauf an die Decke. Eine kleine Spinne flitzt an der Deckenleiste entlang und verschwindet spurlos in einer Lücke zwischen Wand und Holz.

»Hier wird man viel besser bezahlt als in der Ukraine. Ich habe auch ein paar Bilder verkauft. Kannst du es fassen, dass ich Geld für meine Kunst bekomme?«

Ihre Großmutter klingt jetzt schrill. Ein Außenstehender könnte das Schreien schnell falsch interpretieren und die Aufregung mit Wut verwechseln. Nadezhda erinnert sich plötzlich daran, wie ihre Großmutter sie immer gescholten hat, wenn sie krank wurde. »Warum hast du jetzt schon wieder Fieber? Du hast nicht richtig gegessen, ich habe dir doch gesagt, dass du ordentlich essen sollst!« Als Achtjährige mit Schüttelfrost und glühenden Wangen war es nicht leicht zu verstehen, warum Großmutter so wütend wurde.

»Ich habe nichts getan, was gefährlich sein könnte.«

Nadezhda gibt sich Mühe, sich ihre Gereiztheit nicht anmerken zu lassen.

»Aber ich bin nicht wie Mama!«

Sie hört den Tiraden ihrer Großmutter mit geschlossenen Augen zu. Dann plötzlich eine Frage. Die falsche Frage.

»Nein, ich treffe ihn nie. Ich hab nichts von ihm gehört, seit ...«

Die Tränen beginnen zu fließen, wie immer, wenn es um ihn geht. Sie macht sich nicht einmal die Mühe, sie wegzuwischen, bleibt überraschend ruhig.

»Ich wünschte, ich könnte bei euch sein«, sagt sie. »Umarmst du Pasha von mir? Ich hab euch lieb. Passt auf euch auf.«

Sie legen auf. Nadezhda sitzt da, umklammert das Telefon mit beiden Händen, starrt ausdruckslos vor sich hin.

Immerhin konnte sie ihnen helfen, auch wenn es seinen Preis hatte.

Sie weiß, wozu Olof Wallner fähig ist. Auch wenn sie nicht erwartet hatte, dass er sie erpressen würde, sie hätte es doch ahnen können.

In der Wohnung über ihr ist es jetzt ruhig. Stille im Treppenhaus.

Sie denkt an Nea. Ohne sie hätte sie Großmutter und Pasha niemals helfen können. Sie hätte ihr Studium nie fortgesetzt, jegliche Hoffnung für die Zukunft begraben. Ohne Nea könnte sie definitiv nicht so malen wie Ivan Botkin.

Nadezhda legt das Telefon auf den Couchtisch, nimmt das Skizzenbuch und einen Bleistift zur Hand. Sie zieht ihre Beine hoch auf das Sofa, dann beginnt sie zu zeichnen. Eine Straßenszene taucht auf, hohe Häuser, schöne Häuser, vom Krieg gezeichnet, Menschen in Bewegung.

12. März

»Kannst du mir mal die Butter geben?«

Johan schiebt das Päckchen über den Tisch, ohne von der Zeitung aufzublicken.

»Danke«, sagt Nea.

So steht es jetzt um ihre Kommunikation, knappe Sätze, praktische Banalitäten, keine unnötigen Worte. Doch eigentlich wären Worte bitternötig. Johans Gesicht zeugt davon: Der Bereich um die genähte Augenbraue ist rot und geschwollen, vom linken Auge zieht sich ein blau, gelb und rot schillernder Bluterguss über die Wange in Richtung Ohr. Die Haut drumherum ist kreidebleich. Beim Kauen verzieht er manchmal das Gesicht vor Schmerzen.

Johan blättert die nächste Seite der Zeitung um, aber Nea bezweifelt, dass er sie wirklich liest. Es ist nur eine geschauspielerte Normalität, ein Theater, das er zum Wohle der Kinder aufführt. Sobald sie in der Schule verschwunden sind, wird er wieder in den Zustand der Teilnahmslosigkeit und Isolation versinken, in den er sich seit dem Überfall geflüchtet hat. Dann sitzt er im Wohnzimmer im Sessel, starrt ausdruckslos aus dem Fenster oder legt sich, Licht aus, Jalousien heruntergelassen, ins Bett. Schläft nicht und ist doch kaum noch wach.

Nea fragt sich, wann er wohl endlich mit ihr spricht, wann er versuchen wird, sich ihr irgendwie anzunähern, wann er ihr einen Lösungsvorschlag für die Lage, in die er sie gebracht hat, präsentieren wird. Nicht weil sie wirklich erwartet, dass er eine Lösung findet, aber sie hätte gedacht, dass er zumindest den Willen zeigt, aktiv etwas an der Situation zu ändern.

Weniger als zwei Wochen. Die Zeit läuft.

Sie sollte die Kinder nehmen und gehen. Aber wohin und für wie lange? Sie kann wohl schlecht bei ihrer Mutter im Pflegeheim einziehen.

»Also jetzt mal im Ernst«, sagt Nick und schaut von seiner Müslischale auf. »Ich will euch ja nicht nerven, aber mein Handy ist total im Arsch. Ich brauche dringend ein neues.«

Er schaut seine Eltern abwechselnd an. Johan starrt in die Zeitung und kaut langsam auf seinem Toast herum. Nea wartet schweigend darauf, dass er das Wort ergreift, dann wendet sie sich Nick zu, schüttelt den Kopf.

»Jetzt nicht, Liebling. Wir können uns das diesen Monat nicht leisten.«

»Aber nächsten?«

»Wenn er ein neues Handy bekommt, will ich auch eins. Meins ist schließlich genauso alt«, fordert Ella.

»Mal schauen«, sagt Nea, steht auf und beginnt, den Tisch abzuräumen. »Seid ihr fertig?«

Auch Ella und Nick stehen auf, räumen ihre Teller und Gläser in die Spülmaschine. Nea stülpt den Deckel über die Butterdose, stellt sie in den Kühlschrank. Johan sitzt immer noch lesend vor dem Durcheinander der Frühstücksreste.

»Du kümmerst dich dann um den Rest«, sagt sie und verlässt die Küche, ohne seine Antwort abzuwarten.

Nea betrachtet sich beim Zähneputzen im Spiegel. Die Angst hat dunkle Furchen unter ihren Augen hinterlassen, um ihren Mund zeichnen sich erste dünne Fältchen ab. Sie wagt nicht einmal, nach grauen Haaren zu suchen.

»Mama, bist du langsam mal fertig dadrin?«, ruft Ella von der anderen Seite der Tür. »Ich hab mich noch nicht geschminkt.«

»Gleich!«

Sie spuckt aus, spült ihren Mund aus. Überlegt, sich selbst zu schminken, lässt es dann aber.

Nachdem die Kinder zur Schule gegangen sind, meldet sich Nea krank. Sie kann sich nicht erinnern, wann sie das letzte Mal nicht zur Arbeit gegangen ist, es muss vor ihrer Elternzeit gewesen sein. Sie hätte am Nachmittag Sprechstunde, also schickt sie den beiden Studierenden, die sich angemeldet haben, eine E-Mail und schlägt vor, sich stattdessen für die nächste Woche zu verabreden. Während sie tippt, bezweifelt sie, ob sie nächste Woche tatsächlich dort sein wird. Gerade kann sie es sich nicht vorstellen. Es kommt ihr so vor, als sei alles vorbei, als gehöre das alles zu einem alten Leben, das nun in sich kollabiert ist. Dass der Alltag an der Akademie einfach so weitergeht, als wäre nichts passiert, fühlt sich ein bisschen surreal an. Doch die Welt dreht sich weiter, obwohl ihre eigene Existenz auf dem Spiel steht.

Mit einem Mal überkommt sie eine Panik, Nadezhda am Vorabend zu viel erzählt zu haben. Sie öffnet ein neues Mail-Fenster, will ihr eine Nachricht schreiben und sich entschuldigen, verwirft den Gedanken jedoch, bevor sie überhaupt einen ersten Satz formuliert hat. Es ist besser, persönlich mit ihr zu sprechen, ihr zu erklären, dass alles gar nicht so tragisch sei. Aber die Bedenken im Hinblick auf ihr Gespräch mit Nadezhda sind nichts im Vergleich zu der Angst vor dem, was sie erwartet, wenn die Leute vom Glücksspielklub begreifen, dass Johan nicht zahlen kann. Ob sie den Kindern etwas antun würden? Sie kann sich dieses Szenario nur allzu leicht ausmalen, hat es sich in den letzten Tagen immer wieder vorgestellt, und erneut wird sie von Panik übermannt. Sie klappt den Laptop zu, geht zum Garderobenschrank und kramt ihren Koffer hervor, wirft ihn aufs

Bett und öffnet ihn. Johan sitzt im Sessel im Wohnzimmer. Er bekommt gar nichts mit. Oder es ist ihm einfach egal.

Nea starrt auf den leeren Koffer, plötzlich apathisch. Dann sinkt sie zu Boden und lehnt sich mit dem Rücken gegen das Bett. Versucht nachzudenken.

Doch vor ihrem inneren Auge tauchen immer wieder diese Bilder auf, Bilder davon, wie ihre Kinder auf dem Heimweg von der Schule von einem Fremden angehalten werden.

Sie will diese Bilder verdrängen. Aber sie lassen ihr einfach keine Ruhe.

Ihre Hände zittern, sie drückt sie gegen ihre Schläfen.

Die Polizei. Vielleicht sollte sie trotz allem zur Polizei gehen? Sie würden sie wahrscheinlich beschützen.

Fragt sich nur, wie lange.

Die Familie kann wohl kaum für alle Zeiten unter Polizeischutz leben.

Früher oder später werden ihre Probleme sie einholen.

Und selbst wenn es ihnen gelänge, sich von den Schulden zu befreien, was bliebe von ihrem Leben übrig? Sie hat zu Nadezhda gesagt, dass sie alles verloren habe, und es kommt ihr nicht wie eine Übertreibung vor. Alles, wovon sie jemals geträumt hat, alle Pläne, die sie und Johan jemals geschmiedet haben, werden gerade von einer Flutwelle weggespült. Sie werden ihre Träume niemals verwirklichen können.

Nea schließt die Augen und konzentriert sich auf ihre Atmung. Sie hat keine Zeit, über all das nachzudenken, was sie verloren hat, darüber, wie es hätte sein können, darüber, was nicht sein wird. Diese Gedanken bringen sie gerade nicht weiter. Das einzig Vernünftige ist, sich auf eine Lösung zu konzentrieren, einen Ausweg aus der Notsituation zu suchen.

Das Problem ist, dass sie keine Lösung sieht, alles ist schwarz. Sie kann nirgendwohin fliehen, stellt sie fest und starrt auf den leeren Koffer.

Nadezhda klopft sanft an die Bürotür. Unter ihrem linken Arm trägt sie eine große Mappe mit Skizzen, ihre rechte Hand ist zur Faust geballt. Sie beugt sich näher zur Tür, lauscht. Klopft noch einmal, diesmal etwas fester. Lauscht. Entweder ist wirklich niemand da oder die Tür schluckt alle Geräusche. Nadezhda hebt den Arm, um ein letztes Mal zu klopfen.

»Nea ist krank.«

Die Stimme hinter ihr lässt Nadezhda zusammenzucken. Sie hat niemanden kommen hören.

»Hattet ihr einen Termin vereinbart?«, fragt Teija.

Nadezhda schüttelt den Kopf.

»Ich wollte ihr nur ein paar Entwürfe zeigen«, erwidert sie.

»Sie hat sich vermutlich eine Grippe eingehandelt«, sagt Teija. »Es klang so, als würde sie die nächsten Tage auch nicht kommen.«

»Okay.«

»Sie meldet sich sicher bei dir, wenn du ihr eine E-Mail schickst.«

Nadezhda nickt.

»Ich hätte einen Augenblick«, sagt Teija. »Ich bin zwar nicht Nea, aber wenn du willst, kann ich mir deine Arbeiten gern ansehen.«

»Danke«, sagt Nadezhda. »Es sind nur ein paar Skizzen und ... ja, Nea und ich haben schon über einiges diskutiert, also ...«

Teija lächelt.

»Verstehe. Aber du kannst jederzeit bei mir klopfen, wenn du Hilfe brauchst.«

»Danke«, sagt Nadezhda.

»Wir sehen uns«, sagt Teija und geht in Richtung ihres Büros davon.

Nadezhda bleibt vor Neas verschlossener Tür stehen und sieht Teija nach, bis sie um die Neunzig-Grad-Kurve des Korridors verschwindet. Dann reißt sie sich aus ihren Gedanken und geht in die entgegengesetzte Richtung hinunter zum Ausgang. Die Gummisohlen ihrer Stiefel quietschen auf dem polierten Boden.

Nea liegt der Länge nach auf dem Schlafzimmerboden und starrt an die Decke. Die müsste mal wieder gestrichen werden. Dann dreht sie sich auf den Bauch, versucht sich an ein paar Liegestützen, aber die kalten und steifen Muskeln protestieren. Sie steht auf. Ihr Blick fällt auf den leeren Koffer, der noch immer offen auf dem ungemachten Bett liegt. Von Johan ist nichts zu hören. Sie packt die Lust, ins Wohnzimmer zu stürmen und ihn zu schütteln, aus dem Sessel zu reißen, Antworten von ihm zu verlangen. Doch sie weiß, dass eine Konfrontation rein gar nichts bringen würde. Wenn Johan in der Lage wäre, irgendwie zu handeln, hätte er es bereits getan.

Nea geht in die Küche. Sie durchquert den Flur, ohne einen Blick ins Wohnzimmer zu werfen. Nur um irgendetwas zu tun, um sich zu beschäftigen, kramt sie die Putzmittel unter der Spüle hervor. Sie wischt die Türen aller Küchenschränke ab, leert dann den Kühlschrank und putzt ihn auch von innen.

Kein Lebenszeichen von Johan.

Sie hängt den Lappen über den Wasserhahn und trocknet sich die Hände am Geschirrtuch ab. Die ganze Küche riecht nach Putzmittel, und Nea fühlt sich plötzlich wie ihre eigene Mutter. Die hat auch immer geputzt, wenn sie unter Stress stand, und das war oft. Ihr Stress hatte fast immer mit Neas Vater zu tun.

Nea verlässt die Küche und betritt Ellas Zimmer, sieht sich um und lässt sich dann auf die Bettkante sinken.

Sie weiß nicht, wie lange sie schon da sitzt und auf die angelehnte Schranktür starrt, als das schrille Kreischen der Türklingel sie zusammenzucken lässt.

Die Stille in der Wohnung ist plötzlich spürbar und aufdringlich. Johan lässt sich nicht blicken, als habe er die Türklingel gar nicht gehört.

Es klingelt erneut, diesmal gefolgt von einem Klopfen.

Nea steht auf, schleicht die paar Schritte über den knarrenden Holzboden hinaus in den Flur, starrt auf die Wohnungstür. Sie hält den Atem an.

Wieder klopft es. Drei deutliche Schläge.

Sie hätte die Chance gehabt zu fliehen, hat sich stattdessen aber dafür entschieden, den Kühlschrank zu putzen. Jetzt ist es zu spät. Lass es geschehen, lass es vorbei sein.

Nea legt die Hand auf die Klinke, dreht den Schlüssel im Schloss um, lässt die Tür langsam aufgleiten.

»Nadezhda?«

Nadezhda drängt sich an ihr vorbei in den Flur, ohne ein Wort zu sagen. Sie hat eine große Mappe unter den Arm geklemmt.

»Ich ...«, beginnt Nea.

»Teija hat erzählt, du bist krank?«

Nea nickt.

»Nadezhda, ich ... es ... es tut mir leid.«

Nadezhda winkt ab und stellt die Mappe auf den Boden, lehnt sie gegen die Wand. Sie zieht ihren Mantel aus, ohne auf eine Einladung zu warten, schiebt den Schal in den Mantelärmel, steigt aus ihren Stiefeln. Nea steht stumm da, die Türklinke immer noch verkrampft umklammert.

»Wie gehts?«, fragt Nadezhda.

Nea kommt zur Besinnung, wirft einen Blick ins Treppenhaus, schließt die Tür und dreht den Schlüssel um.

»Mir gehts ... okay«, sagt sie. »Du hast niemanden gesehen? Hat irgendwer im Treppenhaus gewartet?«

Nadezhda schüttelt den Kopf.

»Wir müssen reden«, sagt sie. »Geht das?«

Nadezhda deutet mit einem Kopfnicken Richtung Wohnzimmer und tritt ein, ohne eine Antwort abzuwarten. Wie angewurzelt bleibt sie auf der Türschwelle stehen. Nea steht immer noch hinter ihr im Flur, ihr entgeht jedoch nicht die Verachtung in Nadezhdas Gesicht, als sie sich wieder zu ihr umdreht. Sie hat Johan gesehen.

»Vielleicht ist es besser, wenn wir uns woanders unterhalten«, sagt Nadezhda und tritt zurück in den Flur. Sie schlüpft wieder in ihre Stiefel.

»Ich weiß nicht ...«

Nadezhda zieht sich ihren Mantel über und wirft Nea einen entschlossenen Blick zu, der sie zum Schweigen bringt, bevor sie ihren Zweifel formulieren kann.

Ohne ein weiteres Wort zu verlieren, zieht auch Nea sich Mantel und Schuhe an.

»Gibt es hier in der Gegend ein Café oder so?«, fragt Nadezhda, als sie kurz darauf auf die Straße treten.

Nea deutet mit einem Kopfnicken Richtung Götgatan, und Seite an Seite machen sie sich auf den Weg.

Nea geht mit gesenktem Kopf, den Blick auf den Bürgersteig gerichtet, Nadezhda zielstrebig geradeaus. Immer wieder wirft sie ihrer Dozentin einen Blick aus den Augenwinkeln zu.

»Hier?«, schlägt Nea vor, als sie vor einem charakterlosen Kettencafé an der Kreuzung Götgatan und Folkungagatan stehen.

»Klar«, sagt Nadezhda.

Sie treten ein, und Nadezhda lässt sich an einem Fenstertisch nieder. Nea bestellt Tee für sich und Nadezhda und sieht dann ihre Studentin, die ihr gegenübersitzt, fragend an. Ihren Mantel hat sie nicht ausgezogen. Nadezhda hat ihren über den leeren Stuhl neben sich gehängt.

»Ich hätte dir nicht von ... meinen Problemen ... erzählen sollen«, sagt Nea nach einem kurzen Schweigen. »Es war nicht richtig, dich mit meinen persönlichen Sorgen zu behelligen.«

»Ich will dir helfen«, entgegnet Nadezhda.

Nea schaut sie an.

»Mir helfen?«

Nadezhda nickt.

Nea holt tief Luft und atmet langsam wieder aus. Dann schüttelt sie den Kopf.

»Ich weiß das sehr zu schätzen, Nadezhda, aber ... ich hätte dich nicht damit belasten dürfen. Und ich ... ich glaube nicht, dass es irgendetwas gibt, womit du mir helfen könntest. Leider.«

Sie legt ihre Hand auf Nadezhdas.

»Aber es ist wirklich lieb von dir, dass ...«

»Ich kann dir helfen, an das Geld zu kommen«, unterbricht Nadezhda sie.

Nea zuckt zusammen, nimmt ihre Hand von Nadezhdas und umklammert die heiße Teetasse.

»Nadezhda ...«

»Eins Komma drei Millionen, nicht wahr? Das kriegen wir hin.«

Nea starrt sie an.

»Was ...?«, stammelt sie, mehr bringt sie jedoch nicht hervor.

Nadezhda wirkt so entschlossen, wie Nea es noch nie an ihr gesehen hat. Ihr mangelt es nicht an Selbstbewusstsein, wenn sie einen Pinsel oder Stift in der Hand hält, aber in den meisten anderen Kontexten macht sie oft einen unsicheren oder schüchternen Eindruck.

»Die Polizei hat dich doch darum gebeten, diese Malerei genauer zu untersuchen ...«, beginnt Nadezhda.

»Den Botkin?«

»Den habe ich gemalt.«

Nadezhda sieht Nea fest in die Augen, und es ist offensichtlich, dass sie es ernst meint.

»Ich verstehe nicht«, erwidert Nea und stellt ihre Tasse ab. »Wie meinst du das?«

»So, wie ich es sage. Ich habe das Gemälde angefertigt, das dieser Polizist dir gezeigt hat.«

»Du hast einen Botkin gefälscht?«

Nadezhda weicht nicht aus. Sie nickt.

»Aber ... wieso?«

»Ich wurde von einem Kunsthändler kontaktiert«, erklärt Nadezhda. »Er hat mir ein Angebot gemacht und viel Geld geboten. Krass viel Geld, jedenfalls für meine Verhältnisse. Und ich brauchte das Geld. Für meine Familie in der Ukraine.«

Nea starrt sie an.

»Mein Bruder«, fährt Nadezhda fort. »Er musste operiert werden. Ich habe das geregelt.«

Nea sagt immer noch keinen Ton. Die Gedanken wirbeln zu schnell in ihrem Kopf, als dass sie sie greifen, in Worte fassen könnte. Zu viele Fragen, sie weiß gar nicht, wo sie anfangen soll. Sie kommt sich wie eine Idiotin vor, wie sie einfach nur regungslos dasitzt.

»Ich habe dir doch von meinem Bruder erzählt, von seinem Handicap?«

Nea nickt, bringt aber immer noch kein Wort heraus. Nadezhda trinkt von ihrem Tee und wartet darauf, dass Nea etwas sagt. Sie hat es nicht eilig, sie lässt ihren Blick aus dem Fenster schweifen, zu den Menschen, die auf dem Bürgersteig vorbeieilen, den Autos, die vor der roten Ampel warten.

»Dieser Kunsthändler«, sagt Nea schließlich. »Wer ist das?«

Nadezhda zögert.

»Das tut nichts zu Sache«, sagt sie dann.

»Aber jemand ist gestorben. So ist das Bild überhaupt erst in die Hände der Polizei geraten. Der Mann, bei dem es gefunden wurde, ist ermordet worden.«

»Davon weiß ich nichts«, sagt Nadezhda, und zum ersten Mal glaubt Nea, so etwas wie Unsicherheit in ihrer Stimme zu hören. In ihrer Mimik ist davon jedoch nichts zu erkennen.

»Ich habe nur ein Bild gemalt«, sagt sie. »Was danach passiert, hat nichts mit mir zu tun.«

»Nicht?«

»Ich hab getan, was ich tun musste, um meiner Familie zu helfen. Das Einzige, was ich tun konnte.«

»Du könntest auch in Schwierigkeiten geraten. Wer weiß, auf was für Ideen solche Leute kommen.«

Nadezhda schüttelt den Kopf.

»Ich habe nur ein Bild gemalt«, wiederholt sie.

»Und die Polizei?«

»Die werden niemals herausfinden, wer das Bild gemalt hat. Wenn du mich nicht verrätst.«

Nea schluckt.

»Ist die Polizei sich sicher, dass das Gemälde eine Fälschung ist?«, fragt Nadezhda.

Nea schüttelt den Kopf.

Nadezhda lächelt.

»Sie haben bisher auch keine Beweise gefunden, dass es ein echter Botkin ist«, sagt Nea. »Aber eigentlich spricht nichts dafür, dass es sich um eine Fälschung handelt.«

Nadezhdas Lächeln wird breiter.

»Es ist fantastisch gemalt«, sagt Nea mit einer Mischung aus Widerwillen und Bewunderung. »Steht den Originalen in nichts nach.«

Nadezhda hebt die Tasse an den Mund und senkt den Blick. Sie errötet. Wie immer, wenn sie gelobt wird.

»Warum Botkin?«, fragt Nea.

Nadezhda sieht sie an, als stelle sie gerade eine ungewöhnlich dumme Frage.

»Aber du hast doch ständig von ihm gesprochen«, sagt sie. »Einer der ersten Arbeitsaufträge, den du mir erteilt hast, war, eine Kopie von einem seiner Werke anzufertigen. Erinnerst du dich nicht?«

Natürlich erinnert Nea sich. Und fühlt sich plötzlich mitschuldig.

»Um dir die Technik beizubringen, um deinen Blick zu schärfen. Nicht, damit du anfängst, Kunst zu fälschen!«

Nadezhda zuckt mit den Schultern.

»Ich habe das, was du mir beigebracht hast, angewendet, weil es wichtig war. Lebenswichtig für meinen Bruder«, erwidert sie. »Geh doch zur Polizei, wenn du willst.«

Sie stellt ihre Tasse ab. Ihr Gesicht ist jetzt ernst, vom Lächeln keine Spur mehr. Die beiden Frauen sehen sich lange an. Nea erkennt ein Flehen in Nadezhdas Augen, aber auch Trotz, etwas Herausforderndes. Ein Test für Neas Loyalität. Sie hat Nea ein Messer überreicht und drängt sie nun mehr oder weniger dazu, es ihr in den Rücken zu rammen. Nea denkt nach, versucht verzweifelt, Nadezhdas Geständnis mit allem in Einklang zu bringen, was sie über ihre Studentin zu wissen glaubte. Schließlich schüttelt Nea den Kopf.

»Warum sollte ich?«

Nadezhda schweigt, aber ihre Züge werden weicher.

»Auf so ein Angebot darfst du dich nie wieder einlassen«, bittet Nea.

»Wie soll ich dir denn sonst helfen?«

Für eine Weile hatte Nea tatsächlich vergessen, warum sie überhaupt hier sitzen. Die Rückkehr in die Realität ist wie ein Stich in die Brust. Sie schluckt schwer.

»Das geht nicht, Nadezhda. Das geht einfach nicht. Das siehst du doch ein, oder?«

Nadezhda beugt sich über den Tisch.

»Alles, was wir brauchen, sind zwei Leinwände, das ist echt kein großes Ding«, sagt sie. »Zwei Leinwände, und die Sache ist geritzt. Ich habe Skizzen dabei, hier in meiner Mappe. Ich zeige sie dir.«

Nea bekommt keine Antwort heraus, schüttelt nur den Kopf.

Nadezhda lehnt sich wieder in ihrem Stuhl zurück.

»Aber was willst du denn sonst tun? Dasitzen und darauf warten, dass diese Typen sich an dir vergreifen oder an deinen Kindern?«

13. März

»Also, was denken Sie?«, fragt Roger Forsén.

Der Mann neben ihm betrachtet das Gemälde, das Roger in den Designersessel gestellt hat. Er hat die Arme vor der Brust verschränkt, kratzt sich am linken Oberarm, kaut auf seiner Unterlippe herum. Das Tosen des Verkehrs auf dem Karlavägen drei Stockwerke unter ihnen durchdringt die großen Sprossenfenster.

»Ja, doch ...«

»Das ist eine seltene Gelegenheit«, ergänzt Roger. »Wie oft kommt es vor, dass eine Ölmalerei von Liljefors zum Verkauf steht, noch dazu von dieser Qualität? Außerhalb der großen Auktionen hat man eigentlich keine Chance.«

»Hmm, hmm«, brummt der Mann leise vor sich her. Der Fuchs auf dem Gemälde zieht den Betrachter in seinen Bann, lässt nicht von ihm ab. Genauso, wie er nicht von dem toten Vogel ablässt, den er in seinem Maul trägt. Ein Schneehuhn.

»Warum wird es nicht bei einer Auktion versteigert?«

Roger seufzt.

»Tja, also ... ganz im Vertrauen?«

Der Mann nickt eifrig, endlich gelingt es ihm, den Blick vom Fuchs loszureißen.

»Es ist ein Erbstück, das Gemälde ist seit den Zwanzigerjahren im Besitz der Familie. Mein Klient, der derzeitige Besitzer, will an schnelles Geld kommen.«

Roger hält sich die Hand an den Mund und macht eine Bewegung, als tränke er aus einem unsichtbaren Glas.

»Er will es tunlichst vermeiden, dass der Rest der Familie etwas vom Verkauf erfährt«, erklärt er. »Deshalb bat er mich, das Ganze etwas diskreter zu handhaben.«

»Verstehe.«

Der Mann lenkt seine Aufmerksamkeit zurück auf den Fuchs.

»Das Gemälde würde sich hier gut machen«, sagt Roger und sieht sich um. In der Mitte des stattlichen Raumes stehen zwei große violette Sofas, die einander zugewandt sind. Zwischen ihnen ein niedriger Couchtisch aus dunklem Holz und auf dem Tisch ein Stapel Kunstbücher, in denen noch niemand geblättert zu haben scheint, an den Wänden hängen mehrere große Gemälde wirklich mittelmäßiger Qualität. Nichts, was sich mit einem Bruno Liljefors vergleichen lässt.

»Ich hatte eher an das Arbeitszimmer gedacht«, erwidert der Mann. »Meine Frau hat die Nase voll von Ölmalereien. Am liebsten würde sie sich all unserer Gemälde entledigen und sie gegen Fotokunst eintauschen. Das ist ihr neues Ding.«

Er dreht sich zu Roger um, grinst konspirativ.

Roger schüttelt den Kopf, erwidert das Grinsen seines Gegenübers.

»Mir persönlich«, sagt er, »fällt keine Fotografie ein, die ich mir lieber aufhängen würde als einen Liljefors. Aber das ist natürlich Geschmackssache.«

»So ist es, Erik. Wenn nicht unsere schwedischen Klassiker, wen denn dann?«

Der Mann klopft ihm auf die Schulter. Beide nehmen den Fuchs ins Visier. Der Duktus ist typisch Liljefors, die Farben lebendig, der Blick des Fuchses hypnotisierend. Der Vogel hängt schlaff in seinem Maul.

»Gehen Sie zur Jagd?«, fragt Roger.

»Ja, doch. Nicht so oft, wie ich gern würde. Dazu fehlt mir leider die Zeit. Doch ab und an geht es auf die Vogeljagd. Und Elch, selbstverständlich. Und Sie?«

»Nein. Aber ich habe tatsächlich darüber nachgedacht, den Jagdschein zu machen.«

»Tun Sie das«, bestärkt ihn der andere. »Das ist ein ganz wunderbarer Zeitvertreib. Spannend ist es auch. Allein das Warten auf die Beute und ... Sie wissen schon.«

»Ich kann es mir denken«, sagt Roger.

»Melden Sie sich, wenn Sie Ihren Jagdschein haben. Ich habe einen Freund mit Ländereien außerhalb von Norrtälje. Nur für geladene Gäste. Sie könnten mich mal dorthin begleiten.«

»Das wäre toll! Welch großzügiges Angebot.«

Erneut legt der Mann seine Hand auf Rogers Schulter.

»Ich hole mal das Geld«, sagt er.

Roger sieht ihm nach, als er durch die Flügeltüren in den breiten Korridor verschwindet, dann wendet er sich wieder dem Gemälde zu. Es ist beinahe schade, es herzugeben. Derjenige, der den Pinsel in der Hand hielt, hat hervorragende Arbeit geleistet. Liljefors selbst wäre wahrscheinlich zufrieden gewesen.

Nea schiebt Nicks Schuhe mit dem Fuß zur Seite und stellt die Einkaufstüte neben ihre Sporttasche auf den Boden, dann nimmt sie ihre Mütze ab und schüttelt ihre nassen Haare aus.

Mit einem Teebecher in der Hand kommt Ella aus der Küche.

»Im Wasserkocher ist noch heißes Wasser, wenn du auch einen Tee willst«, sagt sie.

Ella verschwindet in ihrem Zimmer und schließt die Tür hinter sich.

Nea hängt ihren Mantel an die Garderobe und betrachtet sich

im Flurspiegel. Schnell schaut sie wieder weg. Die Sorgenfalte zwischen den Augenbrauen ist tief wie eine Schlucht, das Training hat die schlimmste Anspannung aus ihrem Körper vertrieben, aber sie weiß, dass es eine kurzfristige Verschnaufpause ist.

»Übrigens«, Ella steckt ihren Kopf noch mal aus ihrer Zimmertür, »hier war ein Typ und hat die Lüftung gewartet.«

»Wie – Lüftung gewartet?«

»Ja, er meinte, er würde im ganzen Haus die Lüftungen checken. Er ist mit so einem Apparat herumgelaufen und hat irgendwas gemessen.«

»Wir haben gar nicht Bescheid bekommen. Es werden doch vorher immer Zettel in den Briefkasten geworfen, wenn irgendjemand zum Ablesen oder Warten vorbeikommt. Wie hat der Typ ausgesehen?«

Ella zuckt mit den Schultern.

»Was weiß ich. Wie ein Handwerker eben. Hatte 'ne Arbeitshose an und krass viel Werkzeug dabei.«

»Wann war das?«

»Keine Ahnung. Vor 'ner Stunde vielleicht. Kurz bevor Papa nach Hause gekommen ist.«

Ella verschwindet wieder in ihrem Zimmer.

»Aber warte mal, was genau hat der Typ gemacht?«, fragt Nea und bemüht sich, ruhig zu klingen. Sie steht auf der Schwelle zu Ellas Zimmer, hält sich am Türrahmen fest. Ella setzt sich ans Klavier.

»Was – nichts hat er gemacht. Er ist durch die Wohnung gegangen und hat irgendwas gemessen, in der Küche und bei der Lüftung im Bad. Ich glaub, er hat irgendeinen Zettel in die Küche gelegt.«

Ella wendet sich dem Klavier zu. Spielt einen Akkord. Die Luft im Zimmer vibriert.

»Was gibts zu essen?«, fragt sie, ohne Nea anzusehen.

»Mal sehen«, sagt Nea nach einer kurzen Pause und schließt Ellas Zimmertür hinter sich.

Johan sitzt am Küchentisch mit einem halb aufgegessenen Sandwich vor sich. Immerhin hat er sich rasiert, während sie weg war. Sie ist dankbar, dass er zumindest versucht, ein wenig lebendig zu wirken, wenn die Kinder zu Hause sind.

»Irgendjemand soll hier gewesen sein?«, fragt sie.

Er sieht sie stumm an.

»Ella meint, es sei jemand hier gewesen, um die Lüftungen zu überprüfen, aber wir haben gar keinen Bescheid bekommen.«

»Vielleicht haben wir den nur übersehen.«

»Wir haben nichts übersehen, Johan. Hast du den Zettel gefunden?«

Sie schaut sich in der Küche um.

»Welchen Zettel?«

»Angeblich hat er einen Zettel hiergelassen ... ah, verdammt, hier ist er ja«, sagt sie und schnappt sich das Blatt Papier vom Stapel mit den Reklameheftchen.

Protokoll. Wartung der Lüftungsanlagen, lautet die Überschrift. Ihre Adresse, Wohnungsnummer und das heutige Datum sind darauf mit einem schwarzen Stift eingetragen. Darunter folgt eine Checkliste, auf der alle Punkte abgehakt worden sind, dann einige Zahlen, auf die sie sich keinen Reim machen kann. Ihr Blick bleibt an einer handschriftlichen Notiz am unteren Rand des Zettels hängen.

»Wann müssen die Schulden zurückbezahlt sein?«, fragt sie.

»Hab ich dir doch schon gesagt, sie haben mir zwei Wochen gegeben.«

Immerhin schaut er etwas beschämt drein.

»Datum, Johan. Welches Datum?«

Er räuspert sich.

»Bis zum Dreiundzwanzigsten.«

Nea nickt, stützt sich an der Spüle ab und starrt ihren Mann an.

»Und hast du vor, mir irgendwann zu verraten, wie du deine Schulden bezahlen willst?«, fragt sie.

Er senkt den Blick auf die Tischplatte, räuspert sich erneut, als wolle er etwas sagen, doch nichts geschieht.

Nea kann sich gerade so zusammenreißen, nicht mit der Faust auf die Arbeitsplatte zu hauen. Stattdessen legt sie das Protokoll vor Johan auf den Küchentisch und zeigt auf die handschriftliche Nachricht ganz unten. *Datum der nächsten Wartung: 23. März.*

Das Datum ist eingekreist. Er sieht zu ihr auf. Wie ein geprügelter Hund.

»Sie werden hier wieder auftauchen, und du wirst nichts haben, was du ihnen geben kannst ... Und dann wird es Konsequenzen geben, oder? Nächstes Mal werden sie sich nicht mit einer aufgeplatzten Augenbraue zufriedengeben. Werden sie auf mich losgehen? Oder auf Ella und Nick?«

Sie hört selbst, wie ihre Stimme immer lauter wird, dass sie kurz davor ist zu kippen, also zwingt sie sich zum Schweigen.

Johan schüttelt nur den Kopf.

»Du kümmerst dich um das Essen für die Kinder«, sagt sie schließlich mit ruhiger Stimme. »Ich muss noch mal los.«

Johan schweigt. So lässt sie ihn am Küchentisch sitzen.

Nea starrt an dem braun verputzten Vierzigerjahrebau empor. Es ist der richtige Aufgang, der Nachname steht an der Klingelanlage, aber sie steht bestimmt schon seit fünf Minuten hier, ohne sich dazu durchringen zu können zu handeln. Das hier ist ein Fehler, sie weiß, dass es ein Fehler ist, sie sollte umkehren und nach Hause gehen. Aber sie weiß auch, dass dies wahrscheinlich ihre einzige Chance ist, Johan und die Kinder zu retten. Sich selbst zu retten. Und Nadezhda klang so zuversichtlich, als sie sagte, es sei nicht gefährlich.

Nea will gerade klingeln, als eine ältere Dame mit Walking-Stöcken die Tür aufstößt und mit einem Nicken an Nea vorbeigeht. Im Treppenhaus riecht es nach nassem Hund. Die Wände sind mit Schwammtechnik in Gelb und Orange gestrichen, das Treppengeländer ist aus kaltem Schmiedeeisen.

Dritter Stock. Nea findet die richtige Tür und klopft an. Etwas regt sich in der Wohnung, und kurz darauf wird das Schloss aufgedreht, und die Tür gleitet vorsichtig auf. Eine Sicherheitskette verhindert, dass sie sich mehr als ein paar Zentimeter öffnet. Nadezhdas Gesicht erscheint im Türspalt. Sie sieht nicht überrascht aus, eher so, als hätte sie dagesessen und darauf gewartet, dass Nea auftaucht.

»Wir müssen reden«, sagt Nea.

Nadezhda hakt die Sicherheitskette aus, sie tritt zur Seite und lässt Nea in die Wohnung, bevor sie die Tür schließt und die Kette wieder vorlegt.

Die Wohnung ist spärlich eingerichtet, das meiste scheint secondhand zu sein. Das Parkett im Wohnzimmer ist fast vollständig von einem afghanischen Teppich bedeckt, der, denkt Nea, das teuerste Einrichtungsstück der Wohnung sein muss. Vor dem Fenster steht eine leere Staffelei. An den weißen Wänden hängen gerahmte Ausstellungsplakate und ungerahmte Malereien auf Leinwand, die Nadezhda selbst angefertigt hat. Rechts von einem der Gemälde sind drei Fotografien mit Stecknadeln nebeneinander an die Wand gepinnt.

»Meine Großmutter und mein kleiner Bruder Pasha«, sagt Nadezhda, als Nea einen Schritt näher an die Fotos herantritt.

Nea nickt. Nadezhda sieht sie an, sagt aber nichts.

»Störe ich eigentlich?«, fragt Nea. »Sieht so aus, als wärst du gerade beschäftigt.« Mit einem Kopfnicken deutet sie zu dem großen Skizzenblock auf dem Sofa, der auf einem aufgeschlagenen Buch liegt.

»Ich hab nur ein paar Ideen ausprobiert«, sagt Nadezhda und nimmt die Sachen vom Sofa, legt das Buch und den Block in eine Schublade.

»Für die Abschlussausstellung?«

»So was in der Art, ja.«

Bis zur Abschlussausstellung sind es nur noch wenige Monate, und obwohl Nea versucht, ihre Schüler nicht zu sehr unter Druck zu setzen, weiß sie, welche Bedeutung die Ausstellung haben kann. Für einige Studierende stellt sie den ausschlaggebenden Unterschied zwischen Sein und Nichtsein in dem fast uneinnehmbaren Universum namens Kunstwelt dar.

»Ich habe ...«, sagt Nea.

Nadezhda wartet.

»Bist du dir wirklich sicher, dass es nicht gefährlich ist? Für dich, meine ich.«

»Ja.«

Nea nickt. Schüttelt sich dann.

»Du hast nicht vielleicht einen Tee oder so? Es ist verdammt kalt draußen.«

Nadezhda mustert sie mit ernstem Blick, und Nea zwingt sich zu einem Lächeln. Das Lächeln erlischt, sobald Nadezhda in der Küche verschwunden ist.

Nea lässt sich auf dem Sofa nieder. Nadezhda hat es in ein cremeweißes Baumwolltuch gehüllt und Kissen darauf drapiert, die aussehen, als wären sie selbst genäht. Unwillkürlich muss Nea an das Laken denken, das sie über ihr eigenes Sofa gezogen hat. Sie wird es wegschmeißen müssen.

Nea hört, wie Nadezhda in der Küche Wasser in die Teekanne gießt und einen Schrank öffnet. Sie steht auf, geht zum Fenster und schaut hinaus. Der Parkplatz drei Stockwerke tiefer, die Reihen verlassener Autos im gelben Licht der Straßenlaternen.

Hinter ihr klappert es. Nadezhda stellt ein Tablett auf den Couchtisch. Sie schenkt ihnen aus einer dunkelblauen Teekanne mit einer weißen Knospe auf dem Deckel ein. Nea setzt sich wieder.

»Milch?«

»Nein, so ist es gut.«

Nadezhda nimmt neben ihr Platz. Keine der beiden rührt ihren Tee an. Nea betrachtet die Gemälde an der Wand.

»Du glaubst also, dass du mir helfen könntest? Wirklich?«, sagt sie schließlich.

»Ja.«

»Wie?«

»Wir müssen zwei Gemälde verkaufen. Dann bekommen wir genug Geld zusammen.«

»Zwei?«

Nadezhda nickt.

»Mindestens. Aber ich denke, dass zwei fürs Erste reichen sollten.«

»Aber ...«, erwidert Nea, ohne recht zu wissen, welchen Einwand sie anbringen will.

»Und das schaffst du?«, fragt sie schließlich.

»Sie zu malen? Ja. Aber ich brauche deine Hilfe. Für das Motiv und so. Damit alles seine Richtigkeit hat. Du bist die Botkin-Expertin.«

Nea nickt.

»Und dann? Wie verkaufen wir sie?«

»Ich habe eine Kontaktperson«, sagt Nadezhda.

»Wer ist das?«

Nadezhda greift nach ihrer Teetasse, pustet in den heißen Dampf.

»Je weniger du weißt, umso besser«, sagt sie.

»Aber es geht ja auch um mich. Ich muss es wissen.«

Nadezhda zögert.

»Das musst du nicht«, sagt sie dann.

Nea greift nach ihrer Tasse, hebt sie an, überlegt es sich anders und stellt sie wieder ab. Sie ist froh, dass sie nebeneinander auf dem Sofa sitzen, sie brächte es nicht fertig, Nadezhda in die Augen sehen.

»Und du versprichst mir, dass du dich nicht in Gefahr bringst?«

»Niemand wird die Bilder zu uns zurückverfolgen können, es gibt keine Hinweise, dass wir etwas damit zu tun haben. Dieser Polizist, den du kennst, er hat keine Chance.«

Nea lehnt sich nach vorn, stützt die Ellenbogen auf den Knien ab.

»Wo hast du das alles gelernt?«

»Du hast mir beigebracht zu malen«, sagt Nadezhda. »Und richtig hinzusehen. Den Rest findet man im Internet, wenn man danach sucht.«

»Du konntest schon malen, bevor du mich getroffen hast.«

»Nein.«

Nea seufzt, lehnt sich zurück ins Sofa und starrt an die Decke.

»Das, worüber wir hier sprechen, ist immer noch kriminell«, sagt sie.

»Umverteilung von Ressourcen«, sagt Nadezhda. »Wir sind nicht an Drogen- oder Waffengeschäften beteiligt. Hier geht es um den Betrug an einigen vom Leben gesättigten Multimillionären, die Kunst sammeln, von der sie keine Ahnung haben, die sie vielleicht nicht mal interessiert. Na und? Wen kümmerts? In neun von zehn Fällen sind diese Typen auf illegalem Wege reich geworden. Glaub mir. Ich weiß, wie es in Russland läuft. Nur du und ich und vielleicht eine Handvoll andere Leute werden wissen, dass diese Typen keine echten Botkin-Gemälde an den Wänden haben. Sie werden stolz auf ihre Bilder sein, sie ihren reichen Freunden zeigen und ein bisschen Ansehen in der Szene bekommen. Es wird sie glücklich machen. Niemand wird zu Schaden kommen. Wir sorgen dafür, dass ihr Geld einen guten Zweck erfüllt.«

Nea öffnet den Mund, findet aber keine Worte.

»Außerdem lügen sich in der Kunstwelt doch sowieso alle gegenseitig in die Tasche, ich weiß nicht, was das für einen Unterschied machen sollte.«

Nadezhda steht auf, geht zu ihrer Kommode und zieht eine der Schubladen auf. Sie kehrt mit einer Mappe zurück, die sie Nea auf den Schoß legt.

»Wir können einen Haufen Geld verdienen, ohne dass irgendjemand deswegen leidet. Ohne jemals entdeckt zu werden. Schau dir diese Skizzen an. Ich will wissen, was du denkst.«

Nea greift nach der Teetasse, trinkt einen Schluck und beugt sich über die Skizzen.

In der Wohnung ist es dunkel und still, als Nea nach Hause kommt. Irgendetwas Schreckliches muss passiert sein, ist ihr erster Gedanke. Doch als sie das Licht anschaltet, sieht sie, dass alles wie immer ist. Alle Möbel stehen an ihrem Platz, es gibt keine Anzeichen dafür, dass jemand Fremdes hier gewesen ist. Nea öffnet die Tür zu Nicks Zimmer einen Spaltbreit. Er liegt in seinem Bett, das Gesicht zur Wand, schnarcht leise, und sie spürt, wie ihr Puls sich beruhigt, dass sie wieder atmen kann. Auch Ella hat sich schon schlafen gelegt.

Sie trifft Johan im Schlafzimmer an. Er schläft noch nicht, sein Atem verrät ihn. Reglos liegt er da, zeigt in keiner Weise, dass er ihre Anwesenheit bemerkt.

»Red endlich mit mir«, sagt sie.

Sie schaltet die Lampe an seiner Seite des Bettes an. Er blinzelt mit halb geschlossenen Augen zu ihr auf.

»Wem schuldest du das Geld?«

Johan zögert.

»Das hab ich dir schon erzählt. Einem Glücksspielklub in Vasastan.«

»Ich brauche Details. Wo genau liegt dieser Klub?«

»Du weißt, dass alles nur noch schlimmer wird, wenn du zur Polizei gehst?«

Nea schüttelt den Kopf.

»Komm bitte ins Bett«, sagt er und klopft vorsichtig mit der flachen Hand auf die leere Matratze neben sich. Er sieht sie, erwidert ihren Blick, zum ersten Mal seit Tagen.

»Der Klub liegt in der Hälsingegatan«, sagt er. »In einem Kellerlokal. Jedenfalls im Moment. Sie ziehen in regelmäßigen Abständen um.«

»Hat er einen Namen?«

»Es ist nicht so, dass ein Schild über der Tür hängt«, sagt er. »Die Leute, die dort hingehen, nennen ihn *Hearts*.«

»Hearts?«

»Ja. Was ist?«

»Ich weiß nicht ... Es klingt nur so ... banal.«

Johan schweigt.

»Wer ist der Betreiber?«

»Das weiß ich nicht.«

Fordernd sieht sie ihn an.

»Ich glaube, die sind vom Balkan«, sagt er dann.

»Dann ist also die Jugomafia hinter uns her?«

»Ich weiß nicht, ob es die Mafia ist ...«

»Ach, komm schon. Wer ist der Verantwortliche, an wen musst du deine Schulden zurückzahlen?«

Wieder zögert er.

»Nea, ich ...«

»Verdammte Scheiße, Johan! Wer wird hierherkommen, um uns alle umzubringen?«

»Nea, die Kinder ...«

Sie starrt ihn an.

»Aleksa«, sagt Johan schließlich. »Er ... er ist so eine Art Direktor.«

»Direktor? Klingt ja so, als sei das Ganze eine verdammte Vorschule. Wie bist du in die Scheiße reingeraten, Johan? Wie bist du da reingeraten?«

»Also ... Nea, Liebes ... Ich weiß nicht, was ...«

»Ach, scheiß drauf. Ist doch jetzt eh alles egal. Ist doch alles scheißegal.«

»Sag das nicht. Wo willst du hin?«

Sie lässt die Tür zum Schlafzimmer ein wenig zu laut hinter sich ins Schloss fallen, bereut es sofort und bleibt im Flur stehen, lauscht, ob sich in den Kinderzimmern etwas regt. Das Einzige, was sie hört, ist ihr eigener rauschender Puls.

Sie lässt sich in der Küche auf einen Stuhl sinken und versucht, klar zu denken. Selbst wenn Nadezhdas Plan aufgeht, werden sie es nicht schaffen, die Bilder zu verkaufen, bevor die Schulden fällig werden und die Männer vom Spielklub wieder hier anklopfen. Sie werden keine Gnade zeigen, wenn sie feststellen, dass Johan nicht zahlen kann.

Sie braucht mehr Zeit.

15. März

In dem Haus auf Östermalm befindet sich ein Spiegel im Aufzug. Nadezhda richtet ihren Pferdeschwanz, begegnet ihrem eigenen Blick. Keine Angst, keine Schwäche, ermutigt sie sich. Keine Gefühle. Keinen Kloß im Hals. Sie versucht auszublenden, dass sie sich selbst einst geschworen hat, nie wieder einen Fuß in dieses Haus zu setzen.

Im vierten Stock verlässt sie den Aufzug und klopft an die Bürotür, anstatt zu klingeln. Eine Frau in ihrem Alter – brünett, stark geschminkt – öffnet sofort und führt sie durch den schmalen Flur zu Olof Wallner. Die Tür zu seinem Zimmer steht offen. Die Frau schließt sie hinter sich und kehrt zu ihrem kleinen Schreibtisch direkt hinter der Eingangstür zurück.

Hab ich es nicht gesagt? Ich wusste, du würdest wieder angekrochen kommen.

Die Worte stehen in Wallners Lächeln geschrieben, aber er spricht sie nicht aus. Er deutet auf den Besucherstuhl auf der anderen Seite des Schreibtischs, und Nadezhda setzt sich, ohne ihren Mantel aufzuknöpfen. An den Wänden hängen gerahmte Architekturskizzen und Fotos einiger Immobilien, die Wallner besitzt.

»Ein Scheißwetter«, sagt er. »Jedes Jahr im Winter frage ich mich, warum ich in diesem beschissenen Land bleibe.«

Vor den großen Fenstern hinter Wallners Rücken fällt der Schneeregen vom eintönig grauen Himmel. Nein, nicht eintönig grau, korrigiert Nadezhda sich selbst, es gibt immer Nuancen, Abstufungen.

»Die Riviera«, unterbricht Wallner ihre Gedanken, »Côte d'Azur.«

Letzteres spricht er mit einem Akzent aus, der in Nadezhdas Ohren nur entfernt nach Französisch klingt.

»Kaffee?«, fragt er dann.

Sie schüttelt den Kopf.

Er mustert sie amüsiert.

»Also?«

»Ich bin hier, um dir ein Angebot für ein weiteres Gemälde zu machen.«

»Und ich hatte schon Angst, du bist hier um mir die Botschaft von Jesus Christus zu überbringen.«

Er lacht, sie ignoriert sein Grinsen und seinen Versuch, die Stimmung aufzuheitern.

»Sechshundert«, sagt sie.

»Was, hast du diesmal etwa einen Picasso gemalt?«

»Tu nicht so, als verstündest du was von Kunst.«

»Nur wenn du aufhörst, so zu tun, als verstündest du etwas von Geld. Das ist zu viel verlangt.«

»Wie viel dann?«

Er lehnt sich in seinem Stuhl zurück, den Blick für einige lange Sekunden auf den Stuck an der Decke gerichtet.

»Vier«, sagt er schließlich. »Maximal.«

»Fünf. Und dazu liefere ich dir eine gute Geschichte über die Provenienz.«

»Das ist viel Geld«, entgegnet er.

»Das Gemälde wird mehr als das Doppelte wert sein. Außerdem schuldest du mir etwas.«

»Ach was, tu ich das?«

»Was wäre passiert, wenn ich nicht noch ein zweites Gemälde angefertigt hätte, nachdem du das erste verschlampt hast? Würdest du dann hier überhaupt noch sitzen?«

»Ich habe dich anständig bezahlt.«

Nadezhda zuckt mit den Schultern.

»Fünfhundert, sonst suche ich mir einen anderen Käufer.«

Er fährt sich mit zwei Fingern über den Nasenrücken.

»Ich glaube, du überschätzt deine eigene Verhandlungsposition«, sagt er. »Und das könnte dir gefährlich werden. Denk nur an *Babuschka*.«

»Fünfhundert«, sagt sie, ohne seinem Blick auszuweichen, ohne dass sich ihr Tonfall ändert.

Er sieht sie an.

»Was hast du mit dem Geld vor? Haben sie dich beim Café rausgeschmissen? Steigt dir der Erfolg zu Kopf?«

»Trinkgeld war in letzter Zeit schlecht.«

Er lächelt.

»Ich wusste, dass zu zurückkommen würdest. Wir sind einander ähnlicher, als du denkst. Warum solltest du ewig irgendwelchen verwöhnten Gymnasiasten den Müll hinterherräumen und in diesem gottverdammten Block leben? Du kannst hiermit so viel verdienen, wie du nur willst.«

»Fünfhundert?«

»Wenn du was lieferst, was den Preis wert ist.«

»Du weißt, dass ich das tue.«

Sie steht auf. Dreht sich an der Tür noch einmal zu ihm um.

»Wir ähneln einander kein bisschen«, sagt sie.

Die Brünette sieht von ihrem Computerbildschirm auf, als Nadezhda in den Flur tritt. Sie will sich gerade aus ihrem Stuhl erheben, aber Nadezhda ist schon im Treppenhaus, bevor sie reagieren kann.

Nadezhda läuft die Treppe hinunter, zwei Stufen mit einem Satz, und zwingt sich, nicht zu rennen. Draußen auf der Straße bleibt sie stehen. Sie schluckt die Übelkeit herunter, bevor sie so ruhig wie möglich zur U-Bahn in der Birger Jarlsgatan weitergeht. Ihre Hände in den Taschen sind zu Fäusten geballt.

Die Tür ist unauffällig, es sieht nicht so aus, als wäre sie in Benutzung. Nea hat die Adresse zweimal überprüft, aber gerade als sich die Vermutung breitmacht, dass Johan sie angelogen hat, tritt ein Mann mittleren Alters in Daunenjacke und schwarzer Strickmütze auf die Hälsingegatan hinaus. Sie zuckt zusammen, dort auf der anderen Straßenseite, und spürt, wie ihr Herzschlag schneller wird, während sie so tut, als würde sie telefonieren. Die Tür schließt sich schnell hinter dem Mann, und er sieht sich hastig um, bevor er in Richtung Vanadisplan eilt, die Hände in den Taschen vergraben. Nea sieht ihm nach. Er hat wohl keinen großen Sieg davongetragen.

Keine fünf Minuten später taucht der nächste Mann auf. Er trägt einen gut sitzenden Mantel und hält ein Paar cognacfarbene Lederhandschuhe in einer Hand. Mit der anderen trägt er einen Weekender im gleichen Farbton. Ohne sich umzusehen, schreitet er zur Tür, klopft entschlossen an und wird sofort eingelassen. Haben sie irgendein geheimes Signal? Kann man einfach anklopfen und wird dann reingelassen? Sie wird es wahrscheinlich gleich merken, denkt sie. Sie hat keine Ahnung, wie sie sonst an Aleksa herankommen soll.

Aber sie zögert lange. Sie kann sich einfach nicht dazu durchringen, die Straße zu überqueren und anzuklopfen. Stattdessen bleibt sie stehen, halb hinter einem schwarzen Geländewagen verborgen. Sie sollte sich wohl besser bewegen, bevor jemand Verdacht schöpft. Vielleicht haben sie sie schon bemerkt.

Ein weiterer Mann steht jetzt vor der Tür, er trägt eine fleckige Arbeitshose und eine grob gewebte Jacke mit Aufdruck auf dem Rücken. Er klopft an, wird eingelassen.

Sind diese Männer alle spielsüchtig wie Johan? Sie sahen aus wie ganz normale arbeitstätige Menschen, keiner von ihnen hat sich auch nur im Geringsten merkwürdig verhalten. Hätten die beiden eben Angst vor irgendwelchen Unannehmlichkeiten gehabt, hätten sie sich kaum mit so leichten Schritten der Tür genähert, so unbekümmert angeklopft. Die Einzige, die sich verdächtig verhält, ist sie selbst, und als sie das feststellt, holt sie tief Luft und zwingt sich, auf die Tür zuzugehen. Bevor sie Zeit hat, es sich anders zu überlegen, klopft sie dreimal entschlossen mit ihrer behandschuhten Hand. Die Tür öffnet sich nicht sofort wie bei den beiden Männern eben. Sie wartet. Unterdrückt den Impuls wegzulaufen.

Sie klopft erneut, jetzt etwas fester.

Immer noch keine Reaktion, nicht das geringste Lebenszeichen.

Sie klopft ein drittes Mal und beugt sich vor.

»Ich muss mit Aleksa sprechen«, sagt sie. »Vorher werde ich nicht gehen.«

Sie will gerade ein weiteres Mal klopfen, als die Tür plötzlich aufgerissen wird und ein Mann in schwarzem Anzug sie hereinwinkt. Hastig schließt er die Tür hinter ihr.

»Und wer sind Sie?«, fragt er. Er hat einen kaum merklichen Akzent, ragt beinahe zwei Meter in die Höhe und ist breitschultrig. Sein Schädel ist kurz rasiert, er schaut misstrauisch drein.

»Ich bin hier, um mit Aleksa zu sprechen.«

»Hier ist niemand namens Aleksa. Wer sind Sie? Was wollen Sie?«

Sie befinden sich in einem engen schummerigen Flur. Die Tür zum Lokal ist von einem Vorhang verdeckt, von dort sind schwache Stimmen zu hören. An der Wand hängt ein Fernsehmonitor, der hochauflösende Videoaufnahmen von Haustür und Bürgersteig aus vier verschiedenen Kameraperspektiven zeigt. Eine ältere Dame geht draußen mit einem Pekinesen an der Leine vorbei.

»Mein Mann schuldet Aleksa Geld«, sagt Nea. »Ich bin hier, um die Rückzahlung zu besprechen.«

Der Mann sagt nichts, sieht sie nur schweigend an. Mustert sie. Oder wartet er auf etwas?

Sie öffnet gerade den Mund, um noch etwas zu sagen, als der Mann plötzlich ein Walkie-Talkie hervorholt und etwas in einer Sprache hineinspricht, die sie nicht versteht. Es dauert eine Weile, bis er eine Antwort bekommt, in der Zwischenzeit steht er mit dem Walkie-Talkie am Ohr da, während sein Blick Nea durchbohrt. Am liebsten will sie wieder rückwärts zur Tür hinaus, aber sie ballt ihre Hände zu Fäusten und konzentriert sich darauf, ruhig zu atmen. Als die Stille durch eine kurze knisternde Nachricht auf dem Walkie-Talkie unterbrochen wird, zuckt sie zusammen. Der Mann verzieht belustigt den Mund zu einem Grinsen. Bevor sie Zeit hat, sich wieder zu sammeln, erscheint ein anderer Mann und zieht den Vorhang zurück, hinter dem eine Treppe hinunter in den Keller zum Vorschein kommt. Er ist kleiner als sein Kollege und nicht so grobschlächtig, aber er sieht Nea mit dem gleichen misstrauischen Blick an und trägt den gleichen dunklen Anzug. Nach einer schnellen Leibesvisite wird sie die Treppe hinunter und durch einen Raum mit mehreren Tischen geführt, an denen verschiedene Kartenspiele in vollem Gange sind. In einer Ecke steht ein verlassenes Rouletterad. Keiner der Männer an den Tischen schaut auch nur in ihre Richtung, während sie ihrer Eskorte durch den Raum folgt. Es riecht leicht nach altem Männerschweiß, oder vielleicht steigt der Geruch auch von dem fleckigen Teppich auf.

Am anderen Ende des Raumes befindet sich ein Tresen, der aussieht wie vom Sperrmüll. Eine blonde Frau in den Dreißigern hantiert hinter dem Tresen mit etwas herum – sie ist, wie es aussieht, neben Nea die einzige Frau im Lokal. Sie mustert Nea, gleichzeitig sprüht sie mit einem Reinigungsmittel den Tresen ein und wischt ihn ab.

Nea wird zu einem Tisch in der Ecke neben der Bar geführt. Dort sitzt ein Mann um die vierzig – er trägt ein schwarzes Hemd, die oberen beiden Knöpfe lässig aufgeknöpft, die Frisur sitzt perfekt – und blättert in einer Zeitung. Von seinem Platz aus hat er alles im Blick, was im Raum passiert.

Neas Eskorte deutet auf einen Stuhl dem Mann gegenüber und nimmt dann selbst ein paar Meter entfernt an der Wand Platz. Erst als sie sich auf die äußerste Stuhlkante setzt, schaut der Mann auf. In seinen braunen Augen ist nichts von den dunklen Schatten zu sehen, die dem Blick des Mannes an der Tür innewohnten, daher kommt er ihr nicht im Geringsten bedrohlich vor. Nea würde seine Ausstrahlung fast als freundlich beschreiben. Er lächelt zwar nicht, aber sein Gesichtsausdruck ist eher fragend als boshaft.

»Aleksa?«, fragt Nea.

Er antwortet nicht, sieht sie unentwegt an. Sie hebt die Augenbrauen, wie um ihre Frage zu unterstreichen.

»Nennen Sie mich Aleksa, wenn Sie wollen«, sagt er schließlich. »Und Sie sind?«

»Nea.«

»Freut mich, Ihre Bekanntschaft zu machen, Nea«, sagt er und streckt seine Hand über den Tisch.

Sie streift den Lederhandschuh ab und schüttelt seine warme Hand, der Händedruck ist fest. Jetzt lächelt er.

»Und womit kann ich Ihnen helfen? Wollen Sie Ihren Mantel nicht ablegen?«

Sie schüttelt den Kopf, knöpft jedoch die obersten Knöpfe auf und nimmt die Mütze ab. Ihr Haar ist elektrisch, und sie fährt sich mit der Hand hindurch, als hätte es irgendetwas zu sagen, wie sie aussieht.

Vielleicht hat es ja etwas zu sagen.

Sie versucht, eine neutrale Miene aufzusetzen, und hofft, dass man ihr die Angst nicht anmerkt, dass sie ruhig und freundlich wirkt. Entwaffnend. Unschuldig. Glaubwürdig.

»Ich …«, beginnt sie, unterbricht sich jedoch selbst, als die Frau von der Bar plötzlich auftaucht und zwei Tassen dampfenden Kaffee auf den Tisch stellt.

»Danke«, sagt Aleksa an die Frau gewandt und hebt die Tasse an den Mund. »Man kann über diesen Ort sicher viel behaupten, aber immerhin taugt der Kaffee was«, sagt er und nippt an dem heißen Getränk. »Moccamaster.«

Ihr also auch, denkt Nea und entspannt sich etwas. Vorsichtig nimmt sie einen Schluck von dem Kaffee. Sie weiß nicht genau, was sie von diesem Treffen erwartet hatte, aber kaum, zum Kaffee eingeladen zu werden.

»Sie kennen meinen Mann«, sagt sie.

»Okay.«

»Johan Hallgren. Er schuldet Ihnen Geld.«

»Okay.«

»Ein paar von Ihren ... Leuten ... waren bei uns zu Hause und haben ihn ... zusammengeschlagen.«

Aleksa nippt an seinem Kaffee.

»Das glaub ich kaum.«

Nea erwidert seinen Blick und gibt sich alle Mühe, ihm nicht auszuweichen. Er ist jetzt wachsam, auf der Hut. Unterm Tisch haben ihre Beine zu zittern begonnen, und sie drückt die Schuhsohlen gegen den Teppich, damit das Zittern aufhört.

»Das ist ein schwerwiegender Vorwurf«, erwidert er. Seine Stimme ist immer noch ruhig.

»Entschuldigen Sie. Das ... das tut auch nichts zur Sache«, wendet Nea ein. »Deswegen bin ich nicht hier.«

Er sieht sie abwartend an.

»Ich will die Schulden begleichen«, sagt sie nach einem Moment des Schweigens.

»Haben Sie das Geld dabei?«

»Nein.«

Sie versucht, genau so entspannt zu klingen wie Aleksa.

Sie führt die Tasse zum Mund, pustet sanft auf den Kaffee, bevor sie einen Schluck trinkt. Langsam stellt sie die Tasse zurück auf den Untersetzer, überrascht, dass ihre Hand so ruhig ist.

»Wir haben das Geld nicht. Noch nicht.«

»Sie wissen schon, dass wir seit einer Weile darauf warten«, sagt er.

Nea nickt.

»Ich dachte, wir hätten uns klar ausgedrückt«, fährt er fort. »Früher oder später müssen wir aktiv werden, um das zurückzubekommen, was uns gehört. Wie jede x-beliebige Bank. Das ist nicht ungewöhnlich, und Ihr Mann war sich der Bedingungen im Voraus bewusst.«

»Ich hoffe, dass wir uns gütlich einigen können.«

Aleksa schließt die Augen und legt den Kopf in den Nacken, als hätte er diesen Vorschlag schon tausendmal gehört.

»Gütlich einigen«, seufzt er.

»Es geht um sehr viel Geld«, sagt Nea und gibt sich Mühe, nicht die Beherrschung zu verlieren. »Will sagen, wir bräuchten etwas mehr Zeit, um es zu beschaffen.«

»Zeit, Zeit, Zeit«, entgegnet Aleksa. »Ihr Mann hatte genug Zeit.«

Nea nickt, schluckt.

»Ich will das hier regeln«, sagt sie und betont dabei das erste Wort. »Ich werde es regeln.«

Aleksa sieht sie an. Sie glaubt, den Hauch eines Lächelns auf seinem Gesicht zu sehen. Vielleicht ist es nur Einbildung, Wunschdenken.

»Was schlagen Sie vor?«

»Sie geben mir ein paar Wochen Zeit, um die erste Rate von fünfhunderttausend zu beschaffen. Währenddessen lassen Sie Johan in Ruhe.«

Aleksa hebt die Augenbrauen.

»Und dann?«

»Dann bekommen Sie den Rest des Geldes, achthunderttausend, innerhalb eines Jahres.«

Aleksa schüttelt den Kopf. Seine Bewegungen sind ruhig, seine Stimme sanft. Nea muss an Linus, den jungen Banker, denken.

»Innerhalb eines Jahres? Das tut mir leid, das steht nicht zur Debatte.«

»Dann machen Sie mir einen Gegenvorschlag, einen realistischen. Einen Vorschlag, der mir wirklich eine Chance lässt.«

Sie klingt jetzt verzweifelt, flehend, und sie fragt sich, ob das gut oder schlecht ist. Ob es das ist, was er erreichen wollte, oder ob sie sich mit diesem Zeichen von Schwäche einen Bärendienst erweist.

Aleksa nippt an seinem Kaffee, sieht sie über den Rand seiner Tasse hinweg an. Sie hält seinem Blick stand.

»Und das Geld«, fragt er nach einer kurzen Stille, »ist das unterwegs? Sie können mir garantieren, dass Sie zahlen können?«

Sie nickt, presst die Sohlen gegen den Boden, umklammert die heiße Kaffeetasse.

»Warum sollte ich Ihnen vertrauen? Ihr Mann hat sich nicht direkt als jemand erwiesen, der zu seinem Wort steht.«

»Ich bin nicht wie Johan«, erwidert sie rasch. »Ich wäre doch gar nicht hier, wenn ich keine Lösung für das Problem finden wollen würde.«

Unter dem dicken Mantel ist ihr der Schweiß ausgebrochen, auf dem Rücken, unter den Achseln. Aleksa sieht sie mit aufeinandergepressten Lippen an, von seinem Lächeln keine Spur mehr.

»Okay«, sagt er schließlich. »Ich lasse mich darauf ein. Die erste Rate ist in einer Woche fällig.«

Sie schüttelt den Kopf.

»Ich brauche fünf. Ich bitte Sie.«

Aleksa schüttelt ebenfalls den Kopf. Sein Blick hat sich verhärtet.

»Zwei Wochen bis zur ersten Rate«, sagt er. »Ab heute. Die restlichen Schulden sind in zwei Monaten fällig, am 15. Mai. Das ist ein großzügiges Angebot.«

Nea sieht ein, dass sie seine Grenze komplett ausgereizt hat, dass er ihr nicht weiter entgegenkommen wird. Sie nickt.

»Sie erhalten hiermit eine Chance, die kaum jemand bekommt«, fährt Aleksa fort. »Verspielen Sie diese Chance nicht.«

»Verstanden«, sagt Nea.

»Ich nehme es sehr persönlich, wenn jemand mein Vertrauen missbraucht.«

Er streckt ihr die Hand entgegen. Sie schüttelt sie.

»Grüßen Sie Johan von mir. Und die Kinder. Mit denen haben Sie ja ein Glück! Unglaublich, wie musikalisch die beiden sind.«

Ihr Magen zieht sich zusammen. Sie nickt dümmlich.

Der Mann im dunklen Anzug taucht plötzlich hinter ihr auf, und sie erhebt sich von ihrem Stuhl.

Als sie die Hälsingegatan betritt, schnappt sie nach Luft. Ihre Schultern schmerzen, und ihre Hände zittern, als sie versucht, ihre Mütze aufzusetzen. Ein älterer Herr mit braunem Labrador macht einen Bogen um sie. Sowohl der Mann als auch der Hund sehen ihr nach, als sie Richtung Odenplan davongeht.

»Wer war das?«, fragt Roger Forsén, obwohl er das nur zu gut weiß.

Als Nea hereinkam, hat er sich rasch in den Raum hinter der Bar zurückgezogen, aus Angst, sie könnte ihn sehen. Aber sie schien ihn nicht bemerkt zu haben.

Aleksa mustert Roger mit einem belustigten Gesichtsausdruck.

»Warum?«

»Reine Neugierde. Sie sah nicht so aus, als würde sie hierhergehören.«

»Wer gehört schon hierher? Seh ich so aus, als würde ich hierhergehören? Gehörst du hierher?«

Aleksa grinst. Roger schüttelt den Kopf.

»Ich bin wie ein Priester«, sagt Aleksa in unbeschwertem Ton, »wer mit seinen Sorgen zu mir kommt, kann sich darauf verlassen, dass ich seine Geheimnisse mit ins Grab nehme. Außerdem bist du doch derjenige, der mich mit Informationen versorgen soll, nicht andersrum.«

Roger grinst nun ebenfalls.

»Wie gesagt, reine Neugierde.«

»Also ... hast du was für mich?«

Roger nimmt einen hellbraunen gepolsterten Umschlag aus der ledernen Aktentasche, die zwischen seinen Füßen steht, und schiebt ihn Aleksa über den Tisch zu. Aus dem Nichts taucht einer von Aleksas Männern auf, nimmt den Umschlag und verschwindet im Raum hinter der Bar, um den Inhalt zu zählen.

»Fünfundvierzigtausend«, sagt Roger.

»Das Geld liegt in vierzehn Tagen auf dem Konto. Abzüglich der Gebühren. Wie immer.«

Roger nickt.

»Noch was?«, fragt Aleksa.

Roger räuspert sich und sieht sich über die Schulter, lässt seinen Blick durch das Lokal schweifen. Aleksa ist derjenige, der darauf besteht, sich hier zu treffen. Es ist ein unnötiges Risiko, eine Machtdemonstration, eine Mahnung, dass Roger ihn mehr braucht als er Roger. Er könnte einen anderen Weg finden, das Geld zu waschen, aber er ist sich nicht sicher, wie Aleksa reagieren würde, wenn er ihrer Zusammenarbeit den Rücken kehrt. Aleksa hat viel zu viel gegen ihn in der Hand.

»Nichts Konkretes«, sagt Roger. »Ich habe mitbekommen, dass die Kollegen von der Mordkommission ein Grundstück in Västberga überwachen lassen. Drogen, würde ich denken. Genaueres weiß ich nicht.«

Aleksa nickt kurz, wie immer kann man an seinem Gesicht nicht ablesen, ob ihn das gerade Gehörte auch nur im Geringsten beunruhigt.

»Ich würde dir ja gern einen Kaffee anbieten, aber ...«

Aleksa breitet die Arme aus, als wolle er zeigen, wie beschäftigt er mit allem ist, was hier im Lokal vor sich geht. Als warte er nur darauf, sich einer der Pokerrunden anzuschließen oder sich an den Blackjack-Tisch zu setzen.

»Wir sehen uns«, sagt Roger.

Er nimmt den alternativen Weg durch das Hinterzimmer, überquert den Hof und tritt durch ein Tor auf der anderen Seite des Blocks auf die Straße.

Nea nimmt auf einem der Sofas aus schwarzem Kunstleder in der Teeküche Platz. Der Raum brodelt vor Spekulationen darüber, was es mit diesem außerplanmäßig angekündigten Treffen auf sich hat. Ihre Kolleginnen tuscheln vor sich hin, eine gewisse Unruhe ist spürbar, doch Nea, die direkt aus Vasastan kommt, kann nur an das Treffen im Glücksspielklub denken. Im Kopf hat sie das Gespräch mit Aleksa immer wieder nachgespielt, seit sie das Lokal verlassen hat. Es fühlt sich immer noch völlig unwirklich an, dass sie dort gewesen ist. Dass sie überhaupt in dieser Situation ist. Dass sie sogar eine ihrer Studentinnen mit an den Abgrund geschleppt hat.

Das Gemurmel verstummt, sobald Margareta den Raum betritt. Ihre Absätze klackern auf dem harten Holzboden. Als sie schließlich vor der versammelten Kollegenschaft steht, ist es vollkommen still geworden. Sie verschränkt ihre Finger ineinander.

Nea sieht Aleksas Hände vor sich, wie er die Kaffeetasse hält. Der Ehering. Die gepflegten Nägel. Seine Haut war weich, als sie seine Hand schüttelte.

»Willkommen. Wie schön, dass ihr es alle so kurzfristig einrichten konntet, ich kann mir denken, dass ihr viel zu tun habt.«

Margareta räuspert sich.

»Ihr könnt euch sicher alle denken, dass ich heute keine positiven Nachrichten zu überbringen habe. Wie ihr wisst, steckt die Akademie schon länger in finanziellen Schwierigkeiten, und genauso lange habe ich mich für mehr Fördermittel eingesetzt. Leider ohne Ergebnisse. Wir haben gerade Informationen über die Finanzierung für das nächste Studienjahr erhalten, und statt der Erhöhung, die wir dringend benötigen, um unseren Betrieb auf dem heutigen Niveau aufrechtzuerhalten, wurde uns das Budget für die kommenden Jahre leider gekürzt.«

Margareta räuspert sich noch einmal, und jemand schenkt ihr aus einer Karaffe auf einem der Couchtische ein Glas Wasser ein. Sie nickt dankbar, nimmt das Glas entgegen und trinkt einen hastigen Schluck, während sich eine drückende Stille über den Raum legt.

»Wir haben keine andere Wahl, als uns den schwierigen Bedingungen anzupassen«, fährt sie fort, »und mit den Fördermitteln, die uns zugeteilt werden, zu arbeiten, das heißt, die Kosten für unseren täglichen Betrieb herunterzuschrauben.«

Sie stellt das Glas auf den Tisch und lässt ihren Blick durch den Raum schweifen, darauf bedacht, die Aufmerksamkeit aller auf sich zu ziehen.

»Dies bedeutet leider, dass wir gezwungen sind, die Anzahl der Festanstellungen zu reduzieren. Es ist noch nicht klar, wie viele oder welche Positionen betroffen sein werden. Aber so Pi mal Daumen würde ich schätzen, dass wir ungefähr zehn Stellen kürzen müssen.«

Die Kollegen beobachten Margareta weiterhin schweigend, während die Informationen langsam bei ihnen ankommen. Nea streckt sich auf dem Sofa und sieht sich im Zimmer um, als würde ihr erst jetzt bewusst werden, wo sie sich befindet.

»Selbstverständlich werden wir von der Institutsleitung alles tun, was in unserer Macht steht, damit es zu so wenig betriebsbedingten

Kündigungen kommt wie möglich, aber wir werden überall Stellen abbauen müssen. Dies betrifft alle Tätigkeitsbereiche.«

Nea betrachtet ihre Kollegen. Freundinnen, in einigen Fällen. Sie sind über die Jahre zusammengewachsen. Viele von ihnen wissen, wie Ellas Band heißt und welches Haarwachs Nick verwendet. Sie empfehlen ihr keine Bücher mit übernatürlicher Handlung. Einige von ihnen wissen sogar, durch welche Hölle sie vor paar Jahren gehen musste, als Johans Spielsucht sich zum ersten Mal gezeigt hat.

Da ist Gunnel, die Bildhauerei unterrichtet. Ihr Mann starb vor einem halben Jahr nach langer Krankheit. Lisen, die für die Auszahlung der Gehälter verantwortlich ist, wird wegen Fibromyalgie behandelt, obwohl sie erst dreiunddreißig Jahre alt ist. Jetzt sitzt sie da und kaut auf den Fingernägeln herum, wie immer, wenn sie nervös ist. Josef, der Hausmeister, sitzt vorgebeugt, die Beine überschlagen und wippt mit seinen abgetragenen Arbeitsschuhen auf und ab. Alle starren Margareta an, als würde sie jeden Moment auflachen und ihnen erzählen, dass das alles nur ein Scherz sei.

»Es tut mir furchtbar leid«, sagt sie stattdessen. »Ihr könnt jetzt gern Fragen stellen oder auch später, wenn ihr die Nachricht erst einmal verdauen müsst. Ich kann mir denken, dass es für viele ein Schock ist.«

Die kollektive Lähmung ist plötzlich gebrochen und mit ihr die Stille. Die Fragen fliegen wie Pfeile durch die Luft. Nea verfolgt die Diskussion, sagt selbst aber kein Wort. Sie ist verwirrt, weiß nicht recht, was sie denkt oder fühlt. Es ist, als hätte sich ein Nebel über ihre Gedanken gelegt, und sie beobachtet das Geschehen aus der Ferne. Schließlich, als die Fragen abgeklungen sind und die Leute nach und nach den Raum verlassen, steht Nea auf und lässt sich neben Teija nieder, die auf einem Stuhl in der ersten Reihe sitzt.

»Jegliches hat seine Zeit, sagte der Schafbock, als man ihm den Kopf abschlug.«

Nea sieht sie fragend an.

»Finnisches Sprichwort. Wir zwei haben auf jeden Fall schon einige Dienstjahre auf dem Buckel. Wir haben viele jüngere Kolleginnen.«

Nea nickt.

»Ich glaube nicht, dass du dir Sorgen machen musst.« Offensichtlich hat Teija Neas besorgtes Gesicht gesehen.

»Du hast sicher recht.«

»Das hab ich ab und zu«, sagt Teija. Sie legt eine Hand auf Neas Schulter, dann steht sie auf.

»Und mit diesen freudigen Nachrichten im Gepäck werd ich mal zur Sprechstunde für meine Erstsemester gehen. Mal sehen, ob ich noch hier bin, wenn sie ihr Abschlussexamen machen.«

Letzteres sagt sie mit einem schiefen Grinsen über ihre Schulter hinweg. Nea gibt sich große Mühe, es mit einem Lächeln zu erwidern.

22. März

Nadezhda flucht laut und beugt sich näher zu dem Gemälde, das sie mitten im Wohnzimmer auf eine Staffelei gestellt hat. Sie dreht einen dünnen Marderhaarpinsel zwischen den Fingern.

»Was ist los?«, fragt Nea und steht vom Sofa auf.

»Was? Ach nichts.«

Nadezhda sieht Nea überrascht an, als hätte sie vergessen, dass sie da ist. Wie immer hat sie beim Malen das Hier und Jetzt ausgeblendet, eine beneidenswerte Konzentrationsfähigkeit, die Nea sich selbst wünscht. Zwei Minuten ist momentan ihre eigene Höchstgrenze. Das Treffen mit Aleksa spielt sich immer wieder in ihrem Kopf ab, und wenn sie nachts die Augen schließt, erscheint das Bild von Johan, blutig und halb vom Sofa gerutscht.

»Du brauchst eine Pause«, sagt Nea, als Nadezhda erneut aufstöhnt. »Ich mach dir einen Tee.«

Nadezhda schüttelt den Kopf, dreht sich dann aber zu Nea um.

»Ich kümmer mich schon drum«, sagt sie und verschwindet in der Küche. »Willst du auch einen?«

»Ja, gern.«

Nea folgt ihr.

»Ich weiß, dass du eigentlich andere Sachen zu tun hast«, sagt Nea. »Deine Examensarbeit und ... Du sollst wissen, dass ...«

Nadezhda winkt ab, sie hält den Wasserkocher unter den Hahn, befüllt ihn, dann schaltet sie ihn an. Stumm starren sie beide auf das Gerät. Es leuchtet blau und gibt ein zisselndes Geräusch von sich.

Das Zisseln wird immer lauter, und das Gerät schaltet sich mit einem lauten Knacken aus, als das Wasser den Siedepunkt erreicht hat. Das blaue Licht erlischt.

»Aber jetzt passt es doch. Mit der Farbe, mein ich. Mit dem richtigen Sikkativ trocknet sie schnell«, sagt Nea.

Nadezhda gießt das heiße Wasser in zwei Tassen, hängt jeweils einen Beutel Earl Grey hinein, lässt ihn kurz durchziehen und dann auf den Tassenboden sinken.

»Es ist nur diese verdammte Straßenlaterne«, sagt sie. »Ich kriegs nicht richtig hin. Bei Botkin hätte es nie so ausgesehen. Er hätte höchstens angedeutet, dass da etwas ist. Nur einen gelben Schimmer. Nur nicht zu viele Details. Scheiße.«

Nadezhda geht wieder hinaus ins Wohnzimmer. Nea folgt ihr, stellt sich vor die Leinwand und studiert die Arbeit aus nächster Nähe.

»An dieser Straßenlaterne ist absolut nichts verkehrt.«

»Doch«, widerspricht Nadezhda und zieht an der Schnur ihres Teebeutels.

»Das hier ist wirklich gut, Nadezhda.«

»Es ist sauschlecht.« Sie schaltet den Baustrahler aus und lässt sich auf das Sofa sinken.

Nea bleibt vor der Leinwand stehen. Sie nippt an dem Tee, doch er ist noch zu heiß.

»Was passiert eigentlich danach?«, fragt Nadezhda plötzlich.

Nea dreht sich zu ihr um.

»Was meinst du?«

»Was passiert, wenn das hier erledigt ist, wenn wir das Geld bekommen haben?«

»Ich bezahle die Schulden«, sagt Nea und setzt die Tasse an den Mund.

»Und dann?«

Nea nimmt einen etwas zu großen Schluck von dem heißen Tee und verbrennt sich die Zunge. Sie muss husten.

»Wenn die Schulden bezahlt sind, wird dann alles so wie vorher?«, hakt Nadezhda nach. »Du tust dann einfach so, als wär nichts geschehen?«

»Du meinst Johan gegenüber?« Es klingt eher wie eine Feststellung als eine Frage.

Nadezhda schweigt. Nea setzt sich neben sie aufs Sofa und stellt die Teetasse auf dem Sofatischchen ab.

»Das wär schon krass, das alles hier zu tun«, sagt Nadezhda nach einer Weile, »und danach nichts zu ändern.«

»Wir sorgen dafür, dass Johan nicht umgebracht wird. Oder die Kinder. Oder ich.«

»Und beim nächsten Mal? Wie wirst du beim nächsten Mal aus der Sache rauskommen?«

»Es wird kein nächstes Mal geben.«

»Du weißt, dass es immer ein nächstes Mal geben wird«, erwidert Nadezhda.

Nea weicht ihrem Blick aus.

»Du hast etwas Besseres verdient«, sagt Nadezhda und steht abrupt auf. Sie schaltet den Baustrahler wieder ein, der Raum wird von hellem Licht erfüllt. Nea sieht nach unten, blinzelt.

»Das ist nicht so leicht«, flüstert sie, so leise, dass Nadezhda es nicht hören kann. Oder vielleicht tut sie nur so, als hätte sie es nicht gehört.

Nadezhda nimmt den Pinsel in die Hand und beugt sich vor, studiert die Straßenlaterne bis ins Detail.

Mit dem Pinsel in der Hand gleitet sie in einen anderen Zustand. Die Außenwelt verschwindet in einem Nichts, das Konzept von Zeit hört auf zu existieren. Es gibt nur noch Nadezhda und das Gemälde, isoliert in einem eigenen Universum.

Nea erkennt sich darin wieder. Aus der Zeit, als sie selbst noch gemalt hat, weiß sie, wie es ist, wenn alles andere um sie herum verschwand, unwichtig wurde.

Nadezhda richtet sich plötzlich auf, setzt den Pinsel an und bringt Botkins Lichtschimmer mit einem selbstbewussten Strich auf die Leinwand.

Das Gemälde ist fast fertig. Dank Nadezhdas Hilfe, von der Nea nicht einmal sicher ist, wie sie die überhaupt verdient hat, wird alles seinen Gang gehen. Sie wird in der Lage sein, Johans Schulden zu bezahlen, aber nun steht sie in der Schuld – bei Nadezhda. Es ist wahrscheinlich eine Schuld, die sie für den Rest ihres Lebens mit sich herumtragen wird.

Nea hat das Gemälde entstehen sehen, von den ersten Skizzen, die sie besprochen haben, bis hin zur Fleischwerdung auf dieser Leinwand, die jetzt zeigt, wie einige verlorene Seelen in einer schäbigen Kneipe Bier trinken. Der Pflanze in der hinteren Ecke des Lokals scheint es besser zu gehen als so manchem der Gäste. Im Hintergrund kann man durch das Fenster der Kneipe eine Straße erkennen – und die Straßenlaterne, die Nadezhda so Kopfzerbrechen bereitet hat.

Nadezhda quetscht einen Klecks Zinkweiß auf ihre Palette und nimmt einen sauberen dünnen Pinsel aus dem Glas am Boden. Nea hält den Atem an. Mit leichter Hand, fast lässig, als wäre es ihre eigene Unterschrift, malt Nadezhda *I Botkin* in die untere rechte Ecke. Sie tritt einen Schritt zurück. Dehnt ihren Hals, legt Pinsel und Palette weg.

Nea atmet aus. Nadezhda dreht sich zu ihr um. Sie sieht müde aus, ihr Blick wirkt plötzlich trüb.

»Ich hab getan, was ich konnte«, sagt sie und sinkt neben Nea aufs Sofa.

Nea kann ihre Augen nicht abwenden von dem Gemälde, das ihre Rettung sein soll.

Johan stellt den großen Topf mitten auf den Küchentisch und setzt sich auf seinen Platz.

»Haut rein«, sagt er und bedeutet Nick mit einladender Geste, sich aufzutun. Das lässt Nick sich nicht zweimal sagen, er greift nach der Suppenkelle und bedient sich.

Vor den Kindern spielt Johan die Rolle des unbekümmerten Vaters. Nea beobachtet ihn von ihrem Platz auf der anderen Seite des Tisches. Der Dampf steigt kräuselnd aus dem Topf in Richtung der Deckenlampe, ein dünner Schleier zwischen ihnen. Er spielt diese Rolle nicht sehr gut. Sein Lächeln, sein Lachen, seine Witze bilden eine bröckelnde Fassade vor einem Rohbau aus purer Angst. Sein Blick ist starr und schwer fassbar, er wagt es nicht, ihr in die Augen zu sehen.

Die Blutergüsse sind verblasst, das Pflaster und die Stiche an der Augenbraue sind verschwunden, aber es ist immer noch zu erkennen, wo sie genäht worden ist. Die Apathie hat er zwar abgelegt, aber seine mentale Verfassung ist schlechter denn je. Sie gehen einander aus dem Weg, außer wenn die Kinder bei ihnen sind. Auch Nea spielt Theater.

»Mama?«

Nea zuckt zusammen, sieht von Johan zu Ella, die ihr die Suppenkelle entgegenhält.

»Danke.«

Nea nimmt die Kelle, rückt ihren Teller näher an den Topf mit Gulasch heran und tut sich auf. Sie ignoriert Ellas fragenden Blick, der immer noch auf ihr ruht.

»Wie wars heute in der Schule, Nick?«, erkundigt sie sich stattdessen.

»Na wie immer. Warum?«

Nea lacht laut auf. Ein hohes, nervöses Lachen, sie kann es selbst hören.

»Was ist denn an der Frage so merkwürdig? Ich will nur wissen, ob du einen guten Tag hattest.«

Nick zuckt mit den Schultern.

»War okay«, sagt er und beugt sich über das Gulasch.

Es ist offensichtlich, dass er nicht darüber sprechen will, was auch immer ihn beschäftigt. Irgendwas ist auf jeden Fall. Aber Nea kann gerade keine Energie aufbringen, ihn auszuhorchen. Nicht jetzt, nicht hier. Das kann bestimmt auch warten.

»Wir haben einen Gig an Land gezogen«, sagt Ella und zieht die Aufmerksamkeit zu Nicks Erleichterung auf sich.

Ein Strahlen breitet sich auf Johans Gesicht aus.

»Wie cool! Wo denn?«

»Im Fryshuset. Aber erst im Mai.«

»Scheiße, das ist ja großartig«, sagt Johan, und plötzlich ist es, als wären die letzten Wochen nie geschehen. Keine Spur von Angst in seinem Gesicht. »Du weißt schon, dass ich in der ersten Reihe stehen werde, oder?«

Ella errötet.

»Wenn du meinen Bass an den Kopf kriegen willst, gern«, kontert sie.

»Dann ganz hinten«, sagt Johan. »Ich kann mich verkleiden. Niemand wird mich wiedererkennen.«

Nea sieht Johan an, und ihr schnürt sich der Hals zu. Das hier ist echt, der echte Johan. Der wie die Mitternachtssonne strahlt, weil seine Tochter ein Konzert spielen wird. Der innerlich in Jubel ausgebrochen ist, weil sie etwas erleben wird, was er selbst einst erlebt hat. Sie beobachtet das intuitive Verständnis zwischen den beiden und spürt den üblichen Stich der Eifersucht.

»Herzlichen Glückwunsch«, sagt Nea und versucht, enthusiastisch zu klingen. »Ich werde mich auch bedeckt halten und verspreche dir, nicht zu tanzen.«

Ella versucht, die Coole zu spielen, aber sie läuft erneut rot an.

»Wann im Mai?«, fragt Nea.

»Am achtzehnten.«

Achtzehnter Mai. Bei dem Datum klingelt etwas bei Nea, und sie braucht einen Moment, bis es ihr wieder einfällt. Die Examensausstellung an der Akademie. Scheiße.

Aber sie sagt nichts. Will nicht die gute Stimmung verderben.

»So verdammt cool«, sagt Johan.

Nea nickt und lächelt. Ella starrt verlegen auf ihren Suppenteller.

»Wenn ich keinen Backstage-Pass bekomme, kannst du dir dein Geburtstagsgeschenk abschminken«, sagt Nick.

Nea versucht, Johans Blick einzufangen, doch es gelingt ihr nicht. Mit einem stolzen Lächeln strahlt er seine Tochter an.

Roger Forsén geht auf der gegenüberliegenden Straßenseite am Haus vorbei, verlangsamt die Schritte, schielt zu der schweren Eichentür mit den dunklen Glaselementen. Im Treppenhaus schaltet jemand das Licht an. Die dunklen Fenster werden plötzlich von einem warmen orangefarbenen Licht erhellt. Roger reißt sich los, schlendert betont langsam weiter, ohne den Kopf zu drehen.

Am Ende des Blocks bleibt er stehen, überquert die Straße. Kehrt mit schnellen Schritten zurück zu Neas Adresse.

Die Mütze hat er sich tief in die Stirn gezogen, sein Schal bedeckt den unteren Teil seines Gesichts. Den Kopf hält er gesenkt, den Blick fest auf den Bürgersteig gerichtet.

Er nähert sich dem Haus, ohne zu zögern, als hätte er dort etwas zu erledigen. Als er vor der schweren Eichentür steht, sind die Lichter im Treppenhaus erloschen, er sieht nur noch sein dunkles Spiegelbild in den Glasflächen. Neben der Gegensprechanlage sind die Namen der Bewohner aufgelistet. Nea scheint im dritten Stock zu wohnen. Roger zieht an der schweren Tür, aber sie ist verschlossen.

Er erwägt, bei einem der Nachbarn zu klingeln, um ins Haus gelassen zu werden, kommt dann aber zu dem Schluss, dass es sinnlos ist. Selbst wenn ihn jemand ins Treppenhaus lassen würde, was würde er dort finden? Eine Notiz an der Tür, die erklärt, warum die Kunsthistorikerin in illegalen Glücksspielklubs herumspringt?

Ein weiteres Mal läuft er die Straße auf und ab, ein weiteres Mal bleibt er vor Neas Haus stehen. Diesmal ist er weniger diskret, späht nach oben in den dritten Stock. Bis auf eines sind alle Fenster in ihrer Etage erhellt. Er hat keine Ahnung, welche Fenster zu ihrer Wohnung gehören.

Wäscht sie Geld? Geld, das sie mit Kunstfälschungen ergaunert hat?

Er hat nichts gefunden, was darauf hindeutet, dass die Familie versteckte Einkünfte hat. Sie fahren einen über zehn Jahre alten Skoda und leben in einem Mietshaus. Keine Anzeichen von extravagantem Luxus.

Er wird nicht schlau aus der Sache.

25. März

Wallner wollte, dass die Übergabe in seinem Büro stattfindet. Eine Viertelstunde vor der vereinbarten Zeit ruft Nadezhda ihn an und sagt, dass sie nicht vorhabe, ihn dort zu treffen, er aber in die Lobby des Hotels Anglais kommen könne, wenn er Interesse an dem Bild habe. Sie knallt den Hörer auf, dass es nur so scheppert.

Nun sitzen Nea und sie schweigend nebeneinander an der Hotelbar, die Weingläser vor ihnen unberührt. Neas Blick ist auf den Eingang gerichtet, Nadezhdas huscht durch die Lobby.

Nadezhda hätte sich am liebsten allein um die Übergabe gekümmert, aber Nea weigerte sich, sie allein losziehen zu lassen.

»Glaubst du, er kommt?«, fragt Nea nach einer Weile.

Nadezhda nickt.

»Aber wenn er nun nicht kommt?«

»Er kommt«, sagt Nadezhda und deutet mit einem Kopfnicken in Richtung der automatischen Schiebetür, durch die der puterrote aufgedunsene Olof Wallner eintritt. Sein aufgeknöpfter Mantel flattert hinter ihm her. In der Hand trägt er eine kleine Sporttasche.

»Nicht gut drauf«, sagt Nadezhda lächelnd. Sie steht auf, damit Wallner sie sehen kann. Mit kontrollierten, entschlossenen Schritten durchquert er die Lobby und stellt sich dann zu ihnen an die Bar. Er schaut von Nadezhda zu Nea und zurück zu Nadezhda. Nea steht auf. Nadezhda nimmt das Weinglas vom Tresen, trinkt einen Schluck von ihrem kühlen Weißwein und stellt das Glas wieder beiseite.

»Wie ich sehe, hast du eine neue Freundin«, sagt Wallner und mustert Nea. »Hat sie auch einen Namen?«

»Annie«, sagt Nadezhda wie aus der Pistole geschossen. Und dann: »Wir haben einen Raum gebucht. Im zweiten Stock.«

Nea geht vor, als sie die Treppe hinaufsteigen, Wallner dicht hinter ihr. Nadezhda sieht sich über die Schulter, um sich zu vergewissern, dass ihnen niemand folgt, aber Wallner scheint allein gekommen zu sein. Im zweiten Stock biegen sie nach links ab, am Ende eines kurzen Korridors öffnet Nea mit ihrer Schlüsselkarte eine Tür.

Sie betreten einen Besprechungsraum. Um einen ovalen Konferenztisch herum sind Stühle platziert, auf einem Sideboard stehen Mineralwasserflaschen auf einem Tablett und eine Schale mit grünen Äpfeln. An der Wand zwischen den Fenstern zur Sturegatan lehnt das Gemälde, in dickes braunes Papier eingewickelt. Nea hebt es an, legt es auf den Tisch und schiebt es Wallner zu, der regungslos dasteht und sie anstarrt.

»Hat jemand die Güte, mir zu erklären, was der ganze Scheiß soll?«, sagt er.

Nadezhda umrundet ihn mit einigem Abstand, stellt sich neben Nea, mit dem Rücken zum Fenster.

»Glaubt ihr, das hier ist ein Scheißspiel? Ich könnte auch einfach wieder gehen, und ihr werdet das Geld nie zu Gesicht bekommen.«

»Aber das wirst du nicht tun«, sagt Nadezhda mit sanfter Stimme. »Dieses Bild willst du dir nicht entgehen lassen.«

Mit einem Kopfnicken deutet sie auf das Gemälde.

Wallner schüttelt den Kopf, langsam und resigniert. Als hätte ihn Nadezhdas Verhalten zutiefst enttäuscht.

»Wie kommst du auf die Idee, du seist derjenige, der die Regeln bestimmen kann?«, sagt Nadezhda.

Wallner starrt sie an. Schaut direkt in die blauen Augen, denkt zunächst nicht daran, ihrem Blick auszuweichen. Dann seufzt er.

»Scheißegal. Gucken wir uns das Bild mal an«, sagt er und beginnt, das Gemälde auszupacken.

Aus den Augenwinkeln beobachtet Nadezhda, wie Nea an dem Nagel ihres kleinen Fingers kaut. Als Nea das bemerkt, schiebt sie ihre Hände in die Gesäßtaschen ihrer Jeans, in einem vergeblichen Versuch, entspannt zu wirken.

Wallner hält die Leinwand vor sich hoch und stellt sie dann auf einen Stuhl. Er tritt zwei Schritte zurück, um das Gemälde ausgiebig zu betrachten.

Nadezhda bemerkt, dass Nea die Luft anhält.

Wallner dreht sich zu ihnen um. Er lächelt, aber sein Lächeln strahlt keinerlei Wärme aus.

»Ich frage mich, ob du dich dieses Mal selbst übertroffen hast«, sagt er.

Nadezhda geht einen Schritt auf ihn zu. Sie streckt ihre rechte Hand aus und wartet.

Wallner greift nach der Sporttasche auf dem Stuhl neben sich. Unnötig langsam öffnet er den Reißverschluss und fischt einen dicken gepolsterten Umschlag heraus, den er in Nadezhdas ausgestreckte Hand legt.

Nadezhda setzt sich an den Tisch, öffnet den Umschlag und nimmt einige Bündel Geldscheine heraus. Sofort beginnt sie zu zählen. Nea packt das Gemälde wieder ein, Wallner steht am Fenster und schaut, die Hände auf dem Rücken, auf die Sturegatan hinunter. Nadezhda zählt und teilt die Banknoten in vier gleiche Stapel auf. Ihr Herz schlägt immer schneller. Sie zählt noch einmal, diesmal langsamer.

»Was soll der Scheiß?«, ruft sie plötzlich und springt auf.

Nea wirbelt herum, sieht sie an, doch Nadezhdas ganze Aufmerksamkeit ist auf Wallner gerichtet, der seinen Platz am Fenster verlassen hat, sich ins Sofa sinken lässt und ganz entspannt die Beine überschlägt. Ein Arm ruht auf der Rückenlehne.

»Das ist nicht die vereinbarte Summe.«

Wallner lächelt sie an.

»Mehr habe ich nicht auftreiben können.«

»Das ist nicht die vereinbarte Summe«, wiederholt Nadezhda.

»Wir können auch auf den Deal scheißen, wenn ihr wollt? Ich nehme mein Geld und gehe, ihr nehmt euer Bild und geht.«

Er wirft Nea einen Blick zu, die wie erstarrt dasteht, das eingewickelte Gemälde fest umklammert. Mit einem breiten Lächeln sieht er wieder zu Nadezhda.

»Das war das beste Angebot, das ich bekommen konnte«, sagt er, gleichzeitig erhebt er sich vom Sofa.

»Du kannst …«, beginnt Nadezhda, wird jedoch von Nea unterbrochen, die sie mit erhobener Hand zum Schweigen bringt. Dann reicht Nea ihm das Gemälde.

»Kluge Entscheidung«, sagt er. »Bei Geschäften geht es immer um Angebot und Nachfrage. Nicht um ausgedachte Summen.«

Nea weicht einige Schritte zurück.

»Hat mich gefreut, Annie«, sagt er und nickt Nea zu.

Keine der Frauen rührt sich, bis die Tür hinter Wallner ins Schloss fällt. Nea zieht einen Stuhl unterm Tisch hervor und setzt sich.

»Wie viel haben wir bekommen?«

Nea starrt auf die Geldscheine, die Nadezhda zwischen ihnen auf dem Tisch in kleinen Stapeln arrangiert hat. Sie spürt Nadezhdas Zorn, er legt sich über die Stille, wird kaum hinter ihren zusammengepressten Lippen unter Kontrolle gehalten. Nadezhda ist sogar noch blasser als sonst, als würde ihr eiskalter Zorn sie von innen heraus abkühlen. Neas Gedanken sind träge. Ihr Magen hat sich zusammengezogen, schmerzt. Das Geld reicht nicht für die erste Rate. Sie knöpft die obersten Knöpfe ihrer Bluse auf und lehnt sich im Stuhl zurück, ohne die Geldscheine aus den Augen zu lassen.

Sie stellt sich vor, wie sie in den Keller in der Hälsingegatan zurückkehrt, sich Aleksa gegenübersetzt und ihm das Geld überreicht. Er zählt die Scheine, hebt fragend eine Augenbraue. Hunderttausend zu wenig. Wo ist der Rest? Sie weiß nicht, was als Nächstes passieren wird. Wer wird den Preis zahlen müssen, sie oder Johan? Sie steckt inzwischen viel zu tief mit drin, als dass sie noch ungeschoren aus der Sache rauskommen kann.

Die Frage ist, wie hoch der Preis sein wird.

Nadezhda steht so abrupt auf, dass der Stuhl hinter ihr gegen die Wand fliegt. In der gleichen Bewegung reißt sie ein Glas vom Tisch, wirft es gegen die gegenüberliegende Wand, wo es mit einem überraschend schwachen Klirren zerspringt. Dann ist es wieder still im Zimmer, nur ein leises Rauschen vom Verkehr dringt von draußen herein. Nadezhda steht regungslos da, sie atmet schwer.

Nea betrachtet sie schweigend. Sie versucht, Nadezhdas Blick zu erhaschen, aber er ist auf einen undefinierbaren Punkt in der Ecke des Raumes fixiert. Sie murmelt etwas vor sich hin, was Nea nicht versteht, wahrscheinlich Ukrainisch. Ihre Stimme klingt rau. Ohne Nea anzusehen, geht sie zum Sofa und sinkt dort mit dem Kopf in den Händen zusammen.

Nea ist nicht in der Lage, auch nur einen Ton hervorzubringen, sie starrt ihre dreiundzwanzigjährige Studentin einfach nur an. Wird sie gerade Zeugin eines Zusammenbruchs? Oder eines Wutausbruchs?

Die Bluse klebt an Neas Rücken, ihr Mund ist ganz trocken.

»Mir fällt schon was ein«, sagt sie, um gleichermaßen Nadezhda als auch sich selbst zu beruhigen. »Ich werde den Rest schon irgendwie beschaffen.«

Nadezhda erweckt nicht den Anschein, sie gehört zu haben.

26. März

Zögernd bleibt Nea vor dem unscheinbaren Hauseingang in der Hälsingegatan stehen. Sie versucht, ihre Gedanken zu ordnen, versucht, normal zu atmen. Wird sie hier je wieder wegkommen, wenn sie nicht die verabredete Summe dabeihat? Sie wird es bald erfahren.

Dreimal klopft sie, entschlossen, aber nicht sonderlich hart. Das Geld befindet sich in dem gepolsterten Umschlag, den sie von Wallner erhalten haben, sie trägt ihn in einem schlichten Stoffbeutel von der Stockholmer Stadtbibliothek über der Schulter. Vierhunderttausend. Viel Geld, aber nicht genug. Zu wenig für Aleksa, zu wenig für sie. Während sie darauf wartet, dass die Tür sich öffnet, wird ihr eines schlagartig bewusst. Sie hätte mit dem Geld abhauen können, stattdessen stellt sie sich freiwillig und gewissenhaft ihren Henkern. Irgendetwas scheint mit ihr nicht zu stimmen, dieses fehlgeleitete Pflichtbewusstsein. Sie tröstet sich damit, dass sie mit dem Geld wahrscheinlich ohnehin nicht sehr weit gekommen wäre, dass es viel mehr braucht, um wirklich zu verschwinden, sich in nichts aufzulösen und ein neues Leben zu beginnen. Wenn das überhaupt möglich ist.

Die Tür wird vom selben Mann wie beim letzten Mal geöffnet. Er hat offensichtlich keine Lust, eine Leibesvisite durchzuführen, hebt nur das Walkie-Talkie an den Mund und murmelt ein paar knappe Worte.

»Andrea«, sagt Aleksa lächelnd, als sie zu seinem Tisch im Keller geführt wird. »Nehmen Sie Platz.«

Sie zieht den Stuhl unterm Tisch hervor. Bei ihrem letzten Treffen hat sie nicht ihren ganzen Namen genannt.

»Nea«, sagt sie und setzt sich. »Alle nennen mich Nea.«

Bevor einer von ihnen dazu kommt, noch etwas zu sagen, taucht das Mädchen von der Bar mit zwei Tassen Kaffee auf. Es ist, als wäre Nea auf einem Anstandsbesuch oder bei einem routinemäßigen Arbeitstreffen.

»Ach ja«, sagt Aleksa, als der Kaffee vor ihnen steht. »Sie haben etwas für mich?«

Nea holt den Umschlag aus dem Beutel, schiebt ihn über den Tisch. Aus dem Nichts taucht ein Mann im Anzug auf und nimmt ihn an sich. Er verschwindet durch die Tür hinter der Bar. Nea sieht ihm nach.

»Die …« Nea ringt um die richtigen Worte. »Die Summe ist nicht vollständig. Es ist mir nicht gelungen, alles aufzutreiben, es …«

Aleksa bringt sie mit hochgehaltener Hand zum Schweigen.

»Wie viel?«, fragt er.

»Hundert. Es fehlen hunderttausend Kronen. Ich werde …«

»Habe ich nicht sehr viel Verständnis für Ihre Situation gezeigt? War unsere Abmachung nicht glasklar?«

»Doch … Es … Ich …«

Aleksa atmet aus, es ist ein schweres Ausatmen. Er lehnt sich in seinem Stuhl zurück, sieht Nea an, als wäre sie seine aufsässige Teenagertochter, die wieder einmal viel zu spät nach Hause gekommen ist.

Nea sagt nichts. Keine Erklärung der Welt nützt ihr jetzt noch etwas.

Der Mann, der mit dem Umschlag verschwunden war, taucht wieder an Aleksas Seite auf. Er will dem Boss etwas ins Ohr flüstern, aber Aleksa winkt ab. Der Mann zieht sich an die Bar zurück, stellt sich breitbeinig hin, die Arme verschränkt, die Augen fest auf

Nea gerichtet. Sie versucht, ihn zu ignorieren, aber sein Blick durchbohrt sie.

»Sie haben mich in eine schwierige Lage gebracht, Andrea«, sagt Aleksa schließlich.

Nea nickt.

»Seien Sie ehrlich: Werden Sie dazu imstande sein, den Rest der Schulden zu bezahlen? Sie schulden mir insgesamt noch neunhunderttausend.«

Nea hatte mit Wut gerechnet, aber Aleksas Stimme ist ruhig, fast emotionslos. Vielleicht etwas müde. Doch das macht es fast noch schlimmer. Ein Schauer fährt ihr über den Rücken.

»Ja«, sagt sie und versucht, ebenso gefasst zu klingen wie er, aber die Panik ist ihr anzuhören. »Ich wurde übers Ohr gehauen, ich ...«

»Für Ihre Fehler kann ich keine Verantwortung übernehmen«, unterbricht er sie.

»Ich werde das Geld beschaffen. Ich verspreche es.«

»Genau dasselbe haben Sie bei Ihrem letzten Besuch gesagt.«

»Bitte ...«

»Was auch immer Sie glauben, ich bin nicht daran interessiert, mir die Finger schmutzig zu machen. Alles, was mich interessiert, ist das Geld. Ich mag es gar nicht, wenn die Geschäfte ... unsauber werden.«

»Ich ...«

Erneut hebt er seine Hand, um sie zum Schweigen zu bringen.

»Verstehen Sie mich nicht falsch. Ich zögere nie, mir das zu nehmen, was mir gehört. Und ab und zu bleibt mir nichts anderes übrig, als ein Exempel zu statuieren. So leid es mir dann auch tut. Ich hege eine Abneigung gegenüber Gewalt, aber ich habe Kontakt zu so einigen Menschen, die nicht so zartbesaitet sind.«

Er nickt kurz zur Bar, wo der Anzugträger, der zuvor den Umschlag genommen hat, sie noch immer anstarrt.

»Und letztendlich ist es nicht einmal meine Entscheidung, Andrea. Auf gewisse Dinge habe ich gar keinen Einfluss.«

Sie will etwas sagen, eigentlich alles, aber als sie den Mund öffnet, bringt sie keinen Ton hervor.

»Drei Tage«, sagt Aleksa. »Zweiundsiebzig Stunden. Bis dahin habe ich die hunderttausend. Ist das klar?«

Nea nickt.

»Wenn Sie bis Montag nicht zurück sind, Andrea, habe ich ein Problem. Ich persönlich. Und wenn das passiert ... dann werden Ihnen alle Probleme, die Sie bisher hatten, unglaublich lächerlich erscheinen. Wir verstehen uns, oder?«

»Ja.«

Aleksa nickt. Er erhebt sich halb von seinem Platz und streckt seine rechte Hand aus. Nea braucht eine Sekunde, um zu verstehen, aber dann steht auch sie auf und schüttelt ihm die Hand. Der Mann von der Bar ist schon da, um sie hinauszubegleiten.

»Danke«, sagt sie an Aleksa gewandt.

»Montag«, erwidert er und setzt sich wieder.

Sie will noch etwas sagen, doch da legt sich eine schwere Hand auf ihre Schulter. Widerwillig lässt sie sich die Treppe hinauf und hinaus auf die Hälsingegatan führen.

Die Wohnung ist dunkel und leer. Nea kann sich nicht mehr erinnern, wie sie nach Hause gekommen ist. Den leeren Stoffbeutel lässt sie auf den Flurteppich fallen. Eilig knöpft sie ihren Mantel auf und streift ihre Stiefel ab. Sie läuft ins Schlafzimmer. Der Mantel landet auf einem Haufen auf dem ungemachten Bett.

Hunderttausend. In drei Tagen. Unmöglich. Verdammt noch mal unmöglich.

Das bedeutet, sie haben drei Tage, um abzuhauen. Vielleicht könnte es klappen. Wenn sie wenigstens aus Stockholm rauskommen, werden sie zumindest Zeit gewinnen. Sie weiß nicht, wohin sie gehen sollen, Hauptsache weit weg.

Sie holt den Koffer aus dem tiefen Schrank, wirft ihn aufs Bett. Wahllos reißt sie Kleider von den Bügeln und stopft sie hinein. Sie leert die Schublade mit der Unterwäsche – auf der Flucht will sie zumindest saubere Höschen haben.

Die Koffer der Kinder. Stehen sie auf dem Dachboden?

Und soll sie Johan auf die Flucht mitnehmen oder ihn den Wölfen überlassen, ein Opfer, um sie beschäftigt zu halten? Vielleicht werden sie sich sogar mit ihm zufriedengeben.

Nein. Das wird ihnen nicht reichen. Aleksa hat sich deutlich ausgedrückt: Sie ist diejenige, die zur Rechenschaft gezogen wird.

Wenn Johan rechtzeitig nach Hause kommt, kann er mitkommen.

»Mama?«

Sie fährt herum. Nick steht auf der Schwelle des Schlafzimmers.

»Liebling.« Sie eilt auf ihn zu, schiebt ihn sanft zurück in den Flur. »Du musst ...«

»Da steht ein Typ vor der Haustür – der sieht echt spooky aus«, unterbricht er sie.

»Was?«

»Fast so wie der, der uns im Treppenhaus fast umgerannt hat, an dem Tag, als Papa sich die Augenbraue aufgeschlagen hat.«

»Was ... was hat er vor unserer Haustür gemacht?«

»Er stand einfach nur da, so an die Wand gelehnt. Und er meinte, ich solle dich grüßen.«

»Mich?«

»*Grüß deine Mutter,* hat er gesagt. Kennst du den?«

»Ich ... ich weiß nicht, Nick.«

»Warum packst du?«

»Was? Nein ... nein, ich dachte nur, ich räume mal den Schrank auf ...«

Nick wirft ihr einen kurzen prüfenden Blick zu.

»Okay«, sagt er dann. »Was gibts heute zu essen?«

»Irgendetwas mit Fleischwurst«, sagt Nea, überrascht über ihre schnelle Antwort.

»Bald, oder?« Nick ist schon mit einem Fuß in seinem Zimmer. »Ist es okay, wenn ich solange Playstation zocke? Ich hab heute keine Hausaufgaben.«

Nea nickt.

»Ich will nur noch ... fertig aufräumen. Dann mach ich uns was zu essen.«

Sie schließt die Tür zum Schlafzimmer, fällt neben dem offenen Koffer aufs Bett. Natürlich lassen sie sie nicht einfach so abhauen. Sie hätte es wissen müssen. Ein plötzlicher Schwindel überkommt sie, und sie schließt die Augen, liegt einfach nur da. Nach einer Weile, ohne einen einzigen klaren Gedanken fassen zu können, taucht ein Bild in ihrem Kopf auf. Die lächelnden Gesichter aus der Werbung in der U-Bahn. *Bis zu 200 000 Kronen ohne Sicherheiten.*

Viel zu schnell richtet sie sich auf. Sie lässt sich wieder auf die Bettkante sinken, bis die Welt aufgehört hat zu wanken.

Der Computer liegt auf der Kommode. Wider besseres Wissen googelt sie die Firma hinter der Werbeanzeige. Haushohe Zinsen, teure monatliche Raten über mehrere Jahre. Kredite für diejenigen, die sich einen Kredit nicht wirklich leisten können. Sie hat Artikel über Menschen gelesen, die in einen Teufelskreis von Kredit zu Kredit zu Kredit geraten. Genauso hat Johan früher sein Glücksspiel finanziert. Sie weiß, dieser Kredit hat seinen Preis. Diese Leute dürfen zwar in der U-Bahn ihre Werbeplakate anbringen, aber auch sie betreiben eine Form der organisierten Kriminalität. Nur dass sie im Falle einer Nichtzahlung keinen Schuldeneintreiber mit eisernen Fingerknöcheln schicken, sondern einen Gerichtsvollzieher. Nea bevorzugt eindeutig die staatlichen Vollstreckungsbeamten.

Sie gibt den benötigten Betrag und ihre Daten ein. Überlegt kurz, ihr Einkommen etwas hochzusetzen, aber ihr ist klar, dass die Geldgeber solche grundlegenden Angaben natürlich überprüfen werden. Sie klickt schnell an der Berechnung der Kosten des Kredits vorbei. Die Alternative kostet sie zweifellos mehr. Dann schickt sie den Antrag ab. Die Homepage verspricht, dass sie innerhalb von zwanzig Minuten eine Antwort per E-Mail erhalten wird.

Sie bleibt mit dem Laptop auf dem Schoß im Bett sitzen. Alle zwei Minuten aktualisiert sie den Posteingang, zwischendurch starrt sie nur ausdruckslos vor sich hin. Die Antwort trudelt nach einer Viertelstunde ein: gewährt. Das Geld wird am nächsten Bankarbeitstag, am Montag, auf ihrem Konto sein.

Sie klappt den Laptop zu, lehnt sich an das Kopfende des Bettes. Es klopft, die Schlafzimmertür gleitet vorsichtig auf. Nick steckt seinen Kopf herein.

»Wann gibts Essen?«

Sie haben den Park fast ganz für sich allein. Johan geht mit leicht nach vorn geneigtem Kopf neben ihr. Außer ihnen haben sich nur einige tapfere Hundebesitzer dazu durchringen können, an diesem dunklen Märzabend das Haus zu verlassen, sie stehen zitternd neben ihren Vierbeinern, während diese ihre Geschäfte erledigen. Die Straßenlaternen erhellen den grauen Asphalt, aber hinter den Lichtkegeln lauert der Park bedrohlich und fremd und ähnelt nicht im Geringsten dem Ort, an dem sie im Sommer zusammen mit Hunderten anderen Södermalm-Bewohnern picknicken gehen.

Nea hat Johan vor die Tür geschleift, weil es unmöglich ist, sich in der Wohnung zu unterhalten. Die Anspannung zwischen ihnen hat sich in den Wänden festgesetzt, und es wird immer schwieriger, das Schauspiel von der heilen Welt vor den Kindern aufrechtzuerhalten. Sie kann einfach nicht mehr. Und sie merkt Johan an, dass er kaum noch klarkommt, irgendwo aus dem Grund seiner Seele schöpft er gerade noch genug Kraft, um auszusehen wie er selbst. Um so zu tun, als wäre er noch er selbst.

»Ich habe einen Teil des Geldes beschafft, nur dass du Bescheid weißt. Der Rest muss bis Mitte Mai zurückgezahlt werden.«

Johan verharrt mitten in seiner Bewegung und bringt Nea dazu, dasselbe zu tun. Er packt sie am Arm, starrt sie an, ohne ein Wort hervorzubringen.

Nea betrachtet sein Gesicht. In seinem Blick spiegelt sich eine ängstliche Mischung aus Schock und Verwirrung. Seine Haut ist blass, die Wangen eingefallen. Es ist lange her, seit er sich das letzte Mal rasiert hat.

»Wie ...?«

Nea fällt auf, dass ein junger Typ in Jogginghose mit einem großen, unangeleinten Schäferhund sie aus der Ferne beobachtet.

»Sollen wir weitergehen?«, fragt sie.

Johan späht hinüber zum Schäferhund und seinem verstörend entspannten Herrchen. Langsam gehen sie weiter. Die Schrebergärten liegen wie verlassene brache Bauernhöfe an der Straße; die braunen zerlumpten Büsche, das welke Gras und die leer stehenden Lauben machen einen vernachlässigten Eindruck. Es ist schwer vorstellbar, welche Blütenpracht sich hier entfalten wird, sobald die Temperatur steigt.

»Wie bist du an das Geld gekommen?«

»Spielt keine Rolle«, sagt sie.

Sie gehen weiter durch den Park, als wären sie ein ganz normales Paar auf einem Spaziergang, schweigend, Seite an Seite. Aber Nea spürt, wie die Distanz zwischen ihnen mit jedem Schritt wächst, als hätte sie ihn hier im Schatten zurückgelassen, während sie selbst woandershin aufbricht, ins Ungewisse.

»Dir ist wohl klar, dass ich wissen muss, wo du plötzlich so viel

Geld herhast, oder?«, sagt Johan nach einer Weile. »Das ist doch eine berechtigte Frage.«

Nea sucht nach den richtigen Worten, einer Erklärung, die er gutheißen könnte. Aber sie findet keine, und die Wahrheit will sie ihm nicht sagen. Sie ist im Moment nur in der Lage, ihre eigenen Gefühle zum Ausdruck zu bringen.

»Du hast uns verraten, Johan!«

Sie hebt den Kopf, sieht aber trotzdem nicht zu ihm, sondern geradeaus, während sie spricht.

»Du hast uns verraten. Ich bin nicht mal dazu imstande, dir zu erklären, wie sich das anfühlt. Du hast unser ganzes Geld genommen, jede einzelne beschissene Krone, unsere Zukunft. Wir hätten ein Ferienhaus kaufen können oder zumindest mit den Kindern in den Urlaub fahren oder was auch immer. Du riskierst dein Leben auf die Gefahr hin, mich allein zurückzulassen, die Kinder ohne ihren Vater aufwachsen zu lassen, und du hast riskiert, dass auch wir für deinen Scheiß bezahlen müssen. Du hast alles, was wir je waren, mit deinem Scheißglücksspiel, deinen Scheißlügen kaputt gemacht.«

Sie bleibt stehen und dreht sich zu ihm um.

»Begreifst du eigentlich, was du angerichtet hast?«

Johan sieht wieder zu Boden. Mit hochgezogenen Schultern steht er da. Sie sieht Tränen über seine Wangen laufen und wartet. Er schnieft und wischt sich mit der Rückseite seiner rechten Hand die Tränen weg.

»Weißt du noch, wie es früher war?«, fragt sie. »Weißt du noch, wie wir nächtelang dalagen und geredet und geredet und geredet haben? Wie wir Pläne geschmiedet, wovon wir geträumt haben? Wie wir uns unsere Zukunft ausgemalt haben? Ist das jetzt alles nichts mehr wert?«

»Das kannst du doch so nicht sagen, Nea. Die Kinder ...«

Sie schüttelt den Kopf.

»Ich rede nicht von den Kindern. Ich rede von uns, von dir und mir. Wo sind all unsere Träume hin?«

»Wir hatten es doch gut?«

»Aber was ist mit den Dingen passiert, über die wir immer gesprochen haben? Haben wir uns so sehr verändert?«

»Nea ...«

»Und weißt du, was das Schlimmste ist? Wir reden nicht einmal mehr miteinander.«

»Das tun wir doch.«

»Nicht so wie früher. Über nichts mehr, was noch irgendwie Bedeutung hat.«

Wieder wischt er sich die Tränen vom Gesicht.

»Ich liebe dich«, sagt er schließlich. »Ich weiß, dass ich nicht perfekt bin. Ich weiß, dass ich Mist gebaut habe. Aber ich kann mich ändern, Nea. Ich werde mir Hilfe suchen.«

Sie wendet den Blick ab.

»Ich liebe dich«, wiederholt er.

Reicht das?, denkt sie, spricht es aber nicht aus. Sie geht los, er muss sich beeilen, um Schritt zu halten. Auf dem gesamten Heimweg schweigen sie.

29. März

Aleksa sitzt nicht an seinem gewohnten Platz, als Nea in das Kellerlokal geführt wird. Auf dem Tisch, an dem er sonst anzutreffen ist, liegt eine zusammengefaltete Tageszeitung, die Stühle sind fein säuberlich rangeschoben. Nea wirft einen fragenden Blick auf ihre Eskorte, wieder ein breitschultriger Typ im Anzug, mit zerzausten Haaren und Stiernacken. Er deutet mit einem Kopfnicken Richtung Bar, wo eine offenbar neue, glänzende Espressomaschine steht. Aleksa ist nirgends zu sehen. Als sie näher an die Bar herantritt, hört sie ein Klappern unter dem Tresen, als würde jemand dort herumwirtschaften.

Der Stiernacken lässt Nea stehen und geht zurück auf seine Position. Sie tritt an den Tresen heran und räuspert sich. Gerade will sie etwas sagen, da taucht Aleksa mit dem Rücken zu Nea hinter dem Tresen auf. Er fährt sich mit einer Hand durch sein Haar, das – zumindest gemessen an seinem sonst so gepflegten Auftreten – leicht zerzaust ist, und scheint sich ihrer Anwesenheit nicht bewusst zu sein. Das bringt Nea ganz aus dem Konzept. Sie kramt in ihrer Tasche nach dem Umschlag mit dem Geld.

»Hej«, sagt sie und legt den Umschlag auf den Tresen.

Verwundert dreht Aleksa sich zu ihr um. Ein aufrichtiges Lächeln erhellt sein Gesicht.

»Was denken Sie?«, fragt er, ohne Notiz von dem dicken Umschlag zu nehmen. Er zeigt auf die Maschine. »Synesso MVP Hydra. Eine der Besten auf dem Markt. Wenn man sie erst mal angeschlossen hat.«

Die große Maschine in glänzendem Edelstahl wirkt auf der abgenutzten Theke aus Kiefernholz etwas fehl am Platz. Nea weiß nicht, was sie sagen soll.

»Ist sie … neu?«

»Eben geliefert«, sagt Aleksa und krempelt sich die Hemdsärmel hoch. Wieder taucht er hinter dem Tresen ab. »Vielleicht«, sagt er, »wäre es besser, einen Klempner zu beauftragen, die Maschine ans Wasser anzuschließen. Aber ganz ehrlich, es ist ja nur ein Schlauch, wie schwer kann das schon sein? Und wenn man etwas erledigt haben will, macht man es am besten selbst, nicht wahr?«

»Doch, schon«, sagt Nea und wirft einen Blick über die Schulter. Es ist noch früh am Tag, dennoch sitzen schon ein Dutzend Männer an den Spieltischen.

»So«, sagt Aleksa und taucht wieder auf.

Er drückt einen Knopf, und sofort beginnt die Maschine zu brummen. Drei kleine Displays blinken, dann leuchten digitale Zahlen auf ihnen auf, lauter doppelte Nullen. Aleksa dreht sich mit einem Lächeln zu Nea um. Er sieht aus wie ein Büroangestellter, der sich nach einem langen Arbeitstag entspannt. Wieder fährt er sich mit der Hand durchs Haar.

»Leider kann ich Ihnen heute keinen Kaffee anbieten, Andrea – es ist ein ganz schönes Unterfangen, diese Maschine in Gang zu kriegen. Aber nächstes Mal!«

»Das … ist schon gut«, sagt Nea und schiebt ihm den Umschlag über den Tresen.

Noch immer nimmt er keinerlei Notiz davon.

»Aber diese Maschine macht Kaffee, auf den es sich zu warten lohnt«, sagt er. »Ein hoch entwickeltes System mit drei Handhebeln zur Steuerung des Drucks während des Brühens. Maximale Kontrolle, nichts wird dem Zufall überlassen.«

Nea nickt.

»Vielleicht ein bisschen übertrieben für dieses Lokal hier. Aber verdammt noch mal, was wäre das Leben ohne ein bisschen Goldstaub?«

»Ich habe ...«, beginnt Nea und fummelt an dem Umschlag auf dem Tresen herum.

»Manchmal träume ich davon, dieses beschissene Loch zu schließen und das Lokal in eine Kaffeerösterei zu verwandeln. Eigene Bohnen rösten, natürlich in kleinem Rahmen. Das ist der heiße Scheiß. Natürlich gibt es auf dem Markt auch ganz gute Bohnen. Aber warum sollte man sich mit nur *gut* zufriedengeben?«

»Nein ...«

»Sie sind Künstlerin, nicht wahr?«

»Ich bin Dozentin ... an der Kunstakademie.«

»Da wissen Sie doch mindestens genauso gut wie ich, dass es auf die Feinheiten ankommt. Der Unterschied zwischen dem Guten und dem Genialen liegt in den kleinen Details.«

»Ja, so ist es wohl.«

»Zumindest beim Kaffee. Wenn Sie das nächste Mal vorbeikommen, müssen Sie ihn wirklich probieren.«

Neas Hand liegt noch immer auf dem Umschlag. Sie nickt.

»Wenn Sie entschuldigen würden«, sagt er und zeigt auf die Maschine. »Ich muss sie in Betrieb nehmen und mich mit den verschiedenen Einstellungen auseinandersetzen. Aber wir sehen uns. Spätestens im Mai. Liebe Grüße an die Familie.«

Er dreht sich um, bevor Nea etwas erwidern kann, beugt sich über die Maschine, um etwas an der Rückseite zu überprüfen.

»Ja, wir sehen uns«, sagt Nea und starrt einige Sekunden auf seinen Rücken. Als er keine Anstalten macht, sich noch einmal umzudrehen, macht sie kehrt und geht die Treppe hinauf. Diesmal begleitet sie niemand hinaus.

Nea sieht den kleinen Zettel an der Wohnungstür, sobald sie ihr Stockwerk erreicht, aber erst als sie direkt davorsteht, erkennt sie, was es ist: Der Zettel stammt aus einem altmodischen Wandkalender, bei dem man mit jedem neuen Tag ein Blatt abreißt. Die Botschaft könnte klarer nicht sein: 15. Mai. Das kleine Stück Papier schreit sie geradezu an. Als ob sie dieses Datum vergessen könnte. Sie knüllt es zusammen und steckt es in ihre Jackentasche.

Als sie den Flur betritt, merkt sie sofort, dass sie nicht allein zu Hause ist. Aus dem Wohnzimmer hört man den leisen Klang einer E-Gitarre, die nicht an einen Verstärker angeschlossen ist. Johan zupft eine Melodie, die ihr halbwegs bekannt vorkommt, die sie aber nicht einordnen kann.

Sie bleibt auf dem Flurteppich stehen, ohne die Schuhe auszuziehen, und spürt, wie ihr das Herz schwer wird. Johan wird sich nicht ändern, er wird morgen nicht als neuer Mensch aufwachen. Diese Einsicht hat das ganze Wochenende an ihr genagt, und sie hat versucht, sie auszublenden, versucht, sie zu ignorieren. Aber sie weiß, sie kann nur das verändern, was sie selbst in der Hand hat. Sie zieht ihre Schuhe aus.

Johan sieht auf, als sie auf der Schwelle zum Wohnzimmer steht, spielt aber weiter.

Ashes to Ashes, jetzt erkennt sie es.

»Schon zu Hause?«

Sie nickt, lehnt sich an den Türrahmen und lauscht. Er spielt weiter, seine Augen fest auf sie gerichtet. Der klare Klang der dünnen elektrischen Saiten vibriert in der Luft zwischen ihnen.

»Die Kinder sind noch nicht da?«, fragt sie.

»Nein, noch nicht.«

Plötzlich spürt sie, wie die Tränen hinter ihren Augenlidern zu brennen beginnen. Sie weiß nicht, warum, ob aus Erleichterung oder weil sich diese Situation so traurig, so endgültig anfühlt.

Johans linke Hand greift einen letzten Akkord, dann wird es still. Nea wischt sich eine Träne mit dem Ärmel ihrer Bluse weg.

»Du bist heute früh dran«, sagt Johan. Was für eine sinnlose Feststellung.

Er legt seine Gitarre neben sich auf das Sofa, das immer noch mit einem Laken bedeckt ist. Keiner von ihnen hat es geschafft, etwas gegen die Blutflecken zu unternehmen. Und was sollten sie auch tun? Sie haben gerade kein Geld für ein neues Sofa, sie haben überhaupt kein Geld.

Sie sieht ihn an, wie er so dasitzt, mit verwuschelten Haaren, seine Hände liegen hilflos in seinem Schoß. Die abgetragenen Jeans, von denen er sich einfach nicht trennen kann. Der unschuldige Blick, wie bei einem Kind. Es tut ihr so weh. Er ist die Liebe ihres Lebens, und sie wird ihn und das, was sie einst hatten, vermissen, solange sie lebt. Aber in Wahrheit ist sie zu lange geblieben. Seit vielen Jahren klammert sie sich an etwas, das es nicht mehr gibt, woran sie den Glauben jedoch nie aufgeben wollte. Sie hätte sehen müssen, wohin das alles führt, dass es so kommen würde, und sie hasst sich dafür, so blind gewesen zu sein. So naiv.

»Du kannst erst mal hier wohnen bleiben«, sagt sie leise, als böte sie ihm den letzten Schluck Wein aus der Flasche an. »Ich kümmere mich um den Rest der Schulden.«

Er sagt nichts, sieht sie nur an, als hätte er nichts anderes erwartet. Sie ist diejenige, die den Blick abwendet. Wieder trocknet sie die Tränen mit dem Ärmel. Er macht Anstalten aufzustehen, aber sie hält eine Hand hoch. Langsam sinkt er wieder auf die Couch zurück. Sie kann sehen, wie es ihm den Atem verschlägt. So einfach.

»Es tut mir leid«, sagt sie. »Aber so kann es nicht weitergehen. Ich kann nicht mehr.«

»Aber …«

Sie schüttelt den Kopf.

»Hier kann man nichts mehr retten.«

Er sieht sie an. In seinen Augen spiegelt sich etwas, was sie noch nie zuvor gesehen hat. Angst? Schock? Trauer?

»Du kannst ja mal drüber nachdenken, wie wir das alles ... lösen wollen«, sagt sie und schluckt die Tränen herunter. »Lass uns später weiterreden«, fügt sie hinzu und macht auf der Türschwelle kehrt, bevor Johan etwas sagen kann, bevor er sie aufhalten kann. Bevor sie der Mut verlässt und sie wieder alles zurücknimmt.

Er folgt ihr nicht. Im Wohnzimmer ist es ganz still.

Irgendetwas muss sie tun, also zieht sie ihren Mantel wieder an, wickelt sich den Schal um den Hals, obwohl es draußen schon so warm ist, dass sie ihn gar nicht mehr braucht, und schlüpft in ihre Schuhe. Sie greift nach ihrer Tasche mit den Trainingsklamotten. Nach ihrem Handy. Bevor sie die Wohnungstür hinter sich schließt, glaubt sie, ein Weinen aus dem Wohnzimmer zu hören.

ZWEI

7. April

»Was ist das?«

Nea blickt von den Skizzen auf, die Nadezhda zwischen ihnen auf dem Tisch ausgebreitet hat. Fünf Stück, Variationen zweier verschiedener Motive, Experimente mit Kompositionen und Perspektiven. Nea sieht Nadezhda fragend an.

»Botkin«, sagt sie.

»Das sehe ich. Aber warum?«

Nadezhda antwortet nicht. Stattdessen lenkt sie Neas Aufmerksamkeit zurück auf die Skizzen. Sie tippt mit dem Zeigefinger auf einen der Entwürfe. Zwei junge Männer sitzen an einem kleinen Tisch in einem kellerartigen Raum und spielen Karten, vielleicht Poker. Sie werden von einer über ihnen hängenden Schuhmacherlampe angestrahlt, als säßen sie auf einer Bühne, während etliche Statisten – junge Männer, die meisten von ihnen mit einer Zigarette im Mund – dem Spiel interessiert zuschauen.

»Es ist noch recht roh«, sagt Nadezhda. »Aber die Grundidee ist gut. Es fühlt sich für mich an wie ein Botkin-Motiv, aber er würde einen Weg finden, es irgendwie noch weniger ... ja, grob zu machen.«

Sie sieht nicht zu Nea auf, legt ihren Finger auf einen anderen Entwurf. Eine junge Frau wendet sich dem Betrachter zu, den Rücken zwei Männern zugekehrt, die ihr strenge Blicke zuwerfen. Sie befinden sich auf einem Marktplatz, möglicherweise in Südfrankreich oder Spanien. Die Frau trägt ein einfaches Kleid mit einer Kordel um die Taille und flache Schuhe. Ihr dunkles Haar liegt zu einem dicken Zopf geflochten über ihrer linken Schulter.

»Das hier ist besser. Wir sollten dieses nehmen.«

»Nadezhda ...«

»Bei den Tauben bin ich mir nicht sicher«, sagt Nadezhda und zeigt nun mit dem Finger auf ein paar Tauben, die sie im Hintergrund der Marktplatzszene angerissen hat. »Hat er Vögel gemalt? Darüber habe ich noch nie nachgedacht. Das müssten wir recherchieren. Ich habe im Gefühl, dass die Tauben gut passen könnten.«

»In dieser Sprechstunde sollte es eigentlich um deine Examensprojekte gehen«, unterbricht Nea. »Oder hast du dir überlegt, Fälschungen auszustellen?«

»Ich habe genug Arbeiten, um etwas auf der Ausstellung zeigen zu können. Das hier ist jetzt wichtiger.«

Nea mustert sie.

»Ich bin dir für deine Hilfe unendlich dankbar, Nadezhda ... Aber ich kann nicht zulassen, dass du alles andere links liegen lässt.«

»Das hier ist jetzt wichtiger«, wiederholt Nadezhda mit Nachdruck, ohne von ihren Skizzen aufzusehen.

Nea schweigt. Nadezhda betrachtet ihre Entwürfe. Nea betrachtet Nadezhda.

»Wir sind über den Tisch gezogen worden«, sagt Nadezhda schließlich.

»Wir haben ziemlich viel Geld für ein gefälschtes Gemälde bekommen«, erwidert Nea.

»Es war mehr wert. Er weiß genau, was er normalerweise dafür bezahlt hätte.«

»Aber wie können wir denn wissen, ob dieser Wallner nicht die Wahrheit sagt? Vielleicht hat er wirklich nicht mehr Geld zusammenbekommen.«

Nadezhda zuckt mit den Schultern, dann schüttelt sie den Kopf.

»Mach dir keine Gedanken«, sagt Nea. »Es spielt keine Rolle mehr. Ich habe ja eine Lösung gefunden.«

»Eine Lösung? Eine Lösung? Du hast einen sauteuren Kredit aufnehmen müssen, um die Differenz zu begleichen, und du musst immer noch mehr als die Hälfte der Schulden begleichen. Wie viel Zeit hast du, bevor diese Typen bei dir zu Hause auf der Matte stehen?«

»Wir haben einen Deal«, sagt Nea. »Wenn ich mich an meinen Teil der Abmachung halte, bin ich sicher, dass sie sich an ihren halten werden.«

Nadezhda schüttelt nur wieder mit dem Kopf.

»Ich habe nachgedacht«, sagt sie. »Ich habe mich entschlossen, nicht mehr an Wallner zu verkaufen.«

»Haben wir denn eine Wahl?«

»Wer weiß.«

Beide starren auf die Skizzen, die vor ihnen auf dem Tisch liegen. Nea seufzt.

»Wir haben zumindest etwas Zeit, um uns etwas zu überlegen«, sagt Nea schließlich. »Wir haben Zeit gewonnen.«

Nadezhda erwidert nichts.

»Legen wir das mal kurz zur Seite«, fährt Nea fort. »Wir reden später darüber, wie wir weitermachen. Okay?«

Behutsam schiebt Nea die Skizzen zusammen und dreht sie um, sodass vor ihnen nur ein Stapel weißes Papier liegt. Nadezhda sieht nicht so aus, als fände sie das okay.

Nea schlägt ihr Notizbuch auf.

»Kommen wir zu deiner Examensausstellung.«

Nea gibt den Code ein, den sie per SMS erhalten hat, und schiebt das widerspenstige Tor zum Vierzigerjahregebäude am Ringvägen auf. Sie kann sich nur schwer vorstellen, dass diese Adresse bald ihre Adresse sein könnte, und noch schwerer fällt ihr die Vorstellung, dass sie zwischen Möbeln wohnen sollte, die nicht ihr gehören. Wie eine Studentin. Aber die Situation ist nun mal, wie sie ist. Es muss weitergehen.

Sie drückt den Fahrstuhlknopf und hört, wie der Aufzug langsam nach unten rattert. Die schweren Ketten bewegen sich in dem schmalen Fahrstuhlschacht, sie kann durch ein kleines Fenster auf die primitive Mechanik sehen. Der Typ, mit dem sie wegen der Wohnungsanzeigen in Kontakt war, machte einen seriösen Eindruck. Er würde für ein Jahr weg sein, lange genug für eine Zwischenstation, lange genug, um sich erst einmal zu sortieren und eine dauerhaftere Lösung zu finden. Sie zieht die Fahrstuhltür auf und drückt auf die Nummer fünf.

Als sie nach einer wackeligen Fahrt aus dem kleinen Käfig tritt, ist eine Wohnungstür bereits angelehnt, und ein Duft von Weihrauch schlägt ihr entgegen. Ein Kopf schaut heraus, und eine Sekunde später erscheint ihr potenzieller Vermieter in seiner ganzen Pracht.

»Rille«, sagt der Mann und streckt ihr die Hand entgegen. »Komm rein, war es schwer zu finden?«

Nea schüttelt die ausgestreckte Hand, lächelt und versucht, das Alter des Mannes zu schätzen, der hier vor ihr steht. Sein Gesicht ist wettergegerbt, der Blick wach, mit tiefen, dichten Falten um die freundlichen Augen. Er ist braun gebrannt und trägt ein verwaschenes weißes T-Shirt und eine limettengrüne Pluderhose. Sein Körper ist schlank und drahtig. Seine Dreads hat er sich zu einem dicken Pferdeschwanz zusammengebunden. Die Füße sind nackt. Er muss in ihrem Alter sein, vielleicht älter.

»Nein, ich habe alles problemlos gefunden. Von der U-Bahn-Station aus immer geradeaus, wie du geschrieben hast.«

Er lächelt und führt sie in die Wohnung. Seine Füße machen schmatzende Geräusche auf dem Linoleumfußboden. Nea folgt ihm durch den dunklen Flur bis in ein helles Wohnzimmer, das noch stärker nach Weihrauch riecht. Die terrakottafarbenen mit Schwammtechnik bemalten Wände sind mit Stoffen behängt. Sie scheinen aus verschiedenen Teilen der Welt zu stammen – Indien und Tansania, vielleicht Thailand und Indonesien. Die Möblierung besteht aus einem großen dunkelbraunen Manchester-Sofa, zwei Sesseln im Stil der Fünfzigerjahre mit bordeauxroter Polsterung und einem Couchtisch aus lackiertem Kiefernholz. An einer Wand steht ein klassisches Ivar-Regal, vollgestopft mit Büchern. Auf der Fensterbank wacht ein unglasierter Buddha über zwei Kakteen.

Nea versucht sich vorzustellen, wie es hier aussehen könnte, wenn sie einige der Sachen umstellen und einige ihrer eigenen mitbringen würde.

»Der Raum hat eine gute Größe«, sagt sie, fest entschlossen, zumindest positiv zu klingen.

»Und eines der Schlafzimmer ist fast genauso groß«, sagt Rille mit einem Lächeln und macht eine einladende Geste zu einem der anliegenden Räume.

Nea folgt ihm und schaut zur Tür herein. Die Grundfarbe der Tapete im Schlafzimmer muss früher einmal weiß gewesen sein, mittlerweile scheint der Ton hinter dem hellrosa Blümchenmuster eher gelblich. Einige der Tapetenbahnen lösen sich bereits von der Wand. In der Mitte des Zimmers steht ein großes Doppelbett, bezogen mit einem Stoff, wie er im Wohnzimmer an der Wand hängt, drei weiße Kleiderschränke flankieren eine Längsseite, und neben dem Bett steht ein hellblauer Wäschekorb aus Kunststoff.

Nea nickt.

»Hier ist auch schön viel Platz. Dürfte ich mal die Küche sehen?«

Rille führt sie durch einen schmalen Flur zum anderen Ende der Wohnung, zur Küche und einem letzten Zimmer, ein kleineres Schlafzimmer, in dem ein elektronisches Schlagzeug steht.

»Die Küche ist eigentlich das Beste an der ganzen Wohnung. Viel

Stauraum. Außerdem habe ich einen Gasherd, damit kocht es sich viel besser als mit Elektro.«

Nea betrachtet die offenen Regale in der Küche. Sie sind mit Geschirr, Töpfen und Kleinkram vollgestellt. Im Vergleich zum Rest der Wohnung mit ihrer eher temporär wirkenden Möblierung sieht es in der Küche so aus, als würde hier wirklich jemand wohnen. Jemand, der ganz anders tickt als sie selbst, denkt sie und betrachtet den nackten Küchentisch, auf dem sich eingebrannte Flecken und Ringe von Kaffeetassen abzeichnen.

»Ja, ein Gasherd ist super«, sagt Nea und versucht, interessiert zu wirken, während sie sich umsieht. »Ich nehme an, dass alles funktioniert, auch der Dunstabzug und der Geschirrspüler?«

»Absolut, alles tipptopp«, sagt Rille und schaltet die Dunstabzugshaube ein. Ihr zunächst leises Surren wächst zu einem lauten Brummen heran. »Wenn du hier etwas ändern willst, nur zu, ich bin da nicht so.«

»Danke«, sagt Nea. »Ich habe noch ein paar andere Besichtigungen, aber ich werde mich bald melden. Du vermietest die Wohnung für ein Jahr?«

»Mindestens«, sagt Rille. »Ich ziehe jetzt erst mal zu ein paar Freunden nach Goa, und dann reisen wir von dort aus vielleicht auch weiter, jobben hier und da ein bisschen. Aber ein Jahr kann ich auf jeden Fall garantieren.«

»Gut«, sagt Nea. »Dann melde ich mich einfach.«

Sie gehen zurück in den Flur, Nea schlüpft in ihre Schuhe und streckt ihm die Hand entgegen.

»Vielen Dank für die Besichtigung.«

»Danke dir und viel Glück.«

Glück womit?, denkt Nea, als sie sie Tür hinter sich schließt. Im gleichen Moment hört sie das Telefon in ihrer Jackentasche klingeln. Der Aufzug steht noch immer auf der gleichen Etage, als hätte er auf sie gewartet. Sie tritt ein und drückt den Knopf fürs Erdgeschoss, dann nimmt sie den Anruf entgegen.

»Hej, Nea, hier ist Roger Forsén. Entschuldigen Sie bitte die Störung.«

»Kein Problem«, sagt Nea und betrachtet ihr Spiegelbild im Aufzug.

»Irgendwie klingen Sie so blechern, Sie wurden doch nicht etwa entführt und irgendwo eingesperrt?«

»Was? Ach so, nein, ich stehe nur gerade in einem Fahrstuhl. Komisch, dass ich überhaupt Empfang habe.«

»Okay, ich kann es auch später noch mal versuchen.«

»Keine Sorge. Wie kann ich Ihnen helfen?«

»Tatsächlich rufe ich Sie an, weil es Neuigkeiten gibt.«

Der Aufzug kommt mit einem Ruck zum Stehen, aber Nea steigt nicht aus. Im Spiegel begegnet sie ihrem erschrockenen Blick.

»Ja?«

»Es ist etwas aufgetaucht, was Sie interessieren dürfte. Ein Botkin, auf einer Auktion. Ich weiß nicht, ob Sie das mitbekommen haben?«

Nea sammelt sich. Sie stößt die Fahrstuhltür mit der Schulter auf und eilt hinaus in den Verkehrslärm auf dem Ringvägen.

»Nein, habe ich nicht.«

Sie geht Richtung U Bahn.

»Das Gemälde wurde in Russland verkauft, erst mal also nicht so verwunderlich. Aber anscheinend hat der Käufer irgendetwas geahnt und begonnen, Nachforschungen anzustellen. Ich habe über Interpol davon erfahren.«

»Ist es denn eine Fälschung? Also, das russische Gemälde?«

»Das ist immer noch ungewiss. Wollen Sie vorbeikommen und es sich ansehen? Ich habe es allerdings nur digital.«

Nea bleibt neben einem Fahrradständer stehen.

»Gern. Wann passt es denn?«

»Morgen?«

Sie überlegt.

»Vormittags würde es bei mir gehen, gegen halb elf, wenn es Ihnen recht ist?«

»Ich hole Sie am Empfang ab, wie beim letzten Mal«, sagt Roger.

Sie hofft, dass ihre Stimme natürlich geklungen hat. Ihr Puls hämmert, und ihr ist leicht übel. Nea erwägt, Nadezhda sofort anzurufen, überlegt es sich jedoch anders. Sie steckt das Telefon in ihre Tasche und geht in die Kosmetikabteilung von Åhlén statt direkt zur U-Bahn. Sie probiert einen Lippenstift aus und wartet darauf, dass ihr Herzklopfen nachlässt.

Die Tür ist nicht abgeschlossen, als Nea in ihre Wohnung zurückkehrt. Sie hatte nicht erwartet, dass jemand da sein würde, und sie bereut es, nicht doch in ein Café gegangen zu sein. Aber es ist zu spät kehrtzumachen. Wer auch immer zu Hause ist, muss sie schon gehört haben.

»Hallo!«, ruft sie vom Fußabtreter aus, die Tür fällt hinter ihr ins Schloss. Nea schließt von innen ab.

Keine Antwort.

Der Flur ist nachmittagsschummrig, aber aus dem Wohnzimmer strömen Licht und leise Musik.

»Johan?«, ruft sie.

Als auch diesmal niemand antwortet, bleibt sie unentschlossen im Flur stehen, das Herz schlägt ihr bis zum Hals.

»Hallo?«

Ihre Stimme zittert vor Angst.

»Ich bin hier«, hört sie Johans Stimme aus dem Wohnzimmer. Erleichtert atmet sie auf und lässt die Schultern sinken.

Johan erhebt sich aus dem Sessel in der hinteren Ecke, als sie über die Schwelle tritt. Er sieht verunsichert aus. Dann entdeckt sie die Rosen. Verblüfft hält sie inne.

»Johan ...«, sagt sie.

Auf dem Couchtisch thronen zwei große Sträuße rote Rosen, weitere Sträuße auf den Fensterbänken und auf dem kleinen Tisch neben dem Sessel. Rosen auf dem Bücherregal und Rosen, die lässig über den Boden verstreut sind, zusammen mit Rosenblättern in Hülle und Fülle. Nur ein schmaler Weg führt von der Tür zu dem Sessel in der Ecke, zu Johan. Jetzt erkennt sie auch die Musik, die sparsame Klavierbegleitung, die tiefe, aber zerbrechliche Stimme. Nick Cave, *Into My Arms*.

Wie versteinert starrt sie Johan an. Auch er scheint sich nicht bewegen zu können.

»Nea ...«, beginnt er, verstummt jedoch augenblicklich wieder.

»Ich ...«, sagt sie, gerät jedoch ins Stocken, als ihr klar wird, dass sie nicht weiß, wie der Satz weitergehen soll. »Du hättest nicht ...«

»Es darf nicht vorbei sein«, sagt er.

Sie wird von einer Zärtlichkeit überwältigt, die sie schon lange nicht mehr gespürt hat, und gleichzeitig von einem Mitgefühl, das ihr körperliche Schmerzen bereitet, wie ein Dolch im Herzen. Sie merkt, wie ihr die Tränen in die Augen steigen, unternimmt gar keinen Versuch, sie aufzuhalten oder gar wegzuwischen. Weint er auch? Er macht den Eindruck, als wisse er, dass dieser Versuch zum Scheitern verurteilt ist.

Langsam schüttelt sie den Kopf, lässt die Tränen kommen.

Sie wartet ab, ob er sich auf sie zubewegt, den Abstand zwischen ihnen überwindet. Aber er rührt sich nicht. Und er weint. Stille Tränen.

Nea wischt sich die Augen mit dem Hemdsärmel, schert sich nicht um ihre Mascara. Sie schließt die Augen. Kann ihn nicht anschauen.

Das ist es also, das Ende. Ein letzter Versuch einer großen Geste. Eine ausgestreckte Hand, die sie nicht ergreifen kann, die sie gezwungen ist wegzuschlagen.

Sie hasst sich selbst dafür.

»Ich kann nicht, Johan. Es geht nicht. Tut mir leid.«

Sie holt tief Luft.

»Es tut mir so unendlich leid.«

Als sie die Augen öffnet, hat er sich abgewandt. Er starrt auf den Boden, mit hängenden Schultern. Dann sieht er auf, mit gefasstem Gesichtsausdruck. Zum ersten Mal seit dem Tag, als sie nach Hause kam und ihn zusammengeschlagen auf der Couch fand, sieht er sie wirklich an. In seinen Augen blitzt der alte Johan auf, den sie geliebt hat, an den sie geglaubt hat, bei dem sie sich lebendig fühlte und der ihr das Gefühl gegeben hat, dass alles möglich war, dass die Welt ihnen gehörte. Vielleicht existiert er ja noch. Er nickt und lässt sich in den Sessel sinken, gibt sich geschlagen.

Sie geht auf ihn zu, sinkt vor ihm auf die Knie, legt eine Hand auf seinen Schoß.

»So ist es einfach besser«, sagt sie und kann selbst hören, wie leer diese Worte klingen, wie dumm, nur ein Klischee. Aber mehr bringt sie nicht fertig. Wenn sie versuchte, alles, was sie fühlt, in Worte zu fassen, würde sie niemals aufhören können zu reden. Und am Ende ist sowieso alles egal. So ist es wohl am besten.

»Für wen?«, fragt Johan.

»Für uns alle«, antwortet sie, aber es klingt eher wie eine Frage.

Johan öffnet den Mund, um etwas zu erwidern, hält jedoch inne. Dann nickt er nur.

Sie legt ihren Kopf auf seinen Schoß. Seine warme Hand streicht ihr sanft übers Haar, über die Wange. Als wäre sie diejenige, die jetzt Trost braucht.

8. April

Nea sitzt auf demselben kornblumenblauen Sofa wie beim letzten Mal, und Roger Forsén reicht ihr eine Tasse. Sie kann riechen, wie stark der Kaffee ist.

»Wie gesagt«, nimmt er den Faden wieder auf, »ich habe durch Interpol von diesem Botkin-Gemälde erfahren, und ich dachte, das dürfte Sie interessieren, da das Werk bis dahin unbekannt war.«

Roger stellt seinen Laptop auf den niedrigen Tisch vor Nea und beginnt, in seinen Dateien zu suchen.

»Längst nicht alle Werke Botkins sind katalogisiert«, erwidert Nea und nimmt einen Schluck von ihrem Kaffee. »Was die Feststellung der Echtheit kaum einfacher macht.«

»Hier haben wir es«, sagt Roger und tritt einen Schritt zurück. Auf dem Bildschirm erscheint das Botkin-Gemälde in höchster Auflösung. Neas Herz schlägt plötzlich doppelt so schnell, obwohl sie hier nur sieht, was sie schon vermutet hat: Es handelt sich um Nadezhdas neuesten Botkin.

Ihr ist bewusst, dass Roger sie ansieht.

»Was denken Sie?«

»Über das Gemälde?«

Er nickt.

»Ein ... ein starkes Werk«, sagt sie, verwundert, dass ihre Stimme so ruhig klingt, so stabil.

Er beobachtet sie mit einem Ausdruck, den sie nur schwer lesen kann. Ist es Neugier? Oder versucht er, einen Blick hinter ihre Fassade zu werfen? Sie richtet ihre Aufmerksamkeit wieder auf den Bildschirm, beugt sich näher heran und tut so, als würde sie ein Detail auf dem Foto studieren. Aus den Augenwinkeln beobachtet sie, wie er vorsichtig auf den Inhalt der Kaffeetasse pustet und dann einen kleinen Schluck trinkt. Er kehrt zu seinem Schreibtisch zurück, sucht dort etwas in den Papierstapeln. Nea lehnt sich auf der Couch zurück.

»Hier«, sagt Roger und scannt mit zusammengekniffenen Augen ein Blatt Papier, das er aus dem Stapel gezogen hat. »Der Käufer ist ein russischer Geschäftsmann, es ist unklar, welcher Branche er angehört. Das Gemälde hat er von einer Moskauer Galerie gekauft. Knapp elf Millionen Rubel ... Das entspricht etwa 120 000 Euro.«

Der Bildschirmschoner springt an, und Nadezhdas Botkin verschwindet. Nea schaut auf.

»Gut eine Million Kronen«, wiederholt sie.

»Sogar ein anständiges bisschen mehr als das. Ungefähr dieselbe Summe, für die Botkins Arbeiten in den letzten Jahren weggegangen sind.«

Von dieser Million zieht Nea die Summe ab, die sie und Nadezhda für das Gemälde erhalten haben, und stellt fest, dass jemand ein sehr gutes Geschäft gemacht hat. Und zwar nicht sie.

»Ein guter Deal«, sagt sie. »Für jemanden, der Geld hat.«

»Und ein echter Coup für jemanden, dem es gelingt, ein solches Gemälde zu verkaufen«, fügt Roger hinzu und legt das Blatt zurück auf den Papierstapel.

Nea nimmt ihre Kaffeetasse, vor allem weil sie nicht weiß, wohin sonst mit ihren Händen.

»Es ist also keine Fälschung?«, fragt sie so nonchalant wie möglich.

»Was? Nein. Habe ich das nicht erwähnt? Noch gestern Abend habe ich eine Nachricht von Interpol bekommen. Ein russischer Experte hat die Echtheit des Gemäldes bestätigt – trotz allem.«

»Ach, wie schön. Nein, das hatten Sie nicht erwähnt«, sagt Nea.

Sie beißt sich sanft in die Wange, um ein Grinsen zu unterdrücken. Sie haben es getan, Nadezhda hat es getan, sie hat das System getäuscht. Ihr gefälschter Botkin ist jetzt mit einem Echtheitszertifikat ausgestattet und ihr Verbrechen somit Schall und Rauch. Wenn es keine Fälschung gibt, dann gibt es auch kein Verbrechen. Es ist, als hätten sie eine Bank ausgeraubt, ohne dass jemand das Geld vermisst.

Nea missversteht das warme Gefühl, das sich in ihrem Körper ausbreitet, zunächst als Erleichterung – Erleichterung über die Tatsache, nicht, wie sie es irgendwie erwartet hatte, von Rogers Kellerbüro zu einer Arrestzelle eskortiert zu werden –, doch dann wird ihr klar, dass das Gefühl etwas ganz anderes ist. Es ist ein Rausch.

»Ich musste trotzdem an unser Gemälde denken, das Gemälde aus dem Lagerraum«, fährt Roger fort. »Es ist nach wie vor nicht ausgeschlossen, dass es sich dabei um eine Fälschung handelt. Es fällt mir schwer, diesen Fall zu den Akten zu legen«, sagt er und lächelt sie an. »Obwohl ich weiß, dass es sich nicht lohnen wird weiterzubohren.«

»Es gibt also nichts Neues an der Front?«

Roger schüttelt den Kopf.

»Nicht wirklich. Aber mich lässt die Frage nicht los, ob es in Schweden nicht irgendwo einen begnadeten Botkin-Fälscher gibt. Vielleicht sogar hier in Stockholm.«

»Wie kommen Sie darauf?«

»Nur ein Gefühl. Oder viel eher ein Wunschdenken. Dass hier auch mal etwas Spannendes passiert, auf meinem kleinen Fleckchen Erde.«

Sie begegnet seinem Blick, er ist freundlich, aber forsch, neugierig.

»Be careful what you wish for«, sagt Nea.

»Wie meinen Sie das? Ist etwas passiert?«

»Ja und nein. Irgendwas passiert ja immer. Aber es ist langsam Zeit fürs Mittagessen, finden Sie nicht auch?«

Roger schaut auf sein Handy.

»Haben Sie etwas dagegen, die Unterhaltung fortzusetzen? Ich kann uns einen Salat herbringen lassen.«

Nea überlegt.

»Warum eigentlich nicht? Ich habe es nicht besonders eilig.«

Weniger als eine Stunde später hat sie, ohne wirklich zu begreifen, wie es dazu gekommen ist, Roger Forsén sowohl von der bevorstehenden Scheidung als auch von ihrer möglichen zukünftigen Unterkunft erzählt, einer nach Weihrauch riechenden Wohnung mit Stoffen an den Wänden und einem ganzen Raum, der einzig und allein einem Schlagzeug gewidmet ist.

»Das ist vielleicht gar nicht so schlecht«, sagt Nea lakonisch und legt das Plastikbesteck beiseite, das mit dem Salat gebracht wurde. »Da kann ich all meine Frustrationen an dem armen Schlagzeug auslassen.«

Roger lacht.

»Das ist doch eine gute Idee. Aber wissen Sie was, mir fällt da etwas ein«, sagt er dann. »Ich habe einen guten Freund, der tatsächlich seine Wohnung untervermieten will. Eigentlich ist er eher der Freund eines guten Freundes. Ich kann mal nachfragen, wenn Sie wollen. Es ist eine Wohnung hier in Kungsholmen.«

»Das klingt ja fast zu schön, um wahr zu sein«, sagt Nea.

Roger lächelt.

»Es kann natürlich sein, dass sie schon vermietet ist, aber wenn Sie Interesse haben, erkundige ich mich gern, ob sie noch zu haben ist.«

»Ehrlich gesagt, kann ich mir das kaum vorstellen. Aber ja, fragen kostet nichts. Das ist unglaublich nett von Ihnen.«

»Ich werde ihn heute Nachmittag anrufen«, sagt Roger. »Es klingt ganz so, als könnten Sie Hilfe gebrauchen.«

Als sie sich eine Weile später voneinander verabschieden, haben sie den Handschlag gegen eine flüchtige Umarmung eingetauscht.

»Ich melde mich wegen der Wohnung«, sagt Roger.

Er sieht ihr nach, wie sie durch das Foyer des Präsidiums Richtung Ausgang geht. Sie spürt seine Blicke im Nacken und dreht sich noch einmal um.

»Danke für den Salat«, ruft sie ihm zu.

Roger hebt als Antwort die Hand und geht zurück in sein Büro.

»Ich bring ihn um!«

Nadezhdas Stimme ist ganz ruhig. Sie sieht Nea nicht an, sondern starrt an ihr vorbei aus dem Fenster. Nea dreht einen Bleistift zwischen Daumen und Zeigefinger. Sie holt tief Luft und atmet langsam wieder aus, während sie sich in ihrem Bürostuhl zurücklehnt.

»Was für ein beschissenes Arschloch«, sagt Nadezhda mit derselben ruhigen Stimme.

Als Nea erzählte, dass das Gemälde von einem Experten für echt befunden worden sei, hat Nadezhda noch mit einem zurückhaltenden Lächeln reagiert.

»Das war zu erwarten«, hat sie gesagt und einen Schluck von ihrem Orangensaft getrunken, den sie zur Sprechstunde mit Nea mitgebracht hatte. Das Leuchten in ihren Augen erlosch, als Nea dann die Summe nannte, für die das Bild verkauft worden war. Die Mitteilung verwandelte Nadezhda in die starre Gestalt, die jetzt vor ihr sitzt.

»Wir können uns ja gar nicht sicher sein, dass es Wallner war, der uns übers Ohr gehauen hat«, sagt Nea beschwichtigend. »Vielleicht wurde er auch verarscht.«

»Glaub mir«, sagt Nadezhda. »Er war es.«

Nea glaubt ihr. Sie erinnert sich nur zu deutlich an seine Miene im Hotel, als ihr bewusst wurde, dass sie die abgemachte Summe nie zu Gesicht bekämen.

»Wie dem auch sei«, sagt Nea, »wir fahren besser damit, wenn wir keinen Gedanken mehr an die Sache verschwenden. Versuchen wir, für das nächste Gemälde einen besseren Preis zu bekommen, jetzt, da wir wissen, für wie viel sie weggehen.«

»Ich werde dieses Schwein umbringen«, wiederholt Nadezhda.

Nea seufzt, steht auf und geht um den Schreibtisch herum. Sie legt Nadezhda eine Hand auf die Schulter.

»Damit ist doch niemandem geholfen. Nutze deine Energie lieber für etwas anderes.«

Nadezhda schüttelt den Kopf und steht auf. Sie nimmt ihre Tasche, die neben dem Stuhl auf dem Boden steht.

»Du hast recht. Ich muss malen.«

»Mach keine Dummheiten«, sagt Nea, aber Nadezhda ist schon halb hinaus und antwortet nicht.

Als die Tür hinter ihr ins Schloss fällt, lässt Nea sich in den Sessel sinken. Reglos sitzt sie da, bis das Deckenlicht erlischt.

9. April

»Nichts Neues, also?«, fragt Roger Forsén, ohne sein Gegenüber anzusehen. Seinen Blick hat er auf das Treiben vor dem Fenster gerichtet, dort unten auf dem Sergels Torg ist ein kleiner Tumult ausgebrochen, nachdem zwei uniformierte Polizisten beschlossen hatten, einen Mann des U-Bahnhofs zu verweisen. Der Mann, dem man schon von Weitem ansieht, dass er ein Junkie ist, wehrt sich, schreit irgendetwas. Doch bei Roger kommt kein Laut an, er sitzt im Kulturhuset, ein paar Stockwerke höher. Die beiden uniformierten Polizisten wirken unbeeindruckt, als sie den aufsässigen Mann rechts und links an den Armen packen und ihn zu dem mitten auf dem Platz geparkten Polizeiauto führen.

»Nein, nichts Neues«, sagt Gustav. Auch er verfolgt die Szene, die sich unter ihnen abspielt.

»Ohne Gemälde lässt sich kein Geld verdienen«, sagt Roger.

»Ist in Arbeit«, sagt Gustav.

»Es ist schon ziemlich viel Zeit vergangen.«

»Ich weiß.«

»Wo liegt das Problem?«

Gustav seufzt.

»Ich kann keine neuen Bilder herbeizaubern.«

»Nicht? Ich dachte.«

»Sarkasmus bringt uns jetzt auch nicht weiter«, erwidert Gustav. »Wir brauchen mehr Künstler.«

Er begegnet Rogers abschätziger Miene und seufzt.

»Sind zwei Wochen okay?«, fragt er. »Mir wurde ein neues Gemälde versprochen, das bis dahin fertig sein soll. Aber wir brauchen wirklich mehr Leute, wenn das langfristig was werden soll. Warst du nicht an irgendwas dran?«

»Das ist ja eigentlich dein Fachgebiet. Aber ja, ich bin da an etwas dran.«

»Der Botkin?«

»Vielleicht.«

Die Polizei hat den Mann inzwischen ins Auto bugsiert, nun rollt der Wagen die Rampe hoch in Richtung Fußgängerzone.

»Mal eine ganz andere Sache«, sagt er. »Diese Wohnung in Kungsholmen. Hast du die noch?«

»Warum? Willst du umziehen?«

»Nicht ich.«

»Ella, ich weiß genau, wie alt du bist. Ich war dabei, als du geboren wurdest, erinnerst du dich?«

Nea merkt plötzlich, wie fest sie das Telefon umklammert. Sie atmet tief durch. Sie darf nicht wütend klingen, nicht die Stimme erheben. Das würde gar nichts bringen. Aber die Kinder haben die Gabe, eine einzigartige Mischung aus Wut, Angst und Hilflosigkeit in ihr hervorzurufen, von der sie nicht wusste, dass sie in ihr schlummerte, bevor sie Mutter wurde.

»Papa hätte mich fahren lassen.«

»Hätte er nicht.«

Sie möchte bestimmt klingen, hört sich aber an wie eine trotzige Vierjährige. Die Sechzehnjährige am Telefon schnaubt.

»Mein Gott!«

»Er hätte dich absolut nicht fahren lassen.«

Ella lacht auf. Sie scheint das alles hier für einen schlechten Scherz zu halten.

»Ella, ich weiß, wie das ist, glaub mir. Ich war auch mal sechzehn und ...«

»Das ist aber schon Ewigkeiten her.«

»Danke.«

»Ich werde bald siebzehn.«

»Der Punkt ist ...«

Es klopft an der Bürotür.

»Warte kurz, Ella. Ja, herein!«

Vorsichtig wird die Tür aufgeschoben, und Inger Didrikssons Kopf erscheint im Türspalt. Sie lächelt, aber das Lächeln spiegelt sich nicht in ihren Augen wider. Inger ist die Gewerkschaftsvertreterin der Akademie. Neas Herz sinkt.

»Ich muss auflegen, Ella. Lass uns heute Abend darüber reden.«

»Als ob das irgendeinen Unterschied macht.«

Nea drückt das Gespräch weg.

»Inger, komm doch rein. Wie kann ich dir helfen?«

»Hast du kurz Zeit, mich in Margaretas Büro zu begleiten?«

»Jetzt sofort?«

Inger nickt.

»Muss ich irgendetwas mitnehmen?«

Inger schüttelt den Kopf. Nea steckt sich das Handy in die Gesäßtasche ihrer Jeans und folgt ihr. Auf dem Weg zu Margaretas Büro sagt keine von ihnen auch nur ein Wort, und mit wachsender Besorgnis ahnt Nea, warum Inger so zugeknöpft ist. Sie weiß etwas, was Nea nicht weiß. Das verheißt definitiv nichts Gutes.

Es ist nicht einmal halb elf. Ihr erstes Seminar hat noch nicht begonnen. Vielleicht wird sie gar keinen Unterricht mehr geben müssen? Panik steigt in ihr auf. Sie bekommt einen Tunnelblick. Wie lang ist eigentlich dieser verdammte Korridor?

Wenn sie überhaupt noch ein Fünkchen Hoffnung hatte, dass ihre Befürchtungen unbegründet sein könnten, verschwindet dieses letzte

Fünkchen, als sie Margaretas Büro betritt und ihre bestürzte Miene sieht.

»Ich möchte wirklich betonen, dass diese Entscheidung rein gar nichts mit deinem Einsatz und deinen Qualitäten als Lehrkraft zu tun hat«, sagt Margareta, nachdem sie die Botschaft überbracht hat, Nea sei von nun an überflüssig.

Geschockt starrt Nea Margareta an, die weiter von den »neuen finanziellen Tatsachen« spricht, auf denen die Entscheidung offenbar beruht.

»Aber ... ich habe doch so viele Dienstjahre«, bringt Nea irgendwann hervor. Aus den Augenwinkeln sieht sie, wie Inger sich vor Unbehagen auf ihrem Stuhl windet.

»Wir haben alle Faktoren berücksichtigt«, erklärt Margareta, »und haben festgestellt, dass Teija über dieselbe Kompetenz verfügt und dieselben Aufgabengebiete bekleidet wie du, allerdings drei Monate länger bei uns ist.«

Nea sieht Margareta lange an, ohne ein Wort zu sagen. Die wiederum schielt verängstigt zu Inger.

»Als Gewerkschaft haben wir alles getan, um dies zu vermeiden«, wirft Inger verunsichert ein.

»Aber viele von den Kolleginnen sind noch nicht so lange im Job wie ich«, sagt Nea, als sie endlich ihre Fassung wiedererlangt. »Sie haben erst Jahre nach mir ihre Anstellung bekommen.«

»Das ist wahr«, sagt Margareta. »Aber sie haben andere Aufgaben und andere Fachkompetenzen.«

»Das Prozedere ist wirklich absolut gerecht vonstattengegangen«, sagt Inger jetzt mit festerer Stimme. »Wir haben es aus gewerkschaftlicher Sicht sorgfältig beobachtet. Es galt das Prioritätsprinzip.«

»Ich werde dir natürlich die besten Referenzen ausstellen«, verspricht Margareta.

Als würde das eine Rolle spielen, denkt Nea. Als würde das irgendeine Rolle spielen. Sie schwitzt und friert gleichzeitig. Spürt, wie der Schweiß an ihrem Rücken klebt. Als sie sich aufrappelt, hat sie das seltsame Gefühl, neben sich zu stehen und dabei zuzusehen, wie einer anderen diese Situation widerfährt.

Mit entschlossenen Schritten geht sie zurück in ihr Büro, hält sich aber dicht an den Wänden, vermeidet Augenkontakt mit denen, denen sie begegnet.

Sie atmet aus, als die Tür zu ihrem Büro hinter ihr ins Schloss fällt und die Deckenlampe angeht. Immerhin muss sie sich mit diesem nervigen Licht bald nicht mehr herumärgern.

Ihr erster Impuls ist, Johan anzurufen. Sie hat das Telefon in der Hand. Aber was soll das bringen? Sie lässt sich auf den Bürostuhl sinken, wirft ihr Handy auf den Schreibtisch.

Sie betrachtet die Stapel um sie herum: Notizen zu Vorlesungen, Kommentare zu studentischen Arbeiten, Ordner mit Zeitungsausschnitten. In den Regalen stehen reihenweise Bücher, Zeitschriften, weitere Ordner.

Vor weniger als einer Stunde war das alles noch wichtig. Jetzt wird ihr klar, dass sie wahrscheinlich die meisten Dinge wegwerfen kann, ohne dass irgendjemand sie vermissen würde. Das Leben hier wird ohne sie weitergehen. Schon im nächsten Semester werden sich nur noch einige Kollegen und eine Handvoll Studierende an sie erinnern. In ein paar Jahren wird niemand mehr wissen, wer sie war. Das hier war nur ein Gastspiel, sie hat es tief drinnen immer schon geahnt.

Die Ordnung ist wiederhergestellt.

Wie dieser Gedanke sie schmerzt.

Nadezhda betrachtet sich im Spiegel. Ihr Blick ist selbstbewusster, als sie sich fühlt. Ihr Gesicht älter, als sie ist.

Der klapprige Fahrstuhl hält mit einem Ruck im vierten Stock. Sie schiebt das Gittertor zu Seite, öffnet die schwere Tür mit den gut geölten Angeln. Vier Schritte bis zur Eingangstür, sie klopft nicht, tritt einfach ein. Die Brünette hinter dem Empfang hat keine Zeit zu reagieren. Nadezhda sieht aus den Augenwinkeln, wie sie hochschnellt, vielleicht sagt sie etwas, aber Nadezhda hört gar nicht hin. Sie ist schon in Olof Wallners Büro und zieht die Tür so schwungvoll hinter sich zu, dass die Fenster klirren.

Wallner sitzt hinter dem Schreibtisch. Er schaut auf, wirkt aber nicht überrascht. Als hätte er auf sie gewartet.

Sie bleibt mitten im Zimmer stehen. Fast rechnet sie damit, dass die Empfangsdame sie aus dem Büro zerrt, aber die Tür hinter ihr bleibt geschlossen.

Wallner sagt nichts, legt nur den Kopf schief. Nicht viel, eine leichte Neigung.

Nadezhda wird bewusst, dass ihre Hände zu Fäusten geballt sind. Sie entspannt sich, streckt ihre Finger.

Sie wünschte, sie hätte einen Baseballschläger, ein Brecheisen, eine Axt mitgebracht, um sie vor ihm auf den Tisch zu schlagen, einfach nur um zu sehen, ob ihn auch das kaltlässt. Wenn nicht: ihm das Ding einmal über den Schädel ziehen und schauen, ob das eine Reaktion hervorbringt.

»Ich weiß, für wie viel das Bild weggegangen ist«, sagt sie.

»Und trotzdem diese saure Miene?«

»Du schuldest mir Geld.«

»Wie kommst du denn darauf, Nadezhda?«

»Du hast uns über den Tisch gezogen.«

»Ich habe euch geholfen, ein gefälschtes Gemälde zu verkaufen. Ihr habt einen guten Preis dafür bekommen. Einen sehr guten sogar.«

»Weniger als vereinbart.«

Er nimmt einen Kugelschreiber vom Tisch und dreht ihn zwischen seinen Fingern.

»Diese Diskussion hatten wir doch schon, nicht wahr? Du hast genauso viel bekommen, wie ich auftreiben konnte, keine Krone weniger. Du solltest mir danken, nicht hier stehen und mich verunglimpfen. Wenn du mehr Geld brauchst, helfe ich dir gern, ein weiteres Gemälde zu verkaufen.«

»So, dass du wieder mehr als die Hälfte des Geldes für dich selbst behalten kannst?«

»Was weißt du schon von diesen Sachen? Hast du mal den Begriff Zwischenhändler gehört? Du bist nicht diejenige, die hier das größte Risiko auf sich nimmt.«

»Es geht um meine Bilder.«

»Die keine Krone wert sind, wenn du keinen Käufer findest.«

»Ich kann sehr wohl selbst Käufer finden.«

Wallner lacht auf, ein trockenes und freudloses Lachen.

»Mach nur. Es gibt sicher unzählige Auktionshäuser, die nur darauf warten, dir deine Gemälde abzukaufen, ohne irgendwelche dummen Fragen zu stellen. Du kannst bestimmt direkt zur Einlieferung gehen.«

Nadezhda betrachtet ihn, ohne eine Miene zu verziehen.

»Ich glaube zwar, dass ich andere Wege finden werde, aber danke für den Tipp.«

»Das wäre ein großer Fehler, Nadezhda. Denk an deine kleine Babuschka.«

»Drohst du mir?«

Er klopft mit dem Stift auf den Tisch.

»Ich weise nur darauf hin, dass die Leute, die dir geholfen haben, wahrscheinlich ziemlich aufgebracht wären, wenn sie herausfänden, dass du hinter ihrem Rücken Geschäfte machst. Da kann ich für nichts garantieren.«

»Du bist ein beschissenes Arschloch, weißt du das?«

»Na, na, was würde deine Mutter dazu sagen, dass du solche Worte in den Mund nimmst?«

»Halt deine Fresse!«, schreit Nadezhda und macht zwei rasche Schritte auf ihn zu. »Wenn meiner Großmutter oder Pasha irgendetwas zustößt, dann bist du als Nächstes dran.«

Für einen Moment sieht sie Unsicherheit in seinem Gesicht, sogar Spuren von Angst in seinen Augen, aber er hat sich schnell wieder unter Kontrolle. Er lässt den Stift los und hält beide Hände in einer abwehrenden Geste hoch.

»Ich dachte nur, ich zeige dir das Gesamtbild auf, bevor du irgendwelche voreiligen Schritte unternimmst«, sagt er.

Jetzt erscheint eine Andeutung von einem Lächeln auf seinem Gesicht.

Sie starrt ihn an.

»Fuck, egal«, sagt sie, macht auf dem Absatz kehrt und geht zur Tür, ehe er noch etwas entgegnen kann.

Die Brünette an der Rezeption sieht sie unsicher an, als sie auf dem Weg nach draußen an ihr vorbeirauscht. Nadezhda nickt ihr zu und hält dann inne, bevor sie die Eingangstür aufreißt.

»Sie sollten sich einen anderen Job suchen«, sagt sie zur Brünetten. »Sie haben ja keine Ahnung, was das für ein Typ ist.«

Der Aufzug steht immer noch im vierten Stock, aber Nadezhda nimmt die Treppe.

Die Post liegt ungeöffnet auf dem Küchentisch, als Nea nach Hause kommt, die Reklame auf einem Stapel, die echte Post auf einem anderen. Auf einem Umschlag erkennt sie das Logo der Kreditfirma. Sie öffnet ihn mit dem Zeigefinger, zieht das Dokument heraus und starrt auf die Summe: 5325 schwedische Kronen, ein Betrag, den sie in den nächsten zwei Jahren jeden Monat zahlen muss. Sie wirft das Schreiben auf die Arbeitsplatte, öffnet das Fenster, um frische Luft zu schnappen, und gießt sich ein Glas Wasser ein. Bislang hatte sie noch nicht einmal die Zeit zu prüfen, wie viel Arbeitslosengeld sie bekommen wird oder wie diese Einkommensabsicherung funktioniert, in die sie all die Jahre eingezahlt hat.

Als das Handy klingelt und sie sieht, wer es ist, überlegt sie zunächst, nicht zu antworten. Aber das Gewissen gewinnt.

»Hej, Mama.«

»Nea. Bist du es?«

»Ja, ich bins, Mama. Wie geht es dir?«

»Jaja. Ganz gut. Immerhin scheint die Sonne.«

Nea schaut aus dem Fenster, es hat zu dämmern begonnen, und es regnet.

»Hier ist auch schönes Wetter«, sagt sie. »Habt ihr heute gebacken?«

»Gebacken?«

»Backt ihr nicht donnerstags immer?«

»Das weiß ich nicht. Immerhin scheint heute die Sonne.«

Eine Weile bleibt es still, während Nea nach Worten sucht. Es gibt keine Gesprächsthemen mehr, nicht wirklich. Sie hört ihre Mutter mit etwas rascheln.

»Wie geht es dir? Papa und ich machen uns ein bisschen Sorgen.«

Ihre Mutter hat jetzt etwas im Mund, vermutlich ein Pfefferminzbonbon. Nea schluckt.

»Hier ist alles gut«, sagt Nea und wartet auf die Frage, von der sie weiß, dass sie kommen wird, die Frage, die ihre Mutter an dieser Stelle immer stellt.

»Hast du denn inzwischen eine Arbeit gefunden? Papa und ich ...«

»Aber, Mama, du weißt doch, dass ich eine Arbeit habe!«

»Ach ja?«

»Ich arbeite doch jetzt schon viele Jahre an der Akademie. Ich unterrichte Malerei und Kunsttheorie.«

Für ein paar Sekunden herrscht Stille in der Leitung. Dann: »Das weiß ich doch! Du musst mich nicht gleich so anfahren! Verdammt noch mal!«

»Entschuldige, Mama, das war nicht …«

»Junge Menschen denken immer, die Alten sind alle taub.«

»Ich weiß, dass du nicht taub bist«, sagt Nea. »Und besonders alt bist du ja auch noch nicht.«

Stille. Einige Sekunden vergehen. Ein Seufzer.

»Jaja. Wie geht es dir denn? Hast du schon eine Arbeit gefunden? Papa und ich machen uns Sorgen, weißt du?«

Das Pflegepersonal hat erklärt, dass man am besten mitspielt und nichts hinterfragt.

Wie geht es dir? Hast du eine Arbeit gefunden?

Im Grunde kommen sie nur wieder auf dieselben Themen zu sprechen, die schon immer alle Gespräche mit ihren Eltern dominierten, auch vor fünfundzwanzig Jahren, als sie gerade von Kristianstad nach Stockholm aufgebrochen war und der Alkoholismus ihres Vaters ihn noch nicht das Leben gekostet hatte.

Kunstgeschichte studieren? Bekommt man denn damit einen Job?

Es spielte keine Rolle, dass hinter den Worten Liebe steckte, dass ihre Eltern sich Sorgen machten und Angst vor der Welt hatten, von der sie keine Ahnung hatten und auf die ihre Tochter geradewegs zusteuerte. Die Worte verursachen ihr immer noch eine Gänsehaut am ganzen Körper.

Und nun haben sich die Befürchtungen der Eltern also bewahrheitet.

»Hier ist alles gut, Mama. Auch bei den Kindern. Ella und Nick.«

»Ella und Nick«, sagt ihre Mutter, als hätte sie die beiden Namen noch nie im Leben gehört.

Nea schluckt.

»Jetzt gibt es doch bestimmt gleich Essen bei dir, oder, Mama?«

»Ja! Gebratenen Hering mit Kartoffelpüree. Papa kocht heute. Wie jeden Sonntag.«

»Das klingt gut. Ich werde jetzt auch etwas kochen, ich muss also auflegen. Aber wir hören uns bald wieder. Mach dir einen schönen Abend!«

»Ebenso. Pass auf dich auf und auf die Familie.«

Nea legt ihr Handy wieder neben die Spüle und tritt an das offene Fenster. In der Küche ist es kalt geworden, und ihre Arme sind von einer Gänsehaut überzogen. Aber sie findet es schön. Ein befreiendes Gefühl.

Als das Telefon erneut klingelt, ist sie überzeugt, dass ihre Mutter noch einmal anruft, weil sie vergessen hat, dass sie gerade miteinander gesprochen haben. Aber sie irrt sich.

»Hej, Nea, hier ist Roger Forsén. Störe ich?«

Sie atmet aus.

»Nein, alles in Ordnung.«

»Ich habe gute Neuigkeiten, hoffentlich.«

»Dann wären Sie heute der Erste.«

»Ach, ist etwas passiert?«

»Nein, nein, nur einer von diesen Tagen«, sagt Nea eilig. »Erzählen Sie.«

»Also, diese Wohnung, über die wir gesprochen haben. Mein Bekannter Gustav wird ein paar Jahre an einem anderen Ort arbeiten und sucht eine hundertprozentig zuverlässige Person, die die Wohnung in der Zwischenzeit mieten möchte. Möbliert.«

»Okay?«

»Keine Wuchermiete, keine Zusatzkosten, das hat er gar nicht nötig, wenn ich das so sagen darf.«

»Wie groß ist die Wohnung denn?«

»Es ist eine geräumige Vierzimmerwohnung in einem Gründerzeithaus auf Kungsholmen, frisch renoviert.«

»Das klingt nicht billig. Ich weiß nicht, ob ich ...«

»Achttausendneunhundert im Monat«, unterbricht Roger sie. »Sie wissen schon, die alten Wohngenossenschaften haben niedrige Betriebskosten. Wer hat, der hat, oder wie sagt man? In der Stadt werden Sie nichts zu einem besseren Preis finden.«

Nea weiß nicht, was sie sagen soll.

»Und ich kann dafür bürgen, dass er einen akzeptablen Geschmack hat«, fährt Roger lakonisch fort, »genauso klassisch wie langweilig.«

Nea lacht laut auf.

»Da bin ich ja beruhigt. Aber die Lage, die Größe und die Miete … Das klingt zu gut, um …«

»Aber so ist es. Soll ich ihm ausrichten, dass Sie interessiert wären?«

»Unbedingt, ich bin sehr interessiert. Das ist ja … Ich weiß gar nicht, wie ich Ihnen danken soll.«

»Immerhin helfen Sie mir auch, und nun hat sich die Möglichkeit ergeben, dass ich mich revanchieren kann. Nicht der Rede wert.«

Sie legen auf. Nea tritt zurück ans Küchenfenster und saugt die kühle Luft in ihre Lungen, dann schließt sie es. Die Kinder kommen bald nach Hause und haben sicher Hunger.

12. April

Nea weicht dem herumschwingenden Sandsack aus, lässt ihre Arme sinken und schaut ausdruckslos zu, wie er auspendelt. Den Schweiß, der ihr über die Stirn und in die Augen läuft, wischt sie nicht ab, blinzelt ihn nur weg. Ihre Beine sind taub und milchsäuresteif. Schließlich gibt sie der Erschöpfung nach und sinkt zu Boden, legt sich auf den Rücken und schließt die Augen, lässt sich von den Geräuschen einhüllen, die sie so gut kennt, wartet, bis sich ihr Atem reguliert.

»Warum hast du mir nichts davon erzählt?«

Der Klang der vertrauten Stimme lässt sie zusammenzucken. Sie schlägt ihre Augen auf und blinzelt in das Licht, vor das sich die Umrisse eines Kopfes schieben.

»Nadezhda ... Wie ...? Was machst du hier?«

Nea richtet sich auf.

»Du bist gefeuert worden? In den Ateliers reden sie über nichts anderes.«

»Warte mal kurz«, sagt Nea im Versuch, Nadezhda, deren Blick zornig flackert, zu besänftigen. Sie streckt ihr eine behandschuhte Hand entgegen, damit Nadezhda ihr auf die Füße hilft.

Nadezhda starrt darauf, als verstünde sie nicht, was Nea von ihr will. Dann packt sie Neas Unterarm und hilft ihr hoch.

»Wie hast du mich hier gefunden?«, fragt Nea und zieht ihre Handschuhe aus.

»Deine Tochter«, sagt Nadezhda. »Sie hat mir erzählt, dass du hier bist.«

»Bist du bei mir zu Hause gewesen?«

Nadezhda nickt.

»Wieso hast du mir nichts davon erzählt?«, wiederholt sie. »Wir arbeiten doch zusammen. Da muss man einander doch vertrauen.«

Nea wirft ihre Handschuhe auf den Boden und scannt rasch die Halle. Alle sind mitten im Training, niemand würdigt sie und Nadezhda auch nur eines Blickes.

»Es ist noch nicht offiziell«, sagt Nea.

»Alle wissen Bescheid.«

Nea zuckt mit den Schultern.

»Es sollte noch niemand wissen. Natürlich wollte ich es dir sagen, zum richtigen Zeitpunkt.«

Nadezhda sieht nicht überzeugt aus.

»Es spielt ohnehin keine Rolle«, fährt Nea fort. »Ich meine, es wird keine Auswirkungen haben.«

»Keine Auswirkungen worauf?«

»Ich bleibe bis zum Ende des Semesters, bis du deinen Abschluss machst. Ich werde weiterhin deine Mentorin sein.«

Nea hebt ihre Wasserflasche vom Boden auf und trinkt ein paar große Schlucke. Ihr Puls hat begonnen, sich wieder zu normalisieren.

Nadezhda schüttelt den Kopf.

»Scheißidioten«, murmelt sie.

»Und ich bin nicht gefeuert worden«, sagt Nea, »mein Vertrag wurde betriebsbedingt gekündigt.«

Nadezhda sieht sie an, als hielte sie Nea für unsagbar bescheuert.

»Ich fass es nicht, dass sie so etwas mit dir machen können«, sagt sie.

»Das ist nichts Persönliches.«

»So ein Scheißsystem!«, ruft Nadezhda mit plötzlich aufflammendem Zorn. Sie wendet sich von Nea ab und rammt ihre rechte Faust mit unerwarteter Wucht in den Sandsack. »Scheiße!«, sagt sie und hält sich die rechte Hand vor Schmerzen.

»Es gibt einen Grund, warum man die da benutzt«, sagt Nea und nickt in Richtung der Boxhandschuhe auf dem Boden. Sie legt ihre Hand auf Nadezhdas Schulter. »Willst du sie eben überziehen?«

Nadezhda schüttelt den Kopf. »Scheiße«, murmelt sie.

»Lass uns kein großes Ding daraus machen«, sagt Nea. »Das wird sich schon alles regeln. Ironischerweise ist das gerade nicht mal mein größtes Problem«, fügt sie hinzu und kann sich ein schiefes Grinsen nicht verkneifen.

»Man wird die ganze Zeit von allen gefickt, das ist das Einzige, worauf man sich verlassen kann«, sagt Nadezhda. »Die Akademie und diese ganze beschissene Kunstszene machen keine Ausnahme. Glaubst du etwa, ich weiß nicht, wie der Laden läuft? Es geht überhaupt nicht darum, wer am meisten Talent hat, wer am härtesten arbeitet oder wer eine starke Stimme hat. Es geht darum, welche Hände du schüttelst, wem du in den Arsch kriechst, welche Freunde du oder deine Eltern haben. Welchen Nutzen du für jemand anderen hast.«

Nadezhda schnappt nach Luft. Nea ahnt schon, dass das noch nicht alles war.

»Und ich gehöre nicht in diese Welt«, sagt Nadezhda.

»Du weißt, dass das nicht stimmt.«

»Ich weiß gar nicht, ob ich überhaupt dazugehören will. Alles ist so fake.«

»Das meinst du nicht so, Nadezhda. Du bist nur aufgewühlt wegen all der Dinge, die in letzter Zeit passiert sind, mit dem Gemälde und alldem. Lass nicht zu, dass das deine Zukunft beeinflusst.«

Nadezhda wendet sich wieder ab. Nea glaubt erst, sie will einen weiteren Versuch am Sandsack wagen, doch sie sieht sich nur um.

»Gehst du hier schon lange trainieren?«

»Seit ein paar Jahren.«

»Du kannst also gut kämpfen?«

Nea muss laut lachen.

»Das ist nur Training«, sagt sie.

Nadezhda geht nicht darauf ein. »Das nächste Gemälde«, sagt sie stattdessen. »Wir werden es ohne Wallners Hilfe verkaufen, wir scheißen auf den Mittelsmann.«

Nea runzelt die Stirn.

»Sonst werden wir nicht ordentlich bezahlt«, fügt Nadezhda hinzu, bevor Nea protestieren kann.

»Aber wie? Wir haben keine Kontakte.«

»Die Galerie, die das letzte Gemälde verkauft hat«, sagt Nadezhda. »Wir können uns doch einfach direkt an sie wenden.«

»So einfach ist das nicht. Und wir würden ein großes Risiko eingehen.«

»Vielleicht. Außer natürlich wir haben eine gute Hintergrundgeschichte. Eine überzeugende Provenienz.«

»Meinst du?«

Nadezhda zuckt mit den Schultern.

»Die Menschen wollen betrogen sein, also betrügen wir sie«, sagt sie.

Nea kommt dieses Zitat irgendwie bekannt vor, aber sie kann es nicht recht zuordnen.

»Es ist auf jeden Fall ausgeschlossen, dass wir noch mal zu Wallner gehen«, fährt Nadezhda fort. »Hast du eine bessere Idee?«

Nea schüttelt den Kopf.

»Na dann«, sagt Nadezhda und zieht sich die Jacke aus. Sie beugt sich zu Neas Boxhandschuhen und hebt sie auf. »Zeig mir mal, wie das funktioniert.«

13. April

Neas Blick wandert vom alten Parkettboden im holländischen Muster bis zur Decke, die von prächtigen Stuckleisten umrahmt ist. In ihrer Mitte befindet sich als Krönung des Wohnzimmers eine detailreich verzierte Deckenrosette. Fast alles an dieser Wohnung ist weiß – die Wände, das tiefe Howard-Sofa in seiner eleganten Halbmondform, die großen Sofakissen und der flauschige Teppich unter dem dunklen antiken Couchtisch. Die Vorhänge, die die großen Fenster einrahmen, sind ebenfalls weiß so wie auch die Bücherregale und Blumentöpfe, in denen weiße künstlich wirkende Orchideen prunkvoll zur Geltung kommen.

»So ein Glück, dass ich keine Kleinkinder mehr habe«, sagt sie und lächelt.

Der Mann, der sich ihr als Gustav vorgestellt hat, lacht. Ein professionelles Lachen. Seine Ausstrahlung unterscheidet sich von Roger Forséns, ein Selbstbewusstsein, so offensichtlich, dass es vererbt sein muss, Gene, die Sicherheit ausstrahlen, Selbstvertrauen. Nur wer nie zweifeln musste, kann sich in einem Raum so natürlich bewegen. Sie fragt sich, wie gut Gustav und Roger sich kennen.

»Hier haben tatsächlich schon Kleinkinder gelebt, aber das ist eine Weile her. Seitdem hatte ich Zeit, das Sofa zu reinigen. Schauen wir uns die Kochmöglichkeiten an?«

Nea folgt ihm in eine große Küche, sie ist maßangefertigt und definitiv nicht von IKEA. Über einer kleinen Kücheninsel mit Marmorplatte hängen diverse Küchenutensilien an einer Edelstahlstange.

Das alles kommt ihr so surreal vor – ihr fällt es schwer zu glauben, dass diese Luxuswohnung für 8900 Kronen im Monat ihr Zuhause werden könnte.

»Wie schön es hier ist. Am liebsten würde ich gleich morgen einziehen. Aber ich vermute, dass Sie noch Referenzen und Unterlagen brauchen?«

»Nein, nein, Sie sind ja eine Freundin von Roger. Das reicht mir schon«, sagt Gustav und bedeutet ihr mit einer Geste, dass er ihr zurück ins Wohnzimmer folgen wird.

»Wie viele Monatsmieten wollen Sie im Voraus haben?«, fragt Nea, während Gustav zum Bücherregal geht und seinen Blick über die Buchrücken schweifen lässt.

»Was? Nein, das ist nicht nötig. Wenn Sie sich aber um die Post kümmern könnten?«

Er zieht ein Buch aus dem Regal.

»Das wollte ich schon lange mal lesen.«

Nea schaut flüchtig auf das Buch, das er mit einem Lächeln hochhält. *Schnelles Denken, langsames Denken*, ein Buch, über das vor einigen Jahren alle gesprochen haben.

»Wenn Sie Interesse haben, unterschreiben wir einen Vertrag für ein Jahr, ich übergebe Ihnen die Schlüssel, und Sie kümmern sich um die Wohnung. Nichts Kleingedrucktes. Die Chancen stehen gut, dass wir den Vertrag verlängern können.«

»Hui! Aber ... Warum ...?«

»Es sieht so aus, als ob ich für eine Weile im Ausland stationiert sein werde. Dubai. Dort passiert jetzt viel, in der Region expandieren gerade jede Menge Unternehmen. Vor allem für diejenigen, die wissen, wie der Markt dort drüben funktioniert, abseits der Scharia.«

Er lacht.

»Verstehe ... Natürlich würde ich die Wohnung gern so lange wie möglich mieten.«

»Na dann.«

Gustav geht in den Flur hinaus und holt aus einer Tasche, die er an die Tür gestellt hat, einen Untermietvertrag. Sie setzen sich auf die Couch und unterzeichnen die Papiere. Dann fischt er zwei Schlüssel aus seiner Tasche.

»Der ist für hier«, sagt er und drückt Nea einen der beiden Schlüssel in die Hand. »Und der auch.« Er reicht ihr den zweiten Schlüssel. Dann kramt er in seiner Hosentasche und findet dort einen weiteren Schlüssel. »Für den Briefkasten.«

»Danke.«

»Wenn etwas sein sollte – Sie haben ja meine Nummer. Rufen Sie einfach an.«

Er steht auf, sie geben sich die Hand, und eine Minute später steht Nea allein im Wohnzimmer einer Vierzimmerwohnung mit drei Meter hohen Decken und blickt auf die Straße hinunter. Vorsichtig setzt sie sich auf das breite Fensterbrett, nimmt ihr Handy und wählt eine Nummer.

»Ich habe nachgedacht«, sagt sie kurz darauf, als sie Nadezhdas Stimme am anderen Ende der Leitung hört.

»Ja?«

»Ich werde sehen, was ich wegen der Galerie in Moskau unternehmen kann«, verspricht sie und sieht einem jungen Mann in Anzug nach. Er hat die Haare zurückgekämmt, trägt eine Aktentasche unter dem Arm und geht mit großen zielgerichteten Schritten die Straße entlang. Wahrscheinlich den Weg seines Erfolges.

»Okay.«

»Legen wir los«, sagt Nadezhda.

Nachdem sie aufgelegt haben, geht Nea in die Küche und öffnet den Kühlschrank. Er ist leer. Sie geht zurück ins Wohnzimmer und legt sich auf das weiße Sofa, verschränkt die Arme hinterm Kopf und überlegt.

»Du hast einen hervorragenden Geschmack, was Frauen betrifft. Nicht mehr blutjung, aber gut in Schuss.«

Gustav. Roger Forsén hält sich das Handy ans andere Ohr, gleichzeitig öffnet er die Autotür und lässt sich auf den Fahrersitz sinken.

»Und du hast eine sehr begrenzte Fantasie«, erwidert er.

»Erzähl mir nicht, dass du kein Interesse hast.«

»Hat alles geklappt?«, fragt Roger.

»Was hätte denn nicht klappen sollen? Sie hat die Schlüssel bekommen, der Vertrag ist unterschrieben.«

Roger startet den Motor, schnallt sich an.

»Vergiss nicht, dass ich auch einen Satz Schlüssel brauche.«

»Ich bringe sie mit, wenn wir uns das nächste Mal sehen. Darf man fragen, was du damit willst? Willst du sie stalken?«

Roger lacht eine Spur zu übertrieben.

»Hast du neue Werke in Aussicht?«, fragt er dann.

»Nächste Woche.«

»Hast du das nicht letzte Woche schon gesagt?«

»Ich meine mich zu erinnern, *möglicherweise* gesagt zu haben. *Möglicherweise nächste Woche.*«

»Okay, wenn du es sagst. Du, ich habe es gerade eilig. Ich bin auf dem Sprung.«

»Alles klar, ich wollte dich nur auf den aktuellen Stand bringen. Wie immer nächste Woche?«

»Klar«, sagt Roger. »Eine Sache noch: der Code?«

»Was?«

»Wie lautet der Code für das Eingangstor?«

Es dauert eine Weile, bis Gustav versteht, worauf er hinauswill. Roger kann ihn beinahe denken hören.

»Ah!«, sagt er dann. »Französische Revolution. 1789.«

»Wir hören uns«, sagt Roger und legt auf. Er wirft das Handy auf den Beifahrersitz und legt den Rückwärtsgang ein.

15. April

»Ich habe die Galerie ausfindig gemacht, die das letzte Gemälde verkauft hat«, sagt Nea, als sie die Rolltreppe betreten und zur U-Bahn hinunterfahren.

»Okay?«

»Sie wirkt seriös, jedenfalls der Website nach zu urteilen. Ob es zwischen der Galerie und Wallner einen Mittelsmann gegeben hat, konnte ich nicht in Erfahrung bringen.«

»Spielt das irgendeine Rolle?«, fragt Nadezhda.

Sie steht eine Stufe hinter Nea, weshalb sie fast auf Augenhöhe sind.

»Vielleicht nicht.«

Nea trommelt mit den Fingern auf den schwarzen Handlauf.

»Ich würde nur zu gern herausfinden, ob die Galerie wusste, dass es sich um eine Fälschung handelt, oder ob sie wirklich dachten, das Gemälde sei echt«, sagt sie.

»Das werden wir sie wohl kaum fragen können«, sagt Nadezhda und lacht.

»Nein. Aber wenn sie eingeweiht waren, dass das vorherige Gemälde gefälscht war, könnten sie misstrauisch werden, wenn wir plötzlich mit einem weiteren Botkin vor der Tür stünden.«

»Aber die Galerie wird doch das letzte Gemälde nicht zu uns zurückverfolgen können?«

»Das kommt wohl auf Wallner an. Was er denen gesagt hat«, sagt Nea.

»Andererseits liegt es doch auf der Hand, dass sich jemand, der mitbekommen hat, wie bei der Galerie vor Kurzem ein Botkin verkauft wurde, wegen eines Werks desselben Künstlers an sie wendet, oder? Wenn die Person beispielsweise ein Gemälde geerbt hat?«

»Du meinst, wir erfinden eine falsche Identität und geben das Gemälde als Erbstück aus?«

»Wolltest du dich da mit deinem richtigen Namen vorstellen?«

Nea zuckt mit den Schultern.

»So weit habe ich noch gar nicht gedacht. Das ist das erste Mal, dass ich in einen Betrug verwickelt bin.«

Sie kommen zur gleichen Zeit wie ein Zug auf dem Bahnsteig an, der es unmöglich macht, sich zu unterhalten.

»Weder Wallner noch der Galerist sollen wissen, wer hinter diesem Gemälde steckt«, sagt Nadezhda, nachdem sie in die Bahn gestiegen sind.

»Es kommt mir trotzdem riskant vor«, sagt Nea. »Wallner wird uns sicherlich sofort verdächtigen.«

Obwohl genügend Sitzplätze vorhanden sind, bleiben sie stehen. Nadezhda lehnt sich an die Wand des Waggons direkt neben der Tür, Nea greift nach der gelben Stange, um das Gleichgewicht zu halten. Trotzdem kommt sie ins Wanken, als die Bahn sich in Bewegung setzt.

»Oder wir scheißen einfach drauf«, sagt sie, mehr um Nadezhdas Überzeugung zu testen als ihre eigene. »Wir machen es einfach wieder über Wallner.«

Nadezhda schüttelt den Kopf.

Die Bahn rollt in die nächste Station ein. Es steigen mehr Leute ein als aus, trotzdem ist der Waggon nur spärlich besetzt.

»Ich bin schon ziemlich weit mit dem Gemälde«, sagt sie. »Ich brauche nur noch eine Woche.«

»Eine Woche?«

Nadezhda nickt und scheint keine Notiz von Neas Überraschung zu nehmen.

»Wie hast du das denn geschafft?«

Nadezhda zuckt mit den Schultern und schaut wieder weg.

»Okay«, sagt Nea. »Dann werde ich mal alles Weitere in Angriff nehmen. Die Provenienz, unsere Geschichte.«

Nadezhda antwortet nicht. Sie kommen an der nächsten Haltestelle an, und Nea muss einen Schritt zur Seite treten, um eine ältere Dame vorbeizulassen, die laut in ihr Handy spricht, während sie sich, scheinbar in der Annahme, allein im Zug zu sein, zur Tür drängelt. Nea sieht Nadezhda mit hochgezogenen Augenbrauen an, als die Frau sich an ihr vorbeizwängt, und ein amüsiertes Lächeln erscheint auf ihrem Gesicht.

Ella bleibt stehen und späht durch das Treppenhaus nach unten, von wo Nicks und Neas Schritte widerhallen.

»Sind wir jetzt da?«, fragt sie, als die anderen beiden sie eingeholt haben und für ein paar Sekunden auf dem Treppenabsatz innehalten.

»Noch ein Stockwerk«, sagt Nea und nimmt die Tüte vom Thailaden um die Ecke von einer Hand in die andere. Sie wirft einen Blick aus dem Fenster, sieht aber nur eine Mutter mit einem Jungen im Vorschulalter, der offensichtlich an allem anderen interessiert ist, als weiterzugehen.

»Guck dir mal die Türen an«, staunt Nick. »Wie in Robin Hoods Schloss.«

Nea lacht, hält sich aber die Hand vor den Mund, als sie bemerkt, wie ihr Echo durch das gesamte Treppenhaus hallt. Sie gehen weiter und halten vor einer der Türen im nächsten Stock. Während Nea am Schloss herumfummelt, sieht sie aus den Augenwinkeln, wie Ella und Nick sich vielsagende Blicke zuwerfen. Sie tritt einen Schritt zur Seite und lässt die beiden zuerst eintreten.

»Wow!«, staunt Nick, als er in den Eingangsbereich kommt. »Ist das wirklich ein altes umgebautes Schloss?«

»Nicht direkt«, sagt Nea und hängt ihren Mantel an die Garderobe. »Aber diese alten Wohnungen aus der Gründerzeit machen schon ganz schön was her.«

»Was ist das für ein Typ, von dem wir die Wohnung mieten?«, fragt Ella, als sie das Wohnzimmer betreten. »Das sieht ja alles schon ziemlich protzig aus.«

»Ein Freund von einem Freund.«

Ella lässt ihren Blick über das geschwungene Howard-Sofa, die großen Kissen und den antiken Tisch gleiten, auf dem ein edles Buch über moderne Antiquitäten strategisch platziert worden ist. Nea hat sich nicht die Mühe gemacht, das kleine Prunkstück wegzuräumen.

»Was denn für ein Freund?«, fragt Ella. »Ich wusste nicht, dass du Freunde hast, die so leben.«

»Das wusste ich auch nicht«, erwidert Nea und streicht ihr eine Haarsträhne aus dem Gesicht, die sich aus ihrem Zopf gelöst hat. »Wie gesagt, die Wohnung gehört dem Freund eines Freundes. Es scheint dir nicht so zu gefallen?«

Ella zuckt mit den Schultern.

»Kommt mir eher vor wie ein Ausstellungsraum als ein Zuhause. Wer wohnt denn so? Jemand, der Farbe hasst und Angst vor dem Leben hat. Schau mal, diese Friedhofsblumen auf dem Fensterbrett.«

»Das sind ganz normale Orchideen, Ella«, sagt Nea. »Und wir wohnen jetzt hier. Erst einmal nur vorübergehend. Und wir holen natürlich auch unsere Sachen hierher.«

Nea ist klar, dass es keine Rolle spielt, was für ein Zuhause sie ihr bietet. Bei Ellas Protest geht es um etwas ganz anderes. Sie gehen in die Küche, und Nea deckt den Tisch. Das Geschirr eines anderen. Sie öffnen die Styroporverpackungen und tun sich von dem Essen auf.

»Ich finds gut hier«, sagt Nick und stopft sich eine frittierte Garnele in den Mund.

»Schön«, sagt Nea und lächelt. »Das wird super. Wir machen die Wohnung auch mehr zu unserer eigenen.«

»Wie kannst du dir das überhaupt leisten?«, fragt Ella. »Jetzt, wo du arbeitslos bist, meine ich.«

»Schon mal was von Arbeitslosengeld gehört?«, entgegnet Nick.

»Das krieg ich schon hin«, sagt Nea. »Irgendwo muss ich ja nun mal wohnen. Und abgesehen davon wird der Tapetenwechsel uns guttun.«

Schulterzuckend schiebt Ella sich eine Ladung Pad Thai in den Mund. Sie kaut bedächtig. Nea unterdrückt die aufkeimende Angst. Ella ist ein Teenager, sagt sie sich selbst. Das gehört dazu. Dann legt Ella ihre Essstäbchen zur Seite und sieht Nea geradewegs in die Augen.

»Papa würde ein Tapetenwechsel sicher auch guttun.«

23. April

»Wie findest du es?«, fragt Nadezhda, ohne sich zu Nea umzudrehen, die hinter ihr auf dem Sofa sitzt.

»Es wird definitiv funktionieren.«

Nadezhda antwortet nicht. Sie beugt sich zur Staffelei vor und studiert die Details auf der Leinwand. Seufzt.

»Dann mailst du morgen der Galerie?«, fragt sie.

Nea nickt, obwohl Nadezhda ihr immer noch den Rücken zukehrt.

Nea hat viel Zeit damit verbracht, eine glaubwürdige Provenienz für das Gemälde zu erfinden. Sie hat sich von einer Geschichte, auf die sie im Internet gestoßen ist, inspirieren lassen und eine Story rund um einen älteren Verwandten, »Großvaters Bruder Erling«, zusammengesponnen, der das Gemälde in den Sechzigerjahren in Paris gekauft hat und es bis zu seinem Tod in der guten Stube hängen ließ. Erst einige Jahre nach seinem Dahinscheiden und der Verteilung des Erbes sei klar geworden, dass das Gemälde einen gewissen Wert haben könnte. Der Grund, warum sie sich an die Galerie in Moskau wendet und nicht an einen lokalen Kunsthändler, ist, dass man ihrer Kenntnis nach in Russland mehr bezahlt bekommt und dass sie gesehen hat, dass von ebendieser Galerie kürzlich ein Gemälde von Botkin verkauft wurde. Die Geschichte folgt einem Muster, das gut zur Provenienz anderer berühmter Werke des Künstlers passt. Vor allem ist sie ziemlich schwer zu widerlegen. Botkin ist unbekannt genug, dass seine Gemälde in den Wohnungen von Menschen hängen können, die keine Ahnung haben, wie viel sie wert sind, und da es keinen vollständigen Katalog seiner Werke gibt, weiß niemand, wie viele bisher unentdeckte Gemälde im Umlauf sind. Im Idealfall wird niemand besonders misstrauisch sein, dass plötzlich ein neues Gemälde auftaucht, vor allem nicht, wenn es die hohe Qualität birgt, mit der Nadezhda ihre Bilder auf die Leinwände zaubert. Ohnehin werden alle Beteiligten den Wunsch hegen, dass es sich um ein Original handelt. Wenn also auf den ersten Blick alles gut aussieht, werden sie wahrscheinlich nicht zu tief nach genaueren Angaben graben. Darauf setzt Nea jedenfalls.

»Ich werde mich morgen mit ihnen in Verbindung setzen«, sagt sie. »Ich habe mir eine Mailadresse mit falschem Namen angelegt. Und ich werde ein Foto vom Gemälde mitschicken. Wirst du morgen fertig sein?«

Jetzt ist es Nadezhda, die nickt. Dann dreht sie sich zu Nea um.

»Es muss nur noch trocknen. Ich habe die Waschküche gebucht. Wenn du der Meinung bist, dass es den qualitativen Anspruch erfüllt, kann ich loslegen. Sonst habe ich auch ein paar andere Ideen, die wir ausprobieren könnten. Ich habe ein paar neue Skizzen mitgebracht.«

»Auch Borkin?« Nea hebt die Augenbrauen.

»Ja.«

»Dieses Gemälde ist ausgezeichnet«, sagt Nea. »Es wird funktionieren, ich bin mir sicher.«

Beide lassen ihre Blicke auf der Leinwand ruhen. Die Frau darauf ist dem Betrachter zugewandt, ihren Rücken hat sie den Männern im Hintergrund zugekehrt, deren Gesichter verschwommen sind. Ein starker Kontrast zu der Frau, deren Gesichtszüge messerscharf auf die Leinwand gebracht worden sind, voller Leben, voller Entschlossenheit.

»Wo hast du das nur alles gelernt?«, fragt Nea.

»Du hast mir das Malen beigebracht.«

Nea schüttelt den Kopf.

»All das andere«, erwidert sie. »Wie man die Farben trocknet, wie man das Gemälde über Nacht mehrere Jahrzehnte altern lässt. Wie man fälscht. Wie man damit nicht auffliegt.«

Nadezhda lächelt.

»*Noch* nicht«, sagt sie. »Ich bin noch nicht aufgeflogen.«

Sie geht zu ihrer Kommode, zieht die unterste Schublade hervor und nimmt ein Buch heraus, das sie Nea reicht.

»The Art Forger's Handbook«, liest sie laut vor. »Das Handbuch des Kunstfälschers also.«

»Da steht alles drin, was man wissen muss«, sagt Nadezhda. »Du kannst es gern ausleihen.«

»Ich kann nicht einmal fassen, dass es so ein Buch überhaupt gibt. Das ist ja eine Gebrauchsanleitung für Betrug.«

»Es ist nicht verboten, Bilder zu malen«, sagt Nadezhda. »Erst wenn man versucht, sie unter dem Namen eines anderen Künstlers zu verkaufen, begibt man sich auf illegales Terrain.«

Nea steht vom Sofa auf, streckt ihre Arme gen Decke, dehnt sich. Sie hat zu lange still gesessen. Aus dem Treppenhaus sind schwere langsame Schritte von jemandem zu hören, der sich die Treppe hinaufschleppt. Die Schritte werden leiser, dann hört man, wie sich eine Tür öffnet, ein leises Quietschen, dann fällt sie mit einem lauten Knall ins Schloss. Als das Echo verklungen ist, tritt wieder absolute Stille ein.

»Ist das deine Mama?«, fragt Nea und deutet auf das gerahmte Foto auf der Kommode. »Du hast mir noch nie von ihr erzählt.«

Nadezhda antwortet nicht, und als Nea sich zu ihr umdreht, sieht sie, dass ihre Augen glänzen. Nea will gerade etwas sagen, aber Nadezhda ist schneller.

»Manchmal hasse ich sie richtig dafür, dass sie mich hierhergebracht hat«, sagt sie. Ihre Stimme ist ruhig und sanft. »Hierher nach Schweden.«

Nea sagt nichts, findet keine Worte, die ihr angemessen scheinen. Sie setzt sich neben Nadezhda auf das Sofa und wartet, ob sie noch mehr sagt. Als nichts mehr kommt, nimmt sie Nadezhdas farbbekleckste Hand in ihre. Sie ist heiß, fast fiebrig.

»Erzähl«, sagt sie.

Elf Jahre zuvor

Nadezhda war zwölf Jahre alt, als ihre Mutter kam, um sie in ein besseres Leben mitzunehmen. Sie lebte mit ihrer Großmutter und ihrem Bruder Pasha in instabilen postsowjetischen Verhältnissen, irgendwo zwischen Hoffnung und Verzweiflung, in einer kleinen Gemeinde nur wenige Kilometer außerhalb Kiews. Aber die Großstadt fühlte sich weit entfernt an, ebenso wie die westliche Freiheit, ganz zu schweigen von dem Wohlstand, von dem die Menschen nach Jahrzehnten korrupter Planwirtschaft und Armut träumten. So viel hatte sich nicht geändert. Sie waren immer noch arm. Korruption war immer noch an der Tagesordnung. Aber Nadezhdas Großmutter wusste, wie man überlebte, wie man das Beste aus dem wenigen machen konnte, was man hatte, und ihr Garten am Rande des Ortes war groß genug, um ihr eigenes Obst und Gemüse anzubauen. Sie waren arm, aber nie hungrig.

Nadezhdas Vater war verschwunden. Es wurde nicht über ihn gesprochen, und Nadezhda wusste nicht, wohin er gegangen war oder warum. Aber er war gegangen – als ihr Bruder klein war, zwei Jahre alt, und die ersten Anzeichen einer Behinderung, die ihn zu einem Leben im Rollstuhl verdammten, deutlich wurden. Es war nicht ungewöhnlich, dass Menschen verschwanden, besonders Männer. Nadezhda hatte natürlich ihre Mutter und Großmutter nach ihm gefragt, aber wenn eine von beiden geantwortet hatte, dann ausweichend. Nadezhda wurde schnell klar, dass sie besser keine Fragen stellte.

Ihr Großvater war seit vielen Jahren tot. Nadezhda erinnerte sich nicht an ihn, aber im Haus hingen mehrere Fotos, sowohl im Wohnzimmer als auch in der Küche. Auf einigen war er jung und trug eine Uniform, aber Nadezhda gefiel das Bild an der Wand in der Küche am besten, auf dem er direkt in die Kamera blickte und sein wettergegerbtes, zerfurchtes Gesicht sie anlächelte. Er wurde auf dem Friedhof nur wenige Hundert Meter von ihrem Wohnhaus entfernt beerdigt. Großmutter besuchte jede Woche sein Grab, manchmal auch mehrmals pro Woche, und immer wieder begleitete Nadezhda sie. Auf dem Friedhof war Großmutter immer vergrämt und stumm, aber sie weinte nie. Sie war prinzipiell keine Person, die sich über irgendetwas beklagte. Egal, wie das Leben ihr so spielte, sie schien es mit Verbissenheit zu ertragen. Vielleicht hatte sie die Erfahrung gelehrt, dass es keinen Sinn hatte, sich zu beklagen, dass Jammern nicht half, um zu überleben. Sie war ruhig, redete nicht mehr als nötig, aber sie lächelte viel, besonders wenn Nadezhda und Pasha da waren. *Mein Ein und Alles,* nannte sie die beiden. Und das stimmte wahrscheinlich. Den größten Teil ihres Lebens verbrachte sie damit, sich um die beiden Enkelkinder zu kümmern.

Ihre Tochter, Nadezhdas Mutter, hatte ihre Kinder in ihrer Obhut gelassen, und was als Übergangslösung gedacht war, als Nadezhda sechs Jahre alt war – »es ist nur für ein paar Monate, Nadezhda, nach dem Sommer bin ich wieder zurück« –, hatte sich still und leise in einen Dauerzustand verwandelt, zumindest soweit die Kinder wussten. Aber sie wurden gut versorgt, geliebt, sie hatten Essen auf dem Tisch, Kleidung am Körper, und Nadezhda ging zur Schule. Es gab keine Schule für Pasha, es gab Institutionen, aber Nadezhdas Großmutter wäre lieber gestorben, als ihn an einen solchen Ort zu geben.

Nadezhdas Mutter arbeitete. Sie musste Geld verdienen, um ihre Kinder zu ernähren, und nicht zuletzt brauchte sie das Geld, um Pashas medizinische Versorgung zu bezahlen. In ihrer Gemeinde gab es keine Arbeit, zumindest keine, deren Bezahlung genügt hätte. Auch in Kiew fand sie nicht, wonach sie suchte. Also ging sie. Sie arbeitete an mehreren Orten, hauptsächlich in Moskau, aber auch in St. Petersburg und Riga. Jeden Monat schickte sie Geld nach Hause, manchmal kam sie zu Besuch. Die Besuche waren unregelmäßig und dauerten entweder wenige Tage oder mehrere Wochen. Nadezhda wusste nicht, was ihre Mutter arbeitete, darüber sprachen sie weder, wenn sie zu Hause war, noch schrieb sie irgendetwas darüber in ihren Briefen an ihre Tochter. Denn sie schrieb – jede Woche landete ein neuer Umschlag im Briefkasten. Nadezhda antwortete auf jeden einzelnen, nicht mit eigenen Briefen, sondern mit Zeichnungen. Großmutter schickte manchmal ein paar Worte in ihrer unsicheren Handschrift mit. Nadezhda schickte Zeichnungen vom Haus, in dem sie lebten, Zeichnungen von Pasha und Großmutter. Sie zeichnete die Schule, die Kirche, den kleinen Marktplatz, das Nachbarhaus und oft auch den Pflaumenbaum vor der Haustür.

Eines Tages kam ihre Mutter nach Hause – Nadezhda war zwölf und völlig überrascht, es war Frühsommer, kurz nachdem der Pflaumenbaum geblüht hatte. Sie hatte in ihren Briefen nichts von ihrer Rückkehr erwähnt, und Großmutter hatte auch nichts gesagt. Aber Großmutter schien gar nicht verwundert zu sein, als Nadezhdas Mutter plötzlich durch das quietschende Tor auf den Hof kam und ihren Rollkoffer den Kiesweg hinauf zum Haus schleppte, also musste sie es gewusst haben. Ansonsten war alles wie immer, sie umarmten und küssten sich, und Großmutter wuselte durchs Haus, kümmerte sich um Essen und Tee und machte nur manchmal eine Pause, um ihrer heimgekehrten Tochter auf die Schulter zu klopfen oder ihre Wange zu streicheln. Erst am Abend, nachdem sie gegessen hatten und ihre Mutter Nadezhda in den Garten hinaus bat, begriff Nadezhda, dass dies kein gewöhnlicher Besuch war. Plötzlich war ihre Mutter so verschlossen, wie immer, wenn sie nervös war. Sie standen schweigend Seite an Seite in der Dämmerung und betrachteten Großmutters Gemüseland, als wäre es das Interessanteste, das sie je gesehen hätten. Nadezhdas Mutter zündete sich eine Zigarette an und nahm einen tiefen Zug. Dann legte sie den Kopf in den Nacken und blies den Rauch wie ein Schornstein direkt in den Himmel.

»Wir ziehen nach Schweden«, kam sie direkt zur Sache. »Ich habe einen Mann kennengelernt, er will mich heiraten, und wir werden bei ihm wohnen.«

Nadezhda starrte ihre Mutter nur an, war sich ihrer Gefühle nicht bewusst, begriff nicht, was es bedeuten würde umzuziehen.

»Freust du dich nicht? Dort wirst du alle Möglichkeiten haben. Eine bessere Schule. Ein besseres Leben. Mehr Geld.«

Nadezhda nickte. Langsam wurde ihr klar: Sie würde wieder bei ihrer Mutter leben, nach all diesen Jahren. Sie würden nicht mehr arm sein. Sie bräuchten sich keine Sorgen mehr zu machen, wie sie die nächste Krankenhausrechnung bezahlen sollten. Und die Krankenhäuser waren dort, in Schweden, sicherlich viel besser, da war sich Nadezhda sicher.

Ihre Mutter nahm einen weiteren Zug und legte ihre Hand auf Nadezhdas Schulter.

»Und wir werden Großmutter und Pasha viel mehr Geld schicken können, es wird ihnen an nichts fehlen.«

»Aber ...«

Nadezhda blieben die Worte im Halse stecken, sie spürte, wie sich die Hoffnung plötzlich in etwas anderes verwandelte, in einen großen schwarzen Klumpen in ihrem Magen.

»Kommen sie denn nicht mit?«, brachte sie schließlich hervor.

Ihre Mutter schüttelte nur mit dem Kopf.

»Aber ...«

»Es tut mir leid, Nadezhda, aber so ist es nun mal. Keine Diskussion.«

Ihre Mutter hatte sich abgewandt, aber nicht schnell genug, Nadezhda konnte gerade noch die Traurigkeit in ihren Augen sehen.

Mehr wurde an diesem Abend nicht gesagt. Ihre Mutter rauchte die Zigarette auf, und Nadezhda folgte ihr ins Haus. Es war Schlafenszeit, aber sie machte in dieser Nacht kein Auge zu.

24. April

Der Tee ist abgekühlt und hat einen holzigen Nachgeschmack. Mit aufgeklapptem Laptop sitzt Nea am Küchentisch und ringt sich dazu durch, die von ihr geschriebene E-Mail ein letztes Mal durchzulesen, auf der Suche nach logischen Lücken in der Geschichte, die sie für die Galerie in Moskau zusammengesponnen hat. Als sie keine findet, bewegt sie den Cursor zur Schaltfläche »Senden«. Dort lässt sie ihn einige Sekunden verweilen. Sobald sie diese Schaltfläche betätigt hat, gibt es kein Zurück mehr, dann wird sie Spuren hinterlassen, obwohl sie nur zu diesem Zweck ein spezielles Mail-Konto mit falschen Informationen erstellt hat. Natürlich würde die Polizei diese Art von Stunt im Nullkommanix durchschauen, falls sie verdächtigt werden sollte, das ist ihr klar.

Sie trinkt einen weiteren Schluck Tee, verzieht das Gesicht und stellt ihre Tasse zurück auf den Tisch. Dann klickt sie entschlossen auf »Senden«, bevor sie Zeit hat, es sich anders zu überlegen. Denn was hat sie denn schon für eine Wahl? Sie überprüft, ob die E-Mail wirklich abgeschickt ist, dann steht sie hastig auf und geht hinaus ins Wohnzimmer. Bloß den Tatort verlassen. Sie läuft in der Wohnung auf und ab und versucht sich einzureden, dass sie den richtigen Weg gewählt haben.

Es ist merkwürdig, ganz allein in der riesigen Wohnung zu sein, ohne die Kinder. Auch wenn sie inzwischen so alt sind, dass sie nicht ohne Weiteres Zeit mit ihr verbringen wollen, kann sie nicht anders, als sie zu vermissen, wenn sie bei Johan sind, so sehr, dass es körperlich wehtut. Sie sehnt sich danach, sie zu umarmen. Sie zu halten. Und sie sehnt sich danach, mit ihnen zu sprechen, zu wissen, was in ihnen vorgeht, dem roten Faden ihrer chaotischen Erzählungen zu folgen, wer was warum in der Schule gesagt hat und wer die schlechteste Story gepostet hat. Sie wagt nicht einmal, daran zu denken, wie es sein wird, wenn sie wirklich von zu Hause ausziehen. Sie verdrängt diesen Gedanken. Stattdessen nimmt sie ihr Prepaid-Kartenhandy heraus und prüft, ob der Akku geladen ist. Natürlich hat noch niemand angerufen, wenn diese Galerie in Moskau ein seriöser Laden ist oder wenigstens einen seriösen Eindruck machen will, hängen sie sich nicht gleich ans Telefon. Zuerst überprüfen sie die Hintergrundinformationen. Trotzdem kann sie nicht anders, als den Laptop aus der Küche zu holen und sich damit im Wohnzimmer aufs Sofa zu setzen. Alle fünf Minuten checkt sie ihre E-Mails, zwischendurch surft sie herum und liest Zeitung. Das übliche Elend geht in der Welt vor sich, und auf eine krankhafte Weise ist das gerade jetzt für sie ein Trost. Ein Gefühl von Normalität. Irgendwann, halb elf Uhr abends, geht sie ins Bett und fällt in einen unruhigen Schlaf.

25. April

Nea erinnert sich an keinen der Träume, als sie aufwacht, und doch suchen sie sie heim, lösen ein körperliches Unbehagen aus. Es macht keinen Sinn, noch länger im Bett zu bleiben, ihre Füße berühren das kühle Parkett, und sie huscht ins Badezimmer.

Sie ist gerade aus der Dusche gestiegen und in ihren Bademantel geschlüpft, als sie ein lautes Piepsen hört. Ihr erster Gedanke gilt dem Rauchmelder. Aber nein, es ist das Prepaid-Telefon auf der Küchenanrichte, die Lautstärke ist auf Maximum eingestellt. Sie eilt aus dem Badezimmer in die Küche.

»Katerina Lebdeva. Ich rufe von der Andrev-Kuznetsov-Galerie in Moskau an.« Die Anruferin stellt sich auf Englisch vor, mit einem schwachen, kaum vorhandenen Akzent.

Nea räuspert sich und ermahnt sich, so wenig wie möglich zu sagen. Je weniger sie sagt, desto geringer ist das Risiko, dass sie ihre sorgfältig erfundene Geschichte in die Luft jagt.

»Ja, guten Tag. Wie kann ich Ihnen helfen?«

Sie ist von sich selbst überrascht, wie stark sie ihren eigenen schwedischen Akzent durchscheinen lässt.

»Wir sind neugierig auf Ihren Botkin«, antwortet die Frau. »Wie ist er in Ihren Besitz gelangt?«

Da ist etwas Hartes in ihrer Stimme, etwas beinahe Feindseliges. Nea hat nicht mit dieser Frage gerechnet, da sie bereits in ihrer Mail ausführlich erklärt hat, wie das Bild zu ihr kam.

»Ich habe das Gemälde geerbt ...«

»Ja, aber wann ist es in Ihren Besitz übergegangen? Gibt es dazu Dokumente? Und wissen Sie, in welchem Jahr Ihr Onkel dieses Gemälde erstanden hat?«

»Der Bruder meines Großvaters. Ich habe es vor drei Jahren geerbt, aber es gibt leider keine Papiere, weil das Gemälde im Testament nicht ausdrücklich erwähnt wird. Der Nachlass wurde aufgeteilt, wir haben der Reihe nach gewählt und ...«

»Wann hat er das Gemälde gekauft?«

»Das genaue Jahr weiß ich leider nicht. Vermutlich Anfang der Sechziger. In Paris.«

Nea starrt an die Decke und wartet angespannt darauf, dass die Frau fortfährt.

»Mmh.«

Nea weiß nicht, wie sie diese kurze Stille deuten soll.

»Den Fotos nach zu urteilen, scheint das Gemälde in gutem Zustand zu sein, das Motiv entspricht dem Künstler. Die Farben sehen etwas klarer aus als die, die er früher verwendet hat, aber es ist unmöglich, dies anhand eines Fotos auf dem Bildschirm zu beurteilen. Wir müssen es in der Realität sehen, bevor wir eine Entscheidung treffen können. Fälschungen sind keine Seltenheit.«

»Ach so, verstehe. Sie glauben, dass es sich nicht um ein Original handeln könnte?«

»Ich glaube gar nichts. Aber in der Branche muss man vorsichtig sein.«

»Verstehe.«

»Also, was haben Sie sich überlegt?«

»Mir überlegt? Entschuldigen Sie, was meinen Sie?«

Die Frau am anderen Ende lacht auf.

»Ich nehme an, Sie wollen das Gemälde verkaufen. Falls dem so ist, gibt es zwei Möglichkeiten.«

»Okay?«

»Entweder wir verkaufen es für Sie gegen eine Kommission. Oder wir kaufen Ihnen das Gemälde direkt ab, um es dann weiterzuverkaufen.«

»Aha, ich habe so etwas noch nie gemacht. Was wäre denn besser?«

»Kommt darauf an. Wenn wir in Ihrem Auftrag verkaufen, kann das theoretisch einen höheren Gewinn für Sie bringen, allerdings auch einen geringeren. Es hängt ganz vom Käufer ab. Und wir wissen nicht, wie lange es dauern wird, das Bild an den Mann zu bringen. Wenn wir es direkt bei Ihnen kaufen, dann bekommen Sie das Geld sofort, und wir tragen das gesamte Risiko.«

Nea ertappt sich dabei, dass sie die Luft anhält. Langsam atmet sie wieder aus.

»Ah, okay ... Darüber müsste ich nachdenken«, sagt sie, obwohl sie definitiv keine Zeit hat, auf einen etwaigen Weiterverkauf zu warten. Wenn sie jedoch allzu eifrig wirkt, das Geld direkt zu bekommen, könnte das verdächtig wirken.

»Natürlich«, sagt die Frau. »Und vor allem müssten wir uns das Gemälde auch erst genauer anschauen, bevor wir etwas in die Wege leiten. Alles Weitere können wir zu einem späteren Zeitpunkt besprechen.«

»Verstehe«, sagt Nea. »Wie würde das ablaufen?«

»Ich nehme an, dass sie in nächster Zeit nicht zufällig nach Moskau kommen?«, sagt die Frau.

»Leider nicht.«

»Könnten Sie das Gemälde nach Stockholm bringen?«

»Auf jeden Fall, ich wohne ganz in der Nähe. In Uppsala.«

»Schön«, sagt die Frau. »Ein Kollege und ich werden zwischen dem 2. und 5. Mai geschäftlich in Stockholm sein. Da ließe sich ein Treffen einrichten.«

Nea schluckt und spürt, wie sich ihr Puls beschleunigt. Am liebsten würde sie das Geld gleich morgen bekommen, das Gemälde loswerden und mit ihm die Schulden. Aber immerhin wird es ein Treffen geben. Wenn alles glatt läuft, hat sie Zeit, Aleksa pünktlich zu bezahlen, auch wenn es knapp wird.

Gleichzeitig wird sie misstrauisch. Ist es wirklich so, wie die Frau sagt – haben sie bereits Pläne für eine Reise nach Stockholm, oder kommen sie alleine wegen dieser Malerei? Und falls ja, was hätte das zu bedeuten?

»Das lässt sich garantiert einrichten«, sagt Nea.

»Es ist immer besser, solche Angelegenheiten von Angesicht zu Angesicht zu diskutieren, nicht wahr? Das wäre ein großes Geschäft für uns beide. Und ich freue mich darauf, mir das Gemälde im Detail anzusehen.«

»Auf jeden Fall«, sagt Nea.

»Ich habe noch nicht alle Eckdaten«, fährt die Frau fort, »für unseren Stockholm-Aufenthalt. Aber ich habe ja Ihre Mailadresse, vielleicht könnte ich Ihnen in ein paar Tagen einen Vorschlag für ein Treffen per E-Mail senden?«

»Das klingt prima. Dann freue ich mich, von Ihnen zu hören.«

»Ebenfalls«, sagt die Frau und klingt plötzlich ganz zugewandt. »Wir freuen uns, dass Sie mit uns in Kontakt getreten sind. Haben Sie vielen Dank für Ihr Vertrauen.«

»Ach, eine Sache noch«, sagt Nea, die sich nicht zurückhalten kann. »Wenn Sie interessiert sind und ich mich dazu entscheide, das Gemälde direkt an Sie zu verkaufen – wie lange würde dieser Prozess dauern?«

»Das Geld könnte noch am selben Tag bei Ihnen sein«, antwortet die Frau und lacht. »Wir sind schnelle Geschäfte gewohnt.«

»Wie schön«, sagt Nea und versucht, ihr Lachen ebenso spontan klingen zu lassen. »Ich kenne mich noch nicht so gut aus mit Kunsthandel, daher weiß ich nicht, wie das alles läuft.«

»Bei uns sind Sie in guten Händen.«

Als sie aufgelegt haben, zittert Nea am ganzen Leib. Sie dreht zwei Runden durch die Wohnung, weiß nicht, was sie mit sich anfangen soll, und lässt sich schließlich im Wohnzimmer auf das Sofa sinken. Sie lehnt sich zurück, schließt die Augen und konzentriert sich aufs Atmen.

27. April

In den Fenstern im vierten Stock ist es dunkel, kein Lebenszeichen. Roger Forsén überquert die Straße, geht zum Tor und tippt den Code 1789 ein. Er bleibt direkt auf der Fußmatte stehen und wartet darauf, dass das Echo der zugeschlagenen Tür verstummt. Aus der Innentasche der Jacke fischt er das Etui mit den Werkzeugen heraus, während er lauscht. Stille. Der Aufzug steht, niemand ist auf dem Weg die Treppe hinunter. Er geht zu den Briefkästen, die im Eingang an der Wand montiert sind, eine Anomalie aus beige lackiertem Blech in dem ansonsten so stattlichen Haus.

Er steckt den Dietrich in eines der Briefkastenschlösser – Gustav hat nicht kapiert, dass er eigentlich auch diesen Schlüssel braucht. Nun gut. Den zweiten Tag in Folge nimmt er einen kleinen Stapel Post aus dem Kasten. Zwei Fensterumschläge, der Rest Werbung, das meiste noch für Gustav. Den zweiten Tag in Folge stellt er fest, dass nichts davon von Interesse ist. Nicht dass er wüsste, wonach er sucht. Oder ob es überhaupt etwas zu finden gibt.

Er legt die Post zurück, schließt den Briefkasten wieder zu. Sein Blick wandert zum Aufzug, und er erwägt, die Wohnung zu betreten. Dann hört er schwere Männerschritte auf den Stufen vor der Haustür, und eine Sekunde später summt das Codeschloss. Das Risiko ist es nicht wert, zumindest noch nicht. Doch wenn Nea etwas verbirgt, wird er es zu gegebener Zeit herausfinden.

Roger nickt dem Mann auf dem Weg nach draußen zu. Er überquert die Straße und geht ohne Eile in Richtung Präsidium.

Die Tür zur Tiefgarage auf Östermalm schlägt zu, es hallt schwach zwischen den Betonwänden und von der niedrigen Decke wider. Dann Stille bis auf das Geräusch von Olof Wallners eigenen Schritten auf dem fleckigen Boden. Die Aktentasche schwingt in seiner linken Hand. Er kommt an einem Lamborghini vorbei, der immer hier zwischen einem silbernen Lexus-SUV und einem großen schwarzen BMW steht und fast lächerlich winzig wirkt. Wallner biegt um die Ecke und sieht ein paar Parkplätze weiter seinen eigenen, etwas kleineren schwarzen BMW stehen. In dem Moment, in dem er den Knopf des Funkschlüssels in seiner Tasche drückt, um das Auto zu entriegeln, und die Scheinwerfer im Halbdunkel aufleuchten, spürt er eine feste Hand auf seiner Schulter. Olof Wallner lässt seine Aktentasche fallen und wirbelt herum. Ein amüsiertes Gesicht begegnet ihm.

»Warum denn so schreckhaft?«, fragt der Mann auf Englisch mit kaum hörbarem osteuropäischen Akzent. »Haben Sie so viele Feinde?«

»Mr. Bulgakov«, sagt Wallner.

»Dmitri«, erwidert der Mann. »Nennen Sie mich Dmitri, Olof. Wir sind doch Freunde, oder etwa nicht?«

Dmitri Bulgakov ist etwas größer als Wallner selbst, etwa einen Meter neunzig, und gekleidet und gepflegt wie einer der Schnösel im Bankenviertel Stureplan, abgesehen von den schneeweißen Turnschuhen, die er stets an den Füßen trägt. Sein Gesicht ist vernarbt wie nach schwerer Akne und der eisblaue Blick schärfer als ein Messer. Gerüchten zufolge hat Bulgakov eine Vergangenheit beim russischen Geheimdienst FSB, der aus dem KGB hervorgegangen ist, und hat sich mittlerweile einem noch zwielichtigeren Geschäft angeschlossen. Zwar handelt es sich nur um ein Gerücht, aber wenn man ihm gegenübersteht, fällt es einem nicht schwer zu glauben, dass es der Wahrheit entspricht.

Dmitri Bulgakov bückt sich und hebt Olof Wallners Aktentasche von dem fleckigen Betonboden auf.

»Langer Tag?«, erkundigt er sich und reicht Wallner die Tasche. »Sie haben Überstunden gemacht?«

Wallner streicht sich mit den Fingern über den Nasenrücken, bevor er die Aktentasche an sich nimmt.

»Ich gehe davon aus, Sie haben ein Anliegen?«, fragt er.

Bulgakovs Lächeln wird für eine Sekunde breiter und verschwindet dann vollständig.

»Wir wollen nur sehen, ob es all unseren Mitarbeitern gut geht«, sagt er.

»Ich bin nicht einer Ihrer Mitarbeiter. Und es gibt keinen Grund, sich Sorgen um mich zu machen.«

»Aber ja, den gibt es«, erwidert Bulgakov sofort. »Und der Grund sind Sie selbst.«

Wallner gibt sich große Mühe, seinem Blick standzuhalten.

»Kommen Sie zur Sache.«

»Ihre Freundin mit den Gemälden. Sie scheint ihr eigenes Ding machen zu wollen. Wir hoffen jedenfalls sehr stark, dass Sie nichts damit zu tun haben.«

»Ich weiß nicht, wovon Sie sprechen.«

»Es ist ein Botkin aufgetaucht. Hier in Schweden. Er steht zum Verkauf. Man muss aber kein Genie sein, um zu wissen, woher er kommt.«

»Davon weiß ich nichts.«

»Und genau das ist es, was uns Sorgen bereitet, Olof.«

»Was spielt das für eine Rolle? Ich meine, das sind doch Peanuts für Sie.«

Bulgakov schnaubt verächtlich.

»Peanuts gibt es nicht«, entgegnet er. »In erster Linie geht es hier um Loyalität. Loyalität kann man auch kaufen, aber bei uns ist Loyalität absolute Grundvoraussetzung. Wenn Sie mit uns kooperieren, kooperieren Sie mit uns. Für eigene kleine Ausflüge ist kein Platz. Verstehen Sie das?«

Wallner nickt.

»Es sieht nicht gut aus für Sie«, sagt Bulgakov. »Und natürlich müssen wir gegen diejenigen vorgehen, die illoyal sind.«

Wallner wirft einen kurzen Blick über seine Schulter, als erwarte er, dass jemand aus dem Schatten auftaucht.

»Und gegen diejenigen, die nicht dazu in der Lage sind, ihren Teil des Geschäfts sauber zu halten«, ergänzt Bulgakov.

Wortlos sieht Wallner ihn an.

»Vielleicht sollten Sie sich also ans Aufräumen machen, bevor wir uns gezwungen sehen einzugreifen«, sagt Bulgakov und lächelt. »Nur ein Tipp unter Freunden.«

Wallner umklammert den Griff seiner Aktentasche noch fester.

»Und dann haben wir ja auch ein paar andere ungeklärte Angelegenheiten, nicht wahr?«, fährt Bulgakov fort. »Und da geht es noch viel weniger um Peanuts. Wir haben Ihnen eine große Verantwortung übertragen, und wir müssen sichergehen, dass Sie diesen Fehler nicht verschuldet haben.«

»Das habe ich nicht«, sagt Wallner rasch.

Bulgakov nickt.

»Ich erwarte, dass der fragliche Gegenstand aus dem Verkehr gezogen wird.«

»Selbstverständlich. Kein Problem.«

»Und ich verlasse mich auf Sie, dass Sie nicht vergessen, welchen Part Sie in dem Ganzen spielen, Olof. Sie vergessen zum Beispiel nicht, wer die rechtmäßigen Eigentümer sind? Sie schmieden keine ... kreativen Pläne, um uns zu hintergehen?«

»Auf gar keinen Fall. Das würde ich niemals ... Meine Loyalität liegt voll und ganz bei Ihnen. Ich weiß nichts über das von Ihnen erwähnte Botkin-Gemälde, aber ich werde der Sache auf den Grund gehen. Und wenn es ein Problem gibt, werde ich es lösen.«

Bulgakov sieht auf seine Armbanduhr.

»Ich habe eine Reservierung im Brillo, also ... es war mir ein Vergnügen, Olof.«

Wallner nickt schweigend.

»Haben Sie schon etwas vor? Vielleicht wollen Sie mich begleiten?«, fragt Bulgakov.

Wallner schaut sich im Parkhaus um.

»Danke, ich ... ich muss noch was erledigen. Ein andermal gern.«

Bulgakov lächelt, dreht sich dann auf dem Absatz um und verschwindet wortlos um die Ecke Richtung Ausgang. Wallner lauscht seinen Schritten, aber Bulgakov bewegt sich gespenstisch lautlos durch die Stille. Dann ist nur noch das Quietschen von Scharnieren zu hören, gefolgt von einem schwachen Echo, als die Tür zuschlägt. Olof Wallner steht gut eine halbe Minute wie versteinert da, bevor er zu seinem Auto geht.

28. April

Nadezhda malt mit großen Pinselstrichen, schnell, aber sanft, und hat längst vergessen, dass Nea hinter ihr auf dem Sofa sitzt.

Neas Gedanken kreisen um das Geld. Nicht darum, wofür sie es ausgeben wird, das ist ja schon längst klar, sondern darum, wie man mit solchen Summen umgeht, wenn man nicht will, dass sie nachverfolgt werden können. Kann sie eine Barzahlung für das Gemälde verlangen oder wird die Galerie darauf bestehen, ihr das Geld zu überweisen? Wenn ja, wie erklärt man der Bank und der schwedischen Steuerbehörde eine solche Summe? Sie kann nicht fassen, dass sie sich noch keine Strategie überlegt hat. Was hat sie noch vergessen zu bedenken?

»So eine Scheiße.«

Nadezhda steht eine Armeslänge von dem Gemälde entfernt, mit schief gelegtem Kopf, das Haar zu einem Knoten zusammengebunden. Im Nacken hat sie einen Farbfleck, kobaltblau, an der Stelle, an der sie sich vorhin gedankenverloren gekratzt hat. Neas Handy vibriert in ihrer Tasche. Sie fischt es heraus und sieht, dass es Johan ist – zum zweiten Mal heute. Das Telefon landet wieder in der Tasche.

»Was ist los?«, fragt sie Nadezhda.

Nadezhda beugt sich näher zu dem Gemälde, betrachtet ein Detail und tritt dann wieder einen Schritt zurück. Lässt einen langen Seufzer entweichen.

»Ich weiß nicht recht.«

Sie legt den Pinsel weg und wischt sich die Hände an einem fleckigen Küchentuch ab, das neben der Staffelei auf dem Boden liegt.

»Warum mach ich das hier eigentlich?«

Nea schweigt.

»Das führt doch zu nichts«, fährt Nadezhda fort.

»Sag das nicht«, sagt Nea und steht vom Sofa auf. »Ich habe viele bedeutend weniger talentierte Studierende gesehen, die es sehr weit gebracht haben.«

»Whatever ...«, erwidert Nadezhda.

»Du darfst nicht ...«

Nea wird von drei harten Schlägen an der Wohnungstür unterbrochen. Eine Sekunde später öffnet jemand den Briefkastenschlitz und ruft herein.

»Du brauchst gar nicht Verstecken zu spielen, Nadezhda. Ich weiß, dass du zu Hause bist.«

Olof Wallner. Fragend starrt Nadezhda Nea an. Nea schüttelt den Kopf. Sie mimt ein lautloses *Nein*.

»Nadezhda!«

Nadezhda geht Richtung Flur.

Nea streckt eine Hand nach ihr aus, um sie aufzuhalten, aber Nadezhda windet sich aus ihrem Griff.

Neas Blick scannt in aller Eile das Zimmer, kurz entschlossen bückt sie sich und hebt ein Teppichmesser auf, das zwischen Nadezhdas Malutensilien auf dem Boden liegt, schiebt es in die Gesäßtasche ihrer Jeans. Als sie sich wieder aufrichtet, steht sie Wallner fast schon gegenüber, der in die Wohnung gestürmt ist. Zwei Schritte hinter ihm folgt ein Mann mit Lederjacke und Boxernase, das dünne Haar schlecht geschnitten. Er hat Nadezhda fest um den Oberarm gepackt. Sie sieht ihn hasserfüllt an.

»Sie sind also auch hier«, sagt Wallner und grinst Nea an. »Was für ein Zufall.«

Nea sagt nichts und widersteht dem Impuls, einen Schritt auszuweichen.

»Das trifft sich ja gut«, fährt Wallner fort. »Mein Anliegen betrifft euch beide.«

»Fahr zur Hölle«, ruft Nadezhda – ein sinnloser Protest in Anbetracht des eisernen Griffs um ihren Oberarm.

Wallner dreht sich nicht einmal um, wedelt nur mit der Hand in der Luft, als könne er sie so ruhig stellen. Und es funktioniert. Gleichzeitig wird der Griff um ihren Arm fester.

»Waren wir nicht fertig miteinander?«, sagt Nea an Wallner gewandt. »Unsere Geschäfte sind erledigt.«

»Der Ansicht war ich auch«, sagt Wallner, »bis mir zu Ohren kam, dass eine Frau hier aus Schweden einen bisher unbekannten Botkin verkaufen will.«

»Was hat das mit uns zu tun?«

Nea hört selbst, dass es ihrer Stimme an Überzeugung fehlt.

Wallner lächelt sie an.

»Genau das will ich auch wissen. Was hat das mit euch zu tun?«

Nea weicht seinem Blick nicht aus.

»Ich weiß nicht, was Sie glauben, wer ich bin«, fährt Wallner nach einer kurzen Pause fort, »aber zwei Dinge sollten Ihnen absolut klar sein. Erstens: Ich lass mich nicht für dumm verkaufen. Und zweitens: Sie können sich gern mit mir anlegen. Aber nicht ungestraft. Niemals.«

»Ich weiß nichts von einem neuen Gemälde. Das hat nichts mit uns zu tun.«

»Ach ja? Und was bitte schön ist das?«, fragt Wallner, schiebt sich an Nea vorbei und bleibt vor dem unfertigen Gemälde stehen.

»Das rührst du nicht an!«, schreit Nadezhda.

Nea dreht sich um, verlagert ihr Gewicht, steht breitbeinig da, wie im Sparring einer Boxhalle. Wallner mag groß sein, aber sie ist schnell. Sie hat auf jeden Fall eine Chance gegen ihn. Und falls nicht, hat sie immer noch das Messer ...

Aber er ist nicht allein. Hinter ihr hat der andere Typ Nadezhda immer noch fest im Griff.

Nea ballt ihre rechte Faust und entspannt sie dann. Ballen, entspannen. Ballen, entspannen. Wallner wendet sich von der Leinwand ab, sieht zuerst Nea, dann Nadezhda mit skeptischer Miene an.

»Ich weiß nicht, was das hier für ein Scheiß sein soll, aber ein Botkin ist das nicht. Wo habt ihr ihn versteckt?«

»Hier ist kein Botkin«, sagt Nea. »Lassen Sie sie los!«

»Oder was?«

»Sie haben doch keine Ahnung, was hier abgeht«, sagt Nea. »Nadezhda hat alle Hände voll mit ihrer Examensarbeit zu tun, und ich helfe ihr. Wir haben weder Zeit noch Lust, uns in Ihre Geschäfte einzumischen.«

Wallner starrt Nea an.

Geballte Faust, entspannte Hand. Geballte Faust, entspannte Hand.

»Und ihr habt natürlich auch nichts dagegen, wenn wir uns hier ein bisschen umsehen, da ihr ja angeblich nichts zu verbergen habt?«

»Bitte sehr.«

Wallner gibt dem Mann mit der Boxernase mit einem Kopfnicken zu verstehen, Nadezhda loszulassen. Sofort geht sie mehrere Schritte auf Abstand.

Die Wohnung ist nicht groß. Wallner braucht nicht lange, um jeden einzelnen Raum sorgfältig zu durchsuchen. Währenddessen postiert sich sein Gorilla auf der Türschwelle des Wohnzimmers, wo er die doppelte Funktion erfüllt, Nea und Nadezhda im Auge zu behalten und sie an der Flucht zu hindern. Die beiden stehen mitten im Wohnzimmer und warten. Nadezhda massiert ihren Oberarm. Nea versucht, ein beruhigendes Lächeln aufzusetzen, als ihre Blicke sich kreuzen, und Nadezhda erwidert das Lächeln, flüchtig, ein Blick voller Rebellion. Nea entspannt sich langsam.

»Okay«, sagt Wallner, als sich er nach seiner ergebnislosen Suche wieder vor ihnen im Wohnzimmer aufbaut. »Ich werde euch dieses Mal noch glauben. Aber denkt dran: Wenn ihr euch mit mir anlegt, wird euch das teuer zu stehen kommen.«

Seiner Attitüde zum Trotz glaubt Nea, einen Riss in seiner Fassade zu sehen. Dass seine Suche missglückt ist, scheint ihm nicht zu schmecken. Weder sie noch Nadezhda sagen ein Wort. So plötzlich, wie er aufgetaucht war, ist Wallner auch wieder verschwunden, und sie hören das Echo seiner Schritte durch das Treppenhaus hallen. Nadezhda eilt in den Flur, schließt die Tür ab und legt die Sicherheitskette vor. Als sie ins Wohnzimmer zurückkehrt, setzt sie eine triumphierende Miene auf und hält einen Zeigefinger in die Luft.

»Aber denkt dran«, äfft sie Wallner nach, »wenn ihr euch mit mir anlegt, wird euch das teuer zu stehen kommen.«

Nea lacht. Die Erleichterung kommt mit einem Adrenalinschub und dem seltsamen Gefühl, unbesiegbar zu sein.

Der durch Wallners unerwarteten Besuch ausgelöste Adrenalinschub ist noch nicht ganz abgeklungen, als Nea die U-Bahn betritt und sich auf einen der Sitze am Fenster sinken lässt. Sie fühlt sich immer noch beschwingt, beinahe berauscht. So ein verdammtes Glück, dass sie das Gemälde vor ein paar Tagen zu sich nach Hause gebracht hat, dass sie vorausschauend genug war. Trotzdem war sie überrascht, als ihre Befürchtung tatsächlich eintrat und Wallner plötzlich in Nadezhdas Wohnung stand.

Nea nimmt einen Labello aus ihrer Handtasche und trägt ihn auf ihre trockenen Lippen auf, während ein Gedanke in ihrem Kopf Gestalt annimmt. Gleichzeitig lässt das Adrenalin in ihrem Körper nach. War das nicht alles ein bisschen einfach? Nea schaut aus dem

Fenster und sieht, wie der Bahnsteig langsam aus ihrem Blickfeld verschwindet. Hat Wallner ihnen wirklich abgekauft, dass sie nichts mit dem Bild zu tun haben, nur weil er es nicht in Nadezhdas Wohnung gefunden hat? Der denkbar schlechteste Ort, um das Gemälde aufzubewahren, war ein Ort, von dem sie wussten, dass Wallner dort aufkreuzen könnte. Davon musste doch auch Wallner ausgehen. Natürlich musste er das. Nea steckt den Labello zurück in die Tasche und zieht den Reißverschluss zu.

Sie lässt ihren Blick durch den U-Bahn-Waggon schweifen. Vielleicht hat Wallner jemanden beauftragt, ihr zu folgen, um herauszufinden, wo sie wohnt. Insofern befindet sich das Gemälde am zweitdümmsten Ort, den man sich vorstellen kann. Doch es sind kaum Fahrgäste im Waggon, und niemand scheint sich für sie zu interessieren. Trotzdem beschließt sie, nicht direkt nach Hause zu gehen. Als die Bahn an der nächsten Station hält, steigt sie aus, eilt den Bahnsteig hinauf und schiebt sich dann im letzten Moment durch die Türen in einen Waggon weiter vorne.

Kaum sitzt sie wieder, klingelt das Telefon in ihrer Tasche. Das Geräusch lässt sie zusammenzucken. Sie sieht sich im Waggon um. Niemand beachtet sie, als sie ihr Handy aus der Tasche nimmt. Es ist Roger Forsén. Sie zögert, nimmt den Anruf aber nach dem vierten Klingeln entgegen.

»Hej, Nea. Ich hoffe, ich störe nicht.«

»Hej, Roger. Ich sitze in der Bahn, kann also sein, dass ich gleich kein Netz mehr habe.«

»Okay, dann komme ich gleich zur Sache. Ich wollte mal hören, ob Sie ... ja, ob Sie mal mit mir Mittagessen gehen wollen?«

Nea zögert, sieht sich wieder im Waggon um. Lauter desinteressierte Gesichter.

»Gern. Gibt es einen besonderen Anlass?«

Ein Lachen dringt durch den Hörer.

»Nein. Oder doch, ich habe einige Theorien, die ich mit Ihnen mal durchsprechen wollen würde. Zu denen mich Ihre Gedanken interessieren würden.«

»Das kriegen wir sicher hin«, erwidert Nea.

»Keine Sorge«, sagt er. »Es ist nur ein privates Mittagessen, kein Verhör.«

Nea lacht auf, aber sie hört, wie falsch es klingt.

»Na so ein Glück. Wie wäre es nach dem Wochenende, am 2. Mai?«

»Klingt perfekt. Im Gondolen um zwölf?«

»Ein feines Essen also«, erwidert Nea.

»Das ist ja wohl das Mindeste«, sagt Roger, dann verabschieden sie sich.

Nea starrt auf ihr Telefon, während die Bahn in den zentralen U-Bahnhof einfährt. Im letzten Moment steht sie auf und schlüpft aus dem U-Bahn-Waggon, während die Leute bereits einsteigen.

Sie weiß nicht, vor wem sie sich mehr in Acht nehmen muss, Olof Wallner oder Roger Forsén.

Auf der langen Rolltreppe hinauf zum Sergels Torg versucht sie, sich die Gesichter der Menschen hinter sich einzuprägen. Als sie oben ankommt, macht sie eine scharfe Kurve nach links und fährt mit der entgegengesetzten Rolltreppe wieder hinunter zum Bahnsteig. Niemand scheint sie zu beachten, und soweit sie sehen kann, folgt ihr auch niemand. Sie ist nur eine anonyme Frau in der Menge. Der Gedanke beruhigt sie. Unten auf dem Bahnsteig gesellt sie sich zu den ungeduldig Wartenden. Die nächste Abfahrt ist in zwei Minuten.

Als sie schließlich zu Hause ankommt, ist sie sich ziemlich sicher, dass ihr niemand gefolgt ist. Trotzdem zieht sie die Vorhänge vor allen zur Straße gelegenen Fenstern zu. Dabei redet sie sich ein, sie sei einfach nur vorsichtig, nicht paranoid. Vielleicht sollte sie das Gemälde, das gerade eingewickelt in der hintersten Ecke des kleinen begehbaren Kleiderschranks im Flur steht, woanders hinbringen. Aber wohin? Wenn sie mit dem Gemälde das Haus verlässt und sie jemand beobachtet, dann verrät sie sich sofort. Das wird schon alles, sagt sie sich und schaltet in der gesamten Wohnung die Lichter an.

29. April

Nea bahnt sich ihren Weg durch die Menge langsamer shoppingsüchtiger Touristen, die wie üblich die Drottninggatan für sich einnehmen. Sie bleibt vor einem Schaufenster stehen, wo auf weißen Sockeln Puppenköpfe mit Perücken in verschiedenen Farben und mit unterschiedlichen Frisuren aufgereiht sind.

Als sie den Laden betritt, stellt sie fest, dass er fast wie ein ganz gewöhnlicher Friseursalon aussieht. Heller Holzboden, Kosmetikprodukte in den Regalen, Perücken und Haarverlängerungen auf hölzernen Puppenköpfen. Eine Frau in den Dreißigern kommt aus einem Hinterzimmer und lächelt sie an.

»Nea?«

Nea nickt und erwidert ihr Lächeln.

»Ich bin Mariam, herzlich willkommen. Du kannst deine Jacke dort anhängen.«

Mit ausladender Geste zeigt sie auf einen Kleiderständer in Form eines stilisierten weißen Baumes, der in den Salon hineinragt, und Nea hängt ihren Mantel an einen der Äste.

»Setz dich doch, dann wollen wir mal sehen, was ich heute für dich tun kann.«

Nea nimmt in einem der Stühle Platz und begegnet Mariams Blick in dem großen Spiegel.

»Warum willst du denn eine Perücke? Dein Haar scheint doch sehr gesund zu sein.«

Mariam teilt Neas Haar und betrachtet ihre Kopfhaut. »Du leidest zumindest nicht an Haarausfall, oder doch?«

»Nein, nein. Ich fände es nur toll, wenn ich ab und zu mal ein bisschen Pepp reinbringen könnte, ohne mir gleich die Haare abschneiden oder färben zu müssen. Für eine Party zum Beispiel.«

Mariam nickt und fährt mit den Fingern durch Neas Haar.

»Absolut. Dann willst du bestimmt eine Perücke anprobieren, die ganz anders ist als dein Haar? Komplett andere Farbe und Schnitt?«

»Genau. Einmal für einen Tag jemand anderes sein«, sagt Nea lächelnd.

Mariam nickt.

»Wir haben sowohl synthetisches Material als auch Echthaarperücken. Die sind etwas teurer und brauchen mehr Pflege, aber sie sind wunderschön.«

»Ich probiere gern mal eine Echthaarperücke«, sagt Nea. »Ich will, dass es so natürlich wie möglich aussieht.«

»Ich werde dir mal ein paar unterschiedliche Modelle zeigen«, sagt Mariam und legt ihren Kamm weg. »Einen Moment!«

Während Mariam die Perücken holt, betrachtet Nea ihr Gesicht im Spiegel und überlegt, welche Haarfarben zu ihr passen könnten. Sie möchte absolut nicht verkleidet aussehen, also muss das Haar unbedingt zu ihrem Teint und die Frisur zu ihrem Stil im Allgemeinen passen. Ihr fällt auf, dass sie sich noch keine Gedanken darüber gemacht hat, wie sie sich eigentlich kleiden soll, wer sie überhaupt sein soll, wenn sie die Galeristin trifft.

»Da wollen wir doch mal sehen«, sagt Mariam, als sie wieder hinter Nea auftaucht. »Ich habe hier ein paar Modelle mitgebracht, mit denen wir ja mal anfangen können.«

Nea dreht sich um und betrachtet die Perücken auf dem kleinen Wagen. Ihr Blick fällt sofort auf ein aschblondes Modell mit Pony und glattem schulterlangem Haar.

»Diese hier gefällt mir. Mal schauen, ob sie mir steht.«

Mariam nickt und steckt Neas eigenes Haar vorsichtig mit kleinen Pins hoch, bevor sie ihr die Perücke aufsetzt. Nea kann nicht anders, als sich selbst im Spiegel anzustarren. Die Transformation ist unmittelbar und vollständig. Sie sieht nicht aus wie eine Variante ihrer selbst, sie sieht aus wie ein anderer Mensch. Mariam lächelt.

»Gleich beim ersten Versuch. Die steht dir wirklich gut, was meinst du?«

Ein schickes Brillengestell mit Fensterglas dazu, ein bisschen anderes Make-up als sonst, und sie wird nicht mehr wiederzuerkennen sein.

»Die nehme ich«, sagt Nea.

Die 3400 Kronen, die die Perücke kostet, lösen einen kurzen Augenblick der Panik in Nea aus, als sie ihre Visa-Karte an das Kartenlesegerät hält und die Erkenntnis ihrer finanziellen Situation sowie der Gedanke an die Entlassung in ihr aufflammt. Aber sie schüttelt es ab, diese Anschaffung ist sowohl eine Versicherung als auch eine Investition, die ein Vielfaches zurückbringen wird. Sie bedankt sich bei Mariam und macht sich auf die Suche nach einem Optiker.

Nea hat gerade den Wasserkocher angeschaltet, als sich die Wohnungstür öffnet. Dann hört sie Nicks Stimme draußen im Flur – und Johans. Es versetzt ihr einen Stich in der Herzgegend. Sie flucht leise und geht ihnen entgegen, um sie zu begrüßen.

»Hej, Liebling.« Sie umarmt Nick, der sich gerade aus seiner Jacke geschält hat. »Wie ist es dir heute ergangen?«

»Gut.« Nick windet sich aus ihrem Griff, nimmt seinen Rucksack und verschwindet im Inneren der Wohnung.

»Ich mach mir einen Snack«, ruft er ihr über die Schulter zu.

Johan steht auf dem Fußabtreter und schaut mürrisch drein. Beinahe krampfhaft umklammert er seinen Gitarrenkoffer. Sie sieht ihm an, dass er etwas sagen will, aber nicht weiß, wie, oder ob er es überhaupt wagen soll. Sein Blick weicht ihrem aus, er starrt auf den Boden. Sie kann nicht anders, aber trotz der Wut, trotz der Enttäuschung, verspürt sie einen Anflug von Zärtlichkeit für Johan, den sie nicht leugnen kann. Eine Trauer ob all der Dinge, die nicht geschehen sind.

»Alles gut bei dir?«, fragt er schließlich.

»Doch ... ja«, sagt sie. »Und selbst?«

Er schüttelt den Kopf.

»Können wir reden? Ich hab das Gefühl, wir müssen reden.«

Sie antwortet nicht.

»Ich habe mir Hilfe gesucht«, fährt er fort. »Für meine Probleme. Ich will das alles in den Griff bekommen.«

»Gut.«

»Ich hab versucht, dich zu erreichen. Aber du gehst nie ans Telefon.«

»Wir haben doch gesprochen?«

»Wegen der Kinder, ja. Über praktische Dinge. Alles andere scheint tabu zu sein.«

»Was gibt es denn noch zu reden?«

Er sieht sie an, mit großer Verwunderung. Und tief in ihm scheint die Wut zu brodeln.

Sie seufzt.

»Okay, reden wir.«

»Hier im Flur?«

Sie schüttelt den Kopf.

»Dann komm rein.«

Johan stellt den Gitarrenkoffer ab und zieht seine Stiefel aus. Während er ihr in die Wohnung folgt, knöpft er sich die Jacke auf, behält sie aber an. Nick sitzt mit anderthalb Käsesandwiches und einem Glas Milch am Küchentisch.

»Papa und ich müssen reden. Vielleicht kannst du die Sandwiches mit in dein Zimmer nehmen und schon mal mit deinen Hausaufgaben anfangen?«

Nick sieht sie an, sieht Johan an. Dann schüttelt er den Kopf.

»Nicht wenn ihr euch streitet.«

»Nick, ich …«

»Wir werden uns nicht streiten, Nick«, unterbricht Johan sie. »Versprochen.«

Nick sieht skeptisch aus, dann steht er wortlos auf, nimmt die Sandwiches und das Milchglas und schiebt sich an ihnen vorbei durch die Tür.

»Jemand anders muss die Milch zurück in den Kühlschrank stellen«, ruft er ihnen noch zu, ehe die Tür zu seinem Zimmer unnötig laut zufällt.

Nea seufzt.

»Ist er bei dir auch so?«

Johan hebt resigniert die Arme.

»Ist ja vielleicht nicht so verwunderlich.«

»Nein … Okay, worüber wolltest du sprechen?«

Johan setzt sich an den Küchentisch, auf den Platz, den Nick gerade verlassen hat. Er schiebt einige Semmelbrösel zu einem kleinen Haufen zusammen. Nea bleibt an der Spüle stehen.

»Kannst du dich nicht setzen?«

Sie verdreht die Augen, bereut es aber sofort, als ihr klar wird, dass sie dadurch wahrscheinlich genauso erwachsen wirkt wie Ella, also nimmt sie ihm gegenüber Platz.

»Ich habe eine Therapie angefangen«, sagt Johan.

Sie wartet darauf, dass er weiterspricht.

»Ich versuche, mich zu ändern.«

»Was soll ich dazu sagen?«

»Nichts … Ich will nur …«

»Das ist gut. Dass du dir Hilfe gesucht hast. Für dich und für die Kinder. Aber zwischen uns ändert das nichts.«

Sie hört selbst, wie hart es klingt, aber es ist die Wahrheit. Sie kann es sich nicht leisten, ihn wieder in ihr Leben zu lassen.

Johan weicht ihrem Blick aus.

»Also ehrlich gesagt, weiß ich nicht, worüber du gerade reden willst«, sagt sie und spürt, wie sie den Dolch in ihm umdreht und gleichzeitig auch in sich selbst.

Sie steht schnell auf, nimmt die Milchpackung vom Tisch und geht die paar Schritte zum Kühlschrank. Als sie ihn wieder schließt, ist auch Johan aufgestanden.

»Du bezahlst meine Schulden«, sagt er. »Das ist viel Geld. Geld, das wir absolut nicht haben.«

»Genau.«

»Woher kommt dieses Geld?«

»Das geht dich immer noch nichts an.«

»Machst du es dir da nicht etwas zu einfach?«

»Ich habe nie gesagt, dass es einfach ist.«

Er sieht sie an. Als suche er nach einem Zeichen in ihren Augen. Kann er nicht einfach wieder gehen?

»Die einzig logische Erklärung ist, dass du einen anderen hast. Jemand, der in einer ziemlich guten Position ist und den du schon eine Weile kennst.«

»Herrgott noch mal, Johan! Das muss ich mir echt nicht anhören.«

»Ihr habt euch kennengelernt, als wir noch zusammen waren. Warum sollte man schon nach einem Date mehrere Hunderttausend rausrücken, um seiner neuen Geliebten zu helfen?«

Resigniert hebt sie die Arme.

»Es gibt verdammt noch mal keinen Geliebten!«

»Keine Bank würde dir so viel Geld leihen!«

»Du solltest dankbar sein, dass ich dir gerade den Arsch rette. Stattdessen muss ich mir so einen Scheiß anhören.«

»An deiner Reaktion sieht man doch schon, dass ich recht habe. Sonst könntest du mir doch einfach sagen, wie es ist.«

»Ella wird bald zu Hause sein. Ich muss mich ums Essen kümmern. Es ist besser, wenn du jetzt gehst.«

Sie sieht ihm nicht nach, als er die Küche verlässt, steht nur wie versteinert da, bis sie hört, wie die Haustür hinter ihm ins Schloss fällt. Der Dolch sitzt immer noch tief.

2. Mai

»Ja, das war alles für heute, vielen Dank.«

Nea wirft einen Blick auf ihr Handy und steht auf, noch bevor Margareta das letzte Wort ausgesprochen hat. Sie ist als Erste aus der Tür. Das Scharren von Stuhlbeinen ist noch bis auf den Korridor zu hören. In ihrem Büro knallt sie ihren Notizblock und die leere Kaffeetasse auf den Schreibtisch, reißt Mantel und Tasche vom Haken und eilt wieder hinaus.

In der Vergangenheit ist es ihr schon schwergefallen, sich auf die Fakultätssitzungen zu konzentrieren, jetzt, nach ihrer Entlassung, ist es fast unmöglich. Sie hatte überlegt, gar nicht erst hinzugehen, aber tief in ihrem Inneren hat ihr eine kleine Stimme geflüstert, dass sie das nicht tun darf. Dieses Pflichtgefühl. Möglicherweise fehlgeleitet, aber penetrant.

Sie beschleunigt ihren Schritt auf dem Weg zur U-Bahn. Auf der Rolltreppe nach unten zum Gleis schickt sie eine Nachricht an Roger Forsén: *Verspäte mich einige Minuten. Sorry. Nea*

Die Antwort kommt, als sie auf die Bahn wartet: *Kein Problem.*

Kurz, prägnant, ohne Getue. Kein Smiley, kein Name am Ende. Nea fragt sich, ob das irgendetwas bedeutet oder einfach sein Stil ist.

Die Bahn rollt in den U-Bahnhof, und Nea steigt ein. Nachdem sie sich hingesetzt hat, liest sie Rogers kurze Nachricht noch einmal, als ob plötzlich ein Subtext erscheint, wenn sie sie nur oft genug liest.

Als sie von ihrem Handy aufschaut, blickt sie direkt in ein vage bekanntes Gesicht. Ein Mann in den Vierzigern hat sich auf den Platz gegenüber gesetzt. Sein dunkles Haar ist raspelkurz geschnitten, hier und da ein paar graue Spritzer an den Schläfen. Sein Gesicht ist ausdruckslos, die braunen Augen scheinen durch sie hindurch zu sehen, sie sind auf einen Punkt weit hinter ihr im Waggon gerichtet. Er trägt einen dunklen Mantel, darunter ist eine schwarze Anzughose zu sehen, an den Füßen hat er ein Paar glänzend geputzte Schuhe mit rauer Gummisohle.

Nach ein paar Sekunden erkennt sie, wer es ist – der Türsteher vom Spielklub in Vasastan. Einer von Aleksas Männern.

Es dauert noch ein paar Sekunden, bis ihr klar wird, dass es kein Zufall ist, dass er in derselben U-Bahn wie sie auftaucht. Er ist eine lebende, wenn auch bisher stille Mahnung. Ist er ihr von der Akademie aus gefolgt? Wahrscheinlich. Sie ist unaufmerksam gewesen.

Wenn der Zorn, der Nea nun wie ein Blitz durchzuckt, auf ihrem Gesicht zu sehen sein sollte, scheint der Mann dies nicht zu registrieren. Er schaut weiterhin ausdruckslos durch sie hindurch. Als wäre sie gar nicht da. Als wäre er gar nicht ihretwegen hier.

Nea umklammert die Handtasche auf ihrem Schoß. Sie versucht, sich teilnahmslos zu geben, während der Mann sie weiterhin ignoriert.

Die Bahn rollt in die Station Slussen ein, und Nea steht auf. Aus den Augenwinkeln sieht sie, dass der Mann ebenfalls seinen Platz verlassen hat, sie spürt seine Anwesenheit in ihrem Nacken, als sie sich auf den Weg zur Treppe in der Mitte des Bahnsteigs macht. Geh ganz normal, denkt sie, als sie die Treppe hochkommt, beweg dich einfach wie gewohnt. Sie versucht, ihren Schritt nicht zu beschleunigen und sich nicht umzugucken. Die Schranke öffnet sich, und kurz darauf steht sie auf dem Södermalmstorg. Sie tritt ein paar Schritte auf den Platz hinaus, bleibt stehen und beginnt, in ihrer Handtasche zu wühlen, während sie ihren Blick über den Platz schweifen lässt. Fahrgäste strömen aus dem U-Bahn-Eingang, aber den Mann aus der Bahn kann sie nirgends entdecken.

Sie hat die Warnung verstanden.

Nea zieht den Reißverschluss der Handtasche zu, hängt sie sich über die Schulter und macht sich auf zum Restaurant Gondolen, wo Roger Forsén bereits auf sie wartet.

Als Nea aus dem Fahrstuhl steigt, bleibt sie ein paar Sekunden an den Panoramafenstern stehen, um ihren Puls zu senken. Sie hält nach dem Mann aus der U-Bahn Ausschau, aber natürlich ist weit und breit keine Spur von ihm.

Sie sammelt sich und geht geradewegs auf einen Oberkellner zu, der sie zu Rogers Tisch führt. Als Roger sie sieht, steht er auf, und sie umarmen sich flüchtig zur Begrüßung.

»Entschuldigen Sie, dass ich zu spät bin«, sagt sie, nachdem der Oberkellner ihren Stuhl zurechtgerückt und die beiden dann allein gelassen hat. »Ich war noch in einer Besprechung, die sich in die Länge gezogen hat.«

Roger winkt ab.

»Ich bin auch gerade erst gekommen. War es etwas Wichtiges? Also die Besprechung?«

Sie gießt sich Wasser aus der Karaffe ein, die auf dem Tisch steht, und nimmt einen großen Schluck.

»Reine Routine«, sagt sie dann. »Aber Sie wissen ja, wie das ist, diese Besprechungen sind die schlimmsten.«

Er sieht sie mit diesem für ihn typischen Blick an, den sie nie recht zu deuten weiß. Ist es freundliche Neugier oder etwas anderes?

»Was sagen Sie zur Auswahl?«, fragt er und deutet mit einem leichten Kopfnicken auf die Karte, die vor ihr liegt. »Ich finde, der Dorsch klingt gut.«

»Ja, da schließe ich mich an. Und dazu gern ein Glas Weißwein. Heute ist einer dieser Tage.«

Sie lächelt ihn an.

»Gute Wahl. Ich gebe mich mit einem Leichtbier zufrieden. Ich muss nachher wieder zurück in den Dienst.«

»Ich habe heute Nachmittag tatsächlich frei«, sagt Nea, faltet die Serviette auseinander und legt sie sich auf den Schoß. »Nicht dass es irgendjemanden stören würde, wenn ich Wein zum Mittagessen trinke, aber bei der Polizei ist das sicherlich anders, kann ich mir denken.«

»Zu dieser Tageszeit schon«, sagt Roger lächelnd. Im selben Moment tritt ein Kellner an ihren Tisch, um die Bestellung aufzunehmen.

»Zweimal den Dorsch, ein Glas Weißwein und ein Leichtbier«, sagt Roger.

»Wollen Sie einen Blick in unsere Weinkarte werfen? Zum Dorsch könnte ich Ihnen sonst entweder einen Riesling oder einen Chablis empfehlen.«

Roger sieht Nea an, sie zuckt mit den Schultern.

»Gern den Riesling«, sagt sie.

»Und wir nehmen zwei Gläser. Das Leichtbier können Sie wieder streichen.«

Der Kellner nickt und verschwindet.

»Scheiß drauf«, sagt Roger. »Ich habe weder vor, Auto zu fahren, noch, meine Dienstwaffe einzusetzen. Ich hoffe, Sie zeigen mich nicht an.«

Nea lächelt.

»Dieses Geheimnis kann ich für mich behalten.«

Sie hätte dieses Mittagessen absagen, ihn anrufen und erklären können, dass sie verhindert ist. Sie hätte es tun sollen. Aber dieser Gedanke kam ihr gar nicht, bis jetzt, wo sie ihm gegenübersitzt und angestrengten Small Talk führt. Sie ist sich nicht sicher, wie schlau es ist, mit einem Polizisten Zeit zu verbringen, der eigentlich auf der Jagd nach Nadezhda ist. Andererseits ist er immer sehr freundlich zu ihr gewesen, und die Wohnung, die sie dank ihm hat, ist ein echter Glücksfall. Nichts als ihre eigene Paranoia deutet darauf hin, dass er Nadezhda oder ihr selbst wirklich auf der Spur ist. Sie sollte sich entspannen. Außerdem schadet es sicher nicht, von Zeit zu Zeit einen kleinen Einblick in die Ermittlungen zu bekommen.

»Wie läuft es denn mit allem?«, fragt Roger und holt sie zurück in die Lunch-Gegenwart.

»Mit allem?«

»Ja, mit der Wohnung, und waren Sie nicht auch gerade dabei, sich scheiden zu lassen, und ...?«

Er führt den Gedanken nicht zu Ende, wirkt offenbar etwas verlegen, als hätte er eine Grenze überschritten.

»Ach ja, das«, erwidert Nea hastig und versucht, mit einem besonders strahlenden Lächeln ihre kurze Verunsicherung zu überspielen. »Das ist ... alles unter Kontrolle. Ich beginne langsam, mich an die neuen Umstände zu gewöhnen, denke ich.«

»Ich weiß noch, wie das bei mir war«, sagt Roger, »auch wenn es schon viele Jahre her ist. Es war die schlimmste Zeit meines Lebens, obwohl es wirklich die einzig richtige Lösung war ... Die Scheidung, meine ich.«

Nea nickt.

»Wie kommen die Kinder damit zurecht? Sie haben zwei, nicht wahr?«, fährt er fort.

»Ella und Nick. Tja, die kriegen das schon ... irgendwie hin. Wobei, eigentlich weiß ich gar nicht so genau, wie es ihnen geht. Ehrlich gesagt, kann ich schlecht einschätzen, was typisches Teenagerverhalten und was eine Reaktion auf die Scheidung ist.«

Sie erwidert Rogers Blick, der schon die ganze Zeit auf ihr ruht.

»Manchmal kommt es mir so vor, als würden sie Partei für ihren

Vater ergreifen«, sagt sie dann, von sich selbst überrascht, dass sie sich Roger gegenüber wieder so öffnet. Sie schaut dankbar auf, als der Kellner ihnen zwei große beschlagene Gläser Wein serviert.

»Ich ...«, beginnt Roger, hält dann aber inne. Er sieht aus, als müsste er seine Worte zunächst abwägen. »Selbst wenn das der Fall ist«, sagt er dann, »bin ich überzeugt, dass Sie bald einen anderen Blick auf die ganze Sache haben werden. Das geht vorbei.«

Nea nickt. Sie will gerade nach ihrem Weinglas greifen, als ein zweiter Kellner ihren Dorsch bringt. Sie beginnen zu essen.

»Also, worüber wollten Sie mit mir sprechen?«, fragt Nea.

Roger nimmt die Serviette vom Schoß und tupft sich vorsichtig die Mundwinkel ab.

»Es geht um diesen Botkin. *Dämmerung. Falsch.* Natürlich.«

Nea versucht, ihren neutralen Gesichtsausdruck zu wahren, sich das Chaos, das in ihrem Inneren tobt, nicht anmerken zu lassen.

»Ich weiß, es fängt langsam an zu nerven«, fährt er fort, »aber ich komme einfach nicht von dieser Sache los. Mit diesem Fall stimmt etwas nicht ... Ich weiß nicht, wie ich es erklären soll.«

»Ist es dieses berühmte Bauchgefühl, von denen die Fernsehkommissare immer sprechen?«, fragt Nea und hofft, er versteht, dass sie nur Scherze macht. Sie versucht, ganz locker zu klingen. »Dass Polizisten einen sechsten Sinn haben, wenn irgendetwas nicht mit rechten Dingen zugeht?«

»Wenn das doch bloß wirklich so wäre«, antwortet Roger lachend. »Wenn alle meine Kollegen fünf funktionierende Sinne hätten, wäre ich schon glücklich. Ihnen einen sechsten zuzuschreiben, wäre wirklich zu viel des Guten.«

»Und Sie?«

»Ich? Ich wurde in mein kleines Kellerloch verbannt, ohne Kollegen. Das sagt wohl alles über das Vertrauen meiner Vorgesetzten in mein Können aus.«

Nea trinkt einen Schluck von ihrem Wein.

»Warum habe ich das Gefühl, dass Sie sich gerade unter Wert verkaufen? Aber sprechen Sie weiter!«

Roger trinkt ebenfalls einen Schluck von seinem Wein, dann nimmt er den roten Faden wieder auf.

»Das Gemälde wurde in diesem Lagerraum zwischen Drogen und Waffen gefunden. Wir wissen nicht, woher es kam oder warum es dort war, aber es scheint mir doch eher unwahrscheinlich, dass es sich um ein Erbstück handelt, das von einer verstorbenen geliebten Tante kommt.«

»Vielleicht haben die Eigentümer des Lagers es illegal erworben? Ich habe irgendwo gelesen, dass Kunst manchmal als Vermögenswert in kriminellen Geschäften verwendet werden kann.«

»Das kommt tatsächlich vor. Und es ist nicht ganz ausgeschlossen, dass dies hier der Fall ist, aber irgendwas passt nicht ganz ins Bild. Nichts in den Ermittlungen weist in diese Richtung. Dann hätte man irgendeine Form von Hinweis über den Kauf finden müssen. Die Kollegen von NOA haben schließlich einen guten Überblick über das Geschäft dieser Jungs.«

Nea nickt.

»Und selbst wenn es eine völlig banale Erklärung dafür gibt, warum das Gemälde in diesem Lagerraum gefunden wurde – sagen wir, das Mordopfer hat es vor seinem Ableben gekauft, um es seiner Mutter zum Geburtstag zu schenken –, kann es sich dennoch um eine Fälschung handeln. Angefertigt von einem Ausnahmetalent.«

»Nur ist es schwierig, eindeutig festzustellen, ob es sich um ein Original oder eine Fälschung handelt«, wirft Nea ein.

Roger zuckt mit den Schultern.

»Sicher. Aber ich gehe davon aus, dass die Sache stinkt, bis das Gegenteil bewiesen ist. Berufskrankheit. Um voranzukommen, müssten wir eine ausführliche technische Analyse des Gemäldes durchführen, aber das ist sehr kostspielig und, so wie es jetzt aussieht, nicht die oberste Priorität meiner Vorgesetzten. Selbst wenn es sich um eine Fälschung handelt: Es ist kein Verbrechen, ein gefälschtes Gemälde zu besitzen. Daher findet niemand, dass es die Zeit und die Ressourcen wert sind, dem nachzugehen.«

»Außer Ihnen«, sagt Nea.

»Stellen Sie sich nur mal vor, der Fälscher lebt hier in Stockholm«, fährt Roger fort. »Das ist es, was es für mich so interessant macht.«

»Wie kommen Sie darauf, dass es so sein könnte?«

Sie sieht Roger fragend an.

»Okay, jetzt haben Sie mich ertappt. Das ist tatsächlich ein Bauchgefühl. Oder wollen Sie es doch den sechsten Sinn nennen? Den Bullensinn.«

Er lacht, und sie stimmt mit ein.

»Aber gehen wir mal davon aus, mein Bullensinn funktioniert«, fährt Roger fort, »wie viele potenzielle Täter kommen überhaupt infrage? Nehmen wir mal an, das Gemälde ist hier in Stockholm entstanden. Wir haben es offensichtlich mit einer sehr begabten Person zu tun, nicht wahr?«

»Auf jeden Fall jemand mit ausgeprägtem handwerklichem Geschick«, stimmt Nea ihm zu.

»Klar, nennen wir es handwerkliches Geschick. Die Zahl der Menschen, die überhaupt in der Lage sind, ein solches Gemälde zu produzieren, muss ziemlich begrenzt sein, denken Sie nicht?«

»Definitiv.«

»Das ist kein Hobbymaler, der am Wochenende mit ein paar Aquarellen herumpanscht.«

Nea schüttelt den Kopf.

»Wir suchen also nach einem professionellen Künstler. Oder zumindest nach jemandem mit einer künstlerischen Ausbildung, oder?«

»Das klingt plausibel. Es könnte auch ein Restaurator sein.«

»Absolut. Klingt, als hätten Sie ein bisschen zum Thema Fälschungen recherchiert? Wie dem auch sei – wie viele Menschen, auf die diese Beschreibung passt, gibt es in Stockholm?«

»Wahrscheinlich mehr, als man denkt.«

»Vielleicht, aber es ist immer noch eine begrenzte Anzahl. Und ich würde vermuten, dass nur sehr wenige von ihnen wirklich geschickt genug sind, um eine Fälschung von dem Kaliber herzustellen, das wir hier haben.«

Nea nimmt einen Schluck von ihrem Wein, tut so, als würde sie nachdenken.

»Falls es sich um eine Fälschung handelt«, sagt sie.

»Falls.«

»Nein, ich glaube nicht, dass es viele Menschen gibt, die so ein Gemälde anfertigen können.«

»Der Täter ist somit in einem sehr kleinen Personenkreis zu finden. Es sollte nicht unmöglich sein, ihn zu identifizieren, oder?«

Roger nippt an seinem Wein.

Nea spürt, wie ihr der kalte Schweiß ausbricht.

»Theoretisch«, sagt sie. »Aber wie wollen Sie vorgehen? Wollen Sie bei allen Künstlern im Raum Stockholm an die Tür klopfen und fragen, ob sie ihr Konto aufbessern, indem sie Fälschungen eines halb vergessenen russischen Künstlers des 20. Jahrhunderts anfertigen?«

Roger lächelt.

»Nein, das ist es eben. Das geht nicht. Aber trotzdem, irgendwo ist dieser Mann ... dieser Künstler, und es sollte nicht unmöglich sein, eine Spur zu bekommen, die mich in die richtige Richtung führen kann. Wie gesagt, die Welt ist klein. Irgendjemand weiß vielleicht was oder hat eine Vermutung. Es könnte sogar jemand sein, den Sie kennen.«

Nea lächelt.

»Also, wie sieht Ihr Plan aus?«

»Ich habe keinen Plan. Noch nicht, und jetzt kommen Sie ins Spiel. Wenn Sie an meiner Stelle wären, nach allem, worüber wir jetzt gesprochen haben, wo würden Sie anfangen zu suchen?«

Nea spürt, wie sein Blick sie durchbohrt, und sie kann nicht erkennen, ob er wirklich neugierig auf ihre Antwort ist oder ob er nach etwas sucht, das ihr ins Gesicht geschrieben steht. Sie legt die Stirn in Falten, tut so, als würde sie nachdenken.

»Gute Frage. Vielleicht würde ich bei den Galerien anfangen und den Künstlern, die irgendwie mit ihnen verbunden sind. Wenn Sie nach jemandem suchen, der Künstler von Beruf ist. In diesem Fall wird er oder sie wohl in diesen Kreisen unterwegs sein. Aber ich hätte keine Ahnung, wie ich die richtige Person zu identifizieren versuchen würde.«

Roger nickt, in Gedanken versunken.

»Wo würden Sie noch nachforschen?«

»An den Universitäten. An der Kunsthochschule und der Akademie. Aber der Gedanke, dass er Täter hier zu finden ist, kommt mir ziemlich weit hergeholt vor.«

»Im Hinblick auf Studierende oder Lehrkräfte?«

»Um ehrlich zu sein, habe ich in all meinen Jahren an der Akademie nur sehr wenig Studierende getroffen, die in der Lage wären, so ein Bild zu malen. Diese Art von realistischer Malerei wird heutzutage nicht mehr so hoch geschätzt, und wir reden hier von einer Person, die diese Technik vollständig beherrscht. Und die Lehrkräfte ... Sie kennen doch den Spruch: Wer kann, der kann, wer nicht kann, wird Lehrer.«

Roger lacht.

»Wer verkauft sich jetzt unter Wert? Also Sie glauben, in den Galerien habe ich größere Chancen als in den Hochschulen?«

»Das fände ich zumindest naheliegender.«

Roger nickt.

»Und während wir über all dies sprechen, kommt Ihnen irgendjemand in den Sinn, der sich in letzter Zeit verdächtig benommen hat? Gibt es eine spezielle Person oder Galerie, die ich Ihrer Meinung nach näher unter die Lupe nehmen sollte?«

Nea schüttelt den Kopf.

»Ich habe, ehrlich gesagt, keine Ahnung«, sagt sie. »Das ganze Thema Kunstfälschung ist für mich ziemlich neu. Bevor Sie mit diesem Gemälde aufgetaucht sind, habe ich mir nie große Gedanken darüber gemacht. Also nein, mir fällt niemand ein.«

Roger nickt, denkt nach. Dann greift er nach seinem Weinglas.

»Jetzt haben wir aber genug über die Arbeit geredet. Genießen wir das Essen und den Wein. Und die Gesellschaft.«

Er erhebt sein Glas zum Prost. Sie stößt mit ihm an.

»Fühlen Sie sich wohl in der neuen Wohnung?«, fragt er.

3. Mai

Nea steht vor dem Badezimmerspiegel und richtet die Perücke. Als das helle Haar ihr sorgfältig geschminktes Gesicht umrahmt, ist sie erneut von der Wirkung überrascht. Das Brillengestell von Donna Karan vervollständigt die Transformation. Sie ist ein komplett anderer Mensch.

Sie geht hinaus in den Flur und betrachtet sich im Ganzkörperspiegel. Das schwarze locker sitzende Kleid und die knallpinken Sneakers sind weit entfernt von der Garderobe ihres Alltags-Ichs. Sie trägt selten ein Kleid, nicht einmal zu einer Party. Als sie sich im Spiegel sieht, fragt sie sich, warum eigentlich nicht.

Hotel Diplomat um 14:30 Uhr. Katerina Lebdeva hat ihr vor wenigen Tagen in einer kurzen Mail Uhrzeit und Treffpunkt mitgeteilt. Gemeinsam mit einem Experten der Galerie wird sie persönlich das Gemälde begutachten und sich mit ihm auf das weitere Vorgehen verständigen. Nea geht davon aus, dass sie das Geld innerhalb von ein paar Wochen erhält, vorzugsweise in bar. Hoffentlich ist es genug, um den Rest der Schulden bei Aleksa zu bezahlen. Dass die Galerie auf den Deal verzichten wird, ist unwahrscheinlich. Nadezhdas Arbeit ist makellos. Kein geschäftstüchtiger Galerist wird diesem bisher unbekannten Gemälde von Ivan Botkin widerstehen können.

Nach einem letzten Blick in den Spiegel zieht Nea ihren Mantel an, hängt sich ihre Handtasche über die Schulter und nimmt das eingepackte Gemälde unter den Arm. Sie hat gerade die Wohnungstür mit dem Sicherheitsschloss verriegelt, als sie hinter sich eine Bewegung wahrnimmt. Sie wirbelt herum. Die Treppe wird von einer Gestalt blockiert, die ihr bekannt vorkommt. Sie braucht ein paar Sekunden, um ihn zuzuordnen – es ist der Kerl, der mit Wallner bei Nadezhda aufgetaucht ist. Er steht einfach nur da, vollkommen ausdruckslos, und macht keine Anstalten, sich zu bewegen.

Dann fällt Neas Blick auf die Pistole in seiner Hand. Die Waffe ist nicht auf sie gerichtet, sein Arm hängt ganz lässig an seiner Seite. Ihr unmittelbarer Impuls ist es, die Flucht zu ergreifen. Doch ebenso schnell begreift sie, dass es keinen Ausweg gibt. Also steht sie einfach nur da. Genau wie auch er einfach nur dasteht.

Es erklingen Schritte aus dem Stockwerk unter ihnen. Die Person hat es offensichtlich nicht eilig. Die Schritte hallen im kahlen Treppenhaus wider.

Nea hat immer noch den Schlüsselbund in der Hand. Die andere umklammert die Schnur, die sie um das eingewickelte Gemälde gebunden hat, um es leichter tragen zu können.

Wallner taucht neben seinem Handlanger auf, macht einen völlig entspannten Eindruck. Er trägt einen Anzug, sein Mantel ist aufgeknöpft. Er mustert Nea von oben bis unten.

»Auf dem Weg zum Maskenball?«

Sie verlagert ihr Gewicht vom einen Fuß auf den anderen, erlangt ihr Gleichgewicht zurück.

»Darum kümmere ich mich«, sagt Wallner und streckt die Hand nach dem Gemälde aus.

Nea presst das Gemälde fester an sich.

»Das ist die Examensarbeit einer meiner Studentinnen.«

Wallner schüttelt den Kopf.

»Du hast ja keine Ahnung, worauf du dich da eingelassen hast, Andrea. Oder soll ich dich Annie nennen?«

»Ich …«

Der Mann mit der Pistole hebt den Arm, und als sie ihm instinktiv den Blick zuwendet, starrt sie direkt in die Mündung.

»Gib mir einfach das Gemälde«, sagt Wallner.

Nea wendet die Augen von der Pistole ab, sieht Wallner an, dann wieder zur Pistole. Jetzt weiß sie also, wie es sich anfühlt, eine Waffe auf sich gerichtet zu haben.

»Das Gemälde, Andrea.«

Sie reicht es ihm. Wallner tritt einen Schritt vor, reißt ihr das Gemälde aus der Hand und gibt es seinem Handlanger, der es in seine freie Hand nimmt. Er hat seine Waffe wieder gesenkt. Wallner dreht sich zu Nea um und beugt sich zu ihr vor. Sein Atem riecht nach Pfefferminz.

»Ich hab euch doch gewarnt, oder nicht?«

Er spricht mit leiser Stimme, klingt nicht einmal aufgebracht. Als wäre es eine simple Feststellung. Aber Nea sieht das dunkle Schimmern in seinen Augen.

»Ich habe euch eine Chance gegeben. Ihr hättet euch aus der Nummer zurückziehen können.«

Sie antwortet nicht, blinzelt nicht einmal.

»Vielleicht sollte ich dich erschießen lassen«, sagt er und deutet mit einem Kopfnicken zu dem Typen hinter sich. »Er ist nicht so zartbesaitet wie ich. Hat kein Problem damit, sich die Hände schmutzig zu machen.«

Wallner wirft einen Blick über seine Schulter.

»Es ist eigentlich gar nicht seine Art, Menschen zu verschonen, das kannst du mir glauben. Er findet mich wahrscheinlich ein bisschen verweichlicht.«

Wallner tritt einen halben Schritt zurück, mustert Nea aufmerksam, als erwarte er eine Reaktion.

»Das glaube ich gern.«

Wallner hebt die Augenbrauen, ein Lächeln huscht über seine Lippen.

»Dann glaubst du mir vielleicht auch, wenn ich dir sage, dass dies meine letzte Warnung ist? Der einzige Grund, warum du hier noch nicht tot auf dem Marmorboden liegst, ist, dass ich denke, du hast nicht wirklich verstanden, mit wem du dich hier eingelassen hast. Du bist nur eine ganz normale Mutter von zwei Kindern, oder? Und zu allem Überfluss auch noch alleinstehend?«

Nea starrt ihn einfach nur an.

»Du hast den Mund zu voll genommen. Aber jetzt hast du es hoffentlich kapiert. Denn jetzt weißt du, dass ich weiß, wo du wohnst, wo deine Kinder zur Schule gehen. Nette Kids, übrigens. Du musst stolz sein.«

Nea ballt die Faust um den Schlüsselbund.

»Ich hoffe, dass wir uns nicht noch einmal begegnen«, sagt Wallner. »Dir zuliebe.«

Er dreht sich um und geht auf die Treppe zu. Ihr erster Impuls ist, ihm hinterherzulaufen, ihm einen harten Tritt in den Rücken zu versetzen und ihn fallen zu sehen. Sie zweifelt nicht daran, dass sie es schaffen würde. Die Treppe ist steil, sie ist aus Stein, und die Kanten sind scharf. Er hätte verdammtes Glück, wenn er dem Fall ohne ernsthafte Verletzungen entkommen würde. Aber Nea bleibt regungslos stehen. Sie sieht den beiden Männern nach. Als sie schon außer Sichtweite sind, lauscht sie, wie ihre Schritte im Treppenhaus verhallen. Erst nachdem sie hört, wie die Haustür sich öffnet und wieder ins Schloss fällt, wagt sie, sich zu rühren.

Sie tritt über die Schwelle ihrer Wohnung und reißt sich die Perücke vom Kopf, ihre Brille fällt ihr aus dem Gesicht und landet auf dem Boden. Als sie ausweichen will, um nicht darauf zu treten, stolpert sie und muss sich an der Wand abstützen. Mit zitternden Händen zieht sie die Tür zu, schließt von innen ab. Sie sieht ihren gehetzten Blick im Flurspiegel und wendet sich schnell ab. Sie kann nur an eines denken: das Geld, die Schulden bei Aleksa, die sie jetzt nicht bezahlen kann.

Abermals muss sie sich an der Wand abstützen.

Elf Jahre zuvor

Als Nadezhda mit zwölf Jahren zum ersten Mal in ihrem neuen Zimmer im Haus auf Lidingö aufwachte, brauchte sie eine Weile, um sich zu erinnern, wo sie war. Sie sah sich im Raum um, während sie versuchte, die undeutlichen Überbleibsel eines Traums abzuschütteln. Die Schubladen des großen Schreibtischs neben dem Fenster hatte jemand mit Filzstiften und Buntstiften aller Art, mehreren Zeichenblöcken und Heften gefüllt. All das sollte nun ihr gehören. Auf dem Schreibtisch stand eine Lampe, die teuer aussah und die man einstellen, drehen und wenden konnte, damit der Lichtkegel genau dort landete, wo man ihn haben wollte. Der Schreibtischstuhl war mit Rädern ausgestattet, und die Sitzfläche konnte wie ein Karussell gedreht und angehoben und abgesenkt werden. Das hatte sie alles schon ausprobiert, bevor sie ins Bett gegangen war, als sie das Zimmer endlich für sich allein hatte. Vor dem Fenster, im Moment noch von den heruntergelassenen Jalousien verdeckt, lag ein großer Garten mit gemähtem Rasen, allerdings ohne Gemüsebeete. Aber es gab mehrere Apfelbäume, hatte sie gesehen. Der Boden in ihrem Zimmer – *ihrem* Zimmer – war aus Holz, doch er war größtenteils mit einem dicken Teppich ausgelegt, der so weich war, dass man darauf schlafen konnte. Die Wände waren noch kahl, aber das lag nur daran, dass Mama und ihr frischgebackener Mann wollten, dass Nadezhda selbst ein paar Bilder aussuchte.

Nadezhda lag im Bett, unter der dicken Decke, im Duft der frisch gewaschenen Bettwäsche, die sich fast wie Seide auf ihrer Haut anfühlte, und sie wollte nicht aufstehen. Die Wahrheit war, dass sie ein wenig Angst vor dem hatte, was sie erwartete, nicht in ihrem neuen Zuhause, sondern da draußen. In nur zwei Tagen würde sie hier in eine Schule gehen, und obwohl sie den Sommer damit verbracht hatte, mithilfe einiger Bücher Schwedisch zu lernen, konnte sie nur ein paar einzelne Sätze und war sich nicht sicher, ob sie sie überhaupt anwenden konnte, wenn sie auf Leute traf, die die Sprache richtig sprachen. Darüber hatte sie sich viele Gedanken gemacht. Die Angst lag wie ein schwarzer Klumpen in ihrem Magen. Sie hatte ihrer Mutter nichts davon gesagt, wollte nicht undankbar wirken oder etwas ruinieren, sie wusste ja, was für eine Chance das für sie war.

Es klopfte an der Tür, aber sie wusste nicht, wie sie »Herein« auf Schwedisch sagen sollte. Es spielte keine Rolle. Bevor sie Zeit hatte, etwas zu sagen, ging die Tür auf, und ihre Mutter erschien mit einem Tablett im Zimmer, gefolgt von einem Duft von Tee und Toast. Nadezhda setzte sich auf und nahm das Tablett auf ihren Schoß, während ihre Mutter sich neben sie auf die Bettkante setzte und ihr Haar streichelte.

»Gut geschlafen?«

Nadezhda nickte, den Mund voller Toast mit echter Butter und süßer Marmelade.

»Ich dachte, wir kaufen heute ein paar Klamotten für dich ein. Ich denke, du brauchst vielleicht etwas Neues, bevor du in die Schule gehst.«

Wieder nickte Nadezhda.

Es sollte sich herausstellen, dass ihre Sorgen unbegründet waren. Ihr Schwedisch war wahrscheinlich genauso schlecht, wie sie vermutet hatte, aber sie lernte schnell, und niemand war blöd zu ihr. Allerdings war auch niemand übermäßig freundlich, doch damit hatte sie gerechnet. Sie war froh, in Ruhe gelassen zu werden, ein wenig abseitsstehen zu können. Nur im Kunstunterricht stand sie manchmal im Mittelpunkt, wenn ihre Klassenkameradinnen sich um ihre Arbeit versammelten und bewundernd nickten. Das reichte ihr.

Jede Woche schrieb sie Briefe an Großmutter und Pasha. Großmutter antwortete meistens, aber nur knapp. Schreiben war noch nie ihre Stärke gewesen. Etwa einmal im Monat telefonierten sie, aber selbst diese Gespräche waren kurz. Nadezhda versicherte sich stets, dass es Pasha gut ging. Beim Auflegen hatte sie immer ein schlechtes Gewissen, weil sie hier sein durfte, mit ihren neuen Klamotten, den dicken Teppichen, dem nagelneuen Schreibtisch mit dem Drehstuhl, während Großmutter und Pasha in der alten Welt zurückblieben. Sie hielt es für die alte Welt. Sie wollte nie zurück, sie wollte, dass Großmutter und Pasha hierherkamen und mit ihnen lebten. Sie hatten viel Platz, das Haus war riesig, aber Mama sagte, es sei nicht möglich, jedenfalls nicht im Moment. Aber sie schickte Geld nach Hause, mehr Geld, als sie jemals zuvor geschickt hatte.

Die erste Zeit in Schweden verlief relativ problemlos. Nadezhda selbst konnte nicht sagen, wann die Veränderung sich bemerkbar machte, sie kam schleichend. Fast unbemerkt. Bis sie eines Tages in ihrem Zimmer, in dem inzwischen mehrere Gemälde an den Wänden hingen, von denen sie zwei selbst gemalt hatte, aufwachte und feststellte, dass der Klumpen in ihrem Magen wieder da war. Langsam machte sie sich Sorgen um ihre Mutter.

3. Mai

Mit zitternden Händen kramt Nea verzweifelt nach dem Handy in ihrer Manteltasche. Sie zieht es hervor, verzettelt sich mehrmals mit dem Code, doch dann gelingt es ihr, das Handy zu entsperren und Nadezhdas Nummer in der Kontaktliste zu finden.

Ein Freizeichen.

Wallner ist vielleicht schon längst da gewesen. Wo sonst hätte er herausfinden sollen, wo Nea wohnt?

Zwei Freizeichen.

Ob er von der Pistole Gebrauch gemacht hat?

Drei Freizeichen.

Nein. Das wäre total unlogisch.

Vier Freizeichen.

Warum sollte er sich logisch verhalten?

Fünf Freizeichen.

»Hallo?«

Nea braucht einen Moment, um zu kapieren, dass Nadezhda tatsächlich geantwortet hat.

»Bist du zu Hause?«, presst sie hervor.

Kurzes Zögern.

»Warum?«

»Wo bist du?«

»An der Akademie. Im Atelier. Ich ...«

»Geh nicht nach Hause. Bleib dort. Oder nein, bleib nicht dort. Wir müssen uns treffen. Wo können wir uns treffen?«

»Was ist denn los? Wie war es mit der Galeristin?«

»Wir müssen uns an einem sicheren Ort treffen«, sagt Nea und löst nach und nach die Pins, die ihr Haar unter der Perücke zusammengehalten haben. Ihre Kopfhaut ist schweißnass.

»Geht es um Wallner?«

Nea nickt, bevor ihr einfällt, dass Nadezhda sie überhaupt nicht sehen kann.

»Komm ... komm zum Starbucks am Hauptbahnhof«, sagt sie.

»Starbucks?«

»Ich bin in weniger als einer halben Stunde dort. Komm, so schnell du kannst.«

Nachdem sie aufgelegt haben, starrt Nea auf ihre Hände, die immer noch zittern. Sie ballt sie zu Fäusten, holt einmal tief Luft, hält sie an, zählt bis zehn, dann atmet sie langsam wieder aus. Sie wiederholt das Ganze zweimal, danach zittern ihre Hände nicht mehr. Es fühlt sich zwar immer noch so an, aber immerhin ist es besser als vorher.

Sie geht auf die Tür zu, überlegt es sich dann aber anders und steuert auf den Messerblock in der Küche zu. Sie nimmt eines der Messer, wiegt es in der Hand, umklammert den Griff, stößt es vor sich in die Luft. Sie legt es zurück in den Kasten. Selbst wenn das Messer in ihre Tasche passen würde, sie wüsste nicht, ob sie sich überwinden könnte, es tatsächlich einzusetzen. Und was hat sie schon von einem Küchenmesser, wenn sie einem Mann mit einer Waffe gegenübersteht? Sie schiebt die Küchenschublade zu, mit unnötig viel Schwung, und verlässt diesmal ohne Zögern die Wohnung.

Nea kauft zwei große Pappbecher mit Kaffee und schaut sich dabei ständig über die Schulter. Die junge Frau hinter der Theke beäugt sie skeptisch, während sie den Kaffee einfüllt, aber Nea ist das völlig egal. Sie findet einen Tisch, an dem sie mit dem Rücken zur Wand sitzen kann und freie Sicht auf den Bahnhof hat. Sie schwitzt, und doch zieht sie ihren Mantel nicht aus, knöpft nur die oberen Knöpfe auf.

Nadezhda taucht fünf Minuten später auf, mit roten Wangen und gehetztem Blick. Sie setzt sich Nea gegenüber und wickelt ihren Schal ab, behält aber ebenfalls ihre Jacke an. Nea schiebt ihr einen der Pappbecher hin.

Nadezhda sagt nichts, sieht Nea nur fragend an. Neas Blick schweift in der Bahnhofshalle umher, ihre Beine zittern unterm Tisch. Nadezhda beugt sich vor und hält den Pappbecher mit beiden Händen, als wolle sie sich aufwärmen.

»Warum treffen wir uns hier?«, fragt sie mit gedämpfter Stimme.

Verwundert sieht Nea sie an. Als wäre sie überrascht, Nadezhda dort zu sehen.

»Weil hier so viele Menschen sind. Das ist besser«, sagt sie.

»Aber hier können wir uns nicht ungestört unterhalten.«

»Mir ist es lieber, jemand belauscht unser Gespräch, als dass uns jemand erschießt.«

»Was?«

Flüsternd, über den Tisch gebeugt, erzählt Nea von der Begegnung mit Wallner im Treppenhaus. Der Ausdruck auf Nadezhdas Gesicht verändert sich, ihre offenen fragenden Augen verengen sich, ihre Lippen sind zusammengepresst.

»Fuck«, sagt sie, als Nea zum Ende kommt und sich zurücklehnt.

Nea führt den Pappbecher mit dem dampfend heißen Kaffee an den Mund, stellt ihn jedoch wieder weg, ohne einen Schluck getrunken zu haben.

»Hast du von der Galerie gehört?«, fragt Nadezhda.

Nea schüttelt den Kopf.

»Ich hab keine Ahnung, ob die in der Sache mit drinstecken oder ob Wallner auf anderem Wege davon erfahren hat.«

»Aber woher? Außer denen wusste doch keiner davon.«

Nea zuckt mit den Schultern.

»Ich muss abhauen«, sagt sie.

»Was?«

»Ich muss die Kinder nehmen und verschwinden. Ich habe keine Ahnung, wohin oder wie, aber wir müssen hier weg.«

Nadezhda starrt sie an. Neas Blick huscht durch die Menschenmenge, die sich über den Bahnhof bewegt – die Passagiere mit großen Taschen, die zum Flughafenexpress eilen, diejenigen ohne Gepäck, die die Rolltreppe zur U-Bahn hinunterhasten, diejenigen, die nur mit leeren Gesichtern warten und alle drei Minuten auf die Informationstafeln schauen.

»Aber jetzt hat Wallner doch ...«

»Es ist nicht Wallner, vor dem ich abhaue«, unterbricht Nea sie und sieht sie eindringlich an. Ihre Augen sind weit aufgerissen, als wäre sie gerade aus einem besonders grauenvollen Albtraum erwacht.

»Die Schulden«, sagt Nadezhda nach einem kurzen Augenblick der Verwirrung.

»Die Kinder und ich müssen weg. Irgendwohin, wo sie uns nicht finden können. Ich kann nicht einfach nur hier rumsitzen und darauf warten, bis denen am Zahltag auffällt, dass ich die Schulden nicht beglichen habe. Die werden nicht einfach so mit den Achseln zucken und mir noch ein paar Monate Aufschub geben. Wir werden einen Preis zahlen müssen. Ella und Nick ...«

»So weit wird es nicht kommen«, fällt Nadezhda ihr ins Wort.

Nea schüttelt den Kopf.

»Du hast ja keine Ahnung, was das für Leute sind, Nadezhda. Ich habe keine Chance, rechtzeitig an das Geld zu kommen und die ...«

Nadezhda beugt sich über den Tisch und legt ihre Hand auf Neas Arm.

»Ich habe noch ein Gemälde.«

»Was?«

»Ich habe noch ein Gemälde«, wiederholt Nadezhda. »Noch einen Botkin.«

6. Mai

Nea dreht den Wasserhahn auf Anschlag und das Wasser, das über ihren Körper spült, wird langsam heißer. Nach ein paar Minuten beginnt es, auf der Haut zu brennen. Noch ein wenig mehr, und es übertritt ihre Schmerzgrenze, aber sie hält es aus und zählt bis zehn. Dann stellt sie die Dusche ab, rafft ihr Haar zusammen und wringt es aus, bevor sie nach dem Badetuch auf dem beheizten Handtuchhalter greift.

Wir kriegen das hin, hatte Nadezhda gesagt, als wäre es das Selbstverständlichste auf der Welt. Aber Nea balanciert am Rande eines Abgrunds, und im Moment ist ihr Gleichgewicht nicht das beste.

Achthunderttausend Kronen. Sie braucht das Geld so schnell wie möglich. Trotz Wallners Drohungen sieht sie keinen anderen Weg, als zu versuchen, das Gemälde zu verkaufen, das Nadezhda heimlich gemalt und zwischen ihren Sachen in der Akademie versteckt hat. Die Alternative wäre letztlich schlimmer. Viel schlimmer. Aber bisher haben sie keinen vernünftigen Plan, wie sie vorgehen sollen, ohne aufzufallen. Ihr Gespräch hat sich immer wieder im Kreis gedreht. Die Zeit drängt.

Nea trocknet sich eilig ab und wischt dann mit dem Handtuch den Beschlag vom Badezimmerspiegel. Der Körper, den sie im Spiegel sieht, scheint nicht ihr eigener zu sein. Sie hat an Gewicht verloren. Nicht nur das Unterhautfett ist verschwunden, auch die Muskeln sind mit einer Geschwindigkeit geschrumpft, die sie überrascht. Ihre einst muskulösen Schultern sind jetzt knochig und scharf, ihre

Arme schmal, ihre Brüste deutlich kleiner. Ihr Gesicht ist kantiger, spitzer und eingefallen.

Der Spiegel beschlägt wieder, Zentimeter für Zentimeter kriecht der Dunst auf der Oberfläche voran wie eine Besatzungsarmee, die über eine Landschaft fegt. Mit einem kräftigen Ruck wischt sie abermals über den Spiegel.

Wir kriegen das schon hin. Und wenn nicht?

Es klopft an der Wohnungstür. Erst einmal, dann dreimal schnell hintereinander.

Von der Angst gepackt, wickelt Nea sich in das Badetuch und eilt durch die Wohnung, sucht nach ihrem Telefon.

Wieder klopft es.

Instinktiv kommt ihr der Messerblock in der Küche in den Sinn.

»Nea, ich bins«, dringt ein gedämpftes Rufen durch die Tür. »Mach schon auf.«

Nadezhdas Stimme lässt Nea auf halbem Weg zur Küche innehalten. Sie geht wieder hinaus in den Flur. Öffnet die Tür.

»Warum machst du denn nicht auf? Ich dachte, es sei was passiert!«, sagt Nadezhda aufgebracht.

»Ich habe auch eine Klingel«, sagt Nea und setzt ein vorsichtiges Lächeln auf.

Nadezhda streckt eine Hand aus und drückt auf den Knopf am Türrahmen. Nichts. Nea tritt zur Seite, lässt sie in die Wohnung.

»Ich war in der Dusche«, sagt Nea, als würden ihre nassen Haare und die Tatsache, dass sie in ein Badetuch gewickelt ist, nicht für sich sprechen.

»Du hast doch nicht etwa vergessen, dass wir verabredet waren?«, fragt Nadezhda.

»Ich ... ich hab die Zeit aus dem Blick verloren.«

Nadezhda schweigt.

»Ich zieh mich nur schnell an.«

Als Nea aus dem Schlafzimmer kommt, in Jeans und dunkelblauem T-Shirt, die Haare nass und ungekämmt, sitzt Nadezhda auf dem Sofa im Wohnzimmer. Sie schaut aus dem Fenster, wahrscheinlich ins Leere, denn das Einzige, was man dort draußen sieht, ist die Fassade des Hauses gegenüber.

Nea lässt sich im Sessel nieder und fährt sich mit der Hand durchs nasse Haar. Nadezhda sieht resigniert aus.

»Also, irgendwelche neuen Ideen?«, fragt sie.

Nea schüttelt den Kopf und zupft an ihrem T-Shirt, zuppelt es zurecht, als wäre es plötzlich unbequem.

Nadezhda wendet sich ab und seufzt.

»Das Einzige, was mir noch einfällt, wäre, dass wir das Gemälde auf einer normalen Auktion verkaufen«, sagt Nea.

»Du hast doch selbst gesagt, dass das Risiko zu hoch ist.«

»Außerdem dauert es zu lange«, ergänzt Nea. »Wir würden es nicht schaffen, das Geld rechtzeitig zu bekommen. Im schlimmsten Fall kann es Monate dauern. Aber mir fällt einfach nichts Besseres ein. Wo findet man jemanden, der sofort dazu bereit ist, ein Gemälde im Millionenwert zu kaufen?«

»Könntest du nicht mit dem Gemälde die Schulden zahlen?«

»Mit einer Fälschung?«

»Das weiß ja keiner.«

Nea schüttelt den Kopf.

»Ich kann mir nicht vorstellen, dass sie sich darauf einlassen.«

Nadezhda starrt wieder aus dem Fenster. Nea schaut zu Boden und versucht, ihre Gedanken zu ordnen. Vielleicht muss sie vor Aleksa zu Kreuze kriechen, sich aufs Äußerste demütigen. Um Gnade winseln.

»Klingelt da irgendein Telefon?«, fragt Nadezhda plötzlich, und erst da nimmt auch Nea das gedämpfte Geräusch aus der Küche wahr. Es ist nicht ihr normales Handy, es ist das Prepaid-Handy, das sie sich angeschafft hat, um mit der Galerie in Moskau in Kontakt zu bleiben. Schnell steht sie auf und eilt ohne jede Erklärung in die Küche, um den Anruf entgegenzunehmen.

»Katerina Lebdeva hier, von der Andrev-Kuznetsov-Galerie«, sagt die Frau am anderen der Leitung.

Nea schluckt.

»Ja.«

»Ich will mich in allererster Linie bei Ihnen entschuldigen«, sagt Katerina, »dass unser Geschäft ... nicht zustande kam. Es stellte sich heraus, dass die Loyalität eines unserer Mitarbeiter ... woanders lag. Wir haben uns von ihm getrennt.«

»Okay«, sagt Nea. »Ich ...«

»Ich rufe an, weil ich Ihnen den Vorschlag einer Zusammenarbeit unterbreiten will«, fährt Katerina fort, als sie spürt, dass Nea zögert. »Eine Geschäftsbeziehung.«

»Ich bin ganz Ohr.«

»Wir fanden das erste Botkin-Gemälde, das Sie uns zum Weiterverkauf anvertrauen wollten, wirklich sehr interessant. Brillante Qualität. Wir waren daher sehr enttäuscht, als der andere Deal zustande kam. Ich kann Ihnen versichern, dass wir genauso hinters Licht geführt wurden wie Sie.«

Katerina macht eine kurze Pause, als wollte sie etwas trinken.

»Natürlich kennen wir die wahre Provenienz der Gemälde und wissen, wie wichtig es ist, sie mit einer gewissen Diskretion zu behandeln«, fügt sie dann hinzu.

»Okay«, unterbricht Nea die erneute Stille. Sie merkt, wohin dieses Gespräch führt, weiß aber nicht, was sie sagen soll. Ist es eine Falle?

»Wenn Sie mehr Gemälde dieser Qualität auftreiben könnten, wären wir sehr daran interessiert, sie zu verkaufen«, sagt Katerina. »Jetzt, wo wir im direkten Kontakt zueinander stehen, gibt es keinen Grund, das Geld mit irgendwelchen Mittelsmännern zu teilen, oder? Vor allem nicht, wenn man bedenkt, was zuletzt vorgefallen ist. Sie haben die Bilder, ich habe die Kundschaft, was brauchen wir mehr?«

»Ist das ... ist das nicht ziemlich riskant?«

»Wir sind diskret. Und der Verkauf findet nicht öffentlich statt. Niemand muss davon erfahren.«

»Ich muss darüber nachdenken«, sagt Nea.

»Sechzig-Vierzig«, sagt Katerina.

»Entschuldigung?«

Ich schlage vor, dass Sie sechzig Prozent des Erlöses aus dem Verkauf der Bilder bekommen«, sagt Katerina. »Das ist ein großzügiges Angebot. Aber dann brauchen wir auch Werke von höchster Qualität. Langfristig könnte es für uns beide eine lukrative Zusammenarbeit werden.«

Steckt Wallner hinter der ganzen Nummer? Aber warum sollte er das tun? Nea fährt sich mit der Hand durch ihr immer noch feuchtes Haar, versucht, ihre Gedanken zu sortieren.

»Achthunderttausend Kronen«, sagt sie schließlich. »Ich brauche diese Summe direkt bei der ersten Übergabe. Entscheiden wir uns dann für eine langfristige Zusammenarbeit, können wir die weiteren Formalitäten besprechen.«

Nea hält den Atem an, kann ihren eigenen Puls hören.

»Abgemacht«, sagt Katerina.

Nadezhda steht am Fenster und starrt hinaus. Sie dreht sich um, als sie das Parkett hinter sich knarren hört und Nea ins Wohnzimmer zurückkommt.

»Ist was passiert?«

»Scheint, als hätten wir eine Käuferin für das Gemälde«, sagt Nea. Sie hält das Prepaid-Handy immer noch fest umklammert.

Die beiden sehen sich an. Ein Lächeln breitet sich auf ihren Gesichtern aus.

7. Mai

Nea hat kein Namensschild an der Tür angebracht, stellt Roger Forsén fest. Dort ist nur das alte Messingschild mit dem Nachnamen Widman in Großbuchstaben. Sicherheitshalber klopft er an. Zugegeben, er ist sich ziemlich sicher, dass sie nicht zu Hause ist, aber er will es nicht drauf ankommen lassen. Als das Klopfen zu keiner Reaktion führt, sperrt er auf, zuerst das normale Türschloss, als Nächstes das Sicherheitsschloss, es klemmt, doch dann gibt es nach und öffnet sich mit einem Klicken. Er tritt schnell ein, schließt die Tür hinter sich, bückt sich und bindet die Schuhe auf.

In der Wohnung ist es schattig, aber das trübe Nachmittagslicht, das durch die großzügigen Fenster hereinfällt, muss reichen. Bloß keine Lampen anschalten. Er weiß nicht, wonach er sucht oder was er sich erhofft. Irgendein Hinweis darauf, dass er mit seinem Gefühl, Nea Hallgren habe Dreck am Stecken, nicht ganz falschliegt, dass sie etwas mit den ständig auftauchenden Botkin-Gemälden zu tun hat. Dass sie mehr weiß, als sie ihm weismachen will.

Ein Teil von ihm wünscht, er würde sich irren. Er mag sie, und allein die Vorstellung, sie in seine Geschäfte mit reinzuziehen oder sie gar festnehmen zu müssen, widerstrebt ihm. Aber wenn sein Gefühl Alarm schlägt, ist er gezwungen, etwas zu unternehmen.

Er späht von der Türschwelle ins Schlafzimmer. Das Bett ist ungemacht, eine Jeans achtlos über das Fußende geworfen. Er durchquert das Wohnzimmer, geht in die Küche. Ein Stapel Werbung auf dem Tisch, eine Wochenendausgabe der *Dagens Nyheter*, sonst ist alles geschniegelt und gestriegelt. Er öffnet einige Schränke, findet aber nichts als Geschirr und Besteck. Was hatte er auch erwartet?

Es ärgert ihn, dass er Aleksa nicht hat entlocken können, was Nea im Spielklub zu suchen hatte. Aber warum hätte Aleksa ihm helfen sollen? Wer weiß, welche Rolle er spielt, in dem Was-auch-Immer, in das Nea verwickelt ist.

Zurück ins Wohnzimmer.

Er bleibt stehen und sieht sich um. Der Raum ist komplett weiß. Das Bücherregal ist halb gefüllt. Auf einigen Brettern sind kleinere Skulpturen drapiert, die er für Neas hält, sie sehen zu modern und anarchistisch aus, um Teil von Gustavs Einrichtung zu sein. Vermutlich Arbeiten von ihren Studierenden. Über der Armlehne des weißen Sofas hängt eine weinrote Decke, auf dem Couchtisch liegen ein MacBook und ein kleiner Stapel Bücher.

Er setzt sich auf die Sofakante, klappt vorsichtig den Bildschirm des Computers hoch, der sofort aufleuchtet. Natürlich ist ein Passwort erforderlich.

Er lehnt sich zurück und versucht sich zu erinnern, wie Neas Kinder heißen. Wenn sie so gestrickt ist, wie die meisten Menschen, besteht das Passwort wahrscheinlich aus einer Kombination der Namen der Kinder. Was natürlich noch unzählige Möglichkeiten offenlässt. Ella und Nick, kramt er aus seiner Erinnerung hervor.

Gerade will er sich wieder vorbeugen und zu tippen beginnen, als sein Blick auf den Bücherstapel neben dem Computer fällt. Er verharrt mitten in der Bewegung. Da, ganz unten im Stapel, er hat sich nicht verguckt. *The Art Forger's Handbook*. Mit dem Buch in der Hand eilt er zum Fenster, wo das Licht besser ist. Er schlägt es auf und durchblättert es, auf der Suche nach einer Markierung, Unterstreichung oder gar Notiz. Nichts. Das Buch ist offensichtlich gelesen worden, aber weder Nea noch sonst jemand hat darin Spuren hinterlassen.

Das beweist wirklich gar nichts, ermahnt er sich. Er selbst hat sie in einen Fälschungsfall verwickelt, vielleicht ist sie neugierig geworden und wollte mehr erfahren.

Oder aber sie hat das Buch aus einem ganz anderen Grund.

Er schaut aus dem Fenster und tritt instinktiv einen Schritt zurück, als er meint, eine ihm bekannte Gestalt zu erkennen. Er sieht noch einmal hin, um sich zu vergewissern. Sie ist es. Auf der gegenüberliegenden Straßenseite läuft Nea. Sie ist schon fast auf Höhe der Haustür. Wie gelähmt beobachtet er, wie sie die Straße überquert, und verflucht sich dafür, so einen idiotischen Zeitpunkt für seinen Besuch ausgewählt zu haben. Er hätte morgens herkommen sollen, gleich nachdem sie zur Arbeit gegangen ist.

Er reißt sich aus seiner Starre, legt das Buch wieder auf den Tisch und eilt hinaus in den Flur, schlüpft in seine Schuhe. Draußen im Treppenhaus hört er die Eingangstür ins Schloss fallen, dann geht jemand die Treppe hinauf. Er holt die Schlüssel aus der Tasche, fummelt nervös an ihnen herum, schafft es dann aber, das normale Türschloss abzusperren. Das Sicherheitsschloss klemmt schon wieder, der Schlüssel steckt fest. Er muss aufgeben, schluckt ein Fluchen herunter, zieht unverrichteter Dinge den Schlüssel aus dem Schloss und hastet von der Tür weg.

Der Aufzug steht im zweiten Stock. Die Treppe nach unten ist keine Option. Er dankt Gott, dass die Wohnung nicht ganz oben im Haus ist, und eilt, so schnell und leise er kann, in den nächsten Stock. Lauscht mit angehaltenem Atem.

Kurz darauf hört er ein Stockwerk tiefer das Klappern des Schlüssels.

Im selben Augenblick, in dem Nea den Schlüssel in das Sicherheitsschloss steckt, merkt sie, dass etwas nicht stimmt. Es ist nicht abgeschlossen. Sie ist sich ganz sicher, heute Morgen zugesperrt zu haben.

Das andere Schloss ist ganz normal verriegelt.

Sind die Kinder etwa zu Hause?

Sie hat sie für heute gar nicht erwartet. Ohne Ankündigung sind sie noch nie aufgetaucht.

Nea entriegelt das untere Schloss und öffnet vorsichtig die Tür. Sie bleibt auf dem Fußabtreter stehen und lauscht in die Wohnung hinein. Stille.

»Hallo?«, ruft sie.

Keine Antwort. Weder Ellas noch Nicks Schuhe stehen im Eingangsbereich.

Nea dreht sich um und zieht die Tür zu. Sie behält Schuhe und Jacke an, während sie die Wohnung betritt. Die Dielen im Flur knarren unter ihren Füßen, aber sonst ist es still. Sie späht ins Schlafzimmer, dann in Ellas Zimmer. Nichts.

Dann steht sie auf der Türschwelle des Wohnzimmers. Sie sieht es sofort. Ihr Laptop ist aufgeklappt.

Jemand ist hier gewesen. Ist vielleicht immer noch da. Sie lauscht aufmerksam und schluckt schwer, um den metallischen Geschmack in ihrem Mund loszuwerden. Dann durchquert sie mit zwei schnellen Schritten das Wohnzimmer im vollen Bewusstsein, dass sich jeden Moment jemand auf sie stürzen könnte. Doch nichts passiert. Sie reißt die Tür zu Nicks Zimmer auf, aber auch hier ist keine Menschenseele, also geht sie weiter in die Küche und dann wieder hinaus in den Flur, ins Badezimmer.

Sie ist allein in der Wohnung.

Aber jemand ist hier gewesen.

Mit rasendem Puls eilt sie zurück zu ihrem Laptop auf dem Sofatischchen und fährt mit dem Finger über das Trackpad, damit der Bildschirm zum Leben erwacht. Sie erwartet dort eine Nachricht, aber das Einzige, was auftaucht, ist das ganz normale Anmeldefenster.

Jemand ist in ihrer Wohnung gewesen. Jemand, der genau das nicht vertuschen wollte.

Aleksa? Wallner? Einer der beiden wird es gewesen sein.

Ihr Blick fällt auf den Bücherstapel auf dem Couchtisch und den Titel des obersten Buches. *The Art Forger's Handbook.*

Sie ist sich absolut sicher, dass dieses Buch nicht ganz oben lag, als sie heute Morgen das Haus verlassen hat. Jemand hat ihr eine Nachricht hinterlassen.

Sie reißt sich die Jacke vom Leib, der Schweiß läuft ihr über den Rücken, unter den Armen, zwischen den Brüsten. Sie atmet schwer und muss sich beherrschen, sich nicht zu übergeben.

Jemand ist in ihrem Zuhause gewesen.

Jemand, der jederzeit zurückkommen kann. Zu allem Möglichen imstande wäre.

Sie lässt sich zurück auf das Sofa sinken, schluckt erneut. Schließt die Augen, damit die Welt aufhört, sich zu drehen.

Als ihr Puls sich beruhigt und ihr Brustkorb vor lauter Panik nicht mehr zu bersten droht, erinnert sie sich plötzlich an eine Sache, von der Teija ihr erzählt hat: ein Kunstprojekt über einen Ort, an dem alles, wirklich *alles* käuflich ist. Das Darknet.

Es dauert eine Weile, bis sie versteht, wie es funktioniert. Man benötigt eine spezielle Software, die Nea kurzerhand herunterlädt. Dann stolpert sie über einen Thread im Flashback-Forum mit Schritt-für-Schritt-Anleitungen, denen sie zunächst nicht folgen kann. Eine knappe halbe Stunde später sitzt sie vornübergebeugt vorm Bildschirm, wo sich vor ihren Augen eine ganz neue Welt auftut. Sie kann kaum glauben, dass es das alles wirklich gibt. Es würde sie nicht wundern, sollte eine Einsatzgruppe der Polizei die Tür plötzlich auftreten, mit gezogenen Waffen hereinstürmen und sie für das festnehmen, was sie vorhat zu tun. Aber genau das ist der Punkt. Sie können hier nicht auf sie zugreifen.

In einem Forum trifft sie auf jemanden namens »Mr. Pink«. Er behauptet, Schusswaffen in die Region Stockholm liefern zu können. Von höchster Qualität. Garantiert sauber, nicht rückzuverfolgen. Diskreter Service.

Inzwischen ist es dunkel geworden, sie hat keine Lampen angeschaltet. Das einzige Licht kommt vom Bildschirm ihres Laptops. Sie steht vom Sofa auf, stellt sich ans Fenster und schaut hinaus.

Was auch immer ihre nächsten Schritte sein werden, sie wird schon jetzt verfolgt, zumindest überwacht. Die Kinder auch. Wenn sie und Nadezhda mit den Gemälden weitermachen, riskiert sie, dass Wallners gnadenlose Schergen Rache üben. Wenn sie den Deal ablehnt, wird sie Aleksa nicht bezahlen können ...

Hat sie denn eine Wahl?

Sie setzt sich wieder auf die Kante ihres Sofas. Mit schwitzigen Händen tippt sie eine Nachricht und schickt sie ab, bevor sie es sich anders überlegen kann.

Es dauert ein paar Minuten, dann antwortet Mr. Pink und stellt ihr einige Detailfragen. Welches Modell sucht sie? Hat sie Erfahrungen mit Waffen?

Er fragt sie nicht, wofür sie die Pistole benutzen will.

8. Mai

Roger Forsén lehnt sich in seinem Schreibtischstuhl zurück, schließt die Augen. Er nimmt seine Brille ab, massiert sich mit Daumen und Zeigefinger die Nasenwurzel, setzt die Brille wieder auf. Es ist halb drei. Es ist zu früh, um nach Hause zu gehen, außerdem ist seit einigen Wochen der Papierkram liegen geblieben – Berichte, E-Mails –, aber es fällt ihm schwer, sich zu konzentrieren. Der gestrige Vorfall quält ihn. Es war reines Glück, dass Nea ihn nicht bemerkt hat. Er muss klüger vorgehen, vorsichtiger. Er hat alles riskiert. Eines Tages wird er sich lang genug versteckt haben, dann kann er dieses Kellerbüro verlassen. Aber am selben Tag, an dem er endgültig aus dieser Tür geht, wird er auch sämtliche mit dem Job verbundenen Vorteile hinter sich lassen, alle Quellen, Informanten, Möglichkeiten. Es ist nun einmal sehr praktisch, der einzige verantwortliche Ermittler für die Art von Verbrechen zu sein, die man selbst begeht.

Er zuckt zusammen, als es an der offenen Bürotür klopft.

»Aufwachen, Roger.«

Kriminalkommissar Yannis Gataki betritt lächelnd den Raum, ein Gemälde unter dem Arm. Er ist knapp unter vierzig, soweit Roger weiß, und trägt eine abgewetzte Jeans und ein schwarzes T-Shirt, das etwas zu eng um den Bauch sitzt.

»Habe ich etwa die Ehre mit der richtigen Polizei? Hätt ich dich erwartet, hätt ich Kuchen da.«

»Eine Tasse Kaffee reicht mir«, sagt Yannis und lässt sich auf dem Sofa nieder. Er fährt sich mit der Hand durch sein leicht zerzaustes

Haar, das gerade lang genug ist, damit er es hinter seine Ohren streichen kann. Er scheint die letzten Nächte schlecht geschlafen zu haben, andererseits sieht er immer so aus – entweder als wäre er gerade aufgewacht oder bereit fürs Bett. Roger ist sich nicht sicher, ob er dieses Image bewusst pflegt oder ob er wirklich einfach immer müde ist. Doch der Eindruck trügt, Yannis hat den Ruf, eines der schärferen Messer im Besteckfach der Mordkommission zu sein.

»Wollen wir doch mal sehen, was sich da machen lässt«, sagt Roger und steht auf, um den Moccamaster anzuschmeißen. Er selbst könnte jetzt gut Koffeinnachschub gebrauchen.

Als er zurückkommt, hat Yannis das Gemälde in den Besuchersessel gestellt, sodass Roger das Motiv sofort ins Auge springt. Das Gemälde zeigt eine Frau, die sich auf einem scheinbar südeuropäischen Platz von einer Gruppe von Männern abwendet. Der Stil ist unverkennbar.

Yannis selbst hat sich vom Sofa erhoben und betrachtet den gefälschten Gauguin an Rogers Wand – zwei Frauen an einem Flussufer, ein Hund an ihrer Seite.

»Was bekommt man für so eins?«, fragt er und nimmt die Tasse entgegen, die Roger ihm reicht.

»Ein echtes? Wenn du circa zwanzig Millionen Dollar übrig hast, kannst du gern bei einer Auktion mitbieten.«

Yannis nickt, nippt an seinem Kaffee.

»Und du hast keine Lust, den zu verkaufen?«

»Das ist meine Rentenversicherung, vor der du da stehst, Yannis. Erzähls bloß nicht der Chefetage.«

Yannis grinst.

»Dein Russe«, sagt er und wendet sich dem Gemälde im Sessel zu. »Ein kleiner Fund, den wir letzte Woche gemacht haben.«

Roger sieht ihn fragend an.

»Eine Razzia in Bagarmossen, bei den üblichen Verdächtigen. Eine Handgranate, zwei Handfeuerwaffen, ein paar Gramm Kokain. Und dann dieses schöne Stück. Ich hab es dir mal mitgebracht, dachte, das wär was für dich.«

»Hat sich das schon ein Experte angesehen?«

»Ich habe einen Typen vom Stockholmer Auktionshaus einen Blick drauf werfen lassen. Er denkt, es sei wahrscheinlich echte Ware.«

Roger nickt.

»Aber was ist das bitte für ein Zufall, dass wir nur innerhalb weniger Monate zwei Gemälde desselben, wie ich es verstehe, ziemlich obskuren russischen Künstlers finden?«, fährt Yannis fort. »Und dann auch noch in denselben Kreisen.«

»Mindestens eins davon könnte eine Fälschung sein«, fügt Roger hinzu.

Yannis zuckt mit den Schultern.

»Das ist dein Fachgebiet. Vielleicht sind beide echt, vielleicht sind beide gefälscht. Irren ist menschlich, auch unter Experten. Aber ich frage mich, woher diese Gemälde kommen. Und warum diese Kerle plötzlich Kunstliebhaber geworden sind. Das sind ziemlich primitive Typen, von denen wir hier reden. Manche von denen können kaum lesen.«

»Die kümmern sich um die Bilder für eine Person höheren Ranges in ihrer Organisation.«

»Vielleicht. Vermutlich. Irgendwo hockt einer und glotz an eine leere Wand und vermisst seine Bilder. Aber wer? Und wo?«

»Ihr habt also keine Spur?«

»Was die Bilder betrifft? Da setzen wir auf dich, Roger.«

Yannis grinst.

»Kann es sich auch um eine Art Pfand handeln?«

»Das wäre eine Möglichkeit, ein Vermögenswert in einem Drogengeschäft. Wer weiß?«

»Es wurde nicht gestohlen gemeldet, nehme ich an?«

»Ich habe nachgeschaut, habe aber auf die Schnelle nichts gefunden. Aber du kennst diese Datenbanken besser als ich. Kannst du das genauer recherchieren?«

»Selbstverständlich.«

»Was sagt dein Bauchgefühl?«

Roger betrachtet das Gemälde, schüttelt langsam den Kopf.

»Diese Gemälde stellen mich vor ein ebenso großes Rätsel wie dich«, sagt er. »Ich wünschte, ich wäre eine größere Hilfe.«

Yannis nickt. Er trinkt den letzten Schluck seines Kaffees.

»Wir werden sehen, was du noch ans Tageslicht beförderst.«

»Sonst irgendwelche Fortschritte? Bei euren Ermittlungen, meine ich?«, erkundigt sich Roger.

»'n Scheiß. Es gibt so viele Spuren, und jedes Mal wenn wir einer nachgehen, tauchen mindestens eine Handvoll neue Hinweise auf. Viele führen einfach nur ins Leere, andere sind schwer zu beurteilen. Wir bekommen eine immer bessere Vorstellung davon, wie das Netzwerk aufgebaut ist, welche Personen und Gruppen einbezogen sind. Aber es ist in den meisten Fällen die übliche Klientel, und wie immer ist die Beweisführung äußerst schwierig.«

»In den meisten Fällen?«

»Ja. In der Peripherie ist ein etwas komischer Vogel aufgetaucht. Ein Unternehmer aus Lidingö. Immobilien, Büros in Östermalm. Olof Wallner, sagt dir dieser Name etwas?«

»Leider nicht. Welche Rolle spielt er in der ganzen Sache?«

»Vielleicht gar keine. Sein Name ist im Zusammenhang mit einem Unternehmen aufgetaucht, von dem wir vermuten, dass es von diesem Netzwerk kontrolliert wird. Mit Betonung auf *vermuten*. Wir wissen noch nicht genug. Aber natürlich wird man hellhörig, wenn in diesen Kontexten ein scheinbar unbeschriebenes Blatt auftaucht.«

Roger nickt.

»Er findet sich nirgendwo in unseren Datenbanken, und es ist recht ungewöhnlich, dass wir solch vermeintliche Grünschnäbel in diesen Kreisen finden. Da fängt man schon an, sich zu wundern, aber vielleicht ist es nur eine weitere Sackgasse.«

Roger nickt.

»Habt ihr irgendetwas gegen ihn in der Hand?«

»Im Moment steht er nur im Zusammenhang mit Immobiliengeschäften«, sagt Yannis, »doch er hat einen ziemlich beeindruckenden Lebenslauf, dieser Olof Wallner. Im Laufe der letzten Jahre war er auf verschiedene Weise in eine Reihe von Unternehmen involviert, als Eigentümer oder Vorstandsmitglied. Ein paar von ihnen waren im Import-Export, aber auch in Beratungsdiensten tätig, es ist unklar, was das jeweils genau bedeutet. Zumindest einige der Aktivitäten scheinen sich Anfang der Zweitausender auf Osteuropa und Russland konzentriert zu haben.«

»Keine unmittelbaren Verbindungen zu Kunst- oder Antiquitätenhandel?«, fragt Roger.

Yannis schüttelt den Kopf.

»Aber ich begebe mich weiter auf die Spur, ich habe einen meiner Kollegen darauf angesetzt, noch tiefer zu graben«, sagt er und stellt seine Tasse auf dem Sofatischchen ab. »Danke für den Kaffee.«

»Kann ich das Gemälde hierbehalten?«, fragt Roger.

»Tu das. Die technische Untersuchung ist abgeschlossen. Ich halte dich auf dem Laufenden.«

Als Yannis den Raum verlassen hat, notiert Roger *Olof Wallner, Lidingö* auf einen Post-it-Zettel. Dann setzt er sich aufs Sofa und betrachtet das neue Botkin-Gemälde.

Nadezhda gibt ihren Code auf der Stechuhr ein und stempelt ihren Stundenzettel. Sie nimmt die braune Schürze ab und zwängt sich aus dem engen schwarzen T-Shirt, zieht sich stattdessen einen Pullover über den Kopf und nimmt ihre Jacke vom Kleiderbügel in dem kleinen Personalraum. Dann hängt sie sich die Stofftasche mit Zeichenblöcken und Stiften über die Schulter, schnappt ihre halb leere Saftflasche und geht wieder hinaus ins Café. Als sie sich zwischen den Tischen in Richtung Ausgang hindurchschlängelt, überlegt sie, ob sie ins Atelier fahren soll oder nach Hause.

Sie tritt auf den Bürgersteig der Götgatan hinaus und bleibt abrupt stehen.

Der Typ wartet direkt vor der Tür. Er hat einen Pappbecher aus dem Café in der Hand und starrt sie mit seinen kleinen Augen an. Langsam setzt er den Becher an die Lippen, trinkt. Sofort spürt sie wieder den Schmerz in ihrem Oberarm, an der Stelle, an der er sie das letzte Mal gepackt hatte.

»Was willst du?«, fragt sie mit ruhiger Stimme. Das Herz schlägt wie ein Hammer in ihrer Brust, aber er soll sich gar nicht erst in ihrer Angst suhlen können.

Schulterzuckend grinst der Typ sie an.

»Ich dachte, ich lass mich mal blicken.«

Sie hat ihn noch nie zuvor reden hören, noch nie ein Grinsen auf seinem Gesicht gesehen. Seine Stimme ist höher, als sie erwartet hätte.

»Dachtest du also.«

»Nicht dass du glaubst, du wärst uns egal.«

Nadezhda starrt ihn an.

»Was willst du?«

»Du weißt doch, dass Olof ein lieber Kerl ist. Er will dir nichts tun. Er will dir eine Chance geben.«

»Eine Chance?«

»Rechtzeitig aufzuhören. Er kennt eure Pläne.«

»Welche Pläne?«

»Stell dich nicht so dumm.«

Der Typ nimmt noch einen Schluck aus dem Becher, aber die stechenden Augen weichen nicht von ihr. Dann nickt er ihr zu und dreht sich auf dem Absatz um. In gemächlichem Tempo geht er Richtung Medborgarplatsen davon. Er schaut sich nicht noch einmal um, aber Nadezhda sieht ihm nach, bis er in der Menschenmenge verschwunden ist.

»Fuck«, murmelt sie leise vor sich hin und geht Richtung U-Bahn. Sie trinkt den Rest ihres Saftes und wirft die Flasche in den nächsten Papierkorb.

9. Mai

»Die Nea, die ich kenne, hätte sich niemals einfach so an der Teeküche vorbeigeschlichen, ohne auf eine Tasse Kaffee reinzuschauen.«

Teijas Stimme lässt Nea zusammenfahren und herumwirbeln. Ihre Hand steckt tief in ihrer Tasche, in der sie gerade nach der Zugangskarte gekramt hat, um die Tür zu ihrem Büro öffnen zu können.

»Herrje, du bist ja schreckhaft!«

Teija hält entschuldigend die Hände hoch.

»Das sind bestimmt meine neuen Schuhe«, sagt sie. »Komplett lautlos.«

Nea nickt und zieht im selben Moment ihre Zugangskarte aus der Tasche.

»Wie gehts dir denn überhaupt?«, fragt Teija.

»Ja ... okay.«

Nea versucht, ein Lächeln aufzusetzen.

»Ehrlich gesagt, siehst du nicht so aus. Ich mache mir langsam Sorgen.«

»Wie meinst du das?«

»Du hast ziemlich abgenommen. Hast ganz tiefe Augenringe. Und du schleichst hier durch die Flure, als würde dich jemand verfolgen. Man könnte meinen, du bist paranoid.«

Nea lacht laut auf.

»Was? Na, so schlimm ist es auch nicht.«

»Ich übertreibe vielleicht. Aber nicht sehr«, erwidert Teija und sieht Nea fragend an.

»Deinen Job zu verlieren, während du gerade noch mit einer Scheidung zu kämpfen hast, fühlt sich ein bisschen so an, als müsste man eine Gleichung lösen, während dir die Klamotten am Körper brennen«, sagt Nea nach einer kurzen Pause. »Und ich war nie besonders gut in Mathe.«

»Ich auch nicht. Ich würde das auch nicht auf die Reihe kriegen.«

»Ich brauche einfach nur eine Pause. Von allem.«

Teija erstarrt.

»Von allem?«

Nea lacht.

»Du denkst auch immer gleich das Schlimmste«, sagt sie. »Ich habe nicht vor, mich vor den nächsten Zug zu werfen.«

Teijas Miene entspannt sich.

»Na, so ein Glück.«

»Und ich bin nicht paranoid. Ich stelle nur fest, dass wir überwacht werden.«

Jetzt ist es Teija, die laut lacht. Sie sieht erleichtert aus.

»Wenn du reden willst, dann ...«

»Ich weiß, ich weiß«, sagt Nea. »Danke.«

»Gut.«

»Mein größtes Problem ist gerade, dass ich hier alles ausräumen muss«, sagt Nea und deutet mit einem Kopfnicken auf die Bürotür. »Der ganze Kram, der sich da drin angesammelt hat.«

»Brauchst du Hilfe? Ich habe gerade eine Stunde Zeit bis zur nächsten Vorlesung.«

Nea schüttelt den Kopf.

»Das ist eine gute Therapie.«

Als sie den Raum betritt und die Tür schließt, bleibt sie stehen und schaut sich um. Bald wird es diesen Raum nicht mehr geben, nicht für sie.

Sie schüttelt die Wehmut ab und holt einen Zeitschriftenschuber aus dem Bücherregal, setzt sich im Schneidersitz auf den Büroboden und beginnt, den Inhalt durchzublättern. Zeitschriften und ausgeschnittene Artikel, Inspirationsbilder, Notizen, Skizzen, Bücher, Essays, Vorlesungsskripte. Sie weiß nicht, was sie mit all diesem Zeug anfangen soll, ihr erster Impuls ist, alles wegzuwerfen. Die meisten Dinge fühlen sich unwichtig und uninteressant an, jetzt, wo sie ihren Job verloren hat.

Sie ist beeindruckt, wie eine neue Situation, die ihr eben noch den Boden unter den Füßen weggezogen hat, sich in kurzer Zeit so selbstverständlich anfühlen kann, wie Grenzen verschoben werden, wie das Undenkbare Wirklichkeit wird. Noch vor wenigen Wochen empfand sie die Räumlichkeiten der Akademie – die Ateliers, die Werkstätten, das eigene Büro, die Hörsäle und Gruppenräume, das Personalzimmer und das Café – wie eine Erweiterung ihres eigenen Zuhauses. Jetzt fühlt sie sich hier eher wie ein Eindringling. Ein Scharlatan, der endlich entlarvt wurde und nun rausgeschmissen wird.

Sie spürt, wie der Selbsthass in ihr wächst. Als hätte sich nun endlich bestätigt, was sie all die Jahre gewusst hat: dass sie eine Betrügerin ist.

Dabei spielt es keine Rolle, wie viele Kolleginnen ihre Bestürzung zum Ausdruck bringen und versuchen, sie davon zu überzeugen, dass ihre Möglichkeiten grenzenlos sind. Sie hasst Plattitüden und findet es schwierig, die wohlgemeinten Worte anzunehmen. Vor ihren Studierenden hat sie sich zunächst richtig geschämt, als wäre sie tatsächlich eine entlarvte Hochstaplerin, die sie hinters Licht geführt hat. Aber die Reaktionen der Studierenden auf ihre Entlassung sind letztlich das, was sie hier noch hält, ohne deren Anteilnahme hätte sie sich schon längst für den Rest des Semesters krankgemeldet.

Im Büro kann sie einfach nur dasitzen und vor sich hin starren. Auf einen Außenstehenden würde sie wahrscheinlich apathisch wirken, aber in ihrem Inneren rasen die Gedanken, schneller und haltloser als je zuvor. Es ist, als müsse sie absolut still sitzen, um eine Chance zu haben, ihnen zu folgen, sie zu verstehen. Sie versucht, die jüngsten Ereignisse zu begreifen, geht Schritt für Schritt zurück, um zu sehen, an welcher Stelle sie sich hätte anders entscheiden können. Vielleicht hätte sie Johan schon lange vorher verlassen sollen. Natürlich, jetzt, wo sie weiß, wie die Geschichte ausgegangen ist: Sie hätte es tun sollen. Aber so funktioniert das Leben nicht, man kann nicht vorher wissen, wie etwas endet, und egal, wie wütend sie ist, wie enttäuscht, verletzt und traurig, sie kann nicht behaupten, wirklich etwas zu bereuen.

Ein resolutes Klopfen an der Bürotür lässt sie zusammenzucken. Sie hat heute keine Vorlesungen und auch keine Sprechstunde angesetzt, da ist sie sich sicher. Ihr rechter Fuß ist eingeschlafen, merkt sie beim Aufstehen und hinkt zur Tür.

Dort steht ein breit lächelnder Roger Forsén. Er überreicht ihr einen Kartonhalter mit zwei Pappbechern, Kaffeeduft steigt ihr entgegen.

»Schön, dass Sie hier sind«, sagt er. »Ich habe es mal drauf ankommen lassen.«

Er reicht ihr die Kaffeebecher und greift dann nach etwas, was er von außen hinter der Tür gegen die Wand gelehnt hat – ein Gemälde, eingewickelt in grobes ungebleichtes Papier. Er betritt Neas Büro und stellt es dort wieder ab, lehnt es an die Wand unter der Garderobe.

»Ich hoffe, ich störe nicht?«

Ohne eine Antwort abzuwarten, zieht er seinen dünnen Mantel aus und hängt ihn an die Garderobe. Nea räumt einen Stapel alter Hausarbeiten zur Seite, die auf dem Besucherstuhl gelandet sind, weil sie sich nicht überwinden konnte, sie in den schwarzen Müllsack in der Ecke zu werfen. Sie platziert sie auf einer Ansammlung von Büchern auf ihrem Schreibtisch.

»Setzen Sie sich«, sagt sie und wirft einen verstohlenen Blick auf das eingewickelte Gemälde. »Ich bin gerade dabei, ein bisschen aufzuräumen.«

Roger sieht sich um, sein Blick wandert vom Chaos auf Boden und Schreibtisch über den Müllsack bis zu den leeren Reihen im Bücherregal.

»Frühjahrsputz?«, fragt er und setzt sich.

»Schön wärs«, erwidert Nea und lässt sich in ihren Bürostuhl sinken. »Wohl eher eine Haushaltsauflösung.« Sie lacht.

Fragend hebt Roger eine Augenbraue.

»Ich höre auf. Ich wurde entlassen.«

Sie versucht, so gelassen wie möglich zu klingen, beinahe nonchalant.

»Aber ... warum?«

»Geld«, sagt Nea. »Das Übliche.«

Roger seufzt. Er nimmt die Brille ab und klappt die Bügel zusammen.

»Das tut mir wirklich leid«, sagt er und setzt sich die Brille wieder auf.

»Ist ja niemand gestorben«, erwidert sie mit einem Lächeln. »Trotz allem war es nur ein Job.«

»Aber trotzdem.«

»Eigentlich ist es keine große Überraschung. Sie haben die ganze Zeit schon versucht, alle möglichen Kosten zu reduzieren, aber es gibt eben eine Grenze, wie viel man an Kopierpapier und Obst im Personalraum sparen kann. Früher oder später geht es dem Personal an den Kragen. Die Kosten sind gestiegen, aber die Finanzierung stagniert seit vielen Jahren. Es ist einfache Mathematik.«

Roger schüttelt den Kopf.

»Alle reden immer von einem lebendigen Kulturleben, aber niemand will dafür bezahlen.«

»Ungefähr so«, sagt Nea.

»Und nun? Irgendwelche Pläne?«

»Ich hab überlegt, Vollzeitberaterin bei der Polizei zu werden. Sie scheinen ja noch Platz für einen zweiten Schreibtisch in Ihrem Keller zu haben.«

Roger lacht.

»Ich wüsste Ihre Gesellschaft sehr zu schätzen, aber um ehrlich zu sein, bin ich gerade ganz dankbar, wenn ich meinen eigenen Schreibtisch dort unten behalten kann.«

»Ist es so schlimm?«

»Geld, Geld, Geld«, sagt er. »Und was ich tue, ist nichts, was besonders viel Aufmerksamkeit auf sich zieht. Es gibt einige, denen es lieber wäre, wenn unsere Ressourcen für etwas Publikumsfreundlicheres verwendet werden würden.«

»Zum Beispiel?«

»Zum Beispiel für die Jagd auf Bandenkriminelle in den Vororten. Auf Schwarzfahrer in den U-Bahnen. Einbrecher in Sommerhäusern.«

Er schaut ebenso resigniert drein, wie sie sich fühlt.

»Aber wir werden es wohl überleben, wir zwei, glauben Sie nicht?«, sagt er nach einer kurzen Stille.

»Wir werden wohl unser Bestes geben.«

Beide nippen an ihrem Kaffee, und Roger scheint es nicht eilig zu haben, das Anliegen seines Besuchs kundzutun, erscheint ganz in Gedanken versunken.

»Sind Sie nur gekommen, um mir Kaffee vorbeizubringen?«, fragt Nea schließlich.

Roger zuckt zusammen und richtet sich auf.

»Nein, Entschuldigung. Da ist etwas auf meinem Schreibtisch gelandet, und ich bin gespannt auf Ihre Meinung.«

»Okay?«

»NOA hat ein weiteres Gemälde beschlagnahmt«, sagt er und lehnt sich nach vorn. »Noch einen Botkin. Wollen Sie mal sehen?«

Nea nickt und trinkt einen Schluck von ihrem Kaffee, während Roger sich aus dem Sessel erhebt und das eingepackte Gemälde holt.

»Eigentlich deutet nichts darauf hin, dass es sich um eine Fälschung handelt«, sagt er und wickelt das Papier ab, »aber es wurde bei einer Person gefunden, die Verbindungen zu den Kreisen hat, in denen auch der Eigentümer des ersten Gemäldes verkehrt hat. Das wird wohl kaum ein Zufall sein, oder?«

»In diesen Kreisen kenne ich mich nicht aus«, erwidert Nea. »Aber vermutlich nicht.«

»Wir reden hier ja nicht von Kunstsammlern«, fährt Roger fort. »Wir haben keine Ahnung, warum diese Gemälde bei ausgerechnet diesen Jungs gefunden wurden, aber irgendetwas ist da im Busch. Irgendetwas Größeres.«

»Etwas Größeres?«

Er hat das Papier komplett vom Gemälde abgeschält und balanciert es auf der Armlehne des Besucherstuhls, die Rückseite Nea zugewandt.

»Ein Fälschungs- oder Betrugsnetzwerk. So genau kann ich es noch nicht sagen. Sonst hat diese Bande hauptsächlich mit Drogen zu tun. Sie stehen nicht weit oben in der Nahrungskette, wenn man das so sagen kann. Das sind ein paar Kleinkriminelle aus dem Raum Stockholm, was die Sache mit den Gemälden noch komischer macht. Das passt alles nicht zusammen.«

Nea spürt sein Zweifeln.

»Aber?«, fragt sie.

Roger lächelt.

»NOA wird einem Hinweis auf eine Verbindung zu einem Geschäftsmann auf Lidingö nachgehen. Ein scheinbar seriöser Herr mit Geschäftskontakten in Russland.«

Nea nimmt einen Schluck Kaffee und nickt dann. Ob von Wallner die Rede ist?

»Und ist die Nachfrage auf dem russischen Markt nach Botkin nicht besonders groß?«

»In der Tat. Bisher gibt es keine konkreten Anhaltspunkte. Aber interessant ist es doch allemal.«

»Auf jeden Fall.«

Er dreht das Gemälde um und sieht Nea an, die versucht, sich nichts anmerken zu lassen. Sie wundert sich nicht, das Gemälde, das Wallner ihr abgenommen hat, plötzlich wieder vor sich zu haben.

»Was denken Sie?«

Nea steht auf, geht um den Schreibtisch herum. Beugt sich näher heran, als nehme sie die Feinheiten unter die Lupe.

»Mein erster Eindruck? Ein Botkin, wenn Sie mich fragen. Aber es ist ja unmöglich, das mit absoluter Sicherheit zu sagen.«

Roger nickt.

»Ein wunderbares Gemälde«, fügt Nea hinzu und macht einen Schritt zurück. »Es gefällt mir.«

Sie greift nach ihrer Kaffeetasse. Roger beobachtet sie.

»Was passiert als Nächstes?«, fragt sie und nippt an ihrem Kaffee.

Roger seufzt.

»Wir werden sehen, wohin uns unsere Spuren führen«, sagt er. »Aber ich habe eine starke Vermutung, dass mein Gefühl mich nicht täuscht. Ich lasse nicht locker.«

»Wieder dieses Gefühl«, sagt Nea.

Roger lacht auf.

»Es ist auf jeden Fall sehr spannend«, sagt sie und setzt sich wieder in ihren Bürostuhl.

»Endlich jemand, der mich versteht«, sagt er und lächelt.

»Was für ein Arschloch«, raunt Nea, als Nadezhda ihr von der Drohung von Wallners Handlanger berichtet. Sie sieht dessen steinernes Gesicht vor sich, und das genügt, damit ihr der kalte Schweiß ausbricht. »Warum hast du mir nicht früher davon erzählt?«

Die Dunkelheit hat sich über die Akademie gelegt, und die meisten sind nach Hause gegangen, sowohl Studierende als auch Lehrkräfte. Nea und Nadezhda haben die Tür zum Atelier hinter sich geschlossen.

Nadezhda zuckt mit den Schultern.

»Was spielt das für eine Rolle?«, sagt sie. »Sie wissen nicht, was wir am Laufen haben. Das können sie unmöglich wissen.«

»Du glaubst also, er blufft?«

»Wie sollte er von unserem Plan erfahren haben?«

»Genauso wie beim letzten Mal«, sagt Nea und kratzt sich am Hals, auf dem sich rote Flecken abzeichnen.

»Aber warum?«, wirft Nadezhda ein. »Dieses Mal hat die Galeristin doch mit uns Kontakt aufgenommen. Warum sollte sie uns reinlegen wollen? Das wäre doch total unlogisch. Die wollen Geld verdienen, genau wie wir.«

»Woher wollen wir wissen, dass sie logisch handeln?«

»Wallner ist nicht dumm. Er geht auf Nummer sicher, für den Fall, dass wir unser eigenes Ding machen«, sagt Nadezhda. »Aber er hat keine Ahnung. Er will uns nur Angst einjagen.«

»Das ist ihm gelungen.«

»Mir macht er keine Angst«, erwidert Nadezhda. »Nicht mehr. Ich glaube, du hast einen Ausschlag am Hals.«

Nea sieht sie an und schüttelt den Kopf. Dann geht sie zur Ateliertür, öffnet sie und schaut hinaus in den Gang. Als sie festgestellt hat, dass dort niemand ist, schließt sie ab und lehnt sich mit dem Rücken an die Tür.

»Wir können uns darauf nicht verlassen, Nadezhda. Roger Forsén hat mich heute Nachmittag aufgesucht. Die Polizei hat das Gemälde beschlagnahmt, das Wallner mir abgenommen hat. Er hatte es dabei.«

Nadezhda zögert.

»Was hat das mit Wallners Drohung zu tun?«

»Ich weiß nicht ... Es fühlt sich nur so an ... als wären wir umzingelt.«

»Umzingelt?«

Nea zuckt mit den Schultern.

»Ich bin mir sicher, dass Wallner nichts weiß«, sagt Nadezhda.

»Aber die Polizei hat eine Spur zu Wallner. Das vermute ich zumindest.«

»Wie das? Das ist unmöglich.«

»Roger Forsén sprach von einem Geschäftsmann von Lidingö mit Kontakten nach Russland. Wer soll das sein, wenn nicht Wallner?«

Nadezhda hält inne und sieht nachdenklich aus.

»Gut«, sagt sie schließlich. »Wenn er in Schwierigkeiten steckt, ist unser Problem gelöst.«

»Nicht wenn sie dich mit ihm in Verbindung bringen.«

Nadezhda schüttelt den Kopf, nachdrücklich, aber sie sagt nichts. Schweigend mustern sie einander.

»Okay«, sagt Nea nach einer Weile. »Nehmen wir an, es war ein Bluff, und Wallner hat keine Ahnung von unserem Deal mit der Galerie. Sind wir bereit, das Risiko einzugehen? Stell dir vor, er weiß doch, was wir vorhaben?«

»Ich bin es«, sagt Nadezhda, ohne zu zögern. »Ich bin bereit, das Risiko einzugehen.«

Nea antwortet nicht.

»Haben wir denn überhaupt eine Wahl?«, fragt Nadezhda. »Hast du eine andere Idee, wie du an das Geld kommen willst? Du hast nur noch eine Woche.«

Ohne eine Antwort abzuwarten, lässt sie Nea an der Tür stehen und geht zu dem großen Schrank am anderen Ende des Raumes, in dem sie ihre Werke und ihr Arbeitsmaterial aufbewahrt. Sie hebt ein Gemälde aus dem Schrank und geht mit entschlossenen Schritten zurück zu Nea.

Nadezhda hält die Leinwand hoch. Schweigend betrachtet Nea das Bild. Eine von ihren Bewohnern verlassene Stadt. Die dunklen grauen Häuser sind verbarrikadiert. Die Cafés geschlossen. Ein einsamer Mann ist zu sehen, ein älterer Herr, der den Bürgersteig vor seinem Tabakladen fegt, dem einzigen Geschäft, das offen zu sein scheint. Der Mann wird durch das Licht erleuchtet, das von innen auf die Straße fällt. Nea studiert die Konturlinien, Farben, Schatten, den Pinselstrich.

»Ich kann es kaum fassen, dass du das in dieser kurzen Zeit gemalt hast.«

Nadezhda zuckt mit den Schultern.

»Inzwischen geht es recht schnell. Ich weiß jetzt, was ich tue.«

Nadezhda sieht fast verlegen aus, als sie das Bild abstellt und gegen die Wand lehnt.

»Also?«, fragt sie.

»Du hast recht. Wir haben keine andere Wahl.«

Nadezhda nickt.

»Wir müssen unglaublich vorsichtig sein«, fährt Nea fort. »Ich will nicht, dass dir etwas passiert.«

»Ich hab keine Angst«, sagt Nadezhda.

10. Mai

Nea ist früh dran. Sie parkt hinter einem Hügel, der das Auto vor der kleinen unbefestigten Straße verbirgt, zieht die Handbremse an und steigt aus. Die Steine knirschen unter ihren Schuhsohlen. Hier steht sie nun, in einer stillgelegten Kiesgrube ein paar Kilometer nördlich von Stockholm. Der Verkehr der Stadtautobahn ist nur noch ein entferntes Rauschen. Was auch immer hier passiert, es wird keine Zeugen geben.

Mr. Pink ist vielleicht nicht der, für den er sich ausgibt. Hinter dem eher lächerlichen Namen kann sich jeder verbergen. Sie stellt sich einen ziemlich hartgesottenen Verbrecher vor. Einen Motorradfahrer, jemanden aus der Vorstadt. Gar nicht unähnlich den Typen aus Aleksas Spielklub. Vielleicht hat er sie aus ganz anderen Gründen hierhergelockt, als ihr eine Waffe zu verkaufen.

Irgendwann hört sie die schwachen Motorengeräusche eines Wagens, der sich auf dem Kiesweg nähert. Sie dreht sich um und sieht einen silbergrauen Kombi anrollen. Ein echtes Familienauto, ein Ford Focus, nicht das allerneuste Modell. Wahrscheinlich eine Art Tarnung.

Der Ford kommt neben Neas Skoda zum Stehen. Die Sonne spiegelt sich in den Fenstern, und Nea kann den Mann hinter dem Steuer nicht direkt erkennen. Sie tritt einen halben Schritt zurück, ballt ihre Hände zu Fäusten und schiebt sie dann in ihre Jackentaschen.

Die Autotür öffnet sich, und ein Mann um die dreißig steigt aus. Er trägt eine beige Chino und ein T-Shirt mit schmalen Streifen unter einer kurzen dünnen Jacke, dazu eine Brille mit schwarzem Gestell. Das schon etwas spärliche Haar ist kurz geschnitten und ordentlich über den Kopf gekämmt. Vielleicht ist das Auto eher ein Abbild seines Alltags als Familienvater als eine Tarnung. Niemand würde auf die Idee kommen, dass dieser Typ illegale Waffen im Darknet verkauft.

Mr. Pink kommt mit ausgestreckter Hand auf sie zu, Nea schüttelt sie, dankbar, dass er der Situation den Anschein von Normalität verleiht. Als hätten sie hier draußen überhaupt nichts Seltsames vor.

»Du hast das Geld?«, fragt er ohne Umschweife. Er wirkt selbstsicher, was so gar nicht zu seinem Äußeren passt.

Nea zieht kurz den Umschlag aus ihrer Tasche.

»Na dann.«

Mr. Pink geht zurück zu seinem Auto, öffnet die Heckklappe und holt einen Erste-Hilfe-Kasten hervor. *First Aid Kit* steht in weißer Schrift auf rotem Grund.

»Sie ist natürlich gebraucht«, sagt er und kramt die Waffe unter einer Schicht aus Verbandspäckchen und Mullbinden hervor. »Aber unmöglich zu tracken.«

Nea sieht ihn an, wie unbekümmert er die Waffe hält, als wäre sie ein harmloser Schraubenzieher.

»Ist sie geladen?«, fragt sie.

Mr. Pink lacht laut auf. Die Pistole liegt auf seiner Handfläche, er streckt sie ihr entgegen.

»Natürlich nicht. Halt sie mal. Damit du ihr Gewicht in der Hand spürst.«

Nea nimmt die Waffe und ist überrascht, wie schwer sie ist. Dennoch ist die Pistole kleiner als erwartet, sie sieht fast aus wie ein Spielzeug oder eine Attrappe, was das Ganze umso surrealer erscheinen lässt. Nea hebt ihren Arm und richtet ihre Waffe auf den etwas entfernten Hügel.

»Wiegt schon ein bisschen, nicht wahr?« Mr. Pink nimmt ihr die Pistole wieder ab. »Du hast also noch nie geschossen?«

»Noch nie.«

Mr. Pink scheint das nicht sonderlich zu verwundern, er nickt einfach nur.

»Diese Waffe ist einfach zu handhaben, selbst für eine ungeübte Hand.«

Während er spricht, nimmt er ein Magazin aus dem Erste-Hilfe-Kasten und schiebt es mit einem Klick in die Waffe. Dann entsichert er sie.

»Walther PPK. Eine klassische Halbautomatik. Deutsches Modell, obwohl dieses Schätzchen hier in Ungarn hergestellt wurde. James Bond benutzt diese Waffe, zumindest in den älteren Filmen.«

»Okay«, sagt Nea.

Mr. Pink geht tiefer in die Kiesgrube hinein und bedeutet Nea, ihm zu folgen.

»Das war die Standardwaffe der deutschen Wehrmacht im Zweiten Weltkrieg. Hitler hat sich mit so einer in seinem Bunker das Leben genommen. Elvis besaß eine in Silber. Und bei der schwedischen Polizei war das Modell noch bis vor ein paar Jahren in Benutzung.«

»Eine Waffe mit Geschichte, also«, sagt Nea und presst ein Lächeln hervor.

»Ein Magazin beinhaltet neun Schuss. Du bekommst von mir zwei Magazine und eine Schachtel Munition.«

Mr. Pink bleibt stehen und dreht sich zu Nea um.

»Ich hoffe, dass du sie nie brauchen wirst. Aber denk dran: Wenn du eine Waffe ziehst, musst du auch bereit sein, sie einzusetzen.«

Mr. Pink gibt ihr die Walther. Sie nimmt sie mit schwitziger, aber überraschend ruhiger Hand entgegen.

»Das Wichtigste ist, entspannt zu bleiben«, sagt er.

Er stellt sich hinter sie, legt seine Arme um sie, zeigt ihr, welche

Haltung man am besten einnimmt, wie man die Waffe hält, sichert und entsichert.

»Ziel mal auf den Baum da drüben«, sagt er und nickt in Richtung einer einsamen Birke, die am Fuß eines krautbewachsenen kleinen Hügels Wurzeln geschlagen hat. Er flüstert. Sein Mund ist direkt neben ihrem Ohr. »Atme tief ein, dann wieder aus. Dann berührst du den Abzug ganz sanft.«

Mr. Pink geht einen Schritt zurück. Nea tut, was er sagt.

Der Knall ist gar nicht so laut, wie sie erwartet hätte, der Rückstoß dafür umso stärker. Sie gerät ins Taumeln, findet aber schnell das Gleichgewicht wieder.

»Scheiße!«, entfährt es ihr. Sie wendet sich zu Mr. Pink um.

»Nächstes Mal triffst du bestimmt«, ermuntert er sie. »Geh mal einen Schritt näher ran.«

Auch der zweite Schuss geht daneben. Der dritte ebenfalls. Der vierte streift den Baumstamm. Ein reiner Glückstreffer, doch beim Anblick der wegfliegenden Rinde entfährt ihr ein beschwingtes »Yes!«, und als sie die Waffe sinken lässt, hört sie Mr. Pink hinter sich applaudieren. Sie wird von einem Gefühl der Macht erfüllt, auf das sie nicht vorbereitet war.

»Du bist ein Naturtalent«, sagt Mr. Pink.

Als sie das Magazin leer geschossen hat, ohne ein weiteres Mal zu treffen, zeigt er ihr, wie man nachlädt und wie man die leeren Magazine auffüllt. Er gibt ihr noch ein paar Tipps zu Schussposition und Technik. Sie leert drei weitere Magazine, bevor er zufrieden ist.

Sie gehen zurück zu den Autos, und Mr. Pink holt zwei Flaschen Wasser aus dem Kofferraum seines Kombis, lässt die Heckklappe offen und setzt sich auf die Ablage. Er reicht Nea eine der Wasserflaschen, und sie setzt sich neben ihn.

»Fühlt sich gut an, oder?«, fragt Mr. Pink und trinkt ein paar Schlucke, dann stellt er die Flasche auf den Boden, dreht sich um und nimmt ein Tuch aus dem Kofferraum. Er beginnt, die Oberfläche der Waffe gründlich abzuwischen, auch die Magazine. Um seine eigenen Fingerabdrücke loszuwerden, wird Nea klar.

»Absolut«, sagt sie.

Mr. Pink umgreift die Pistole mit dem Lappen und schiebt sie zurück in den Verbandskasten, den er dann ebenso sorgfältig abwischt, bevor er Nea bedeutet, ihn zu nehmen.

»Sei vorsichtig«, sagt er, nachdem er den Umschlag mit dem Geld angenommen hat.

Sie nickt.

»Und ich muss wohl kaum erwähnen, dass du unter keinen Umständen jemals verraten solltest, wie du an diese Waffe gekommen bist?«

»Nein.«

»Ich weiß nicht, wo du da reingeraten bist, aber ich wünsche dir viel Glück«, sagt er und steht auf.

Sie folgt seinem Beispiel und schüttelt seine Hand.

»Und es ist sicher keine so dumme Idee, noch ein bisschen mehr zu üben. Hier ist ein guter Ort dafür.«

Er sieht sie an, als würde er versuchen, mit seinen Blicken herauszufinden, was sie vorhat. Sie wartet darauf, ob er noch etwas sagt – irgendetwas scheint ihm auf der Zunge zu liegen. Doch stattdessen schaut er rasch auf seine Armbanduhr, verzieht das Gesicht und seufzt.

»Zeit, die Kinder abzuholen«, sagt er und schließt die Heckklappe mit einem Knall, fast so laut wie die Schüsse in der Stille, die sie umgibt.

Sie sieht ihm zu, wie er den Rückwärtsgang einlegt, das Auto wendet, auf die Schotterstraße einbiegt und dann hinter dem Hügel verschwindet. Als sie den Motor des Wagens nicht mehr hört, öffnet sie den Erste-Hilfe-Kasten, starrt auf die Pistole, die dort zwischen Kompressen, Wundspülungen und Pflastern liegt. Sie hört das Rauschen ihres eigenen Pulses in ihren Ohren. Ob aus Angst oder Aufregung, kann sie schwer einschätzen.

Zehn Jahre zuvor

Nadezhda war selbst ganz überrascht, wie einfach es war, sich an das Leben in einem neuen Land anzupassen. Die neue Sprache, vor der sie anfangs so Angst gehabt hatte, lag ihr unerwartet gut im Mund, und mit jeder Woche wuchs sowohl ihr Selbstvertrauen als auch ihr Können. Das Lernen neuer Wörter wurde für sie zum Sport. Sie hörte in ihrem Zimmer oft Radio, vor allem beim Zeichnen, und von Zeit zu Zeit hielt sie inne und ahmte die Aussprache eines Wortes nach, das sie gerade gehört hatte. Ihre Lehrerin lobte ihre Sprachkenntnisse. Der Kommentar ließ Nadezhda erröten. In der Schule kam sie sich noch immer wie ein komischer Vogel vor, aber es störte sie nicht wirklich. So war sie nun mal.

Sie hatten ungefähr ein Jahr in Schweden gelebt, als sie zum ersten Mal die Blutergüsse ihrer Mutter entdeckte. Der erste saß auf ihrem linken Oberarm, war faustgroß, blau, ging ins Grünliche über und nahm an den Rändern einen fast schmutzigen Gelbton an. Ihre Mutter zog den Ärmel ihres T-Shirts tiefer, als sie Nadezhdas Blick bemerkte. Tat so, als wäre nichts. Und Nadezhda schwieg.

Keine der beiden äußerte sich zu dem blauen Fleck, der ein paar Wochen später am Hals der Mutter auftauchte. Er war nicht so grell und auffällig wie das Hämatom auf dem Arm, aber es war unmöglich, den Bluterguss zu übersehen, der aus dem Blusenkragen hervorlugte. Ihre Mutter trug bald nur noch Rollkragenpullover, obwohl der Sommer gerade erst zu Ende ging und es draußen noch warm war.

Sie war erst dreizehn, aber Nadezhda wusste eine Menge über gewalttätige Männer. Immer wieder betonte Großmutter, wenn sie über Opa sprach, wie nett er gewesen war, dass er sie nie geschlagen hatte. Als wäre er eine wunderbare Ausnahme gewesen. Und vielleicht war er genau das. Es kursierten so viele Geschichten über Männer, die ihre Fäuste ballten, wenn die Dinge nicht so liefen, wie sie wollten. Einige schienen dies auch ohne jeden Grund zu tun. Darüber wurde nur getuschelt, meistens waren es fast gleichgültige Feststellungen, als wäre häusliche Gewalt so normal wie der Gang der Jahreszeiten. *Du solltest niemals jemanden akzeptieren, der dich schlägt*, hatte Großmutter immer gesagt, aber Nadezhda stellte mit der Zeit fest, dass es viele gab, die genau das taten, es einfach akzeptierten. Zum Beispiel ihre eigene Mutter.

Als ihre Mutter eines Sonntagmorgens mit einem leuchtenden Veilchen direkt unter ihrem linken Auge am Frühstückstisch erschien, konnte Nadezhda nicht mehr so tun, als wäre nichts.

»Was ist passiert?«, fragte sie, als ihre Mama eine dampfende Tasse Tee vor ihr auf den Tisch stellte.

»Was denn?«

Nadezhda antwortete nicht, sah ihre Mutter einfach nur an. Die wich ihrem Blick aus, wischte die Marmorplatte neben dem Waschbecken ab, obwohl sie bereits makellos sauber war. Als Nadezhda nichts sagte, sondern sie nur weiter ansah, seufzte ihre Mutter schließlich.

»Es ist nichts«, sagte sie. »Ich war nur etwas ungeschickt. Die Autotür.«

Nadezhda hatte sie streiten hören, nachdem sie gestern zu Bett gegangen war. Die genauen Worte hatte sie durch die Wände nicht verstehen können, aber der Ton war klar genug gewesen. Die Zeiten der rosaroten Brille waren offensichtlich vorbei.

»Ich glaube dir nicht.«

»Es spielt keine Rolle, was du glaubst.«

Ihre Mutter stand immer noch mit dem Rücken zu ihr.

»Vielleicht sollten wir zurück nach Hause ziehen«, sagte Nadezhda. »Zurück in die Ukraine.«

Jetzt drehte sich ihre Mutter um. Nadezhda konnte nicht sagen, ob der dunkle Schatten in ihrem Blick Wut oder Angst war. Vielleicht beides. Ihre Augen waren steinhart und kalt.

»Iss dein Frühstück«, sagte sie.

12. Mai

Nea steigt aus dem Taxi, das vor dem Hotel Diplomat am Strandvägen hält, und nimmt den großen Koffer von dem lächelnden Fahrer entgegen.

»Der wiegt ja gar nichts. Viel Platz für Ihre Einkäufe, was?«

»Genau«, erwidert Nea. »Man muss nur schlau packen.«

Das Gewicht der Waffe zieht die Handtasche über ihrer Schulter nach unten. Sie hat lange hin und her überlegt, ob sie sie mitnehmen soll. Eigentlich glaubt sie nicht, dass es diesmal Probleme mit der Übergabe des Gemäldes geben wird, aber inzwischen hat sie gelernt, dass man am besten mit allem rechnet. Die Pistole gibt eine gewisse Sicherheit, wenn auch vielleicht eine falsche. Mr. Pinks Worte hallen in ihrem Kopf nach: *Wenn du eine Waffe ziehst, musst du auch bereit sein, sie einzusetzen.*

Katerina Lebdeva, die Moskauer Galeristin, hat einen Konferenzraum gebucht. Nea zieht ihren Rollkoffer mit dem gut verpackten Gemälde durch das Foyer und sucht nach den Schildern, die ihr den Weg weisen. Sie braucht sich keine Sorgen zu machen, sagt sie sich. Die Galeristin weiß, dass es sich um eine Fälschung handelt, und sie hat Nea mehrmals telefonisch versichert, dass der Mittelsmann, der Wallner das letzte Mal einen Tipp gegeben hat, ihnen dieses Mal nicht in die Quere kommen wird.

»Jetzt, wo wir im direkten Kontakt zueinander stehen, gibt es keinen Grund, das Geld mit irgendwelchen Mittelsmännern zu teilen, oder?« Die Sätze aus dem Telefonat klingen in Neas Kopf nach.

»Sie haben die Bilder, ich habe die Kundschaft, was brauchen wir mehr?«

Nea findet das richtige Zimmer und bleibt vor der Tür stehen. Holt zweimal tief Luft. Sie zieht den Reißverschluss ihrer Handtasche auf, schiebt ihre Hand hinein und spürt das kalte Metall der Waffe an ihren Fingern. Dann klopft sie an die Tür.

»Schön, Sie kennenzulernen«, sagt die Frau, die beinahe in derselben Sekunde öffnet, als hätte sie direkt hinter der Tür gestanden und auf sie gewartet. »Katerina«, stellt sie sich vor, und Nea schüttelt ihre Hand.

Katerina ist groß und schlank, sie hat schwarzes schulterlanges Haar, fast kreideweiße Haut und wachsame braune Augen. Sie trägt eine grafitgraue Krawattenbluse und eine locker sitzende schwarze Hose, die schön über ein Paar ebenfalls schwarzer Lederstiefel mit hohen Absätzen fällt. Wäre sie in ihren üblichen Klamotten aufgetaucht, hätte sich Nea zutiefst underdressed gefühlt. Stattdessen schenkt sie Katerina ein selbstbewusstes Lächeln und streicht sich eine lockere Haarsträhne hinters Ohr. Die Perücke ist ihre beste Investition seit vielen Jahren, und der schwarze Hosenanzug gibt ihr ein sicheres Gefühl. Das schwarze Brillengestell und die hellen Haare verwandeln sie in eine andere Person.

»Wollen Sie etwas trinken? Kaffee? Mineralwasser?«

Katerina tritt an einen kleinen Servierwagen vor dem Fenster.

»Gern ein Glas Wasser«, sagt Nea und fährt vor Schreck zusammen, als sie einen Mann sieht, der am anderen Ende des Raumes steht und auf sein Handy starrt. Aus irgendeinem Grund hatte sie nicht erwartet, dass noch mehr Leute zugegen sein würden. So viel zu dem Thema, immer auf alles eingestellt zu sein.

»Das ist Juri«, sagt Katerina, und der Mann schaut auf, legt sein Handy weg, kommt auf Nea zu und begrüßt sie. Sein Händedruck ist warm und kräftig.

»Wir sind immer zu zweit, wenn wir Gemälde für die Galerie akquirieren. Es geht um viel Geld, und es sind viele Fälschungen im Umlauf.«

Nea stutzt.

Als Katerina ihre Reaktion sieht, muss sie lachen.

»Verzeihung, das war nur ein Scherz«, sagt sie, und Nea versucht, ein Lächeln aufzusetzen.

Katerina reicht ihr ein Glas Mineralwasser.

Nea trinkt einen Schluck. Dann stellt sie das Glas ab und hebt ihren Rollkoffer auf den Tisch.

»Natürlich sollten Sie sich die Zeit nehmen, das Gemälde genau zu überprüfen, bevor Sie entscheiden, ob es ... Ihren Anforderungen entspricht«, sagt Nea. »Wenn Sie wollen, kann ich den Raum solange verlassen?«

»Nein, nein«, sagt Katerina. »Das ist nicht nötig. Falls wir Fragen haben, ist es doch besser, wenn Sie anwesend sind.«

Nea wird plötzlich ganz heiß. Ihre Kopfhaut beginnt unter der Perücke zu jucken. Katerina wirkt so wahnsinnig lässig und ungerührt.

Nea hebt das Gemälde aus dem Koffer und löst es aus seiner Verpackung aus Papier und Luftpolsterfolie. Dann überreicht sie es Katerina, die es mit ausgestreckten Armen vor sich hochhält. Eine starke Falte zeichnet sich zwischen ihren Augenbrauen ab. Juri gleitet beinahe durch den Raum und stellt sich hinter sie, er betrachtet das Gemälde über Katerinas Schulter hinweg. Er flüstert ihr ein paar knappe Worte, vermutlich auf Russisch, ins Ohr. Sie antwortet nicht, sondern dreht sich um und legt das Bild vorsichtig auf den Tisch. Juri zieht eine kleine Lupe aus der Tasche seines Jacketts, beugt sich über die Leinwand. Er beginnt in der unteren rechten Ecke, wo sich die Signatur befindet, und untersucht dann ausgewählte Details des Gemäldes. Nea nimmt ihr Wasserglas, geht ein paar Schritte zurück, versucht, ruhig zu wirken. Sie öffnet einen Knopf ihrer Bluse, zieht ein wenig am Kragen, um zu lüften. Juris Miene verrät nicht, was er von dem Gemälde hält. Methodisch wandern sein Blick und die Lupe über die Leinwand, bleiben für ein paar Sekunden an einer Stelle hängen und wandern weiter.

Nach ein paar Minuten, die Nea wie eine halbe Ewigkeit vorkommen, steckt er die Lupe zurück in seine Tasche. Er nimmt die Leinwand, dreht sie um, liest den Titel. *Matin. Ouvert. Morgen. Offen.* Vorsichtig fährt er mit den Fingerspitzen seiner rechten Hand über den alten Keilrahmen. Er beugt sich noch näher ran, streicht mit dem Zeigefinger über die Nägel, mit denen die Leinwand aufgespannt ist. Dann dreht er das Bild wieder um, tritt einen Schritt zurück, steckt die Hände in die Hosentaschen und nickt, ohne seinen Blick von dem Bild abwenden zu können.

»Es ist fantastisch«, sagt Katerina. »Kaum zu glauben, dass es kein Original ist.«

Juri sagt etwas auf Russisch zu Katerina.

»Makelloses Handwerk«, übersetzt sie für Nea. »Ein Meisterstück.«

Katerinas professionelle, leicht distanzierte Fassade hat Risse bekommen. Sie sieht aus, als hätte sie gerade im Lotto gewonnen.

»Das fühlt sich an wie der Beginn einer wunderbaren Freundschaft«, sagt sie und zwinkert Nea zu.

Nea nimmt eine Plastikmappe aus dem Koffer und reicht sie Katerina.

»Eine per Hand ausgestellte Quittung der Pariser Galerie. Eine Galerie, die Anfang der Siebzigerjahre schon wieder schließen musste und deren Archiv völlig unzugänglich ist.«

Katerina nickt.

»Wir werden sehen, ob wir darauf zurückkommen müssen«, sagt sie.

»Die Geschichte ist glaubwürdig«, sagt Nea. »Aber ich kann nicht garantieren, dass sie wasserdicht ist, wenn jemand mit viel Zeit und großen Ressourcen beschließt, sich mit der Angelegenheit zu befassen.«

Wieder nickt Katerina. Sie sieht nicht sonderlich beunruhigt aus.

»Die Käufer, die ich als Zielpersonen im Sinn habe, werden nicht misstrauisch, solange alles in bester Ordnung zu sein scheint. Manchmal ist es besser, nicht zu viele Beweise für die Echtheit des Gemäldes zu präsentieren.«

»Sie meinen also, das Gemälde wird leicht an den Mann zu bringen sein?«

»Ein Kinderspiel«, sagt Katerina und lacht. »Moskau ist voll von leichtgläubigen Multimillionären, die sich für besonders schlau halten. Botkin erlebt ein spätes Hoch in Russland, aber jetzt wollen ihn alle. Auf jeden Fall diejenigen mit zu viel Geld.«

Nea nickt.

»Können Sie mir weitere solcher Gemälde beschaffen?«, fährt Katerina fort.

Sie schenkt Nea ein breites Lächeln.

»Ich ... ich weiß nicht«, stottert Nea hervor. »Meine ... meine Partnerin ...«

Katerina schlägt die Hände ineinander, und Nea zuckt zusammen.

»Ich denke, wir stoßen jetzt erst einmal auf unseren Deal an! Und auf eine glänzende Zukunft! Überlegen Sie es sich.«

Katerina bückt sich und zieht einen Koffer in Handgepäckgröße unter dem Konferenztisch hervor. Als sie sich wieder aufrichtet, hält sie eine Flasche in der Hand.

»Kauffman. Haben Sie den schon einmal probiert?«

»Nein, leider noch nicht.«

»Besser als Absolut«, sagt Katerina. »Der beste Wodka, den Mutter Russland zu bieten hat.«

Sie nimmt Gläser vom Servierwagen vor dem Fenster, gewöhnliche Wassergläser, die sie bis zum Rand füllt.

Nea beobachtet ihre anmutigen selbstsicheren Bewegungen.

»*Na zdorovie*«, sagt Katerina und erhebt ihr Glas.

»*Na zdorovie*«, wiederholt Nea unbeholfen und schaut Katerina dabei zu, wie sie in einem Schluck fast die Hälfte ihres Glases leert. Dann legt Nea den Kopf in den Nacken und tut es ihr nach.

»Ich habe das Geld hier«, sagt Katerina und geht neben dem Koffer in die Hocke.

Nea stellt das Glas ab. Sie spürt, wie sich die Wärme des Wodkas in ihr ausbreitet.

Roger Forsén sieht sich um. Gustav ist noch nicht da. Obwohl es nach drei Uhr ist, sein persönliches Limit, bestellt er sich eine Tasse Kaffee. Schlaf war ihm in letzter Zeit ohnehin nicht viel vergönnt. Er lässt sich am gewohnten Platz mit Blick auf Sergels Torg nieder.

Die Botkin-Gemälde lassen ihm keine Ruhe. Aber vielleicht gibt es gar keine Verbindung zwischen den Bildern, die in Stockholm in kriminellen Kreisen aufgetaucht sind, und dem Gemälde, das in Moskau verkauft wurde. Manchmal will man irgendwo Muster erkennen, die gar nicht existieren. Doch es ist schon ziemlich viel Ivan Botkin auf einmal, und das stört ihn.

An die Echtheit der in Stockholm beschlagnahmten Gemälde glaubt er nicht, auch wenn er das Gegenteil nicht beweisen kann. Er wird die ausführliche naturwissenschaftliche Analyse, die erforderlich ist, um die Authentizität der Gemälde festzustellen oder zu entkräften, niemals genehmigt bekommen, es hat einfach keine Priorität. Und eigentlich spielt das Ganze auch für ihn eine untergeordnete Rolle, vielleicht wäre es sogar ein Vorteil, wenn sich die Frage nach der Herkunft der Gemälde als polizeiliche Sackgasse herausstellt. Es gäbe ihm mehr Handlungsspielraum, abgeschirmt vor den

Augen von Staatsanwälten und Kolleginnen. Denn wenn es tatsächlich einen Fälscher von diesem Kaliber gibt, dann hätte er jenseits des Rechtssystems viel mehr Freude an diesem Künstler.

Oder an der Künstlerin, wie Nea Hallgren zu bedenken gegeben hat.

Roger nippt an seinem Kaffee, wirft einen Blick auf seine Uhr. Dann holt er die Akte aus der Tasche, die Yannis Gataki ihm ausgehändigt hat. Diese Akte enthält eine Zusammenfassung der Ermittlungslage bezüglich des Netzwerks, in dessen Besitz die Bilder gefunden worden waren.

Die ersten Seiten enthalten einen Überblick über diejenigen, die Yannis die üblichen Verdächtigen genannt hat. Berufskriminelle, die meisten mit beeindruckend langen Strafregistern. Roger blättert zum Bericht über den Unternehmer von Lidingö, Olof Wallner.

Wallner besitzt und leitet ein Unternehmen, OW Properties AB, das etwa zwanzig Immobilien im Raum Stockholm verwaltet. Überwiegend Büroimmobilien, aber auch einige Mietwohnungen. Umsatz und Gewinn im Unternehmen sind stabil und voll kompatibel mit den wirtschaftlichen Verhältnissen des Geschäfts. Nichts Verdächtiges.

Wallner sitzt auch im Vorstand eines anderen Unternehmens, Excellent Trading AB. Auch an diesem Unternehmen ist eigentlich nichts Verdächtiges, abgesehen davon, dass eines der anderen Vorstandsmitglieder mit dem kriminellen Netzwerk in Verbindung steht. Aber die Verbindung ist schwach, und es gibt keinen direkten Beweis dafür, dass Excellent Trading direkt mit den Geschäften des Netzwerks zu tun hat. Das Unternehmen importiert luxuriöse Büromöbel und Büroeinrichtungen, doch die Größe des Unternehmens steht in keinem Verhältnis zum Umsatz.

Er liest noch einmal, was Yannis schon erzählt hat: In der Vergangenheit war Olof Wallner als Partner oder als anderweitiger Teilhaber an einer Handvoll Unternehmen beteiligt, viele davon mit Geschäftsbeziehungen in Osteuropa und Russland. Hauptsächlich Beratungsunternehmen und verschiedene Import-Export-Betriebe. Zwei der Firmen wurden geschlossen, aber zwischen den noch Aktiven und Olof Wallner gibt es keinerlei Verbindungen mehr.

Roger trinkt von seinem Kaffee, schaut von den Akten auf und blickt hinab auf Sergels Torg, dann liest er weiter.

Olof Wallner taucht in keinem Polizeiregister auf. Er lebt in einem Einfamilienhaus auf Lidingö, das er seit fast zwanzig Jahren besitzt. Zwei Autos im Kfz-Register, ein BMW und ein Porsche. Letzterer ist fünfzehn Jahre alt. Er ist Witwer, seit seine Frau vor fünf Jahren bei einem Autounfall ums Leben kam. Olof Wallner hat keine leiblichen Kinder, aber er hat eine Tochter aus dieser Beziehung adoptiert. Sie ist 23 Jahre alt und hat den Nachnamen ihres Adoptivvaters nicht angenommen, stattdessen hat sie den Mädchennamen ihrer Mutter behalten: Volkova. Nadezhda Volkova.

Es dauert ein paar Sekunden, bis Roger dämmert, wo er den Namen schon einmal gehört hat. Als ihn die Erkenntnis wie der Schlag trifft, stößt er gegen seine Tasse. Ein großer Spritzer lauwarmer Kaffee schwappt heraus und befleckt die Papiere, die er vor sich ausgebreitet hat.

Nadezhda Volkova.

Olof Wallner.

Roger lächelt vor sich hin und nimmt zufällig Blickkontakt mit einem jungen Mann vom Cafépersonal auf, der auf dem Weg ist, um das von ihm verursachte Chaos aufzuwischen.

»Danke, nicht nötig«, sagt Roger und langt nach einer Serviette. Der junge Mann nickt und erwidert sein Lächeln.

DREI

Sieben Jahre zuvor

Nadezhdas Stiefvater veranstaltete immer öfter Partys in dem großen Haus auf Lidingö. Die Gäste waren fast ausschließlich Männer. Einige von ihnen wurden begleitet, normalerweise von viel jüngeren Frauen in eng anliegenden Kleidern und mit einem Make-up, dessen Auftragen Stunden gedauert haben musste. Nadezhda fand, dass sie billig aussahen, wusste aber, dass der Schmuck, den sie trugen, teuer war. Und sie trugen immer viel Schmuck, diese jungen Frauen.

Nadezhda wollte sich am liebsten von den Partys fernhalten. Wenn es ging, zog sie sich in ihr Zimmer zurück, wo sie noch immer die meiste Zeit verbrachte. Dort machte sie dann Musik an, laut genug, um alle Geräusche aus dem Erdgeschoss zu übertönen, und konzentrierte sich auf ihr Skizzenbuch oder die Leinwand auf der Staffelei, die sie mit vierzehn Jahren geschenkt bekommen hatte. Sie hatte sie vors Fenster gestellt. Bald vergaß sie so, dass es eine Welt außerhalb ihres Zimmers gab.

Doch sie konnte sich den Ereignissen nicht immer ganz entziehen. Meistens war sie gezwungen, den Partys am Anfang eine Weile beizuwohnen. Es war, als hätte ihr Stiefvater das Bedürfnis, mit Nadezhda und ihrer Mutter anzugeben. Die Trophäen. Sie wusste, was von ihr erwartet wurde: dass sie lächelte und bestenfalls nicht viel sagte. Ihr Stiefvater legte ihr eine Hand auf den Rücken und schob sie auf die Leute zu, denen er sie vorstellen wollte, meistens irgendein Geschäftskontakt. Als ob die daran interessiert wären, Nadezhda kennenzulernen. Einige begnügten sich damit, ihre ausgestreckte

Hand zu schütteln, andere zogen sie in eine Umarmung, drückten ihr einen Kuss auf die Wange. Sie rochen immer gut und waren stets perfekt gekleidet, sauber, frisch frisiert, mindestens dreißig Jahre älter als sie. Manchmal landete eine Hand auf ihrem Hintern, und sie tat ihr Bestes, ihr Unbehagen zu verbergen. Denn auch das wurde von ihr erwartet.

Wenn diese Vorführung beendet und die Begrüßungsgetränke getrunken waren, konnte sie sich die Treppe zu ihrem Zimmer hinaufschleichen. Aber manchmal behielt ihr Stiefvater sie an seiner Seite. Manchmal war es auch ihre Mutter, die sie zwang, zu bleiben, als wollte sie Gesellschaft oder Hilfe beim Bedienen der Gäste. Sie lernte, wie man einen Gin Tonic anrührte und wie viel Eis sie in den Whisky tun musste. Und welchen Whisky man niemals mit Eis servieren durfte. Ihre Mutter hatte es ihr gezeigt, und Nadezhda beobachtete, dass ihre Mutter bei diesen Veranstaltungen immer mehr trank. Unter den Duft ihres Parfüms legte sich der Duft von Wodka, den sie, abgesehen von ein paar Eiswürfeln im Glas, pur trank. Ihr Blick wurde dann glasig, ihr Benehmen aufgesetzt, heiter. Sie lachte viel, auch über Dinge, die nicht lustig waren, obwohl Nadezhda längst verstanden hatte, dass sie überhaupt nicht glücklich war.

Nach einer dieser Partys, nur wenige Tage vor ihrem sechzehnten Geburtstag, wachte Nadezhda auf, als die Tür zu ihrem Zimmer geöffnet wurde. Die Scharniere quietschten, die Dielen knarrten, als jemand über die Schwelle trat. Nadezhda war noch ganz schläfrig, umnebelt, sie dachte zunächst, es wäre ihre Mutter. Doch dann ließ er sich mit seinem ganzen Gewicht auf die Bettkante sinken, und sie verstand. Sie hielt den Atem an. Lag so still wie nur irgend möglich.

»Ich weiß, dass du wach bist«, sagte er, lallend, aber mild, beinahe im Flüsterton.

Sie sagte nichts, spürte, wie seine Alkoholausdünstung sie umhüllte. Er atmete schwer. Stöhnte.

»Du bist schön«, sagte er. »Wie deine Mutter.«

Sie antwortete nicht, wagte kaum zu atmen. Er saß einfach da. Sein Gewicht beulte die Matratze aus, und sie machte sich ganz steif, um nicht in seine Richtung zu rutschen. Für eine gefühlte Ewigkeit passierte gar nichts. Vielleicht waren es auch nur einige Sekunden. Dann begann er, an der Decke herumzufummeln, und einen Augenblick später spürte sie eine warme klebrige Hand auf ihrem Bauch.

Seine Hand strich in leichten kreisförmigen Bewegungen über ihren Bauch. Dann tastete sie sich nach oben, glitt über ihre Brüste. Dort blieb die Hand liegen. Packte ihre rechte Brust. Fest. Dann noch etwas fester, sodass es richtig wehtat. Nadezhda gab keinen Ton von sich. Der Griff um ihre Brust lockerte sich, aber die Hand blieb liegen.

Keiner von ihnen sagte etwas. Nadezhda hatte die Augen fest zugepresst. Jeder Muskel in ihrem Körper war angespannt, sie konnte ihren rasenden Puls hören.

Ohne nachzudenken, ohne konkreten Plan, setzte sie sich plötzlich auf und riss die Decke herunter. Bevor er reagieren konnte, war sie aus dem Bett und auf halbem Weg zur Tür.

»Muss aufs Klo«, sagte sie und eilte ins Bad neben ihrem Zimmer.

Sie schloss die Tür hinter sich ab. Schaltete die Deckenlampe an, wickelte ein dickes Badetuch um ihren nackten Oberkörper und ließ sich auf den Badewannenrand sinken. Zitterte. Sie lauschte angestrengt in den Korridor.

Nach einer Weile waren Schritte vor der Tür zu hören. Sie hielt den Atem an, bis er vorbeiging und die Treppe hinunter verschwand.

Nadezhda blieb eine ganze Stunde lang auf dem Badewannenrand sitzen, bis sie sich sicher war, dass er irgendwo im Untergeschoss eingeschlafen war.

14. Mai

Nea zögert nicht, sie geht geradewegs auf die unscheinbare Eingangstür in der Hälsingegatan zu und klopft entschlossen an. Sie wird geöffnet, und Nea tritt ein, der Türsteher späht über ihre Schulter hinweg hinaus auf die Straße, dann schließt er schnell die Tür. Es ist derselbe Mann, der ihr vor nicht allzu langer Zeit in der U-Bahn gegenübergesessen hat. Nichts an seiner Miene deutet darauf hin, dass er sie wiedererkennt. Ist das ein Zeichen seiner Kälte, oder liegt es an ihrer Perücke?

»Ich will Aleksa treffen«, sagt sie.

Er sieht sie mit ausdruckslosen Augen, aber grimmiger Miene an, wirft einen Blick auf die Sporttasche, die sie in der Hand hält.

»Er erwartet mich. Vielleicht nicht unbedingt heute. Erkennen Sie mich wieder?«

Der Türsteher holt tief Luft und atmet schnaubend aus. Er dreht sich halb von Nea weg und spricht in sein Walkie-Talkie. Fast im selben Moment wird der Vorhang, hinter dem sich die Treppe in den Keller verbirgt, zur Seite gezogen, und ein weiterer Security-Mann winkt Nea, ihm zu folgen.

Aleksa sitzt auf seinem Platz in der Ecke des Lokals. Hinter dem abgewetzten Bartresen steht wie üblich ein Barkeeper, diesmal ist es ein junger Mann. Er poliert die Espressomaschine, mit der Aleksa bei ihrem letzten Besuch so beschäftigt war. Ansonsten ist der Raum fast leer, abgesehen von einem Tisch direkt unter der Treppe, an dem vier Personen mit einem Kartenspiel beschäftigt sind, diskret überwacht von einem anderen Security-Mann im Anzug, der sich ein paar Schritte von ihnen entfernt aufgebaut hat.

Aleksa schaut auf, als sie sich ihm gegenüber an den Tisch setzt.

»Andrea«, sagt er verwundert. »Schön, Sie wiederzusehen.«

Er gibt dem Mann hinter der Bar ein Zeichen und wendet sich dann wieder Nea zu.

»Neue Frisur?«

Nea zuckt mit den Schultern.

»Steht Ihnen«, sagt Aleksa.

Die Kaffeemaschine hinter der Bar brummt, jemand klappert mit Geschirr.

Kurz darauf nähert sich der Barkeeper mit zwei Espressotassen, die er vorsichtig vor Nea und Aleksa abstellt.

»Danke«, sagt Nea, »aber ihr habt nicht zufällig Tee?«

Der Barkeeper sieht sie verwundert an, wirft dann einen raschen Blick zu Aleksa. Er nickt. Wortlos verschwindet der Barkeeper mit Neas Tasse.

»Ich hoffe, Sie sind nicht hier, um mich um mehr Zeit zu bitten«, sagt Aleksa. »Das Geld hat morgen hier zu sein.«

Nea schüttelt den Kopf.

»Ich habe das Geld«, sagt sie, jedoch ohne Anstalten zu machen, es ihm zu überreichen.

»Schön«, sagt Aleksa. »Aber?«

Sein Blick ist fragend, aber gnadenlos.

»Ich möchte, dass Sie mir ein Versprechen geben«, sagt Nea.

Aleksa betrachtet sie mit einem belustigten Ausdruck.

»Ein Versprechen, dass Sie sich von meiner Familie fernhalten werden.«

»Ich weiß nicht, welchen Eindruck Sie von uns haben, aber wir sind keine Gangster«, erwidert Aleksa. »Wir sind Geschäftsleute.«

»Ich ...«

Der Barkeeper taucht wieder auf, er bringt Nea eine Tasse dampfenden Tee.

»Earl Grey«, sagt er und stellt die Tasse und ein kleines Milchkännchen vor Nea auf den Tisch.

»Danke«, sagt sie und schenkt sich einen Schluck Milch ein, probiert den Tee.

»Wir haben eine Abmachung«, sagt Aleksa. »Ich stehe zu meinem Wort. Wenn Sie sich an Ihren Teil der Abmachung halten, halte ich mich an meinen.«

Sie nickt, dann bückt sie sich und nimmt die beiden dicken Geldumschläge aus ihrer Sporttasche, die sie unter ihrer Trainingskleidung versteckt hatte.

»Euro«, sagt sie und schiebt ihm die Umschläge über den Tisch zu.

»Kein Problem.«

Aleksa gibt ein Handzeichen, und bevor Nea reagieren kann, nimmt einer der Security-Männer die Umschläge an sich.

Nea nippt vorsichtig an ihrem heißen Tee.

Aleksa mustert sie.

»Noch etwas ... Wissen Sie, wie man vorgeht, wenn man Geld waschen will?«, fragt sie.

Er antwortet nicht.

»Ich meine, wenn Sie eine große Summe Geld haben, die Sie nicht auf die übliche Weise verdient haben. Aber die Sie ausgeben müssen.«

Er lacht laut auf.

»Ich weiß, was Geldwäsche bedeutet«, sagt er. »Allerdings wundere ich mich, warum Sie mich das fragen.«

»Vielleicht könnten Sie mir in der Angelegenheit behilflich sein. Oder sie haben einen Kontakt für mich.«

»Das hier ist ein Glücksspielklub«, sagt er.

Mit hochgezogenen Augenbrauen wartet sie, ob da noch mehr kommt.

Aleksa will gerade fortfahren, als der Mann, der mit den Umschlägen verschwunden ist, zurückkommt. Er flüstert Aleksa etwas ins Ohr.

»Dann ist alles erledigt«, sagt Aleksa.

Nea nickt, rührt sich jedoch nicht vom Fleck.

Aleksa trinkt einen Schluck von seinem Kaffee.

»Woher kommt das Geld? Das sie waschen wollen?«, fragt er schließlich.

»Kunsthandel«, sagt sie nach kurzem Zögern.

Er nickt.

»Also, können Sie mir helfen?«

Er antwortet nicht. Nea trinkt den letzten Schluck von ihrem Tee und will gerade aufstehen, als Aleksa das Wort ergreift.

»Ich glaube, ich habe Ihre Telefonnummer noch gar nicht.«

Er reicht ihr einen Stift und schiebt ihr eine Zeitung zu, die zusammengefaltet auf dem Tisch liegt. Sie lässt sich wieder auf den Stuhl sinken, notiert die Nummer des Prepaid-Telefons auf der Ecke der Titelseite und schiebt die Zeitung zurück. Aleksa muss irgendein Zeichen gegeben haben, denn plötzlich steht der Typ, der sie hereingeleitet hat, wieder an ihrer Seite.

»Danke für den Tee«, sagt sie und steht auf.

»Es war mir ein Vergnügen, Geschäfte mit Ihnen zu machen, Andrea.«

»Meine Freunde nennen mich Nea.«

»Nea«, sagt Aleksa und lächelt.

16. Mai

Olof Wallner blinzelt und schließt instinktiv die Augen, als Beatrice die verstellbare Lampe auf sein Gesicht richtet, sobald er sich in dem kleinen Behandlungszimmer niedergelassen hat. Er will sich gerade mit der Hand ins Gesicht fassen, aber sie fängt sie mit festem Griff ab.

»Sie sehen müde aus«, sagt sie. »Sie sollten mehr schlafen, aber Spritzen brauchen Sie erst mal nicht.«

Sie richtet die Lampe nach unten und beginnt, seine Hände zu untersuchen, die er pflichtschuldig auf den Tisch gelegt hat.

»Sie arbeiten zu viel«, sagt sie, ohne aufzusehen. »Machen sich zu viel Stress. Und sind zu viel in der Sonne. Benutzen Sie Sonnencreme?«

»Es ist doch noch gar nicht Sommer.«

»Im Frühling ist die Sonne am gefährlichsten. Die Haut hat noch keinen natürlichen Schutz gebildet. Wie oft soll ich Ihnen das noch erklären? Ich gebe Ihnen gleich eine Creme mit.«

Sie schaut von seinen Fingernägeln auf, lächelt.

»Aber Ihre Hände sehen gut aus. Ich geh nur einmal mit der Feile über die Nägel und kümmer mich dann um die Nagelbetten.«

Sie sammelt die Utensilien zusammen.

»Ich bin eigentlich nicht wegen einer Behandlung gekommen«, sagt er.

»Aber jetzt sind Sie ja schon mal da ...«

Sie greift nach seiner Hand.

»Sie sind also gekommen, um mich zu treffen?«

Sie sieht zu ihm auf und zwinkert ihm zu. Er geht nicht darauf ein.

»Ich wollte mich erkundigen, ob das Bild, das ich Ihnen gegeben habe, sicher verwahrt ist.«

Sie nickt, diesmal ohne von seinen Händen aufzusehen. Dann justiert sie die Lampe, um besseres Licht zu haben.

»In meinem Speicher. Ganz hinten, ganz oben. Dort ist immer zugesperrt. Ihre Tochter wird es niemals finden. Hoffe, sie freut sich darüber. Geschenk zum bestandenen Examen, was?«

Sie hebt erneut den Blick, während sie die Feile schwingt.

»Ich würde sie gern mal kennenlernen«, sagt sie.

Er nickt und ringt sich ein Lächeln ab.

Sie hat gerade mit den Nägeln an seiner rechten Hand begonnen, als sein Telefon klingelt. Mit etwas Mühe fischt er es mit links aus der Jackentasche. Auf dem Bildschirm steht kein Name, nur eine Nummer, aber er weiß, wer es ist.

»Ich muss da mal rangehen«, sagt er.

Beatrice nickt und feilt weiter. Als sie merkt, dass er den Anruf noch nicht entgegengenommen hat, reagiert sie sofort.

»Ich setz mal solange einen grünen Tee auf«, sagt sie, verlässt das Behandlungszimmer und schließt die schwere Tür hinter sich.

Er räuspert sich.

»Ja, hallo.«

»Sie sind nicht besonders geschickt darin, Ihre Leute unter Kontrolle zu halten«, sagt Dmitri Bulgakov. Keine unnötigen Begrüßungsfloskeln.

»Ihre Freundin hat trotz der Warnungen ein Gemälde verkauft«, fährt er fort. »Die Galerie hat den großen Fehler begangen anzunehmen, dass uns etwas verborgen bleiben könnte. Diese Art von Fehler macht man nur ein einziges Mal.«

Bei diesem letzten Satz klingt Bulgakov beinahe heiter. Aber der Ton verhärtet sich sofort.

»Ich weiß nicht mehr, was ich noch glauben soll, Olof. Entweder Sie sind vollkommen inkompetent, und dann hätten wir ein Problem. Oder Sie stecken selbst in der Sache mit drin. Dann hätten wir ein noch größeres Problem. Oder Sie. Sie haben das Problem.«

»Ich ... ich ...«, stottert Wallner.

»Wir haben es bereits diskutiert«, unterbricht Bulgakov. »Sie haben jegliche Chance bekommen, das Problem aus der Welt zu schaffen. Trotzdem hat sich nichts geändert.«

»Ich habe nichts damit zu tun«, presst Wallner hervor. Er lässt sich im Stuhl zurücksinken.

»Wir können das nicht einfach so durchgehen lassen«, sagt Bulgakov. »Sie haben etwas, das uns gehört, etwas, das wir sehr schätzen. Wir müssen also sicher sein, dass wir Ihnen vertrauen können, Olof.«

»Ich kümmere mich darum«, sagt Wallner.

»Haben Sie nicht exakt dasselbe bei unserem letzten Gespräch gesagt? Wir werden Sie persönlich dafür zur Verantwortung ziehen. Und ich rede nicht von finanziellen Konsequenzen.«

Wallner sagt nichts. Er umklammert sein Telefon fester.

»Loyalität«, sagt Bulgakov, »Tatkraft. Kontrolle. Das sind die Eigenschaften, die wir bei unseren Partnern voraussetzen. Wer diese Tugenden nicht unter Beweis stellt, muss gehen.«

»Ich ...«

»Gezwungen zu sein, uns zu verlassen, ist kein besonders angenehmes Unterfangen, Olof. Es ist schon nicht einfach, überhaupt bei uns einen Fuß in die Tür zu kriegen, trotzdem gibt es eine Reihe von Möglichkeiten. Für den Ausstieg hingegen gibt es nur einen einzigen Weg.«

Wallner schließt die Augen.

»Haben Sie einen schönen Tag«, sagt Bulgakov, dann ist ein Knacken in der Leitung zu hören.

Es vergehen einige Sekunden, bis Olof Wallner das Telefon sinken lässt. Als er die Fassung zurückerlangt, schnellt er von seinem Stuhl auf und wählt Kenneths Nummer.

»Hast du Nadezhda im Blick?«, fragt er. »Ich will wissen, wo sie und diese Dozentin sich aufhalten und was sie treiben. Wir haben irgendetwas übersehen.«

Er hat gerade aufgelegt, als Beatrice leise klopft und dann die Tür aufschiebt. Lächelnd steckt sie ihren Kopf zur Tür herein.

»Sollen wir weitermachen?«

Er nickt.

»Probleme bei der Arbeit?«

Er setzt sich wieder und räuspert sich.

»Familienangelegenheiten«, sagt er und ringt sich ein Lächeln ab.

»Hast du auch die Augen zu?«

Nea führt Nadezhda am Arm die Treppe hinauf. Vor der Tür bleiben sie stehen, und Nea kramt nach ihren Schlüsseln.

»Ich hab die Augen zu, aber ich versteh nicht ganz ...«

»Nur noch einen Moment.«

Nea öffnet die Tür und schiebt Nadezhda sanft vor sich her ins Atelier. Ihre Hand tastet nach dem Schalter aus Bakelit, und die Leuchtstoffröhren an der Decke erwachen zum Leben.

»Kannst gucken.«

Nea tritt ein paar Schritte weiter in den Raum hinein, um Nadezhdas Reaktion beobachten zu können. Das Atelier ist noch immer im selben Zustand wie bei der Anmietung, Nea hat lediglich in den beiden hinteren Ecken des Raums zwei Staffeleien aufgestellt.

»Du darfst dir eine Seite aussuchen«, sagt sie.

Nadezhda starrt sie an.

»Hier muss natürlich noch einiges in Ordnung gebracht werden«, fährt Nea fort. »Geputzt werden. Ein paar Möbel rein, vielleicht ein paar Teppiche. Ich denke auch, dass wir, wenn wir wollen, ein paar andere Lampen anbringen können.« Sie zeigt auf die alten Leuchtstoffröhren an der Decke.

»Tut mir leid, aber ich versteh nicht ganz«, sagt Nadezhda.

»Ich habe dieses Atelier vor einer Weile angemietet«, erklärt Nea. »Kurz bevor … die ganze Scheiße angefangen hat. Ich wollte wieder selbst mit dem Malen anfangen. Aber dann … ist so viel passiert.«

Nadezhda nickt.

»Erst hatte ich überlegt, den Vertrag zu kündigen, aber jetzt, da ich keinen Job mehr habe, brauche ich diesen Ort vermutlich mehr denn je. Und ich möchte ihn gern mit dir teilen«, sagt Nea. »Wenn du möchtest. Du hast ja nach deinem Abschluss auch kein Atelier mehr. Übermorgen ist Vernissage, und dann … na, dann wartet die Welt da draußen auf dich.«

»Im Ernst?«

»Na klar … Ich würde gern etwas für dich tun, als Dank. Ich weiß, es ist nicht besonders viel …«

Nadezhda hebt die Hand, um sie zum Schweigen zu bringen.«

»Du brauchst mir nicht dafür zu danken, dass ich das Richtige getan habe.«

Nea schüttelt den Kopf.

»Was du getan hast, war absolut keine Selbstverständlichkeit.«

»Für mich schon«, erwidert Nadezhda und geht zu einem der großen Fenster. Sie streicht mit einem Finger über das Fensterbrett und hält ihn dann Nea hin. »Wir müssen Staub wischen.«

Nea lacht.

»Und hier sollen weitere Botkins entstehen?«, fragt Nadezhda und schaut aus dem Fenster.

Nea zögert. Nadezhda dreht sich zu ihr um und sieht sie an.

»Willst du?«

Nadezhda zuckt mit den Schultern. Dann lächelt sie verschwörerisch.

»Katerina«, sagt Nea, »die Galeristin aus Moskau. Sie meinte, sie könne sich eine langfristige Zusammenarbeit vorstellen.«

»Von irgendwas muss man ja leben«, sagt Nadezhda und löst sich vom Fenster. »Wir können es uns ja noch überlegen, oder?«

Sie tritt vor die Staffelei, die Nea am Fenster am anderen Ende des Raums aufgestellt hat.

»Das ist also mein Platz?«

»Nichts würde mich glücklicher machen.«

Nea wäscht sich die Hände und trocknet sie an dem Küchentuch ab, das über dem Ofengriff hängt.

»Ernsthaft, guck doch mal«, sagt Ella. »Wie viel Zeug ist denn nötig, damit das nach irgendwas schmeckt?«

Ella zeigt auf das Rezept für asiatische Hähnchenfleischbällchen in einem Kochbuch, das aufgeschlagen neben dem Herd liegt. Nea schaut in die Schüssel, in der sich ein kleiner Gewürzberg über dem Hackfleisch türmt.

»Und hier ist noch mehr«, sagt Nea und schabt die gehackten Schalotten vom Schneidebrett in die Schüssel.

Sorgfältig rührt Ella die Zwiebeln und Gewürze unter das Hackfleisch.

»Gleich kommen noch die fein geriebenen Karotten«, ruft Nick ihnen vom Küchentisch zu.

»Fein gerieben?«, fragt Ella. »Im Gegensatz zu grob gerieben, oder was?«

»Was weiß ich denn? Ich folge einfach nur den Scheißbefehlen des Kochbuchs.«

»Hör auf zu fluchen, Nick. Du weißt, dass ich das nicht leiden kann.«

Nea legt das Schneidebrett in die Spüle und fängt an, es mit einem Schwamm zu säubern, Ella nimmt eine Flasche Austernsauce aus dem Kühlschrank und misst ein paar Esslöffel ab.

»Du kommst doch zu meinem Konzert, Mama, oder?«, fragt sie, während sie die Sauce unter das Hackfleisch rührt.

Nea hält inne.

»Morgen«, fügt Ella hinzu.

Nea spült das Schneidebrett ab und stellt es zum Abtropfen auf.

»Morgen, ja«, wiederholt sie.

Ella lässt von dem Hackfleisch ab und sieht sie an. Mit einem Ruck schließt Nea den Wasserhahn.

»Scheiße, Ella! Es tut mir so leid!«

»Nicht fluchen, Mama!«

Nick grinst sie an. Ella schaut nur fragend drein.

»Es tut mir so leid, Liebling, aber ich kann tatsächlich nicht. Morgen ist die Examensausstellung, und ich muss wirklich dort sein. Das ist mein letzter Tag an der Uni.«

Ella starrt in die Schüssel, rührt das Hackfleisch um, während Nick aufsteht und die geraspelten Karotten dazugibt.

»Es tut mir wirklich leid, Ella. Aber ich bin mir sicher, dass Papa kommen wird«, sagt Nea. »Und ich werde nächstes Mal auf jeden Fall dabei sein. Versprochen.«

»Papa wird auch nicht kommen«, sagt Ella, dann krempelt sie ihre Ärmel hoch und beginnt, das Hackfleisch zu Bällchen zu formen.

»Was? Aber er hatte es doch vor?«

Nick und Ella werfen sich vielsagende Blicke zu. Die ganze Atmosphäre hat sich plötzlich vollkommen verändert. Nea nimmt einen Teller für die Fleischbällchen aus dem Schrank und hilft Ella beim Formen.

»Was ist denn mit Papa?«, fragt sie.

Als keiner der beiden antwortet, hört sie auf zu kneten, lehnt sich mit dem Rücken gegen die Spüle und sieht die beiden abwartend an.

»Ihr braucht keine Angst davor zu haben, mit mir über Papa zu sprechen. Wir sind Freunde und wünschen einander nur das Beste.«

Nick setzt sich wieder an den Küchentisch. Er schielt unsicher zu Ella.

»Papa …«, beginnt Ella, doch die Worte geraten ins Stocken, und sie steht schweigend und reglos da, die Hände voll klebrigem Hackfleisch.

»Was ist mit Papa?«

»Er liegt nur auf dem Sofa rum«, sagt Nick leise.

»Wie – er liegt nur auf dem Sofa rum?«

Verwirrt sieht Nea von Nick zu Ella, die einfach nur nickt.

»Er liegt halt einfach nur da.«

»Es ist meistens Ella, die uns was zu essen macht«, sagt Nick. Den Blick auf den Tisch gerichtet.

Sein Gesicht ist wie erstarrt, die Farbe aus seinen Wangen gewichen. Von Ella ist ein leises Schniefen zu hören.

»Komm her«, sagt Nea und dreht den Wasserhahn wieder auf. »Gib mir deine Hände.«

Ella tut, wie ihr geheißen, und Nea drückt ihr einen ordentlichen Klecks Spülmittel in die Hand. Dann wäscht sie die Hände ihrer Tochter gründlich in dem warmen Wasser.

»Setz dich«, sagt sie dann und zieht einen Stuhl unterm Tisch hervor. Nea streicht ihr das Haar hinter die Ohren, legt ihre Hand an ihre Wange. Dann geht sie um den Tisch herum und nimmt Nick fest in die Arme, hält ihn eine Weile so.

»Alles wird gut«, sagt sie mit milder Stimme. »Alles wird gut, denn wir werden dafür sorgen, dass alles gut wird.«

18. Mai

»Warte hier, dann hole ich uns ein bisschen Schampus.«

Nea legt eine Hand auf Teijas Arm und taucht in das Menschenmeer ein, sie steuert auf die provisorische Bar zu, auf der Sektgläser aus Plastik neben großen Aluminiumkühlern aufgereiht stehen. Sie schnappt sich zwei Gläser und schielt zur Tür. Dort steht Margareta und empfängt die Gäste. Die Ausstellungsfläche des Vita Havet ist rappelvoll. Draußen stehen die Leute immer noch Schlange.

Nea kehrt zu Teija zurück, reicht ihr eines der Plastikgläser und zieht eine Grimasse.

»Tja, dann stoßen wir wohl auf das Ende an. Skål.«

»Skål«, sagt Teija und prostet Nea zu.

Sie trinken von ihrem Prosecco, und Teija gibt ein genussvolles Schmatzen von sich, sodass Nea lachen muss.

»Hast du die letzten Wochen abstinent gelebt, oder was?«

»Würde mir im Traum nicht einfallen. Aber nichts schmeckt besser als ein Perlwein in Gesellschaft der allerbesten Kollegin.«

»Ach, Teija.«

»Ja.«

»Danke gleichfalls. Ohne dich, Teija ...«

Sie wird von zwei Studierenden unterbrochen, die mit Tränen in den Augen auf sie zukommen, um sich zu bedanken und sie zu umarmen. Teija schleicht sich diskret davon. Die Studierenden strömen auf Nea zu, plötzlich fühlt sie sich, als hätte sie an diesem Abend die

Hauptrolle, eine Rolle, die sie gern abgeben würde, aber noch eine Weile durchstehen muss.

Nadezhdas Bilderserie trägt den Titel *Remembering* und hängt weiter hinten im Ausstellungslokal.

Nea stellt fest, dass viele Gäste sich dort versammelt haben und mit der Künstlerin sprechen wollen. Nadezhda scheint von der Aufmerksamkeit überrascht, ergriffen. Nea ist keineswegs verwundert.

Nadezhda unterhält sich mit einer energischen Frau Mitte sechzig, die zu ihrem rot-schwarz gestreiften Kleid eine passende knallrote Brille trägt. Die Frau gestikuliert wild, als wolle sie Nadezhda ihr eigenes Gemälde erklären. Dann schiebt sie sich die Brille ins Haar und geht ein paar Schritte näher an eines der Bilder heran, weicht dann zurück und betrachtet es aus der Ferne. Schließlich setzt sie die Brille wieder auf die Nase und wendet sich mit fragendem Gesichtsausdruck an Nadezhda. Nea sieht, wie Nadezhda nickt, verschwindet und mit einem kleinen runden gelben Aufkleber zurückkommt, den sie neben das Bild klebt, für das sich die Frau interessiert hat. Reserviert. Nea weiß, dass sie die Röte auf Nadezhdas Wangen sehen könnte, wenn sie näher dran wäre.

Als Nea sich der Arbeit eines anderen Studenten zuwendet, einer drei Meter hohen Baumskulptur aus recyceltem Gummi, entdeckt sie Roger Forsén, der soeben die Ausstellung betritt. Neugierig sieht er sich um, als überlege er, wo er anfangen soll. Seine Aufmerksamkeit wird automatisch auf die Skulptur gelenkt, die strategisch in der Mitte des Raumes platziert ist und als Blickfang fungiert. Er geht geradewegs darauf zu. Bisher hat er sie noch nicht bemerkt. Nea zögert, umrundet dann den Baum und nähert sich ihm leise, im Schutz der anderen Gäste, sodass sie direkt hinter ihm steht, als er die Skulptur erreicht. Sie legt ihm eine Hand auf die Schulter.

»Schön, Sie hier zu treffen«, sagt sie und spürt, wie er unter ihrer Berührung zusammenzuckt.

»Andrea«, sagt er, und ein Lächeln breitet sich auf seinem Gesicht aus. »Nea«, korrigiert er sich selbst, als er ihren Gesichtsausdruck sieht. »Sie müssen stolz sein.«

»In der Tat«, sagt Nea. »Das war ein toller Jahrgang. Die haben viel vor.«

»Es kommt ja auch sehr auf die Lehrerin an, die ihren Schützlingen zeigt, woher sie sich ihre Inspiration holen können. Und wie sie daraufhin ihre Werke angehen.«

Er lächelt und wendet den Blick ab, lässt ihn über die Köpfe der Menschen im Raum schweifen.

»Aber ich bin schon sehr wehmütig«, sagt sie. »Meine letzte Examensausstellung.«

Sie weiß nicht, warum sie das jetzt sagt, sie will gar nicht daran denken, weder sich noch anderen die Stimmung verderben. Sie nimmt einen großen Schluck Prosecco.

Roger schüttelt den Kopf.

»Das ist deren Verlust, das kann ich Ihnen sagen.« Er legt seine Hand auf ihren Arm. Sie spürt die Wärme seiner Haut durch den leichten Stoff ihres Kleides.

»Haben Sie schon ein Auge auf etwas geworfen?«, fragt sie.

Er lässt seinen Blick rasch durch den Raum wandern, bis er wieder an Nea hängen bleibt.

»Ich denke schon«, sagt er.

Sie spürt ein Ziehen in der Magengegend. Schnell trinkt sie einen weiteren Schluck aus ihrem Sektglas.

»Ich will Ihnen etwas zeigen, was Ihnen gefallen könnte«, sagt sie und zieht ihn mit sich.

Als sie bei Nadezhdas Gemälden ankommen, steht die Künstlerin selbst in einiger Entfernung und unterhält sich mit Filip, einem Kommilitonen. Nea versucht, Nadezhdas Aufmerksamkeit auf sich zu ziehen, aber sie schaut nicht in ihre Richtung. Stattdessen beugt sie sich näher zu Filip und flüstert ihm etwas ins Ohr. Er lacht, legt eine Hand auf ihre Hüfte.

Roger betrachtet wortlos die Bilder. Schließlich ist es Nea, die das Schweigen bricht.

»Was denken Sie?«

»Ich weiß nicht recht«, sagt Roger, ohne den Blick von den Gemälden abzuwenden. »Aber sie gefallen mir.«

»Diese Bilder wecken Emotionen«, sagt Nea. »Und hier kommt die Künstlerin.«

Nea nickt Nadezhda zu, die sich mit einem Lächeln im Gesicht ihren Weg durch die Menschenmenge bahnt. Sie wedelt mit einer Karte, die mit runden kleinen Aufklebern gefüllt ist, diesmal in Rot.

»Das ist nicht wahr!«, sagt Nea. »Hast du schon etwas verkauft?«

»Ja, alle sogar!« Nadezhda errötet. Aber sie sieht nicht verlegen aus, wie so oft, wenn sie gelobt wird, sondern sie strahlt, als hätte sie einen unerwarteten Adrenalinschub bekommen und wüsste jetzt nicht, was sie mit sich anfangen soll.

»Das ist Roger Forsén«, sagt Nea. »Ihr seid euch ja schon einmal kurz begegnet, am Institut. Roger, das ist unser neuer Star am Kunsthimmel, Nadezhda Volkova.«

»Sehr schön, Sie wiederzusehen«, sagt Roger. »Ich bewundere Ihre Malerei.«

»Danke«, sagt Nadezhda.

»Recht ungewöhnlich für junge Künstlerinnen, in realistischer Tradition zu malen, nicht wahr?«

Nadezhda, unsicher, ob er mit ihr oder über sie spricht, wirft Nea einen raschen Blick zu.

»Für mich war das immer ganz natürlich«, sagt Nadezhda.

Roger nickt und schenkt ihr ein Lächeln.

»Dort in die Tiefe gehen, wo man bereits steht, sehr schön. Und ich habe über den Titel Ihrer Arbeit nachgedacht – *Remembering.* Sind die Bilder mit einer bestimmten Erinnerung verbunden?«

Abermals wirft Nadezhda Nea einen flüchtigen Blick zu, dann streicht sie sich das Haar aus dem Gesicht.

»Ich … Es hat wohl mit meiner Kindheit zu tun«, sagt sie vorsichtig.

»Und alle vier sind bereits verkauft?«, fragt er. »Ich hätte nämlich Interesse an dem ganz links.«

»Tut mir leid«, erwidert Nadezhda und hält die Karte mit den roten Aufklebern in die Luft.

»Wer zu spät kommt, verpasst das Beste«, sagt Roger und schenkt ihr ein warmherziges Lächeln. »Aber da kann man ja nur gratulieren.«

»Danke«, sagt Nadezhda.

»Ich werde in Zukunft einfach die Augen aufhalten«, fügt Roger hinzu.

Nadezhda nickt und wendet sich dann an Nea.

»Dann werd ich die mal anbringen.«

Sie wedelt mit den Aufklebern.

»Wie gesagt, sie ist sehr begabt«, sagt Nea, als Nadezhda außer Hörweite ist.

»Sehr. Und ihre Bilder sind technisch einwandfrei, das sehe sogar ich«, sagt Roger und legt seine Hand auf Neas Rücken. »Ich will Sie nicht aufhalten«, fügt er hinzu, »Sie haben bestimmt viel zu tun. Ich werde mich noch ein wenig umschauen. Vielleicht unterhalten wir uns später weiter?«

Sie nickt und sieht ihm nach, wie er in der Menschenmenge verschwindet, dann wendet sie sich wieder Nadezhdas Gemälden zu. Stecken Spuren von Botkin in ihnen? Gibt es irgendwas, das Roger wiedererkannt haben könnte? Sie verwirft den Gedanken. Nadezhdas eigene Kunst ist ganz anders als Botkins.

Nea holt ihr Handy aus der Tasche und schaut auf die Uhr. Ellas Auftritt ist vorbei. Sie schickt eine SMS, fragt, wie es gelaufen ist, und starrt auf das Telefon, wartet auf eine Antwort. Doch nichts passiert. Als sie aufsieht, entdeckt sie eine Gestalt, die sich auf vertraute Weise durch die Menge bewegt und auf den Ausgang zusteuert.

Die Erkenntnis trifft sie wie ein Schlag in die Magengrube.

Olof Wallner.

Im Zickzack schlängelt er sich zwischen den Vernissagebesuchern hindurch, ohne die Kunst eines Blickes zu würdigen. Erst als er die Ausstellung verlassen hat, kann Nea sich wieder rühren, steht nicht mehr wie angewachsen da, bekommt wieder Luft.

Nadezhda befindet sich weiter hinten zusammen mit ein paar anderen Studierenden, sie beugen sich über ein Handy und lachen. Nadezhda wirkt entspannt wie nie. Dass Olof Wallner eben hier gewesen ist, hat sie offenbar nicht mitbekommen.

Statt zu ihr zu gehen und ihr davon zu erzählen, eilt Nea zur Bar, holt sich noch ein Glas Prosecco und beobachtet den Barkeeper dabei, wie er mit geübter Hand eine neue Flasche entkorkt und das Glas füllt, das er vor ihr auf dem Tresen abgestellt hat. In dem Moment, als sie das Glas anhebt, spürt sie eine Hand auf ihrem Arm. Sie zuckt zusammen und wirbelt herum.

»Oh, entschuldigen Sie«, sagt Roger. »Ich wollte Sie nicht erschrecken.«

»Schon gut«, erwidert Nea und bringt das Glas wieder ins Gleichgewicht, bevor der Prosecco über den Rand schwappen kann. »Dazu braucht es bei mir nicht viel.«

»Ich wollte Sie gerade fragen, ob ich Sie auf einen Drink einladen darf, aber Sie sind wohl schon versorgt«, sagt er.

»Das war auch dringend nötig«, sagt sie und trinkt einen Schluck aus dem vollen Glas ab.

Einen Moment lang scheint er zu zögern.

»Vielleicht darf ich sie später noch auf einen Drink einladen?«, fragt er dann. »Wenn das hier alles vorbei ist? Dann können wir den Abend zusammen ausklingen lassen? Kein langweiliges Gefasel über Fälschungen, versprochen.«

Der Gedanke, direkt nach der Vernissage allein in die weiß gekalkte Wohnung zurückzukehren, ist nicht im Geringsten verlockend.

»Oder jetzt gleich?«, erwidert sie. »Ich denke, ich habe genug von dieser Veranstaltung, wenn ich ehrlich bin.«

»Ja, warum nicht?«

»Geben Sie mir fünf Minuten. Ich will mich nur verabschieden.«

Sie stellt ihr Glas ab, entdeckt Nadezhda jetzt am anderen Ende des Lokals, geht zu ihr und nimmt sie fest in den Arm.

»Herzlichen Glückwunsch«, flüstert sie ihr ins Ohr. »Und danke.«

»Willst du schon gehen?«

Nea lächelt und spürt zum ersten Mal seit Langem, dass es ein echtes Lächeln ist.

»Du hast all deine Bilder verkauft und kannst einen echten Erfolg feiern. Meine Arbeit hier ist getan.«

Als Nadezhda sie erneut umarmt, fragt sich Nea, ob sie ihr von Wallner erzählen sollte, aber sie beschließt, den Mund zu halten. Er ist bereits gegangen, und sie hat keine Lust, Nadezhda den Abend zu verderben.

»Was ist?«, fragt Nadezhda, als sie sich aus der Umarmung lösen.

»Nichts«, erwidert Nea. »Ich bin einfach nur stolz. Wir hören uns bald. Genieß den Abend und die Nacht.«

Roger wartet am Ausgang auf sie.

»Ich kenne eine gute Bar in Södermalm«, sagt er.

»Perfekt«, sagt Nea und stellt mit Erleichterung fest, dass weder Margareta noch irgendwelche anderen Kollegen sich in der Nähe des Ausgangs aufhalten.

Sie kann ungesehen verschwinden.

Roger Forsén klettert aus dem Taxi, umrundet den Wagen und öffnet die Tür auf Neas Seite. Sie muss lachen, als er ihr seine Hand anbietet.

»Danke, aber ich denke, ich schaffe das allein«, sagt sie, nimmt ihre Handtasche und steigt aus dem Wagen. Sie ist dennoch dankbar für seinen stützenden Arm, denn in der guten Bar ist es doch mehr als ein Gin Tonic geworden.

»Selbstverständlich. Du schaffst alles allein, nehme ich an.«

Nea schlägt die Autotür zu, und das Taxi fährt davon.

»Ja. Willkommen in Kungsholmen, wollte ich gerade sagen, aber das ist ja auch deine Gegend.«

»Fast wie zu Hause«, sagt Roger und sieht sich um. »Oder zumindest in der Nähe vom Büro.«

Nea tippt den Türcode ein, es gelingt ihr beim zweiten Versuch, das Schloss springt auf. Roger folgt ihr mit zwei Schritten Abstand auf der geschwungenen Treppe in den vierten Stock, und sie spürt seinen warmen Blick in ihrem Rücken.

»Ich hoffe, du hast keinen Hunger«, sagt Nea und führt ihn in die Wohnung. »Ich glaube, um diese Uhrzeit hat sogar der Thailaden geschlossen.«

Lächelnd schüttelt Roger den Kopf. Er sieht sich in der Wohnung um, in der Nea seit ihrem Einzug kaum etwas verändert hat. Nicht einmal ihre eigenen Bilder hat sie aufgehängt, sie stehen auf dem Boden und lehnen an den Wänden. Als warte sie darauf, dass jemand mit Hammer und Nägeln vorbeikommt.

»Einen Drink genehmigen wir uns noch, oder?«, sagt Nea. »Whisky? Oder lieber eine Tasse Tee?«

»Whisky klingt gut«, sagt Roger. »Wenn er nicht zu rauchig ist.«

Nea nimmt zwei Gläser und eine Flasche Johnny Walker aus dem Küchenschrank.

»On the rocks?«

Roger schüttelt den Kopf und nimmt ihr eins der Gläser ab.

»Gut«, sagt Nea. »Ich bin mir nämlich gar nicht sicher, ob ich überhaupt Eis dahabe.«

Sie stehen auf dem schwarz-weiß gefliesten Küchenboden, nippen an dem Whiskey und können die Augen nicht voneinander lassen. Sanft berührt sie seinen Arm. Er erwidert ihre Berührung sofort, streicht mit den Fingern über ihren Handrücken, lässt sie über ihre Hand den Arm hinaufwandern und legt sie dann an ihre Wange.

»Ich weiß, dass du gerade erst eine Trennung hinter dir hast, und ich will absolut nicht …«

Vorsichtig stellt Nea ihr Glas ab, als hätte sie Angst, die intensive Atmosphäre zwischen ihnen zu stören. Sie nimmt auch Roger das Glas ab, schließt beide Hände um sein Gesicht und zieht ihn sanft an sich. Der Kuss ist zaghaft. Seine Lippen schmecken nach Whisky.

Sie führt ihn aus der Küche ins Schlafzimmer. Hilft ihm aus dem gut gebügelten Hemd. Öffnet den schwarzen Ledergürtel und lässt ihre Finger in seinen Jeansbund gleiten. Zum ersten Mal seit langer Zeit verspürt Nea ein vibrierendes, fast überwältigendes Verlangen und den Wunsch, sich dieser Lust hinzugeben. Behutsam zieht sie ihm Jeans und Socken aus, schiebt ihn sanft aufs Bett und setzt sich dann auf ihn, immer noch in ihrem schwarzen Vernissagekleid. Er streift ihre Strumpfhose und ihren Slip ab. Sie schließt die Augen und lässt ihn in sich hineingleiten.

Der Kopf schwirrt ihr von all den Eindrücken des Abends, als Nadezhda in die feuchte, fast raue Nachtluft tritt und Richtung U-Bahn geht. In ihrer Tasche stecken fünf Visitenkarten von Galeristen, die gern mehr von ihrer Arbeit sehen würden, sie alle haben ihr mit einem verzückten Lächeln ihre Karten in die Hand gedrückt und sie gebeten, sich zu melden. Sie ist von all dieser Aufmerksamkeit gleichermaßen verängstigt und geschmeichelt und kann nicht fassen, dass sie alle Bilder verkauft hat.

Obwohl sie lange geblieben ist, ist Nadezhda eine der ersten Studentinnen, die die Party verlassen haben. Filip sah enttäuscht aus, als sie sich verabschiedete, aber sie musste raus, braucht Raum, um die Eindrücke zu verarbeiten. Sie denkt an Nea. Und sie denkt an diesen Cop. Er scheint nett zu sein. Aber gleichzeitig ... Sie hat so ein merkwürdiges Gefühl. Ihr schien, Nea wollte ihr noch etwas sagen, als sie sich vorhin von ihr verabschiedet hat. Als ob ihr noch etwas auf dem Herzen lag, sie es sich aber anders überlegt hat. Nadezhda versucht, die Gedanken abzuschütteln. Als sie in die U-Bahn steigt und der Zug anfährt, lehnt sie den Kopf ans Fenster, spürt die Vibrationen und schließt die Augen.

Als sie keine halbe Stunde später die Tür aufschließt und die Wohnung betritt, schlägt ihr sofort dieser Geruch entgegen, eine Mischung aus kaltem Rauch und etwas anderem, Miefigerem. Wie Arbeitskleidung, die lange in einem Schrank eingeschlossen war.

Sie schafft es nicht, sich umzudrehen und aus der Wohnung zu rennen, ehe Olof Wallners sogenannter Fahrer aus der Dunkelheit tritt, sich an ihr vorbeidrängt und die Tür abschließt.

»Ich hoffe, du hast nichts dagegen, dass ich mich selbst reingelassen habe«, sagt er. »Ich hatte keine Lust, draußen im Kalten zu stehen.«

Er schaltet das Flurlicht an und geht ins Wohnzimmer.

Nadezhda bleibt reglos im Flur stehen.

»Einige unserer Leute sind draußen vor dem Haus, du brauchst also gar nicht erst zu versuchen wegzulaufen«, sagt er. »So. Und du kommst jetzt mit mir mit. Du tust, was ich sage, dann werde ich dir kein Haar krümmen. Wenn du dich wehrst ...«

Der Mann hält inne, nimmt sie mit seinem stechenden Blick in die Mangel.

»Ich habe den Befehl, bis zum Äußersten zu gehen, wenn es sein muss«, sagt er. »Kapiert?«

Nadezhda nickt.

»Du kommst mit mir runter zum Auto, ohne Stress zu machen. Wenn du mir gehorchst, wird alles gut. Sowohl für dich als auch für deine Freundin. Tu nichts, was du später bereuen wirst.«

Nadezhda starrt ihn an. Ihr Kopf, der vorhin noch wegen der unzähligen Gedanken summte, ist plötzlich seltsam leer.

»Und nur dass du's weißt, ich habe die hier«, sagt er und zieht eine Pistole aus seinem Hosenbund.

19. Mai

Nea erwacht von der sanften Melodie ihres Handys, die dazu bestimmt ist, Menschen so aufzuwecken, dass sie nicht gleich in Panik verfallen. Nicht dass es bei ihr funktionieren würde. Sie schnellt hoch, zieht die Decke über ihre Brüste und blinzelt in das Tageslicht, das trotz Jalousien ins Schlafzimmer dringt.

»Guten Morgen.«

Roger ist bereits aufgestanden. Er ist gerade dabei, den Gürtel festzuschnallen.

»Guten Morgen.«

»Gut geschlafen?«

»Zu kurz. Aber nichts, was eine Dusche und eine Tasse Kaffee nicht richten können.«

»Ich habe schon Kaffee aufgesetzt«, sagt Roger und schnappt sich sein Hemd vom Schlafzimmerfußboden.

Als sie aus der Dusche kommt, inzwischen um einiges wacher, sieht Nea Ellas Turnschuhe neben ihren eigenen hochhackigen Stiefeln und Rogers polierten Schuhen liegen. Sie sind achtlos weggetreten worden. Sie wird in der Nacht nach Hause gekommen sein, ohne dass Nea es gehört hat. Und sie wird sich über die Herrenschuhe gewundert haben.

In der Küche steht Roger neben der Kaffeemaschine und sieht zu, wie der Kaffee in die Kanne tropft. Ella sitzt auf der Arbeitsplatte und schaut in die andere Richtung.

»Guten Morgen«, sagt Nea und bleibt auf der Schwelle stehen.

Ihre Tochter dreht sich zu ihr um und wirft ihr einen skeptischen Blick zu.

»Ich wusste nicht, dass du hier übernachten wolltest«, sagt Nea. »Wann bist du denn gekommen?«

Ella zuckt mit den Schultern.

»Spät«, sagt sie ohne jede weitere Erklärung.

Nea tritt über die Schwelle in die Küche, geht zu ihrer Tochter und streichelt ihr über die Wange.

»Wie war das Konzert?«, fragt sie.

»Ganz okay.«

»Und wie ich sehe, hast du Roger schon kennengelernt.«

»Wir haben nur Hallo gesagt«, erwidert Ella.

Roger sieht Nea mit entschuldigender Miene an und nimmt die Kaffeekanne aus der Maschine.

»Wo finde ich denn Tassen?«

Nea holt zwei Tassen aus dem Schrank, dankbar, etwas Praktisches zu tun zu haben. Roger schenkt ihnen Kaffee ein. Nea spürt Ellas Blick und beeilt sich, das heiße Getränk zu probieren, unsicher, was sie sagen oder tun soll.

»Ich geh in mein Zimmer«, sagt Ella und hüpft von der Arbeitsplatte.

»Ich komm später zu dir«, ruft Nea ihr nach und ist darauf gefasst, die Tür schlagen zu hören, doch Ella macht sie in ganz normaler Lautstärke hinter sich zu.

Nea zieht eine Grimasse.

»Sorry«, sagt sie. »War sie unfreundlich zu dir?«

»Ganz und gar nicht. Sie war vielleicht etwas verwundert. Verständlicherweise.«

»Ich hatte ja keine Ahnung, dass sie hier auftauchen würde. Sie sollte die Nacht bei ihrem Vater verbringen.«

»Gar kein Problem«, sagt Roger. »Ich bin mir sicher, dass alle Beteiligten diese Begegnung ohne größeres Trauma überstehen werden.«

»Ich glaube, es ist besser, wenn ich direkt mit ihr spreche«, sagt Nea.

»Soll ich gehen? Euch ein wenig Raum lassen?«

»Nein, nein! Trink ganz in Ruhe deinen Kaffee, mach dir ein Brot. Ich komm gleich wieder zu dir.«

Nea bleibt zögernd vor Ellas Zimmer stehen, immer noch die Kaffeetasse in der Hand. Sie klopft und öffnet dann vorsichtig die Tür, ohne auf eine Antwort zu warten.

Ella dreht sich um, sie steht vor ihrem Schreibtisch am anderen Ende des Zimmers und packt ihren Schulrucksack.

»Entschuldige«, sagt Nea.

»Ist das dein neuer Freund?«

»Nein, nein ... er ist ... nur ein Bekannter. Ich wollte nicht, dass ihr euch auf diese Weise kennenlernt.«

Ella nickt.

»Entschuldige«, wiederholt Nea.

»Du bist erwachsen. Du kannst machen, was du willst.«

»Trotzdem.«

»Ist schon okay«, sagt Ella und zieht den Reißverschluss ihres Rucksacks zu. »Ich muss zur Schule.«

»Sehen wir uns heute Abend? Oder wolltest du zu Papa?«

»Mal gucken.«

»Ich würde gern mehr übers Konzert hören«, sagt Nea und folgt Ella hinaus in den Flur, wo sie in ihre Schuhe schlüpft. »Wir reden später?«

Neas Handy klingelt. Sie holt es aus der Tasche, schaut auf das Display. Nadezhdas Nummer. Sie geht nicht ran.

Ella zieht sich ihre Jacke über, und Nea umarmt sie zum Abschied.

»Dann ist alles in Ordnung?«

»Jetzt hör schon auf, Mama.«

Nea lächelt, und Ella erwidert das Lächeln, dann verschwindet sie im Treppenhaus.

Nachdem die Tür ins Schloss gefallen ist, betrachtet sich Nea im Flurspiegel. Die Augen sind leicht gerötet. Sie braucht wirklich eine Aspirin.

Roger sitzt am Küchentisch und liest etwas auf seinem Handy. Als sie den Raum betritt, schaut er auf.

»Alles okay?«

»Sie ist ein Teenager, also wer weiß?«, antwortet Nea und schenkt sich Kaffee nach. »Ich muss nur mal schnell telefonieren, dann geselle ich mich zu dir.«

Roger nickt und schaut wieder auf sein Handy.

Nea geht ins Schlafzimmer und ruft Nadezhda zurück. Sie stellt sich ans Fenster und starrt auf den leeren Hof, ignoriert ihr müdes Spiegelbild in der Glasscheibe. Nach dem dritten Freizeichen antwortet eine Männerstimme, und Nea zuckt so heftig zusammen, dass sie über die Tagesdecke stolpert, die auf einem Haufen auf dem Boden liegt. Die Tasse rutscht ihr aus der Hand, der Kaffee spritzt über den Boden, über die zerknautschte Bettdecke, auf ihre Hose.

»Hallo?«, sagt Wallner. »Andrea.«

Nea starrt auf die Kaffeepfütze auf dem Fußboden, auf die Flecken auf ihrem Hosenbein.

»Wo ist Nadezhda?«, stammelt sie.

»Sie konnte Ihren Anruf gerade nicht entgegennehmen.«

»Ich will mit ihr sprechen«, sagt Nea. »Geben Sie ihr das Telefon.«

»Sie hören mir nicht zu«, sagt Wallner, als spräche er mit einem trotzigen, aufmüpfigen Kind. »Sie kann gerade nicht sprechen. Damit müssen Sie jetzt leben.«

»Was haben Sie mit ihr gemacht?«

»Warum sollte ich etwas mit ihr gemacht haben?«

Nea antwortet nicht. Versucht zu fassen, was da gerade passiert. Ihre Gedanken finden keinen Halt, sie starrt auf die Kaffeeflecken, auf den Becher, der über den Boden gerollt ist und nun halb unter dem Bett hervorlugt.

»Ich bin ein großer Freund von Unternehmergeist«, sagt Wallner, »aber Ihr kleines Unternehmen hat mich in eine schwierige Situation gebracht.«

»Was haben Sie mit Nadezhda gemacht?«

Er seufzt.

»Hören Sie mir mal zu. Nadezhda geht es gut. Und wenn Sie jetzt tun, was ich sage, wird es ihr auch weiterhin gut gehen.«

Nea fällt plötzlich ein, dass Roger immer noch in der Wohnung ist. So leise sie kann, eilt sie durch das Zimmer und schließt die Tür.

»Was wollen Sie?«

»Ihr seid da in etwas reingeraten, das ihr nicht versteht, hier walten Kräfte, die weitaus mächtiger sind als ihr. Habe ich euch nicht davor gewarnt? Habe ich euch nicht erklärt, dass es Konsequenzen geben würde, wenn ihr euch nicht aus diesen Angelegenheiten raushaltet?«

»Wir haben nichts gemacht«, presst Nea hervor, aber es klingt, als würde sie sich das nicht einmal selbst abkaufen.

»Schluss jetzt mit den Spielchen! Kapiert?«

Nea nickt. Sammelt sich.

»Ja«, sagt sie dann.

»Folgendermaßen wird das jetzt ablaufen«, sagt Wallner. »Ich werde Sie später noch einmal kontaktieren und Ihnen Anweisungen geben. Und dann erwarte ich, dass Sie mir gehorchen. Verstanden?«

»Ja.«

»Sie rufen mich nicht an. Sie versuchen nicht, mich zu finden. Sie tun gar nichts. Sie warten auf meinen Anruf.«

»Ja.«

»Wenn nicht, wird es Konsequenzen geben ... für Nadezhda und für Sie.«

»Ja.«

»Und Sie werden nicht so blöd sein und die Polizei einschalten, nicht wahr?«

»Nein.«

»Und auch sonst niemanden.«

»Nein.«

»Gut. Wiederholen Sie.«

»Ich warte auf Ihren Anruf.«

»Und dann?«

»Tu ich, was Sie sagen.«

»Denken Sie daran: Ich weiß, wo Ihre Kinder wohnen. Ich weiß, wo sie zur Schule gehen.«

Nea schweigt.

»Es liegt alles an Ihnen«, sagt er und legt auf.

Nea bleibt mit dem Telefon am Ohr stehen. Erst jetzt merkt sie, dass der heiße Kaffee sie am Fuß verbrüht hat. Es dauert ein paar Sekunden, bis sie sich rühren kann. Sie trifft Roger im Wohnzimmer an.

»Ist etwas passiert?«, fragt er.

»Mir ist die Tasse runtergefallen«, sagt sie und zeigt auf ihr fleckiges Hosenbein. »Es ist offensichtlich noch zu früh für solche feinmotorischen Übungen wie Kaffeetrinken.«

Sie weicht seinem Blick aus und geht in die Küche.

»Hast du dich verbrannt?«

»Nein, nein.«

»Gib mir einen Lappen, dann helfe ich dir beim Aufwischen.«

»Normalerweise zwinge ich meine Gäste nicht dazu, bei mir zu putzen«, erwidert sie und versucht, ein Lächeln aufzusetzen. »Das ist lieb, aber ich mach das schon.«

Er nickt, sieht ihr von der Türschwelle aus zu, wie sie den Abwaschlappen nass macht und sich die Rolle Küchenpapier unter den Arm klemmt. Sie kann ihn kaum ansehen.

»Und dein Telefonat?«, fragt er nach einem kurzen Moment der Stille.

»Was?«

»Ich konnte es nicht vermeiden, etwas mitzubekommen. Worum es ging, habe ich nicht gehört, aber du klangst aufgewühlt.«

Sie schüttelt den Kopf. Etwas zu hastig, wie ihr zu spät auffällt.

»Es ging um meine Mutter. Sie ist dement und ... ja, es ist manchmal nicht so einfach mit ihr. Sie neigt zu gewalttätigen Ausbrüchen.«

Er nickt.

»Bist du sicher, dass ich dir nicht irgendwie helfen kann?«

Sie starrt auf den Lappen in ihrer Hand, dann schüttelt sie den Kopf.

»Geht schon. Du musst sicher zur Arbeit.«

Er schaut rasch auf seine Armbanduhr.

»Ich glaube nicht, dass es jemandem auffallen würde, wenn ich nicht da wäre«, sagt er. »Geschweige denn, dass mich jemand vermissen würde. Aber wir hören uns später?«

»Auf jeden Fall.«

Er steht immer noch auf der Schwelle zur Küche. Zögert. Sieht sie an. Blockiert ihren Weg hinaus ins Wohnzimmer. Sie hat keine andere Wahl, als seinen Blick zu erwidern.

»Danke für den schönen Abend«, sagt er schließlich.

Sie wäre sicher errötet, wenn ihre Gedanken nicht woanders gewesen wären.

»Dir auch«, sagt sie.

Er gibt ihr einen flüchtigen Kuss auf die Wange, dann ist sie allein. Räumt auf. Wartet.

»Warum hast du mich hergebracht?«

Nadezhda ist überrascht, wie ruhig ihre Stimme klingt.

Wallner geht im Atelier auf und ab, schaut sich um, als überlege er, es zu kaufen. Er reagiert nicht auf ihre Frage.

»Du siehst müde aus«, sagt er stattdessen. »Schlecht geschlafen?«

»Lass mich gehen!«

Nadezhda hat die Nacht auf einem farbbefleckten Holzstuhl verbracht, eine Hand mit Kabelbinder und Kette an einem Rohr gefesselt. Solange sie ihren Arm ruhig hält, schneidet der Kabelbinder nicht in die Haut.

Wallner schüttelt nur den Kopf. Bei Tagesanbruch ist er aufgetaucht, und sein Handlanger, der die ganze Nacht still dagesessen und sie unentwegt angestarrt hat, hat den Raum verlassen.

»Hier fertigt ihr also eure Gemälde an«, sagt Wallner. »Ganz schön schäbig, findest du nicht? Du hättest ein Zimmer bei mir zu Hause bekommen können. Aber jetzt sitzen wir hier. In einem heruntergekommen Scheißindustrieloft.«

Nadezhda schweigt.

»Ich habe gerade mit deiner Dozentin gesprochen. Andrea. Sie hat mir gesagt, dass du alleine für alles verantwortlich bist.«

Er tritt ans Fenster und sieht hinunter auf den Parkplatz.

»Nicht besonders loyal, wenn du mich fragst. Hast du etwa geglaubt, ihr wärt Freundinnen?«

Als Nadezhda wieder nicht antwortet, dreht er sich um und mustert sie.

»Ich weiß nicht, was ich sagen soll, Nadezhda. Du hast nicht nur dich selbst, sondern auch deine Dozentin und mich in eine Situation gebracht, die ... na ja, es ist keine optimale Situation, wenn ich es so ausdrücken darf.«

»Mir blutet das Herz«, sagt Nadezhda.

Wallner schüttelt den Kopf.

»Genau das ist dein Problem«, erwidert er. »Ist es schon immer gewesen. Du stößt Menschen von dir weg, die nur dein Bestes wollen.«

Nadezhda starrt ihn einfach nur an.

»Du hast Angst vor Nähe. Nach allem, was ich für dich getan habe, hintergehst du mich. Nicht ein-, sondern gleich zweimal.«

»Einen Scheiß hast du für mich getan!«

»Ach ja? Du hast mir alles zu verdanken, Nadezhda. Alles.«

Er sieht sie mit einem fast amüsierten Gesichtsausdruck an.

»Glaub ja nicht, dass ich mich ziere, dir auch alles wieder wegzunehmen.«

Roger Forsén öffnet den Waffenschrank, in dem er die Dienstwaffe aufbewahrt, und dann das Fach mit Magazinen und Munition. Er lädt und sichert die Waffe und steckt sie in das Schulterholster, das sich unter der Jacke ungewohnt und unbequem anfühlt. Bevor er die Schränke abschließt, schiebt er ein zusätzliches Magazin in seine Jackentasche.

Er hat genug von Neas Anruf mitbekommen, um mit Sicherheit sagen zu können, dass es nicht um ihre Mutter ging. Doch er hat wiederum nicht genug gehört, um zu verstehen, was sie so aus der Fassung gebracht hat. Eigentlich hatte er vorgehabt, sich früh am Morgen ein wenig in der Wohnung umzusehen, vielleicht hätte er einen Hinweis darauf gefunden, was Nea Hallgrens Geheimnis ist, doch dann ist die Tochter in der Küche aufgetaucht. Jetzt muss er wieder auf sein Gefühl hören und danach handeln. Und sein Gefühl sagt ihm, dass da etwas vor sich geht, etwas, das Nea so richtig ins Wanken gebracht hat.

Er geht hinunter in sein Büro, setzt sich auf seinen Schreibtischstuhl und lehnt sich zurück. Starrt eine halbe Minute lang an die Decke, bevor er seinen Kalender aufschlägt. Am Nachmittag hat er einen Termin mit Yannis Gataki. Roger schreibt ihm rasch eine E-Mail und sagt ihm ab, wegen »dringender Ermittlungsmaßnahmen«. Auf dem Weg nach draußen schaltet er das Licht aus und wählt Neas Nummer. Sie reagiert nicht. Als der Anrufbeantworter anspringt, legt er auf und geht die Treppe hinauf, nimmt immer zwei Stufen auf einmal.

Nea macht erst fünfzig Liegestütze, dann fünfzig Sit-ups auf dem Wohnzimmerboden. Ständig schaut sie auf das frustrierenderweise schweigende Handy auf dem Couchtisch. Nachdem sie wieder zu Atem gekommen ist, macht sie zwanzig weitere Liegestütze.

Als das Telefon klingelt, hechtet sie regelrecht danach, doch als sie Rogers Namen auf dem Display leuchten sieht, legt sie es wieder auf den Tisch. Schon bald darauf verstummt es.

Nea steht auf, greift wieder zum Telefon und schiebt es in die Gesäßtasche ihrer Jeans. Im Schlafzimmer öffnet sie die Schranktür und holt den Verbandskasten hervor, den sie auf die oberste Ablage tief unter einem Stapel Strickpullover geschoben hat. Sie nimmt ihn mit in die Küche, lässt sich am Tisch auf einen der Stühle sinken und holt die Waffe hervor. Die Pistole ist geladen, aber gesichert. Sie hat seit dem Tag, an dem sie die Walther gekauft hat, nicht mehr damit geschossen. Vorsichtig nimmt sie das Magazin heraus, prüft, ob es vollständig geladen ist, und schiebt es wieder zurück. Dann lädt sie das zusätzliche Magazin mit Patronen aus der Schachtel, so wie Mr. Pink es ihr gezeigt hat. Sie entsichert die Waffe. Sichert sie wieder.

Sie schaltet die Kaffeemaschine an, und während der Kaffee durchläuft, steckt sie die Waffe zurück in den Erste-Hilfe-Kasten und legt ihn in die oberste Schublade in der Flurkommode. Dann überlegt sie es sich doch wieder anders und schiebt den Kasten zurück in den Schrank, an die gleiche Stelle, an der sie ihn vorher aufbewahrt hat.

Während sie sich Kaffee einschenkt, wird ihr bewusst, dass Wallner und seine Handlanger nichts davon abhält, an ihrer Tür zu erscheinen. Er weiß, wo sie wohnt.

Sie eilt zurück ins Schlafzimmer, hebt den Verbandskasten wieder von der obersten Ablage und steckt sich die Pistole in den Hosenbund, wie sie es im Fernsehen gesehen hat. Es fühlt sich überraschend natürlich an. Sie schiebt das zusätzliche Magazin in die Tasche ihrer Jeans. Dann trinkt sie ihren Kaffee im Stehen an der Spüle. Es ist noch nicht einmal eins.

Nadezhda bekommt ein Sandwich mit Käse und Schinken zum Mittagessen, dazu einen Pappbecher Tee vom Bäcker um die Ecke. Sie hat keinen Hunger, nagt aber langsam an dem Sandwich herum. Der Tee wärmt. Sie ist immer noch an das Rohr gefesselt und verliert allmählich das Gefühl in ihrem Arm, weil sie die ganze Zeit in der gleichen unbequemen Position sitzen muss.

Wallner sieht ihr beim Essen zu. Er sitzt wie sie auf einem Holzstuhl, nur ein paar Schritte von ihr entfernt. Sie schaut in die andere Richtung. Bis sie es nicht mehr aushält.

»Worauf warten wir eigentlich?«, fragt sie. »Warum erschießt du mich nicht einfach?«

»Sei bitte nicht so dramatisch«, sagt er und steht auf. »Gehts dir gut?«

Sie starrt ihn an.

»Meinst du das ernst?«

»Hast du genug zu essen?«

»Mach mich los, dann kann ich zu McDonald's. Dann musst du dir keine Sorgen mehr um mein Wohlbefinden machen.«

»Das hier wird bald vorbei sein«, sagt er. »Wenn deine Freundin tut, was ich von ihr verlange, kannst du heute Nacht in deinem eigenen Bett schlafen.«

»Was willst du?«

»Ich will einen Ausweg aus der Scheiße finden, in die ihr uns alle manövriert habt. Hoffentlich gibt es eine Lösung.«

»Du bist echt ein Held.«

»Es hätte alles nicht so kommen müssen, das weißt du nur zu gut. Ich habe dir unendlich viele Chancen gegeben.«

»Das behauptest du.«

»Weil es die Wahrheit ist. Wo wärst du ohne mich? In einer gottverlassenen Bude ein paar Kilometer außerhalb von Kiew, wo man sich zu Tode arbeiten muss, um sich Essen und ein Dach über dem Kopf leisten zu können.«

»Ich kann mich nur zu gut an deine ekelhaften Hände und deine widerliche Schnapsfahne erinnern, wenn du in mein Zimmer gekommen bist, um mich zu befummeln.«

Wallner schielt hinüber zu seinem Gorilla, der an der Tür steht. Er gibt sich ungerührt.

»Das hast du dir alles eingebildet«, sagt er. »Das sind schwere Vorwürfe, mit so etwas solltest du vorsichtig sein.«

»Ich war noch nicht einmal sechzehn.«

»Ich warne dich, Nadezhda.«

»Pädo«, raunt sie. »Das bist du doch, nicht wahr? Vergreifst du dich auch an kleinen Jungs, oder hast du es nur auf Mädels abgesehen?«

Er starrt sie an.

»Du hältst jetzt den Mund!«

»Hast du Mama deshalb umgebracht? Hast du gedacht, ich könnte ihren Platz einnehmen?«

Er stürzt auf sie zu. Sie versucht, sich zur Seite zu werfen, um dem Schlag auszuweichen, von dem sie sicher ist, dass er kommen wird. Doch er packt nur ihren freien Arm, als hätte er sich im letzten Moment besonnen. Sie versucht, sich loszureißen, aber sein Griff ist viel zu fest, und sie kann die andere Hand nicht bewegen.

»Sie war meine Frau, verdammt noch mal! Du weißt genauso gut wie ich, was passiert ist!«

»Mörder!«

Er löst den Griff um ihren Arm. Besinnt sich. Er wirft einen Blick auf den Gorilla, der sich diskret abwendet.

»Ich habe alles für sie getan. Und für dich auch.«

Sie spuckt ihm ins Gesicht.

»Du bist einfach nur ein widerliches Arschloch, und zwar schon immer!«

Sie ist überzeugt, dass er jetzt doch noch zum Schlag ausholen wird, aber stattdessen tritt er einen Schritt zurück und wischt sich mit dem Jackenärmel über das Gesicht. Er starrt sie fassungslos an, als verstünde er überhaupt nicht, woher die Wut kommt. Sie funkelt ihn an, und er schüttelt den Kopf, bevor er ihr den Rücken zukehrt.

Die Tür fällt mit einem lauten Krachen hinter ihm ins Schloss. Der Fahrer steht mit gefalteten Händen da und stiert sie an.

»Glotz nicht so!«, faucht sie und streckt die Hand nach dem Teebecher auf dem Fußboden aus.

Fünf Jahre zuvor

Nadezhdas Mutter hatte sich verändert. Anfangs war es kaum zu bemerken. Gegen Ende ging es schnell.

Nadezhda fiel bei den Partys bei ihnen zu Hause auf, wie ihre Mutter jedes Mal ein bisschen mehr, ein bisschen gieriger trank. Als bräuchte sie Wodka, um die Abende zu überstehen. Nicht nur Nadezhda sah, was geschah, auch ihr Stiefvater tat es. In den Streitereien, die sie nicht mehr zu verbergen versuchten, kam immer häufiger das Trinken zur Sprache. Die Auseinandersetzungen waren nicht immer gewalttätig, aber immer laut. Die schlimmsten endeten damit, dass etwas zu Boden fiel oder Schläge ausgeteilt wurden. Schläge, die nur Nadezhdas Mutter trafen.

Nadezhda hörte so oft die Stimme ihres Stiefvaters aus dem Erdgeschoss: *Verdammte Alki-Schlampe!*

Sie konnte nie verstehen, was ihre Mutter antwortete, ihre Stimme war zu hell. Nadezhda zog sich dann die Decke über den Kopf. Schloss die Augen. Sie hatte herausgefunden, dass sie die Tür zu ihrem Zimmer von innen mit dem Schlüssel abschließen konnte, der zu dem begehbaren Kleiderschrank am Ende des Flurs gehörte. Jeden Abend, nachdem ihre Mutter Gute Nacht gesagt hatte, schlich sich Nadezhda zur Tür und schloss ab. Sie bewahrte den Schlüssel in ihrer Schreibtischschublade auf. Niemand schien ihn zu vermissen.

Ihre Mutter trank immer öfter, auch wenn keine Party veranstaltet wurde. Nadezhda roch es in ihrem Atem, obwohl sie ständig Kaugummi kaute oder Halsbonbons lutschte. Sie trank nicht aus den

Flaschen aus der Vitrine im großen Wohnzimmer, sondern hatte immer ein paar Flaschen in einem Schrank in der Waschküche hinter Kerzenpaketen und Servietten versteckt.

Anfangs merkte man ihrem Verhalten nicht an, dass sie trank, nicht einmal, wenn der Wodka bereits den aufdringlichen Duft von Fisherman's Friend durchdrang. Doch dann fand Nadezhda sie eines Tages sturzbetrunken auf dem Sofa im Wohnzimmer, ein großes Glas in Reichweite auf dem Sofatisch. Es war Nachmittag, und Nadezhda war gerade von der Schule zurückgekehrt.

»Du darfst niemals heiraten, Nadezhda«, hatte sie gelallt. »Er wird mich umbringen.«

Nadezhda half ihr ins Bett und strich ihr sanft übers Haar, wie ihre Mutter es früher oft bei ihr getan hatte. Ihre Mutter schlief sofort ein.

»Er wird mich umbringen.« Diese Worte würde ihre Mutter noch mehrmals wiederholen in jenem Frühling, in dem Nadezhda das Gymnasium abschloss.

Sie hatte künstlerische Fächer als Leistungskurse gewählt, obwohl ihre Mutter es lieber gesehen hätte, wenn sie sich den Naturwissenschaften gewidmet hätte und Ärztin geworden wäre. Aber bald leugnete ihre Mutter nicht mehr, dass Nadezhda das Richtige tat.

»Dass ich so eine begabte Tochter habe«, sagte sie nach der ersten Ausstellung in der Schule. »Arzt kann ja jeder werden, nicht wahr?«

Letzteres sagte sie mit einem Funkeln in den Augen, das in letzter Zeit immer seltener geworden war.

»Die Welt liegt dir zu Füßen, Nadezhda. Nimm dir alles, was du willst, das musst du mir versprechen«, sagte sie, als Nadezhda ihr Abitur machte. »Und versprich mir, niemals zu heiraten.«

Sie sah müde aus. Verlebt. Aber stolz.

Zwei Wochen später kam sie bei hoher Geschwindigkeit von der Straße ab und prallte mit ihrem BMW gegen eine Felswand. Neben sich auf dem Beifahrersitz hatte sie einen Benzinkanister gestellt, der Feuer fing. Man konnte kaum von einem Unfall ausgehen.

Noch bevor sie die schrecklichen Neuigkeiten mitgeteilt bekam, fand Nadezhda einen großen Umschlag auf dem Schreibtisch in ihrem Zimmer. Darin lagen ein Brief, ein kleinerer Umschlag mit Bargeld und ein Schlüssel zu einer Mietwohnung, die ihre Mutter für sie angemietet hatte.

Als die beiden Polizisten an die Tür klopften, hatte Nadezhda bereits ihre Koffer gepackt. Sie hatte nicht einmal Zeit gehabt zu weinen.

19. Mai

»Es wird folgendermaßen ablaufen«, sagt Wallner. Endlich hat er angerufen. »Sie nehmen das Geld, das Sie für das letzte Gemälde bekommen haben.«

»Es gibt kein Geld«, erwidert Nea.

»Die Zeit der Scherze ist vorbei«, sagt Wallner.

Nea schluckt. Es geht also um Geld, natürlich. Aber es gibt kein Geld, sie hat alles hergegeben, um ihre Schulden zu bezahlen.

»Okay. Ich besorge das Geld. Aber ich will mit Nadezhda sprechen.«

»Sie fahren zum Atelier in Gustavsberg. Bringen Sie das Geld mit. Und kommen Sie allein. Versuchen Sie gar nicht erst, mich reinzulegen. Sie haben eine Stunde Zeit.«

»Was ...?«

Er hat schon aufgelegt, und Nea steht da, das Telefon am Ohr, die Fragen klingeln in ihrem Kopf, ein dicker Kloß im Hals.

Das Atelier. Er weiß davon. Er scheint jeden einzelnen ihrer Schritte zu kennen.

Sie hat Angst davor, was sie erwartet, wenn sie dort aufschlägt und Wallner merkt, dass sie kein Geld dabeihat. Diesen Moment muss sie so lange wie möglich hinauszögern.

Nea kramt ihre Sporttasche aus dem Schrank und leert den Inhalt auf ihrem Bett aus. In der Küche findet sie zwei große gepolsterte Umschläge, die sie mit Zeitungen aus dem Altpapier füllt, dann klebt sie sie zu und steckt sie in die Tasche. Dann wiegt sie die Tasche in ihrer Hand. Sie ist zu leicht. Aus dem Zeitungsständer im Wohnzimmer schnappt sie sich einige Ausgaben von *Elle Interieur,* die sie ganz unten in die Tasche legt, die Umschläge obendrauf.

Sie nimmt die Waffe vom Couchtisch. Als sie auf dem Weg nach draußen ihrem eigenen Blick im Flurspiegel begegnet, ist er kalt, ihre Augen zu schmalen Schlitzen verengt.

Roger Forsén trommelt mit den Fingern seiner linken Hand auf das Lenkrad seines nachtgrauen Ford Mondeo. Er lässt Neas Haustür nicht aus den Augen. Im Autoradio dudeln die Talking Heads leise vor sich hin. Wenn er sich leicht nach vorne lehnt, kann er zu ihrem Fenster hochschauen. Er war sich nicht sicher, ob sie zu Hause war, bis sie vor einer halben Stunde das Licht im Wohnzimmer angeschaltet hat. Gerade war er es noch leid gewesen stillzusitzen und kurz davor, aufzugeben, aber das Lebenszeichen hat ihm neue Entschlossenheit gegeben.

Er will gerade die Lautstärke des Autoradios aufdrehen, verharrt jedoch mitten in der Bewegung, seine Hand nur wenige Zentimeter vom Knopf entfernt. Die Haustür öffnet sich, und zwar mit einem Schwung. Wenige Sekunden später taucht Nea auf dem Bürgersteig auf. Ohne sich umzusehen, eilt sie auf ihr Auto zu. In einer Hand trägt sie eine Tasche.

Anstatt die Lautstärke aufzudrehen, drückt Roger auf den Knopf des Autoradios, und es verstummt. Als Nea weit genug entfernt ist, startet er den Motor.

Er hat nur einen flüchtigen Blick auf ihr Gesicht erhaschen können, bevor sie, ihm den Rücken zugewandt, die Straße hinauflief, aber er hat eine Härte, eine Verbissenheit wahrgenommen, die ihn davon überzeugt hat, dass wirklich etwas vor sich geht. So sieht man nicht aus, wenn man gerade auf dem Weg ins Fitnessstudio ist oder eine Freundin trifft.

Nea erreicht ihr Auto. Sie braucht ein paar Sekunden, um die Schlüssel herauszukramen, aber dann wirft sie die Tasche auf den Rücksitz und steigt ein.

Roger schaltet den Blinker an und biegt aus seiner Parklücke auf die Straße.

Nachdem sie sich aus der Innenstadt herausmanövriert hat, vorbei an den provisorischen Verkehrslösungen bei Slussen, und auf die 222 in Richtung Värmdö einbiegt, ruft Nea Ella an. Es ist ein plötzlicher Impuls. Das Freizeichen tutet unentwegt, aber niemand antwortet. Als die Mailbox anspringt, legt sie auf. Stattdessen ruft sie Nick an. Er reagiert nach zwei Freizeichen.

»Ja?«

»Hej, Liebling. Hier ist Mama.«

»Hej.«

»Alles in Ordnung?«

»Ja.«

»Wars gut in der Schule?«

»Jaja.«

»War heut irgendwas Besonderes?«

»Nein.«

»Bist du zu Hause?«

»Bei Papa, ja.«

»Ist Ella auch da?«

»Nee.«

»Okay.«

»Wolltest du was Bestimmtes, oder ...?«

»Ich wollte nur mal hören, wie's dir so geht.«

»Es geht mir gut.«

»Gut.«

Nea wechselt die Spur, überholt einen blauen Linienbus.

»Wie gehts dir denn?«, fragt Nick. »Du klingst komisch.«
»Klinge ich komisch? Ich sitze im Auto, vielleicht deshalb.«
»Okay.«
»Ich will dich nicht länger stören.«
»Okay.«
»Hab dich lieb, Nick.«
»Okay, wir hören uns.«

Nea legt das Telefon auf den Beifahrersitz, überlegt es sich aber sofort anders. Sie versucht es erneut bei Ella. Die Mailbox springt an. Sie räuspert sich.

»Ella, hier ist Mama. Ich wollte nur mal hören, wie's dir geht und ... ob alles okay ist ... nach ... ja, nach heute Morgen. Wir hören uns später ... Hab dich lieb.«

Sie hat Tränen in den Augen, als sie auflegt und ihr Handy wieder auf den Beifahrersitz wirft.

»Konzentrier dich«, sagt sie laut zu sich selbst und fährt auf die Brücke, die über den Skurusund führt. Sie zwingt sich, auf die geltenden siebzig Kilometer pro Stunde herunterzubremsen.

Sie hat immer noch keine Ahnung, was sie tun soll, wenn Wallner den Bluff mit dem Geld durchschaut.

Sie hat keinen Plan.

Als Roger Forsén in Gustavsberg auf dem Parkplatz eines Supermarktes einbiegt, fragt er sich zunächst, ob er die Situation nicht doch falsch eingeschätzt hat. Er sieht, wie Nea parkt, und lenkt sein eigenes Auto in eine Parklücke einige Meter von ihr entfernt, von wo aus er sie immer noch sehen kann. Das bedeutet sicherlich, dass auch sie ihn sehen kann, aber der Parkplatz ist nicht groß, und es gibt keine andere Möglichkeit. Er hofft, dass sie immer noch in der gleichen Verfassung ist wie beim Verlassen der Wohnung und die Umgebung um sich herum nicht besonders aufmerksam wahrnimmt.

Aber Gustavsberg? Roger lässt den Parkplatz nicht aus den Augen. Nea sitzt noch immer im Auto. Wartet sie auf jemanden? Der Supermarkt ist in einer Ecke der alten Porzellanfabrik untergebracht. Die stillgelegte Fabrik ist eigentlich das Einzige, was er mit Gustavsberg verbindet. Toilettensitze und Kaffeetassen.

Nea öffnet die Autotür und steigt aus. Hastig sieht sie sich um. Lässt ihren Blick über die Dächer der parkenden Autos schweifen, ohne an einem bestimmten Punkt hängen zu bleiben. Als sie ihm den Rücken zukehrt und in Richtung Supermarkt geht, schnallt Roger den Gurt ab.

Gleichzeitig fällt ihm wieder ein, was er vor nicht allzu langer Zeit über Gustavsberg gelesen hat, und plötzlich scheint ihm der Ort doch zu Nea zu passen. Ein Teil des alten Fabrikgebäudes beherbergt heute Ateliers von Künstlern und Kunsthandwerkerinnen. Der Artikel thematisierte die Absicht der Gemeinde, der das Grundstück gehört, es zu verkaufen, weshalb viele der Künstler um die Zukunft ihrer Ateliers fürchten.

Nea betritt den Supermarkt nicht, sie geht am Eingang vorbei, an der Backsteinfassade entlang in Richtung eines morsch wirkenden Wasserrads, wahrscheinlich ein Relikt aus alten Industriezeiten.

Roger steigt aus dem Auto und folgt ihr. Das Wasserrad quietscht, und ein Elektromotor brummt. Als Nea am Fabrikgebäude um die Ecke biegt, ist er nur etwa zehn Meter hinter ihr.

Nea biegt um die Ecke des Gebäudes und hofft, dass es das Richtige war, die Tasche mit dem »Geld« im Auto zu lassen. Wenn sie es bei sich trägt, könnte Wallner der Betrug innerhalb von Sekunden auffallen, und was würde sie dann tun? Und wer übergibt ein Lösegeld, bevor er sich vergewissert hat, dass es der Geisel gut geht? Solange Wallner die Tasche nicht in der Hand hat, hat sie zumindest einen gewissen Verhandlungsspielraum.

Zwei Wege führen ins Atelier. Einer durch den Haupteingang, wo sie an mehreren anderen Studios und auch einigen Gemeinschaftsbereichen vorbeimuss. Die meisten Studios und Ateliers sind zu dieser Zeit wahrscheinlich leer, aber Nea will nicht riskieren, jemanden anzutreffen. Deshalb wählt sie den Weg über die großen Tore auf der anderen Seite des Gebäudes, den die meisten der Kunstschaffenden hier nur benutzen, wenn sie größere Lieferungen erhalten.

Sie bleibt dicht an der roten Backsteinmauer – ihre rechte Hand in der Jackentasche, mit festem Griff um die Waffe –, als sie sich langsam dem Tor nähert. Etwa zehn Meter vor dem Eingang bleibt sie stehen.

Ein älterer Herr in Funktionsjacke und mit angeleintem Königspudel überquert die Straße. Die Aufmerksamkeit des Mannes ist voll und ganz auf den Hund gerichtet, er spricht mit ruhiger und lauter Stimme mit dem Tier. Er wird wohl kaum zu Wallners Klub gehören.

Nea fischt mit der linken Hand die Schlüssel aus der Jackentasche, die Rechte umklammert noch immer die Waffe mit verschwitztem Griff. Sie will gerade die letzten Schritte zur Tür gehen, als diese plötzlich auffliegt. Abrupt bleibt sie stehen, um sich im nächsten Moment reflexartig dicht an die Wand zu pressen und Schutz zu suchen. In der nächsten Sekunde tritt ein Mann auf den Bürgersteig, und Nea erkennt ihn sofort, Wallners Handlanger, der Mann, der noch vor wenigen Wochen eine Waffe auf sie gerichtet hat. Er wirft einen flüchtigen Blick in ihre Richtung, ohne sie zu bemerken, und geht dann leicht vornübergebeugt und mit schlurfendem Gang davon.

Die Tür fällt zu. Nea bleibt an der Wand stehen, schließlich könnte er sich jeden Moment umdrehen und sie sehen. Mit angehaltenem Atem umklammert sie die Waffe in ihrer Tasche, doch schon bald ist er verschwunden, Richtung Parkplatz auf der anderen Seite des Hauses.

Nea hat immer noch die Schlüssel in der Hand. Sie eilt zur Tür, mit leicht zitternder Hand schließt sie auf und tritt in die Dunkelheit. Dort bleibt sie stehen, holt tief Luft und wartet, bis ihre Augen sich daran gewöhnen. Sie lauscht, doch aus dem Atelier dringt kein Ton zu ihr hinaus.

»Deine Freundin ist unterwegs«, sagt Wallner. »Wenn sie sich benimmt, wird bald alles vorbei sein. Wenn sie sich nicht benimmt, ist sowieso alles vorbei.«

Er lacht.

Nadezhda schaut ihn nicht einmal mehr an, sie starrt auf die gegenüberliegende Wand, an der die Farbe abblättert und eine Fläche rohen Betons zum Vorschein kommt, so groß wie eine Faust. Oder ein Herz. Sie sind allein im Atelier, nachdem Wallner dem Gorilla etwas ins Ohr geflüstert und ihn auf eine Mission geschickt hat.

»Du weißt schon, dass Botox Nervengift ist, oder?«, sagt Nadezhda nach einem kurzen Augenblick der Stille, immer noch ohne ihn anzuschauen. »Man kann sterben, wenn einem zu viel gespritzt wird.«

Er begegnet ihr mit Schweigen.

»Manchen hilft es ja«, sagt sie und wendet sich ihm zu, »aber du siehst aus wie die gelifteten alten Frauen aus Östermalm.«

Sie spürt die Wut in ihm aufsteigen, spürt, wie ihn das aus der Ruhe gebracht hat. Er kehrt ihr den Rücken zu. Nadezhda lächelt.

Im Schutze eines Pick-ups auf der gegenüberliegenden Straßenseite beobachtet Roger Forsén erst, wie ein Mann aus dem Gebäude tritt, dann, wie Nea durch die graue Metalltür verschwindet, die wie eine Warenannahme aussieht.

Roger zählt leise bis sechzig, während er das große Industriegebäude studiert. In einer Etage fällt schwaches Licht durch die Fenster, aber von weiteren Lebenszeichen keine Spur.

Schließlich überquert er die Straße. Er nähert sich der Tür, schleicht dicht an der Mauer entlang. Aus dem Inneren des Gebäudes ist kein Geräusch zu hören. Das Schloss ist alt, ein Standardmodell. Er könnte es leicht aufbrechen. Die entsprechenden Werkzeuge befinden sich in der Innentasche seiner Jacke. Es gibt keine bessere Schule für Kriminelle als die polizeiliche Ausbildung. Das Knacken von Schlössern ist nur eine von vielen nützlichen Fähigkeiten, die er sich dort angeeignet hat.

Er geht zurück, holt sein Handy hervor, damit es so wirkt, als sei er beschäftigt, und lehnt sich an die Fassade des neu gebauten Wohnhauses gegenüber. Die Augen auf die erhellten Fenster der Fabrik gerichtet, in denen sich Schatten bewegen.

Nea betritt das Atelier, ohne zu klopfen. Ihre Hände hält sie deutlich sichtbar vor dem Körper ausgestreckt. Olof Wallner steht mitten im Raum, mit dem Rücken zu ihr. Abrupt dreht er sich um, als er sie hereinkommen hört. Sein Blick ist wild, als fühlte er sich in die Ecke gedrängt. Er wirkt längst nicht so selbstsicher wie bei ihrer letzten Begegnung. Aber Nea bezweifelt, dass das zu ihrem Vorteil ist. Es könnte ihn eher gefährlicher machen. Hinter ihr fällt die Tür ins Schloss. Nun gibt es kein Zurück mehr. Und weit und breit keine Hilfe. Sie ist diejenige, die es in der Hand hat.

Wallner mustert sie mit forschem Blick.

»Das Geld?«, fragt er.

»Ich habe das Geld«, sagt sie.

Er streckt seine Hand aus. Nea schüttelt den Kopf.

»Sie glauben doch nicht etwa, dass ich Ihnen das Geld aushändige, bevor Nadezhda in Sicherheit ist?«

Wallner zeigt in die hinterste Ecke des Ateliers.

Und da ist sie: Nadezhda sitzt auf dem alten Holzstuhl, den der Vormieter hinterlassen hat. Sie hält einen Arm in einem seltsamen

Winkel: Wallner hat sie gefesselt. Nea spürt ihr Herz sinken, aber sobald sie Nadezhdas trotzigem Blick begegnet, gewinnt sie ihre Fassung zurück.

»Lassen Sie sie frei, dann hole ich das Geld«, sagt sie.

Wallner geht einen Schritt auf sie zu.

»Wir haben vorher noch einiges zu klären, finden Sie nicht?«, sagt er.

Nea sieht ihn an. Sagt kein Wort. Wallner mustert sie.

»Zunächst möchte ich Ihr Versprechen, dass so etwas nicht noch einmal passiert«, sagt er.

»Machen Sie sie los, dann verspreche ich es Ihnen«, sagt Nea. »Keine Gemälde mehr.«

Olof Wallner grinst.

»Das kommt mir erschreckend bekannt vor«, sagt er. »Keine Gemälde mehr.«

»Was soll ich sonst sagen?«

»Ich glaube, ihr versteht beide den Ernst der Lage nicht.«

»Wir haben es jetzt verstanden.«

Wallner schüttelt den Kopf.

»Das glaube ich kaum.«

Nadezhda sieht mitgenommen aus. Die Haare hängen in leblosen Strähnen herab, Mascara und Eyeliner sind um die Augen verschmiert.

Aber jetzt zuckt ein Lächeln über ihre Lippen.

»Gib ihm keine einzige Krone«, sagt sie. »Eher würde ich sterben.«

»Sie sollte vorsichtig mit dem sein, was sie sich wünscht«, sagt Wallner. »Geduld ist eine Tugend, die ich bei ihr immer vermisst habe.«

»Lassen Sie sie frei, dann gehe ich das Geld holen.«

»Das genügt mir nicht.«

»Okay. Was wollen Sie haben?«

»Einen Scheiß wirst du ihm geben!«, schreit Nadezhda, aber Wallner ignoriert sie weiterhin. »Er ist ein beschissener Mörder!«

Bei diesen Worten zuckt Nea zusammen. Sie blickt zu Nadezhda. Der Zorn glüht in ihren Augen.

»Muss ich mir so einen Unsinn wirklich anhören?«, sagt Wallner und starrt weiter Nea an, als wolle er vermeiden, in Nadezhdas Richtung zu schauen.

»Haben Sie gedacht, wir wählen Sie heute zum Mitmenschen des Monats?«, fragt Nea mit milder Stimme.

»Was glauben Sie, wie weit Sie mit solchen Sprüchen kommen?«

»Okay, dann erschießen Sie mich doch«, sagt Nea und hebt die Arme, wie um zu zeigen, dass sie unbewaffnet und eine leichte Zielscheibe ist. »Erschießen Sie uns beide.«

Wallner starrt sie an, als wäge er die Möglichkeit tatsächlich ab.

»Er hat meine Mutter umgebracht.« Nadezhdas Stimme klingt plötzlich ganz ruhig.

Sowohl Wallner als auch Nea drehen sich zu ihr um, als hätten sie sie nicht recht verstanden.

»Er hat meine Mutter umgebracht«, wiederholt Nadezhda und sieht Nea mit eindringlichem Blick an.

»Halt den Mund!«, brüllt Wallner. »Ich will von diesem Scheiß nichts mehr hören!«

»Aber es stimmt«, sagt Nadezhda. »Und mich wollte er ficken, wenn er so richtig voll war.«

Nea braucht eine halbe Sekunde, um die Puzzleteile zusammenzufügen. Sie kann nicht glauben, dass sie nicht vorher schon kapiert hat, welche Verbindung Nadezhda und Wallner zueinander haben. Schließlich hat sie ihr alles erzählt. Alles bis auf den Namen des Stiefvaters.

Bevor Nea reagieren kann, stürzt Wallner wutentbrannt auf Nadezhda zu und schlägt ihr mit der flachen Hand ins Gesicht. Wie in

Zeitlupe wird Nadezhdas Kopf durch den Schlag nach hinten geschleudert und prallt gegen die Wand. Wallner holt erneut aus, um ein weiteres Mal zuzuschlagen.

Nea stößt einen spitzen Schrei aus, sie wirft sich auf ihn, packt ihn so, dass er ins Taumeln gerät und gegen die Wand stößt. Erst sieht es so aus, als würde er gleich zusammenbrechen. Aber er bekommt schnell wieder Halt unter den Füßen. Und plötzlich scheint alles um sie herum stehen zu bleiben.

Nea atmet schwer. Sie weicht ein paar Schritte von Wallner zurück. Nadezhdas Kopf hängt auf ihrer Brust. Langsam hebt sie ihn wieder und sieht zu Nea. Im gleichen Moment stürzt sich Wallner auf Nea.

Sie stolpert nach hinten und stürzt, Wallner verliert sein Gleichgewicht und fällt auf sie. Nea verpasst ihm einen halbherzigen Schlag, der ihn an der Schulter trifft, ehe er sich wieder aufrappeln kann. Er holt zu einem Tritt aus, sie schafft es gerade noch wegzurollen, sodass er nur ihren Rücken streift.

»Lass sie in Ruhe!«, schreit Nadezhda. »Lass sie in Ruhe, du beschissenes Arschloch!«

Nea kommt mit einem geschickten Manöver vom Rücken auf die Knie, bevor Wallner Zeit hat, sich für einen neuen Angriff bereit zu machen. Schon ist sie wieder auf den Beinen. Wallner steht zwischen ihr und Nadezhda. Unentschlossen. Er macht einen Schritt zur Seite, dann noch einen, positioniert sich so, dass er sie beide sehen kann. Sein Blick flackert zwar unsicher zwischen ihnen hin und her, aber da ist auch Wut in seinen Augen.

»Scheißmörder!«, schreit Nadezhda, und Wallner stürzt sich erneut auf sie.

Dieses Mal schlägt er mit der geballten Faust zu.

Nea wirft sich auf ihn, aber er ist darauf vorbereitet und stößt ihr den Ellbogen in die Brust. Der Schmerz in ihren Rippen lässt sie laut aufschreien, und sie stolpert rückwärts. Wallner schlägt weiter auf Nadezhda ein. Sie gibt keinen Ton von sich.

»Hören Sie auf!«, schreit Nea und stürmt erneut auf ihn zu.

Sie verpasst ihm einen Schlag in die Nieren. Er krümmt sich vor Schmerz, schafft es aber dennoch, sie von sich wegzustoßen. Bevor sie erneut zuschlagen kann, tritt er ihr die Beine weg. Der Aufprall auf den harten Betonboden raubt ihr den Atem.

Wallner baut sich über ihr auf. Er hat gewonnen, und er weiß es. Seine Augen blitzen vor Hass. Seine Haare stehen zu Berge. Er hat einen Riss im rechten Jackenärmel, mehrere Hemdknöpfe sind abgesprungen, und seine Brust liegt frei. Um seinen Hals baumelt eine dünne goldene Kette. Er könnte sie zu Tode treten, und sie hätte keine Chance, sich zu wehren. Und dann kann er mit Nadezhda machen, was er will.

»Wenn Sie uns jetzt gehen lassen, lass ich Sie am Leben«, sagt Nea und versucht dabei, so ruhig wie möglich zu klingen. »Ich gebe Ihnen eine letzte Chance.«

Er sieht sie an, als hätte sie den Verstand verloren, dann bricht er in ein raues und irres Gelächter aus. Er schüttelt den Kopf. Schaut über die Schulter zu Nadezhda.

»Wo zum Teufel hast du die eigentlich her?«

Nea nutzt die Gelegenheit, um in ihre Jackentasche zu greifen. Mit einer einzigen Bewegung bekommt sie die Waffe zu fassen, zieht sie hervor, entsichert sie und richtet sie auf Wallner.

Als er sich wieder zu Nea umdreht, verzerrt sich sein verächtliches Grinsen vor Schock.

Sie sagt kein Wort. Wartet nicht darauf, dass er es tut. Sie atmet ein und atmet aus, berührt den Abzug, sanft, wie sie es gelernt hat. Zweimal. Sie nimmt den Knall, der zusammen mit Nadezhdas Schreien zwischen den Betonwänden widerhallt, kaum wahr. Ein Zucken fährt durch Olof Wallner, eine Sekunde später sinkt er zu Boden.

Der Sound ist unverkennbar, wenn auch gedämpft. Zwei Pistolenschüsse. Sie kommen so plötzlich, dass Roger Forsén zunächst denkt, er bildet sie sich ein, sein hoch konzentriertes Gehirn spielt ihm einen Streich. Dann handelt er.

Er rennt über die Straße, während er in der Innentasche seiner Jacke nach dem Werkzeug wühlt. Die Hand zittert leicht, als er den Dietrich in das Schloss schiebt. Er flucht leise.

Nea schleudert die Pistole auf die Werkbank und kramt ein Messer aus dem Werkzeugkasten. Sie hockt sich neben Nadezhda und befreit sie von den Kabelbindern.

»Alles wird gut«, flüstert Nadezhda, und erst jetzt merkt Nea, dass sie am ganzen Leibe zittert. Statt wieder aufzustehen, lässt sie sich auf den farbbefleckten Fußboden sinken.

»Bist du verletzt?«, fragt sie und sieht zu Nadezhda, die langsam vom Stuhl aufsteht.

Vorsichtig tastet Nadezhda ihr Gesicht mit den Händen ab. »Nichts Ernstes, glaube ich.«

»Du siehst ziemlich fertig aus«, sagt Nea.

»Du bist auch nicht gerade das blühende Leben.«

Sie grinsen sich an. Nea kommt auf die Beine.

Sie starren auf den leblosen Körper auf dem Boden, als könnten sie nicht fassen, dass er wirklich dort liegt. Olof Wallner ist eindeutig tot.

»Woher hast du die Waffe?«, fragt Nadezhda nach einem kurzen Moment der Stille.

»Ist vielleicht besser, wenn du das nicht weißt. Aber ich hatte so eine Ahnung, dass ich eine Lebensversicherung gebrauchen könnte.«

»Damit lagst du nicht falsch.«

Unter Wallners leblosem Körper hat sich eine Blutlache gebildet. Langsam breitet sie sich über den Beton aus.

»Was sollen wir jetzt tun?«

Nea wendet sich ab. Sie kann sich schon lebhaft die Albträume vorstellen, die sie bald verfolgen werden. Sie sinkt auf den Holzstuhl.

Etwas Blut tropft aus Nadezhdas Nase. Nea macht sie mit einer Geste darauf aufmerksam, und Nadezhda wischt sich das Blut mit ihrem Blusenärmel weg.

»Wir können auf keinen Fall die Polizei rufen«, sagt Nadezhda leise, als würde sie mit sich selbst sprechen.

»Warum ...?«, beginnt Nea, muss sich aber räuspern, als ihre Stimme bricht. »Warum hast du mir nicht erzählt, dass es Wallner war? Dass er ...«

»Polizei! Keine Bewegung!«

Die Tür zum Studio ist aufgesprungen, und bevor eine von ihnen Zeit hat zu reagieren, steht Roger Forsén mitten im Atelier und richtet seine Waffe auf sie.

Nea sitzt immer noch auf dem Holzstuhl, wie erstarrt. Nadezhda, die mit dem Rücken zur Tür gestanden hat, dreht sich ganz langsam um.

Niemand sagt etwas. Nea nimmt plötzlich das Summen der Lüftungsanlage und das Geräusch eines vorbeifahrenden Autos wahr.

Roger starrt Nea und Nadezhda an. Die Waffe immer noch auf sie gerichtet. Dann sieht er die Leiche auf dem Boden. Sein Blick wandert zurück zu den beiden Frauen. Ihm steht die Frage ins Gesicht geschrieben, doch er braucht einige Sekunden, um sie in Worte zu fassen.

»Was ist hier passiert, verdammte Scheiße?«

Weder Nea noch Nadezhda sagen ein Wort. Sie starren ihn nur an, starren auf die Waffe in seiner Hand. Er lässt sie sinken. Bleibt in einigem Abstand zu ihnen stehen.

»Ist er tot?«

Es ist klar, dass er versucht, gefasst zu klingen, aber er klingt wie jemand, der in eine Situation geraten ist, die er sich nie hatte träumen lassen – und die er lieber vermieden hätte.

»Das hoffe ich doch«, sagt Nadezhda.

Roger starrt sie ungläubig an.

»Olof Wallner?«, fragt er schließlich und zeigt auf die Leiche.

»Ja.«

Stille.

»Ist das sein Atelier?«

»Meins«, sagt Nea.

»Wer hat ihn erschossen?«

»Ich.« Nadezhdas Antwort kommt pfeilschnell. »Notwehr.«

Sie hebt eine Hand an ihr Gesicht, als wollte sie auf ihre Verletzungen aufmerksam machen.

Rogers Blick weicht nicht von ihr.

Nea steht auf.

»Ich habe ihn erschossen«, sagt sie. »Ich bin diejenige, die festgenommen werden muss.«

Roger sieht zu ihr, dann wieder zu Nadezhda.

»Die Waffe?«

»Auf dem Tisch, dort drüben«, sagt Nea.

»Schau nach, ob er noch lebt«, befiehlt Roger.

Es dauert einen Moment, bis Nea begreift, dass er mit ihr spricht. Sie tritt um die Blutlache herum, die sich zu verdicken beginnt, hockt sich neben Wallner und legt ihm zwei Finger an den Hals. Er ist ganz warm.

»Kein Puls«, stellt sie kurz darauf fest.

Roger nickt. Er hält immer noch die Pistole in der Hand, hat sie jedoch sinken lassen.

»Nadezhda ist unschuldig«, sagt Nea und erhebt sich aus der Hocke. »Ich war es, die ... Und ja, es war Notwehr.«

Roger sagt nichts. Aber er scheint sich langsam zu entspannen. Er geht einen Schritt auf sie zu.

»Solltest du nicht einen Krankenwagen rufen?«, fragt Nea.

Er sieht Nea an und nickt kurz, macht jedoch keine Anstalten, irgendjemanden anzurufen.

»Du hast die Gemälde angefertigt«, sagt er an Nadezhda gewandt.

Sie sagt nichts.

»Die Botkin-Gemälde. Die hast du doch gemalt, oder?«

»Ja«, sagt sie schließlich.

Roger nickt.

»Beeindruckend«, sagt er.

»Es ist nicht, wie du glaubst ...«, wirft Nea ein, aber Roger hält die Hand hoch, um sie zum Schweigen zu bringen.

»Die Dinge sind selten so, wie man glaubt«, sagt er.

»Nein«, sagt Nadezhda.

»Hast du noch mehr im Repertoire?«, fragt er. »Andere Künstler als Botkin, meine ich.«

»Ich kann fast alles malen«, sagt Nadezhda nach einem kurzen Zögern.

Keiner von ihnen sagt etwas, sie schauen sich nur an. Nea kann ihren Blick nicht von Roger abwenden. Irgendetwas an ihm unterscheidet sich radikal von der Person, neben der sie heute Morgen aufgewacht ist, und sie hat das Gefühl, dass es nicht nur an der Situation liegt.

»Wie ich es sehe, gibt es jetzt zwei Möglichkeiten«, sagt er. Nea weicht von Wallner zurück und stellt sich wieder neben Nadezhda.

»Ich nehme mal an, ihr seid beide nicht besonders scharf darauf, im Gefängnis zu landen. Nea, du musst an deine Kinder denken. Und du, Nadezhda, hast noch dein ganzes Leben vor dir. Ganz zu schweigen von einer unvergleichlichen Karriere.«

»Nadezhda ist unschuldig«, wirft Nea ein. »Ich ...«

Doch Roger unterbricht sie.

»Niemand in diesem Raum ist unschuldig. Wie viel habt ihr mit den Bildern gemacht?«

»Ich ... Mein Mann hatte Spielschulden, die ...«

Roger erhebt erneut die Hand.

»Wie viel?«

»Neunhundert«, sagt Nadezhda.

»Für ein Gemälde?«

»Für das letzte.«

»Und wie lange hast du gebraucht, um es zu malen?«

Nadezhda zögert.

»Zwei Wochen.«

»Kein schlechter Stundenlohn«, sagt Roger lächelnd.

»Ich hab es nicht fürs Geld getan.«

»Nicht?«

Nadezhda zuckt mit den Schultern. Nea fühlt sich schwach, ihr wird schwindelig, und sie lässt sich wieder auf den Holzstuhl sinken. Sie stützt den Kopf in die Hände und starrt zu Boden.

»Weißt du, was du im Gefängnis pro Stunde verdienst?«, fragt Roger.

»Nein.«

»Ich kann dir sagen, dass es auf jeden Fall weniger als 450 000 pro Woche sind. Du verdienst so viel, dass es für ein paar Süßigkeiten und Kaffee und Kuchen in der Stadt reicht, falls du mal Ausgang bekommst. Aber das mit dem Ausgang kann sich natürlich etwas hinauszögern, wenn man wegen Mordes sitzt.«

Nea sieht jetzt wieder auf. Roger grinst sie an.

»All das hier muss nie passiert sein«, sagt er plötzlich. »Niemand muss davon erfahren.«

Nea versucht, einen klaren Gedanken zu fassen.

»Ich habe zwei Telefone hier«, fährt Roger fort. »Wenn ich das eine benutze, werdet ihr in wenigen Minuten die Sirenen hören. Die Straße wird vor Blaulicht flimmern. Das wird ein Großeinsatz.«

Er macht eine Pause. Holt tief Luft.

»Wenn ich jedoch dieses Telefon nehme ... wird hier eine ganz andere Truppe auflaufen. Viel diskreter. Typen, die wissen, wie man ... aufräumt.«

Er nickt zu Olof Wallners Leiche.

»Er war wohl nicht gerade das, was man einen unschuldigen Bürger nennt«, stellt er fest. »Also, ich kann dieses andere Telefon benutzen und das Chaos, das ihr hier angerichtet habt, wegzaubern. Wenn ihr euch eine Zusammenarbeit vorstellen könnt. Wenn ihr euch vorstellen könnt, meine Partnerinnen zu werden. Es ist ein niedriger Preis dafür, aus dieser Nummer herauszukommen.«

Er deutet mit einem Kopfnicken in Richtung der Leiche auf dem Betonboden.

»Versteht ihr?«

»Ich verstehe«, sagt Nadezhda.

Nea nickt stumm.

Auch Roger nickt und will gerade noch etwas hinzufügen, als sich hinter ihm die Tür öffnet. Nea sieht das Entsetzen auf seinem Gesicht, bevor er sich umdreht, sie sieht den Mann, der das Atelier mit der Waffe in der Hand betritt. Sie packt Nadezhdas Arm und zieht sie zu Boden, schließt instinktiv ihre Augen, als der Schuss ertönt.

Und dann die Stille. Nea zwingt sich, die Augen zu öffnen. Sie ist auf das Schlimmste vorbereitet.

Roger steht mit dem Rücken zu ihr, den Kopf gesenkt, er schwankt, als würde er gleich zusammenbrechen. Dann sieht sie die Leiche auf dem Boden vor der Tür. Sieht, wie Roger sein Gleichgewicht wiedererlangt. Er stolpert zur Wand, stützt sich an ihr ab. Als er sich Nea zuwendet, ist alle Farbe aus seinem Gesicht entwichen. Er schüttelt den Kopf.

Nea kommt auf die Beine, nähert sich der Leiche vor der Tür. Er liegt auf dem Rücken, die Arme von sich gestreckt, als wäre er gekreuzigt worden. Die Waffe ist ihm aus der Hand gefallen und außer Reichweite davongeschlittert. Der Schuss hat ihn mitten in die Brust getroffen. Seine Augen sind offen, aber völlig leblos. Es hat keinen Sinn, seinen Puls abzutasten.

Nea dreht sich zu Roger um.

»Ich glaube, du solltest mal telefonieren«, sagt sie.

Drei Monate später

Nea verlässt gerade das Auktionshaus, als sie Roger Forsén in einiger Entfernung auf einer Parkbank sitzen sieht. Ihr erster Impuls ist, nach rechts abzubiegen, so zu tun, als hätte sie ihn nicht bemerkt. Aber seine Augen sind starr auf den Ausgang gerichtet, und in der Sekunde, in der sie aus dem Gebäude tritt, steht er auf und geht ihr entgegen. So viel zum Thema Diskretion.

»Ich hab doch gesagt, dass es klappen wird«, sagt er und lächelt.

Eine Gruppe amerikanischer Touristen hat sich im Berzelii-Park ein schattiges Plätzchen gesucht, um sich zu entspannen. Nea schwitzt in dem Blazer, in den sie sich heute Morgen reingezwängt hat, nicht nur wegen der hochsommerlichen Temperaturen, die einfach nicht sinken wollen, obwohl bereits Ende August ist. Während der Auktion hat ihr Puls verrückt gespielt. Und es kratzt unter der Perücke.

»Ich dachte, du kannst dich hier nicht blicken lassen?«

»Drinnen nicht, nein. Hier draußen ist das kein Problem. Es ist ja nicht so, dass wir von der Polizei observiert werden.«

Letzteres sollte vermutlich ein Scherz sein, aber sie hat nicht einmal ein Lächeln für ihn übrig.

»Eins Komma vier!«, fährt Roger fort. »Hast du schon mit der Künstlerin gesprochen?«

»Noch nicht.«

»Sie wird sehr zufrieden sein.«

»Bestimmt.«

»Aber vielleicht sollten wir uns mit Botkin jetzt eine Weile zurückhalten, vielleicht das Repertoire erweitern«, sagt Roger. »Bevor bei irgendwem die Alarmglocken schrillen.«

Nea zuckt mit den Schultern, knöpft dann ihren Blazer auf und hängt ihn sich über den Arm.

»Habt ihr noch mal über das Atelier gesprochen?«, fragt Roger.

»Ich glaube, wir bleiben. Nadezhda scheint es dort zu gefallen«, sagt Nea. »Trotz allem.«

»Wir finden sicherlich auch eine andere Lösung.«

»Meintest du nicht, dass es eine gute Idee ist zu bleiben? Ein ganz gewöhnliches Atelier unter vielen anderen. Wirkt es nicht verdächtiger, wenn wir uns verstecken?«

»Ich dachte eher an ... alles, was dort geschehen ist.«

Nach den Ereignissen im Mai hat es mehrere Wochen gedauert, bis Nea ohne Herzklopfen in das Atelier konnte, aber mittlerweile hat sie sich daran gewöhnt. Anscheinend kann man sich an alles gewöhnen. Abends kann sie immer noch schlecht einschlafen, und wenn sie erst einmal in den Schlaf gesunken ist, wacht sie oft verschwitzt und mit Übelkeit auf. Sie spürt noch immer das Gewicht der Pistole in ihrer Hand, den Rückstoß, der durch ihren Arm ging, als sie sie abgefeuert hat.

Das wird sicher auch irgendwann vorübergehen.

»Wir bleiben im Atelier«, wiederholt sie.

Roger nickt, zieht sich die Leinenjacke aus und sieht hinauf zu den blauen Flecken Himmel zwischen den Baumkronen.

»Was für ein Sommer.«

Sie antwortet nicht und spürt, dass ihn ihr Widerwille seinem Small Talk gegenüber stört. Aber ihre Kälte ist die einzige Form von Macht, die ihr geblieben ist.

»Wir sollten feiern!«, sagt er. »Unser erster Deal!«

Sie schüttelt den Kopf.

»Ich habe schon etwas vor. Die Kinder.«

»Soll ich dich mitnehmen? Mein Auto steht gleich da drüben.«

Mit einem Kopfnicken deutet er Richtung Strandvägen. Doch sie schüttelt den Kopf.

»Ich muss erst noch was in der Stadt erledigen.«

Zunächst scheint er protestieren zu wollen, erkennt aber, dass es sinnlos wäre.

»Dann sehen wir uns im Atelier«, sagt er. »Ich regel das mit dem Geld, sobald es eingezahlt wurde.«

»Gut«, sagt sie und lässt ihn mit einem kurzen Kopfnicken zum Abschied stehen. Sie spürt seinen Blick in ihrem Nacken, dreht sich jedoch nicht noch einmal um.

Sie hat keinen Plan, keine Termine, muss nirgendwo sein. Die Zukunft ist ungeschrieben. Ist das gut, oder ist das schlecht? Es macht ihr zumindest keine Angst. Wenn das Schlimmste bereits passiert ist, gibt es nichts mehr zu befürchten.

Sie überquert den Norrmalmstorg und eilt in den Kungsträdgården, sucht Zuflucht unter den Schatten spendenden Bäumen. Auch hier sind viele Touristen unterwegs, aber ebenso Büroangestellte mit hochgekrempelten Hemdsärmeln. Die meisten Menschen haben entweder ein Eis oder etwas zu trinken in der Hand.

Eine vertraute Stimme, begleitet von einer Gitarre, lässt Nea plötzlich mitten in der Bewegung innehalten. Ein Anzugträger läuft unvermittelt von hinten in sie hinein. Er murmelt etwas, anstatt sich zu entschuldigen, aber Nea nimmt ihn kaum wahr.

Das Einzige, was sie hört, ist die vertraute Stimme. Rauer als bei ihrem ersten Kennenlernen vor vielen Jahren, aber unverkennbar. Sie versteht die Worte nicht, aber sie hat die Melodie, die er singt, so oft gehört, dass sie sie niemals vergessen wird. *Ashes to Ashes*.

Sie schleicht beinahe auf Zehenspitzen in die Richtung, aus der die Stimme zu ihr herüberweht. Bleibt stehen, als sie nahe genug ist, um ihn zu sehen.

Mit dem Rücken zu einem Baum, geschützt vor der Sonne, und mit seiner Gitarre vor dem Bauch, singt Johan mit geschlossenen Augen für die vorbeieilenden Menschen. Einige bleiben stehen, hören ihm zu. Die Münzen glitzern im Gitarrenkoffer, der offen vor ihm auf dem Boden liegt. Sogar einige Geldscheine hat er schon verdient.

Er sieht aus, als hätte er sich seit Monaten nicht die Haare geschnitten, und er hat sich in der letzten Woche definitiv nicht rasiert. Das Gesicht unter den Stoppeln ist ganz schmal geworden. Aber die Stimme ist voller Leben, stärker, als sie sie je gehört hat.

Ihr Hirn sagt ihr, sie sollte weitergehen. Aber sie steht wie angewurzelt da.

Eine ältere Frau mit lockigen grauen Haaren löst sich aus dem Publikum, wirft ein paar Münzen in den Gitarrenkoffer, gesellt sich wieder zu ihren Begleiterinnen und geht in Richtung Stadtzentrum davon.

Nea steht immer noch wie angewurzelt da.

Mitten in der letzten Strophe öffnet Johan die Augen. Er schaut sie direkt an, als hätte er die ganze Zeit gewusst, dass sie vor ihm steht, dass sie einfach da sein wird, wenn er die Augen aufschlägt. Er hört nicht auf zu singen, aber sie glaubt, ein Beben in seiner Stimme zu hören.

Sie tritt einen Schritt zurück, ohne den Blickkontakt zu unterbrechen. Dann schüttelt sie kaum merklich den Kopf. Noch ehe das Lied endet, dreht sie sich um und eilt zurück in die Richtung, aus der sie gekommen ist. Die Musik klingt noch eine Weile nach, doch bald wird sie verschluckt, übertönt vom Verkehr und dem Gewimmel der Menschen und von ihrer eigenen Stimme im Kopf, die sie zum Weitermachen drängt.

Als sie die Hamngatan erreicht, verlangsamt sie ihr Tempo. Sie biegt nach links Richtung Sergels Torg ab und nimmt das Handy aus der Handtasche.

»Wie liefs?«, fragt Nadezhda ohne Umschweife, als hätte sie mit dem Telefon in der Hand dagesessen und auf Neas Anruf gewartet.

»Besser als gedacht«, antwortet Nea und geht zielgerichtet auf die Rolltreppe zu, die zur U-Bahn hinabführt. »Aber wir müssen Roger Forsén irgendwie loswerden.«

Sie betritt die Rolltreppe, spürt die Kühle aus den Schächten unter der Stadt aufsteigen.

FSC
www.fsc.org
MIX
Papier | Fördert
gute Waldnutzung
FSC® C083411

Dieses Buch wurde klimaneutral produziert.

Klimaneutral
Druckprodukt
ClimatePartner.com/17531-2110-1001

Deutsche Erstausgabe
August 2022
DuMont Buchverlag, Köln

Published by agreement with Hedlund Agency.
Die schwedische Originalausgabe erschien 2021 unter dem Titel
›Gryning. Falsk.‹ bei Piratförlaget, Stockholm.

Übersetzung: Karoline Hippe
Umschlaggestaltung: Lübbeke Naumann Thoben, Köln
Umschlagabbildung: © Utterström Photography/Alamy Stock Foto;
© Elen11/istock by Getty Images; © Frank Fell/Alamy Stock Foto
Satz: Fagott, Ffm
Gesetzt aus der Garamond
Druck und Verarbeitung: CPI books GmbH, Leck
Gedruckt auf säurefreiem und chlorfrei gebleichtem Papier
Printed in Germany
ISBN 978-3-8321-6639-7

www.dumont-buchverlag.de